七月爍爁
林俊頴

七月爍爁

＊爍爁，閃電之台語、閩南語。

＊我欲攀龍見明主，雷公砰訇震天鼓。帝旁投壺多玉女，三時大笑開電光，倏爍晦冥起風雨。（唐．李白〈梁甫吟〉）

＊雲曚曚兮電儵爍，孤雌驚兮鳴呴呴。思怫鬱兮肝切剝，忿悁悒兮孰訴告。（東漢．王逸〈九思．憫上〉）

＊遠方照耀了近處，近處也能照亮遠方。（李維史陀（Claude Lévi-Strauss）〈母舅復返〉，《我們都是食人族》（*Nous sommes tous des cannibals*），廖惠瑛譯）

目次

推薦序／
我如閃亦如電的鄉愁

《七月爍爁》是本相當獨特的小說。謂之「獨特」，至少有三層原因。乍看之下，作者林俊頴似乎延續鄉土文學模式，藉遊子返鄉（斗鎮，彰化北斗）奔喪，敘寫人事倥傯及時光渙散。然而這又是本後現代浮世繪。斗鎮往事和台北當下似不相干，但跨越時空，遊走其間的廢人荒人竟可能來自同一族類——「老靈魂」。在此之上，林俊頴經營一則文學寓言。他信筆鋪陳隨想見聞，從俚俗風土到宗教冥想，從登陸月球到動物花葬，展現驚人「無用」的知識。花花世界的內裡何其荒涼，救贖唯有書寫。

這三層特色相互重疊穿插，彷彿漫散隨性，卻自有章法，為當代台灣／文學提供少見的情感、思想力度。我們「想像台灣」的胃口早已經制式化：性別，鄉土，青春，國族，環境，原民，傷痕，政治寓言……各就其位，排列組合。上焉者力求突破，下焉者無非就是體制裡的排排坐，吃果果。《七月爍爁》不易歸類，未必能引起讀者的立即共鳴。但這樣的作品終將證明，當代台灣文學的實力別有所在。

林俊頴是資深作家，早年參與三三小集——最後的民國青年文藝社團，也未曾接受花系列運動洗禮，在世代和立場上難謂正確。但這些年來他勤勤懇懇寫作，絕不隨俗。他的小說每有過於內斂之虞，卻無礙他從文字上實驗情感和思想的真誠性，有時耽溺（如《玫瑰阿修羅》），有時憂鬱（如《我不可告人的鄉愁》），有時尖刻（如《猛暑》）。《七月爍爁》代表他創作上的最新嘗試。

我們如何理解《七月爍爁》？不妨先看正文前四則引言。林俊頴開宗明義，點出「爍爁，閃電之台語、閩南語。」描寫台灣，從「咬文嚼字」始。當代「漫遊」與「妖怪」風席捲寶島，「爍爁」如閃電般擊中其敘事風格的盲點。林俊頴遙想當年，致力復刻——或演繹——民間河洛語境，或典雅，或俚俗。他顯然認為文學作為台灣文明的呈現，它的深度與厚度，不僅在於題材，而更在於承載題材的形式與文字。一場對話，一句諺語，一種口音都是風土人情的印記，以及從地方觀看世界的方法。

林俊頴將台灣的意義向過去敞開。他引用唐代李白〈梁甫吟〉，「我欲攀龍見明主，雷公砰訇震天鼓。帝旁投壺多玉女，三時大笑開電光，倏爍晦冥起風雨。」以及東漢王逸〈九思・憫上〉，「雲曚曚兮電儵爍，孤雌驚兮鳴呴呴。思怫鬱兮肝切剝，忿悁悒兮孰訴告。」

李白懷才不遇，遐想神話肇始時分的驚雷炸裂。王逸憂讒畏譏，發憤以抒情。前者張揚，後者沉痛。這是作者的自況？還是更投射了台灣歷史共同體的憂鬱？

書寫台灣而聯想李白、王逸？識時務者要不以為然了，或者也根本看不懂。然而在漢字完全羅馬拼音化，你我都成為「羅馬人」前，如何掌握古典今典，仍然是試探島上文化知識或曰國文教育的尺度。因而產生隔與不隔的閱讀門檻，不正提醒我們「台灣」所歷經的文明與教養的變遷？

林俊頴的第四則引言來自李維史陀（Claude Lévi-Strauss）《我們都是食人族》（*Nous sommes tous des cannibals*）的〈母舅復返〉：「遠方照耀近處，近處也能照亮遠方。」李維史陀論食人族，典出十六世紀法國思想家蒙田（Montaigne）名篇〈論食人部落〉的觀察，「所有人都將不符合自己習慣的事稱為野蠻。」李維史陀認為文明與野蠻社會間的差距並不如想像之大，發生在「近處」的時事未嘗不能讓我們了解「遠方」的世代，反之亦然。我們其實去古未遠。準此，《七月爍爁》絕非止於懷舊，而有意提出時空錯綜交織的無限可能。

遠與近、雅與俗、過去與當下也許各有時空與知識脈絡，然而當「七月爍爁」襲來，靈光乍現，千絲萬縷的線索有如數位網絡般散播開來。「於無聲處聽驚雷」，我們從而理解一切視為當然的朗朗乾坤原來總是「倏爍晦冥起風雨」。啟蒙與革命、民主與進步？我們其實都是食人族。

《七月爍爁》文長十七萬字，分為十二章，故事主線極為簡單。敘事者的七舅公二〇年代末留學日本後定居，一九六九年返回故鄉斗鎮奔母喪。停留期間，他拜訪兄弟故人，以及地方傳教士馬道遠神父，之後離鄉返日。小說的另一線索則是敘事者當下的都會生活掃描，基本圍繞一群雅痞的哀樂中年展開。兩條主線沒有太多交集，敘事者無所不在的聲音成為最大鏈接點。參照上述「七月爍爁」與李維史陀的典故，讀者自然明白兩者間參差對照的意義。

斗鎮是林俊頴想像的源頭。三十五年前，林俊頴第一本小說集《大暑》（一九九〇）就曾描寫一個中南部庶民人家北上打拚的故事。夏日炎炎，經濟剛起飛的台北有如洪荒之地，這家人生活不易，但回看故鄉，已無退路。如此回望的姿態成為林俊頴創作的基調。二十年後，《我不可告人的鄉愁》（二〇一一）和盤托出他的心事：「斗鎮的部分對我是過去完成式，那裡潛藏著我的血親、家鄉、生命初階的至親與美好（鬼影？）。」[1] 這部小說也是兩條主線交叉，現代的「我」任職建設公司企畫文案，看盡城市的豪奢與虛偽。另一方面，敘事者尋覓以往生活痕跡，從而敷演「毛斷」（Modern）阿姑與其家族的、甚至整個斗鎮的滄桑傳奇。與此同時，網路文化崛起，賽博格（Cyborg）凌駕血肉世界，成為後現代的主宰。

林俊頴自謂「一開始就警戒著不要陷入一味地對古老『黃金時代』的耽溺」。但小說處理斗鎮、都會兩條線索，涇渭分明。林塑造毛斷阿姑與陳嘉哉「浮浪曠」革命加戀愛，還有毛斷阿姑與西洋傳教士之弟馬太的浪漫邂逅，以之對應浮沉網路的萌少女還有股票族的金錢遊戲等，無不點出鄉愁雖然「不可告人」，筆下卻是無比明晰。

《我不可告人的鄉愁》出版後，林俊頴與作家賴香吟對談提到，「我寫我願意寫的，我寫我能夠寫的，完成之日，我自由了，所以我會有感而發，這個寫完之後不再寫我祖母與家鄉了，不論在小說裡或真實，他們都一一死去了，完成了，我不再驚擾他們的亡靈。」[2]或許因此，二〇一七年的《猛暑》將鄉愁擴散，置於未來。二〇三五年的台灣已經為中美託管。東西強國進駐後，「我島」歷史徹底掏空，但島民見怪不怪，在「休眠」狀態裡討生活。剛從膠囊幽谷醒來的主人公陷入一種半夢半醒的輪迴裡。一方面「我島」是進步的，生化人進駐日常起居，虛擬就是現實；另一方面「我島」又是退化的，島民猥瑣狹隘，猶如「附生的低等動物」、「女㚢」。「人之異於禽獸幾希」，歡迎回到人相食的野蠻世界。

1　李伊晴，〈靈魂深處的聲音：賴香吟，林俊頴對談小說美學〉，《我不可告人的鄉愁》附錄（台北：印刻，二〇一一），頁三六六—三六七。

2　李伊晴，〈靈魂深處的聲音：賴香吟，林俊頴對談小說美學〉，《我不可告人的鄉愁》附錄（台北：印刻，二〇一一），頁三六六—三六七。

然而在某種意義上，《七月爍爁》又召喚亡靈，接著把家族故事說了下去。這讓我們思考林俊頴的意圖。《我不可告人的鄉愁》執著於城與鄉，離散與懷舊的平行二分結構，《猛暑》實驗後遺民到後人類的詭異翻轉，《七月爍爁》則探勘一種多維度的、流動的時空拓撲結構。斗鎮數十年的人事變遷有如霧中風景，而當代都會關係不一樣也是聚散流轉，此消彼長。橫看成嶺側成峰，過去與現在，親與疏、遠與近成為相對的參數，引導敘事者重新繪製他的記憶坐標圖。

《七月爍爁》始於七舅公返鄉奔喪。事實上，迤邐全書的還有許多至親、友人逝去與失蹤的情節，甚至寵物之死。「故事」無他，敘述亡故之事。相對《我不可告人的鄉愁》視先祖「都一一死去了，完成了」，林俊頴在此凸顯死亡不必是敘事的盡頭，終了，也可以是另一種行旅——與敘事——的開端。相對《猛暑》預知「我島」人人成為行屍走肉的野蠻紀事，《七月爍爁》反其道而行，探討向死而生的超越性。小說迴盪「神」思，思考救贖之道，不是偶然。

黃資婷論林俊頴以往小說，以「懷舊的能與不能」為題，指出他的鄉愁情結為創作的原動力。「懷舊」指向過去，也預知未來。而林以「我愛故我在」的抒情書寫作為彌合時間裂縫的方法。[3]在新作裡，林俊頴似乎更進一步，直面「死亡的能與不能」。他娓娓道來各種生命大限的現場，並叩問自處的方法：也許，也許在那之前或之後，另有超越的可能？什麼是神蹟？什麼是救贖？

這樣的叩問迎向《七月爍爁》高潮。小說最後數章圍繞七舅公與馬道遠神父的書信來往對話，甚至包括了七舅公根據契訶夫（Anton Chekov）名劇《樊爾雅舅舅》（*Uncle Vanya*）（一八九七）所改寫的台灣斗鎮版。這冊寧是大膽的實驗。《樊爾雅舅舅》寫盡舊俄老派士紳如何陷入家鄉莊園變遷，進退兩難的失落。以此，七舅公追懷曾經風光一時的四兄，也不無物傷其類的憂鬱。頹敗的帝國、式微的小鎮，沒落的帝俄士紳、英年早逝的地方菁英，遠走日本的遊子……天地、物我、存滅的距離彷彿只在咫尺之間。

馬神父與七舅公的通信談斗鎮的風土變遷，周遭原住民的生計轉換，還有因應世變之道，平平淡淡，卻又令人心有戚戚焉。七舅公寫道：

> 夜深，黑暗濃墨力透紙背，可以感知山林深處原始神祕的召喚，是蟲獸的聲響，是心與意識的古老記憶，是風作為一種力量的自由展現，至明顯的是來自林木深處呼嘔呼嘔的低沉喉音彷彿有魔力，吾信步戶外，竟然夜涼如沸，大街毫無人息，吾有如一隻蟲子在大地爬行，如此孤獨，生死的區別何在？

3 黃資婷，《懷舊的能與不能：論林俊頴小說中的抒情離現代》（台南：成大出版社，二〇二四）。

萬物寂滅的陰影無所不在。台灣的人子何以自處？馬神父卻另有看法：

古早古早的大洪水過後，渡過地球大劫難的方舟停在我們海島的某一處高山頂，時間留下方舟朽爛的遺跡，唯有堅信者可以發現。然而現在那裡，飛鳥野獸不能到達。

林俊頴的小說一向透露對宗教性——未必是宗教——的嚮往。他混用基督教和佛教教義，彌賽亞，黃金之國，烏托邦，天使時間的典故，企圖以廣義的「信仰」回應人間世的無明。究其極，他的信仰就是文字，他的創世紀就是書寫。但無論是殉色，殉字，還是殉愛，總不脫願景式的宣言意味。是在《七月爍爁》的最後一部分裡，他似乎火氣盡退，直面「死亡的能與不能」。他和筆下人物雖然還是沒有任何肯定答案，但卻有此前少見的沉靜：

我們頭上都是同一天穹星辰，來到山上，吾見到了無比深奧輝煌的景象，心中凜然且肅然，「慨當以慷，憂思難忘」，若吾四兄偕行，一定以古老言語說，天何言哉，星何言哉。

「老靈魂」自始就徘徊在林俊頴的書寫裡，這一次他選擇真相大白的寫法：「此夜在那更接近星空之處，有片刻時間，吾軀體若脫繭如羽化，靜默中自由無限，吾深感庇佑滿盈，也得著了救贖。」相較《我不可告人的鄉愁》的憂鬱，《猛暑》的爆烈，《七月爍爁》終章提出身心安頓的可能。

近年台灣文學書寫被一六二四化、妖怪化、百合化、古巴化、傀儡花化、三太子化……琳瑯滿目。這些書寫善則善矣，往往太有所為而為，難免有將「台灣」對位化——也對價化——的風險？當「鄉愁」成為過於淺白的標籤甚至意識形態時，我們需要「不可告人」的書寫，或是挖掘幽暗意識的藝術。「幽暗」不是黑暗，而是對未嘗親歷的過去、無從盡詳的知識技術、暗潮洶湧的情感欲望的敬畏和想像，是對沉思、深思之必要的堅持。

用林俊頴自己的話來說，那是一種「臥底者」的書寫：「被規範常軌之外的所吸引，那些破碎的、凡俗的光與熱，我更想看出其中的每一差異，明白他們的損傷與屈辱。」[4]小說

4 李伊晴，〈靈魂深處的聲音：賴香吟，林俊頴對談小說美學〉，《我不可告人的鄉愁》附錄（台北：印刻，二〇一一），頁三六六—三六七。

尾聲，完成喪禮、即將再次啟程的七舅公有這樣的自述：

夜半無緣由醒來，輾轉難再入眠，靜坐大廳與老父畫像相對，自鳴鐘恆常靈動，長夜漫漫，祖先陰靈恆在……當今誠非太平時日，然繁華街市如常，戰事遙遠，吾等心思複雜，又覺今日何日兮，又覺世界之大正待吾等闖蕩。

今夕何夕？中台灣小鎮長夜漫漫，自鳴鐘滴答響著，先祖的畫像默默俯視子孫。小說的主人公化身敘事者靜坐大廳，「自在暗中，看一切暗」。一切皆不可知，但一切又似乎無比清明。遠方與近處，戰事與太平，損傷與屈辱……就在某一刻，念想閃過，猶如七月閃電，剎那照亮黑暗，也照出曾經的——也是此刻的——台灣的憧憬與憂愁。

王德威，美國哈佛大學東亞系暨比較文學系Edward C. Henderson講座教授。

1 七舅公回鄉囉

一年之中上好的時日，春寒才消解，清明的雨水亦未來臨，有時突然一港風水晶般清涼，錯覺是南風提早了，此時，傳說中的七舅公取著傳說中的日本妻後軫來（返回）故鄉。

才過正中晝，日頭鎏金的斗鎮沉沉地盹龜（瞌睡），天頂水青琉璃，舉（整）條大街直直直，恬寂寂，無一絲風，向西店面前，一排帆布篷的影一動不動，二樓的玻璃窗光曄曄是日頭若滾水淋，空氣若蜜若膠若樹脂琥珀，唯有彼個賣碗粿的一雙又烏又短又闊的赤腳重重一步一步行過大街，宛然鴨蹼踏火炭灰，挑擔後頭掛著的鉛桶略略漏水，路面滴出一綹水跡，形象（好像）是睏神流嘴涎。

此年的立春是在過年前，新年頭日日燒暖，烘得行春並且去媽祖宮拜拜的善男信女若一片一片金箔，煙蓬蓬中輕巧得無體積亦無重量；天公爐一次兩次三次發爐，端坐正殿二百年，煙燻得面烏如墨汁的媽祖婆，文文笑看著伊年歲最大的契子伸手香火內，穩穩抓出一大把紅色香腳，擲進金爐，火光若金鳳凰飛起。媽祖宮前的過年市集滿溢四周圍街路，一圈的吵雜聲浪裹著一圈的人群；一大屏竹篙紮成的紅鼓燈陣下，目周（眼睛）金鑠鑠、面肉黑黷黷的山裡人載來幾籠山鳥抑是竹雞，疊得比人高，山裡人旋轉手中的竹筒片嘎嘎損著鐵罐，不時舉手拍一下竹籠，籠內禽牲嘰嘰喳喳夾著脆亮的金石聲叫響，紅鼓燈上寫著毛筆字國泰民安風調雨順，香火的雲煙圍繞。等鳥叫聲停了，山裡人抓出一隻長尾雉雞企在肩頭，一大叢，雉雞啪啪展翅，紫藍色長尾一旋，一道金光，飛上媽祖宮飛簷翹角，眾人哇哇大叫，亦有人拍拊（拍手），雉雞漫步在飛簷，又飛起一旋，化作一道彩色光芒便消失，山裡人只是笑笑。如此，一直到初八暝子時交初九，拜天公，天清清，地靈靜，凡間人敬慎不語，家家戶戶在門口埕擺供桌，柱香頭一星星火光靈動，香煙裊裊直達南天門。

傳說的七舅公上次軫來故鄉是因為老母過身，入殮前半暝出現，落車了後，踏入前廳隨即下跪，陳厝大小全湧出，看此位坐船過大海去讀醫生，俗稱食過鹹水，而且歸化成為日本人的狀元郎，文雅的圓框目鏡，目周精光十足，下頦鬍鬚鬚，無哭無號，鼻目嘴真像老母，慢慢爬進了鋪石頭的天井，經絡的（披麻帶孝）六舅公扶伊起身，「璣仔，可以了。」頭頂是久違了家鄉的夜天釉青，簷下一沓沓孝服麻布刺鼻，但是七舅公科學的鼻分辯得出大廳恆常透著檜木芳味，正手邊的花房，六舅公栽種的寶貝蘭花真芳，盛開如人面。縛小腳的老母正前方倒在客廳等候伊，伊心內大聲喊：「嫗仔，我軫來了。」陳厝規矩，不叫阿母，古色古香的稱呼嫗仔。漢文讀得深的四兄解釋，嫗仔即是老母、娘親，亦有人像廈門叫娘嬭。

經過十年了，便在眾人認定狀元郎就像戲台上的負心漢薄情郎，老母不在就斷路了，從此一心一意做日本人，兩台自動車駛入光燁燁的日頭鎮得又扁又乾燥的大街，車頂若一大片熔化的金銀刺得人睜不開眼，駛過媽祖宮口，車內的七舅公看見宮口興旺的食攤全在帆布篷下睏中晝，顧攤的頭家無論男女目周皮重重，夢遊似的揮手趕戶蠅，一大叢榕樹亦是睏得枝葉垂斂成了厚重的油彩畫，然而所有的油鼎、箟箸（蒸籠）、抑是白紗巾覆蓋的食物上，燒氣煙霧蒸騰，比諸媽祖宮內更是仙境，因為車窗玻璃的閃光，七舅公以為看見了一條好悠哉的雲龍，若繡像小說冊上畫圖的古人做夢。伊心內偷笑，又更想到少年時便如此認定，彼一句西洋諺語應該如此改寫，「通往神明的心，先得通過胃腸。」

七舅公小聲喃喃念，「若欲通往神明的心，先得通過胃腸。」不禁失笑，偏頭看身邊文靜永遠透著幼膩芳味的妻子，很有滋味的看著沿路對伊而言是異國的鄉鎮，伊太了解妻子內心的澎拜熱情，不免好奇，妻子看到什麼？自動車經過大街唯一的十字路，司機輕手按一聲喇叭警告，七舅公認出兼賣柴屐的五金店隔壁的米店，囝仔時隨長工阿成叔去糴米，手賤，偷偷伸進一桶桶一袋袋的紅豆綠豆薏仁和白米，一隻手感受飽漲的壓力，鼻腔滿是新穀雜糧麻油的陳醇味，心內好豐足好懽喜。伊認為自己日後持手術刀的雙手就是自米店得到啟示。十二三歲，老母接受三兄四兄的主張，送伊去中部第一大城市住學寮讀冊，兩個月後返鄉，柴油客運車搖晃了一兩點鐘久抵達媽祖宮口落車，沿途形象過去數年讀過的漢字洋文、數字、符號和艱難卻意義深遠的程式匯合成為一座大迷宮，伊冷靜通過了，無阻攔，突然感覺自己抽高長大了，翁鬚隱隱強欲冒出，身心通過一陣強烈的電流。

七舅公聽見有人講：「陳厝的少爺。」聲音來自直衝媽祖宮那條全是賣土豆油、麻油佮餅店的油車街，油芳穿腦，鱙久成仙。

時辰還不到，欲晚的六點左右，天光轉麥芽色，地面的人家烏暗又恬恬，大街一眼望穿，不知今日何日兮，哪一個朝代。

但頭一次伊換上遙遠的理智的眼光，重新檢視生身之地的家鄉，大街猶是堅實的土路，牛車在天欲光或黃昏時轂轆轂轆拖慢時間，古早古早伊出世之前，斗鎮年年做風颱淹大水，清朝皇帝時，大街兩次大火，毀掉了後重生，之後換了日本皇帝，一丸日頭國旗赤炎炎助陣，斗鎮的南邊和東邊又有兩次的火燒厝，大火燒紅半邊天，老輩的事後諸葛笑講得燒透才會出運，只是其間天花、鼠疫、瘧疾、虎列拉逐一來過，老輩的亦不得不承認日本人一直嫌斗鎮人無衛生無知識。

免驚啦，心頭定，得黃金，老輩的更講斗鎮是福地假扮狗屎地，人禍其實強過天災，過去一百外年間，數次海賊山賊出動，以及造反作亂欲做皇帝的，始終鬼使神差繞過斗鎮，放過斗鎮，正是瞞者瞞不識，識者不能瞞，濁水溪水勢澎湃通海時，抵此上岸的祖先，砬力又更奸巧，僅兩三代人的時間，巧取豪奪，原民番社擁有的土地盡失，害得番社所有家族不得不往山裡流亡去。阿成叔其實是老母媼仔後頭（娘家）的遠親，詬話愛講古，「若講我太祖公彼時的事志，聽講是……」，總之其先人見過番人用刺竹做牆圍的鹿場，鹿仔的目周圓瞵瞵若美女；有一位先人互（被，或給予）番女招做翁婿，迎娶時，新娘紅衫藍裙坐竹轎，頭戴五彩鳥羽冠，項頸戴貝殼佩鍊：所以先人目送過最後的番人離開，背著米袋，耳珠掛著柴環、海螺，小腿纏布條，扛著竹篙掛著滿滿一串葫蘆，外殼塗鹿脂的葫蘆如同珠寶發光呢，番人好認命，無一回頭眷戀。南風微微，可憐喔，彼時，先人的心內才湧起惻隱之心，感動番人若蜂換巢而散發的寂寞氣味，敬佩伊們的骨氣。但是老輩亦笑講，濁水溪一百年一改道，後來的趕走原在的，新克舊，強凌弱，大欺小，世事本就如此。無了社番而有了大街的新天地，油車街街底是渡船口，南北二路必經，食山食海兩便，山裡的竹材，溪南的豬肉偕蔭豉豆油，海口的海產，連同算盤揞得噠噠響的賍理人（生意人），水陸兩途全來了，開始斗鎮第一輪的興旺，媽祖宮四周店面密稠稠，大街仿效鹿港的不見天，頂頭布篷，土下鋪磚，宮口食攤有早市有夜市，算起來亦是將近兩百年前了。阿成叔強調，不只兩百年喔，是兩百外、外、外。伊不服，兩百外的準確數字到底是多少？十歲之前，伊得舉頭和阿成叔講話。

阿成叔笑笑，更講起以前不時得去宮口買一大碗公才坐船運來的青蚵，粒粒圓潤肥大，若生鐵的海腥氣味真是嗆鼻，阿成叔故意換一種古腔調：「汝——喔，」手指頭點伊鼻頭，「汝的老父愛食，一碗公食了了。」陳厝的青蚵作法，炒麻油蒜頭。

一世三十年後，還是伊得學阿成叔的講法，三十外、外、外年後，儘管期間離鄉返鄉不知多少次，伊始終保留十三歲第一次回鄉的黃昏對斗鎮的看法，因為鬼使神差的際遇，曾經的艱苦、災厄，擦身而過的兵戎大亂，美夢般的短暫繁榮，一切過去了，就像老輩口中水勢又大又強又狠的濁水溪早就淤積，縮小，安靜了，日頭下溪水若一尾蛇。時代愈近，傳說的神祕光彩偕啾啾鬼影愈黯淡，如同下晡此時辰，離開渡船頭，行過油車街，土豆油麻油的芳味躡腳步跟隨伊，突然越頭一看，就像大廳的老爺鐘（落地自鳴鐘）一丸鐘錘停止不動，舉條大街偕斗鎮變成一座象牙雕刻。

久違的七舅公，第一個令伊心頭一震的是彼個舉斗鎮有名不知真悾假悾（傻）、亦不知幾多年紀的羅漢腳（單身漢），光頭下的項頸後烏色肉瘤累累，肉瘤小若鳥卵，大的若雞卵，眾人起先取笑：「嚇，佛祖。」「烏肉佛祖。」隨即驚覺犯了謗佛的口業，隨即改口講是果子的釋迦。無人知伊是何年何月自何處浪蕩來的，不管寒熱，總是脫赤腳，舉身腌臢。即使釋迦若啞口始終不講話，眾人探聽出伊獨身一人若旋干樂（陀螺）周遭鄉鎮溜來溜去，古意討食，不偷不搶不侵犯人，便隨哉伊去。當然有胡說編故事的，講釋迦伊夜宿墓埔，墓壙內飼有鬼仔後生，愛食麵線糊偕麵茶，莫怪伊時常此兩處食攤徘徊。

自動車停在陳厝大門口，司機去大厝內叫人來搬行李。七舅公落車，日頭一潑，長身玉立，一手舉高貼頭額遮日，看見迎面行來的羅漢腳釋迦，皮肉食日食得烏潐瘦若蟬的蛻殼，心一熱，叫伊：「老兄。」大門邊巷子兩個男女少年正好走出，看了一驚，少年郎恭敬地蝦腰，「七叔，我是耀南。」六舅公人未到先出聲：「璣仔！」口氣亟欲阻止七舅公科學的貴重雙手摸著釋迦，檢查伊項頸後的肉瘤。

「好佳哉，不是壞物。」烈日下，兩人一白一烏，七舅公持著釋迦雙手正反兩面檢查，好奇伊的手指奇長若竹節，指節目深刻，指甲縫全是膏土烏得反金，又見伊項頸長，一粒頭皮包骨加上一層烏皺，鬢邊凹陷，兩片長耳，三分像南極仙翁化身乞食來試探世間人。七舅公搖頭嘆氣，取出手巾拭手，欲言又止，釋迦兩蕊目周突然清澈直視七舅公，但隨即頭一頕，轉身往大街底行去，輕飄飄形象一團烏雲。

七舅公越頭叫，「六兄。」又看向日正當中全身光熠熠的妻子，「茲是靜子。」用日語介紹六舅公父子，靜子微笑蝦腰致敬，耀南回禮叫七嬸。六舅公答以日文表示歡迎，看著那兩大疊行李，笑講：「你是搬厝喔。中晝食未？」更解釋耀南身後的姑娘是鹹菜姆的孫，名字寶珠，請來互（給予）靜子做使用人。

「其實免啦，話語不通，而且靜子凡事自己動手。六嫂咧？」

「竈下（廚房，俗寫為「竈腳」）顧大鼎，滷豬腳在等你。」

和七舅公比併，六舅公更顯得文弱書生款，「連續兩暝夢見婳仔，應該是懽喜你翁婦（夫妻）軫來。」

巷子的另一邊以前是車庫，如今柴板圍著做倉庫，三舅公當年經營自動車的客運商會，大戰時欠缺汽油，改燒柴炭、酒精，福特、雪佛蘭的進口車車頭特別突出像豬鼻，斗鎮到鹿港共十五站，票價表是剖半爿的金字塔，七舅公幼時得四舅公教，心隨目周若爬樓梯算兩站間的差價，更換算里程數。

「三兄是幾歲走的？」

「五十一。」

日頭正正在頭頂，七舅公喔一聲若雲煙，「四兄的後生——」

「全在米國，第三代完全是米國人。」

六舅公跟隨七舅公看大門上的門神畫像，日頭曝得神荼鬱壘兩尊大神如同在雲頂，「算起你十年軫來一匝。」

「認真算，不只十年，日久他鄉變故鄉啊，六兄。」

不知為啥，七舅公躊躇不願隨即入厝內，眼神迷茫，「六兄會記得未？我四五歲時的寒天和你和四兄即在茲攝過一張相片，四兄倒手攬你，正手攬我，角度看得見舉條大街，和今日無啥差別。」

每次企在大門前，身後的門板年深月久曝日曝得輕脆，想起媼仔講古，有一年作亂，反賊抑是匪徒深夜在大門口盤桓，翌日留下一地的齒戳（牙籤）偕腳印。而且相片上不遠處有一叢大榕樹，媼仔就此亦講古，圍紅布條的大樹公有靈敍，三兄囝仔時非（難）育飼，拜大樹公作契子，甚至日本時代後期食物配給，偷刣豬便在樹下分豬肉。

日頭直直照落，兩兄弟連同身後的大門曝得滇更輕若蟬的蛻殼，雙腳前自己的人影龜殼扁扁，舉個斗鎮猶原在寢晝，舉條大街直通通無人，無風，連一隻雀鳥的影隻也無，只有日頭如同黃金，慢慢才看見賣碗粿的挑擔一浮一沉行來，如同麥芽牽畫的糖人，七舅公向伊招手，賣碗粿的加快腳步，隨即看見日頭即是古早古早的濁水溪滔滔滾滾而來，水中的鐵砂粒粒分明。

一隻雞公喔喔喔直上半天頂。

七舅公吸一口大氣，返身一腳跨過戶磴，行過門廳，行入天井，滿目花草，倒手邊牆圍掛蘭花，牆圍下石板柴板架起三排盆栽，每一盆清清氣氣，正手邊青苔石磚上一個大甕缸飼金魚，靜子探頭看。

竈腳門口，和七舅公同歲卻矮叮咚的六妗婆胭脂水粉笑吟吟，嘴內的金牙一閃。

寶珠持著碗公去大門口買碗粿，柴屐喀噠喀噠。

客廳企地的老爺鐘咚的一記實心的響聲，舂著七舅公的胸坎。

2 古早古早的春雨

今年反常，祖父祖母自過年前即講了。

喇舌謳（收音機的日語諧音）的講古節目，靜電干擾發出霹啪咿——喔——的噪音，一位男性氣運丹田，拖長聲，一字一字鑿在空中，「人若無照天理，天即無照甲子。」如此聲調響一下晡。

反常自立春開始，此日透早落大雨，晚頭才收歇。祖父尖著嘴掀曆日圖，壁上掛著兩位阿祖模糊若浸水的烏白相片，祖父一點不像老母，但是遺傳了老父的尖嘴佮薄嘴唇。

春天的雨水青寒，溼溼涾涾，落在厝瓦上，落在古老的大街，雨勢大時，半空中的水霧茫茫渺渺，阻礙時間前行，分不清宮口白茫茫是仙氣抑是食攤的燒氣抑是水汽。舉條大街的店面虛微，外鄉鎮的顧客不來，店口的水溝滿了，忽然漂來一雙柴屐，一前一後正面反面，祖父看到笑了，是博杯否？因為溼，祖父的豆餅肥料店蒸出臭殕味，伊在放著鴨母秤的事務桌上搰算盤算帳，隔壁錶店的親家公經過，「雨若更繼續落兩日，你的豆餅我看是欲暴芽了。」落雨天的好處是透早去小學校的路上，見不到死貓掛樹頭，串了金紙的草索纏項頸悠悠蕩蕩，死貓不是死了，是閉目做眠夢。好天，路邊花田的唐菖浦劍蘭映照朝時的日頭，紫紅朱紅粉紅偕黃色，每一色若摻了金粉。

巷口蘇家的整爿牆圍白漆漆了好大的圓圈，藍色的楷體大字，「保密防諜人人有責」，沃了雨水更加明顯。學校教的是，小心匪諜就在你身邊，匪諜無所不在，所以若有生分人拍肩胛頭，千萬不可越頭，亦千萬不可貪食生分人送的糕餅糖仔。

祖父曾在諸母阿祖（曾祖母）的忌日講，昨暝夢見老母，頭鬃烏金整齊，烏布衫，講腹肚枵（餓），想欲食紅麴肉，略略躊躇才講，夢中儼若阿叔亦有出現。

二叔問祖父：「偕你老父、我阿公換帖，姓許的彼位？」

祖母大力晃手，嘖一聲，「無光彩更失德，不好更撿起來講，教壞序小。欲食紅麴肉是否？」轉身去竈腳，細聲詈祖父是老斬頭。

光廳暗房，通往竈腳的陰暗房間，兩位阿祖翁婦過身的所在，善翁仔（壁虎）嘎嘎嘎叫若打火石敲擊。三叔八字輕，有幾次目尾一瞥阿祖的竹床，若像坐著一團影跡。二叔三姑追問，是諸夫（男性）祖抑是諸母（女性）祖？三叔搖頭，若看得清楚就壞了。二叔笑了，「若真正是阿祖，知悉你雷公性底（壞脾氣），才是不敢惹你。」

半暝的雨水將竹叢沃得沉重，圳溝漉漉響，祖母抱怨棉被食了溼氣，苔苔，伊考我，雨水最終流向何處？伊敬佩的七兄三歲時便知曉東邊高山，西邊大海，斗鎮的地勢往西傾斜，正正是地陷東南的反面。

雨水歸溪水，溪水歸大海，人死了後抬去藏草。清明前的一禮拜日日烏陰，雨水潑溼柴堆，擲柴入竈，先是悶燒一陣，冒出的白煙真辛。落雨的晚頭特別久長，天昏地暗，壁上相片的兩位阿祖彷彿有話欲講，我蹲坐竹椅上，持著火鉗為竈肚裡的柴翻身，火若笑，吐火星，火光燒暖使得我昏昏欲睡。我手賤將柴屐偎放在竈口邊，塑膠絆帶漸漸熔去。

落雨的暗暝，雨聲沃熄人聲，雨水細聲細口囓著布篷塑膠篷，媽祖宮口四周的街路成了烏石起造的水晶宮，燈火光燁燁若水流，人影像燒滾豬油潑在水面，只見頭殼後生肉瘤的羅漢腳釋迦一身爛衫褲，脫赤腳啪嗟啪嗟在提早收攤的宮口踅，身後一隻目色陰沉的烏狗臭齁齁，有人大聲吳（喊）：「釋迦大仙，今晚是欲偕孰人儔陣（一起，俗寫成「鬥陣、逗陣」）睏？」吊著電火球的麵茶攤，燒水茶壺的細長尖嘴長長的無休止的嗶嗶響，嗶得人肚腸婉轉，使人以為舉條大街若大船沉落海底。雨水秋清，燈火清涼，少人行，因此時間隧道破開了，兩頭各自是斗鎮的前世今生，宮口兩百年前便開市創造光明，深夜食攤上箢箸內如同演義講古的麵牛九條麵虎二條，等待英雄豪傑來食，宮口對面街底則是曾經繁榮的渡口，筏夫曝得若柴炭，明文規定渡金分別是二十文，五十文，一百文，放入青竹筒嗶啦嗶啦，三更暝半的溪風水聲押著溪底的水鬼冤魂、海賊亂民抖抖簌簌上岸，無人知曉雙腳之下的土地是千萬年來東邊水沙連山、九十九尖峰、大吼山、大小半天山瀉落的鐵砂膏土沖刷積澱而成。濁水酻酒，重點全在一個濁，亦即是地力豐富的鐵砂膏土飼養萬物飼養人，濁水做成的斗鎮，古早的先人習慣了大雨和風颱帶來大水，汪洋不見對岸，水中翻滾的大石頭作霹靂雷公響，震得胸坎空空，凡人不過是虼蟲螻蟻，不得不伏拜濁水便是烏龍化身。啊，祖父聽講有憨膽的一人七月時大熱，睏溪邊，半暝身軀冰涼驚醒，月光若剮刀，烏龍速速飛在水面，龍身鱗片形象是鐵車輪，切開濁溪水，一波強風削得那人翻落溪邊。

祖父眯目笑講，「彼位憨膽的是我的阿公。」祖父會記得的是伊細漢的熱天時，山裡人運來一籠一籠的蟬，宮口販賣，籠內所有的蟬中氣十足唧咧唧咧叫竟中晝一下晡，若吐劍光，滿天的金線銀絲飛舞相拍。雙手空空，癡癡看著竹籠，耳孔已經聽無其他聲音，只是期待響亮屆至大聲時爆炸。媽祖宮龍邊門出來的彎角是老母的碗粿攤位，有時許阿叔腳踏車載一竹籠炊好的土豆抑是豌豆仁來，搬過放在烘爐大鼎上，蓋上一條白棉紗，隨即騎車離開，輪圈金熾熾。兩人無講一句話，有時老母交付許阿叔銀票銀角。中晝日頭如同烈火，布篷影分出陰陽兩爿，許阿叔來，和老母便是上古的黃土石窟裡的一男一女，無姓氏，無身世由來。布篷影裡祖父的老母、我的諸母祖、曾祖母，略略失神，伊頭鬃梳齊，頭殼後綰髻，頭額大粒汗小粒汗，一旦認真用心時，薄嘴唇的嘴便尖起，只要許阿叔來，老母隨即有精神了。老母壞性底，罕有懽喜時，細漢祖父彼時只敢心內講：「阿母互我一角銀好否？」提起柴桶去媽祖宮後的水井取水。老母一身衫褲暗殕殕，汗浸透了又潐了，溢出臭酸味，艱苦人散赤人（窮人）的味。攤位對面是販間（旅店）、金紙店、布店、餅店，角間是棉被店，店內半空中吊著像牛軛的物件，一根鐵弦彈棉花，丁丁咚咚夜深沉。日頭天頂中央，街路的人影薄薄縮在腳底若大頭鬼。細漢祖父接過老母互伊的碗粿和竹籤，忍住不敢講，阿母我合意的是甜的，此碗可是鹹的啦。

許阿叔就像伊寶惜的腳踏車，日日擦拭保養得若新車，寡言少語，但手巧，大街底竹材器具店做薪勞（雇工），老母疼惜伊，洗好曝潐的衫褲疊得像豆乾，放伊竹床的枕頭邊，若有好食物總是碗櫥桌罩裡留互伊一份。喜仔，老母如此叫伊。喜仔許阿叔當然不是親阿叔，祖父的阿嬤、我的高祖母，少女時的結拜姊妹死了翁婿，數年後更再嫁，將唯一的後生才六七歲放互我高祖母飼，便是茲位姓許的阿叔，三十幾歲亦守寡的高祖母視如己出，自己的後生、我的諸夫祖、曾祖父則是若像野馬的浮浪狂，十七歲成婚，十八歲做老父，二十歲決定不做作穡人，此般各哂（嘲弄挖苦），「咱林家連一分狗屎地亦無，替人做田就是做死亦是只有蕃薯糜可食，我老父即是。清朝皇帝早就屄膣（擲骰子的最低點，完了）了，外頭世界已經是あいうえお，大家得稍探頭看清楚。」高祖母氣得詈伊，「已經做人老父，繼續浮浪狂不成人，你會一世人磽确（諧音缺角，不成材），若存心欲做路旁屍，自在你去。」轉身柔聲對媳婦苦勸，「伊還少年，三十歲還看無影跡，未定性，只有巧吞忍。佳哉有一好，知變竅。」

我的曾祖父、諸夫祖的變竅生活即是東西南北四界浪蕩，大抵不出斗鎮周遭的鄉鎮，或者過舊濁水溪南下，每數個月總是夜深一身的露水腥味軫來，曾祖母、諸母祖隔著暗濛濛的蚊帳看著，無異是自外鄉趕了千里路途返家鄉的鬼魂。諸夫祖大睏兩三暝日才清醒，目睚脖脖，一碗公飯菜食了後，笑咪咪點一支菸，手指頭一個玉扳指不知是真是假，諸母祖面色冷淡不理睬伊。

「喜仔呢？」伊鼻孔噴煙。

「做工賺食替你飼一家。不然是去遊山玩水？」

「亦得人，亦得神；亦得作工作穡，亦得踖踱（遊玩），才會好過日。」伊抱起幼嬰祖父嬉弄，「會曉講阿本仔話（日語）麼？阿爸教你，おはよ，好早。ありがとう，多謝。すみません，失禮喔。お願いします，請多多指教。」幼嬰笑了，舞動腳手。「大漢得像中川先生娶一個日本婆仔。」

諸母祖按耐不著，橫搶過幼嬰，「卸世眾（丟人現眼）！你欲食日本人的嘴涎，勿牽拖囝仔。」

高祖母一旁不發一言，無聲息行遠去，雖然少年夫妻讙謑（口角）囉唣是正常，不免怨嘆自己的後生奸巧不實在，但畢竟是母子，久久軫來，如同戲台的團圓，伊心內懽喜，聽伊開講囥了滿腹的見聞，譬如某地某大家族辦後事，請了藝閣，伊扛的彼台是一隻展翅仙鶴，背上諸母囝仔（小女孩）扮仙女，另外有嫦娥、孫悟空、三太子李哪吒，八仙過海，有錢人真是大範（氣派）。「阿母，我運氣來了，鐵牛車我會曉駛了。」運甘蔗運柴炭、豆油豆餅、紅磚、甕缸，服侍二位日本人去水火同源的關仔嶺去日月潭，「阿母，差一點點我就可隨兩尊大人去台北城。機運未到，更等後次。兩尊大人皮鞋金爍爍，接續坐機關車去後山林場作胜理，答應若更來下港一定找我。」「阿母，西味褸（せびろ，西裝）的芳味真好鼻，我實在好欣羨。」母子踞在大竈前，竈頂的大生鍋熊水，諸夫祖繼續舌燦蓮花，若不是日本人翻轉新時代，帶來新器具，伊只有一世人落田做憨牛；伊有靈感，等時機屆了，自有貴人牽成，互伊學得駛自動車的本事，「屆時有機會載你去台北城遊覽。」水滾了，高祖母火鉗拖出一大截燒得通體赤紅的柴顆，火光一翕一翕在兩人面上，明知自己後生是話仙（能言善道），還是笑笑神往，母子同心，兩人的快望在善翁仔嘎嘎叫得響亮的暗暝是心頭的一粒夜明珠。

斗鎮第一間戲園開張，股東當作喜事辦，一連三日戲園前搭戲棚，幾家戲班輪番表演，日頭落山時，戲園周圍密稠稠鑲了一圈的電火球，一葩一葩熔熔的白金刺目，令人疑心偎近了會燙傷，鑼鼓的彈丸鐵砂直射頭殼。若炫石打造的門口一位芬芳的古裝仙女，髻鬢掛滿假金偕水鑽珠寶，一手轉著一支花鳥團扇，向著入場觀眾流盼微笑。細漢祖父偕諸母祖看著不做作田人的老父企在戲棚腳，並不合身的西味褸顯得更矮，腳穿柴屐，嘴咬一隻菸，頭毛留長、抹油，神情笑咍咍。諸母祖牽伊的手一捏，面色一沉。戲台上小旦，胭脂紅艳艳，厚嘴唇若兩片豬肝，聽不出到底是咿呀唱啥，鑼鼓聲卻是精神百足，諸夫祖看著妻子後生，手提草帽揮揮翌翌，開嘴笑了。

「去和你老父講，阿嬤時常腹肚疼，愈來愈膨大，胃也懵懵，已經半年了。」

細漢祖父掰開人群，到了老父腳邊，未及傳話，老父挲了挲伊的頭，買了一隻麥芽糖互伊，便入去戲園。

隔日暗時，許阿叔和細漢祖父更去戲園前，等到煞戲，電火熄去，若變法術，戲園內所有的椅條歪歪倒倒，好像諸葛孔明的陣勢居然互敵軍攻破了，剝了戲服的演員只穿白棉內衫褲，面上桃紅白粉，柴屐叩叩叩大聲踏著土豆殼蠶豆殼瓜子殼哼啦哼啦。

許阿叔問得老父在戲台邊的房間，自行去找。昨晚返厝，手中麥芽糖的竹枝還不甘擲捨，老母牽伊到幫浦洗腳手，細聲交代不可洩露互阿嬤知你老父在戲園。房間暗蒙蒙，蠟燭火苗若老僧盹龜的目周瞶瞶，許阿叔叫一聲竹床上我的高祖母，「姨仔。」

高祖母嚨喉有痰，依然有心講輕鬆：「你話得要講齊勻，『姨仔今日有巧債活（較快活）否？』我看我欲斷氣得更拖一陣，前世壞積德啦。」

「勿安爾講。咱來去大病院看醫生——」

「哪有量剩錢？抑是你欲割肉去賣？你此身軀是割有半斤？」

許阿叔頭頡頡，高祖母舉起竹耙枯手握著伊手，「你咨爾條直……。你老母心真狠，二十年了，無定早就無在了。地府若遇著，我一定替你問清楚。」暗中的話語尤其有肺腑之言的深重。一隻金龜迎光飛去，嗤的碰著蠟燭火，火苗搖擺，烏影晃盪放大，許阿叔的肩胛頭劇烈地聳動，高祖母乃喘乃講：「勿哭，你和興仔，兩人性底若會得像土水湘勻即好了……。」興仔是諸夫祖曾祖父的名。

諸母祖在竈下出聲，叫許阿叔，「喜仔，來一下。」

大竈的柴火微微形象欲睡，兩人踞在竈前，胸坎滿滿卻是無話，諸母祖持火鉗將柴火打碎，火星飄散，火立即旺起，甕缸和柴桶的水面各有半片月娘，若合起團圓是滿月，此晚兩人守在竈下，柴火將將欲熄之前，及時添柴，腸子枵得咕嚕響，放入蕃薯，蓋火灰，只是半暝睏神來了，兩人頭一斜，叩一聲相撞。天光前諸母祖一如往常炊碗粿，竈下霑漉漉，竹床上的高祖母還未死，縮得形象無殼的陸螺（蝸牛），噤眠（夢囈）咿嗚，未定是和死去的親人交談。許阿叔歪頭聽高祖母到底夢中講啥，向諸母祖比手勢，面圓圓的諸母祖點頭示意，吐一口氣，掀開筤箵，水汽白茫茫，天光了。

細漢祖父第三暝更去戲園前，空地在烈日般的強光下照常滿滿的人，一位身形矮冬瓜的警察大人威嚴企在中央，攤仔因此整齊排列二爿，糖水、肉圓、炸粿、韭菜卷、土豆、畫糖俑，若正月初一的媽祖宮口。因為有警察大人監督，逐個面容謹慎，輕聲細語，專心聽戲班囓咬人肉的念唱和奏樂；好天又透風，月娘駕薄雲款款行。細漢祖父聽著有人議論，彼個羅漢腳早前才遭大人搧嘴酺兼捶了拳頭，趕走了，眾人一旁助罵，「更再來打得你做狗匍。」突然間老父出現了，猶原穿著西味褸，企上椅頭，襞手袂（挽袖），手中一尺長刀持躺橫，鎮壓著一支五六尺長的甘蔗，凝氣不動，驟然嚇一聲，「看戥真（看仔細）！」縱身跳高，刀身翻直下劈，一條甘蔗皮完整的削開。「猴齊天是也。」隨後連番數人上陣通通失敗，刀未落下，甘蔗先歪倒，或者是只削了一節。細漢祖父佩服老父有如此本事，人群中蹦蹦跳跳若猴猢，話語如同戲園的辯士：「手勢不對。」「惴啥，不是叫你斬雞頭。」「詬病（諧音哭爸）啊。」「無狀樣，你一跳有像蟾蜍。」明明是削甘蔗皮博局（賭博），礙於警察大人在場，眾人假作是娛樂，賭金稍後結算。得意的老父行向警察大人恭敬蝦腰，似乎一來一往日語對話。細漢祖父不禁為老父提心吊膽，高祖母、諸母祖和許阿叔再三交代，日本警察的傲慢酷刑，大街打罵教訓百姓，嫌斗鎮人無衛生、無規矩、無禮貌，眾人只能恬恬受糟蹋。所以遠遠看見大人，避走即是。伊為老父羞愧，更抬頭已經看無老父，耳孔邊恍惚還聽得伊嘻喝講笑，想著昨暝哭無聲的許阿叔，心像水蛭撒了一把粗鹽。

戲園的電火燒爀爀，電流嗤嗤響，滿滿的人頭晃動，細漢祖父想著不知如何向老母講明老父並不理睬我，自在浪蕩去；細漢祖父躊躇不敢軫去厝，看著羅漢腳竟然踞在水溝邊若一個大螻蟻巢，賣肉圓的婦人背著的紅嬰仔睏得一粒頭殼倒晃，可憐喔，鼎裡油嗤嗤喳喳滾，羅漢腳黑黝黝的手突然伸出，手心兩粒若龍眼籽若羊屎若仙丹不知啥物，目神若有言語：「喏，互你。」若接過手食了，從此逮（跟隨）羅漢腳走天涯。此個暗暝好久長啊。

更一個月後，一個翕熱的暗暝，高祖母倒在竹床挺著大腹肚無聲無息死了。門口埕牆圍外大片甘蔗田，下晡即無風，但是甘蔗葉不時摩挲沙沙響形象嘴焦，屆暗頭（傍晚）時天邊火燒雲，反常光焰，彩霞斜斜照入神明廳，高祖母坐起，諸母祖捧一碗泔糜（稠粥），高祖母不肯食亦不講話，看起來身軀輕巧，目神一丈遠。暗時將近七點，翕熱得耳孔嗡嗡響，善翁仔自壁上掉落，突然天邊一道銀白閃光唰的一鞭起爍爁（閃電），天頂若鼎蓋一晃，舉片甘蔗田若驚惶的面孔青恂恂，舉群大水蟻向光飛入厝內，高祖母少許還有氣，側身屈腳，大腹肚硬焅焅，正手若雞爪伸在竹床外，諸母祖端然正色下令不准出聲，點三柱香拜公媽牌位，盛了尖尖一碗蕃薯飯和一雙箸放桌上，叫細漢祖父趕緊去蘇家借一粒卵，取出紅紙黏米篩，更叫細漢祖父趕去戲園前探聽你老父倒底何處？才出門，天邊又起爍爁，此次形象一巢銀鱗大蛇細蛇竄走，遠山連同大地震動，居然空中有一絲絲鋼鐵般的甘甜，傳說雲頂有電母持一面鏡，電母逮著細漢祖父走，爍爁一閃兩閃，甘蔗田的草蜢仔（蚱蜢）隨著電光跳起半空中；稍停，更大大一閃，純銀電光若鯊魚劍若長槍若電鰻若九節鋼鞭，若日頭迴光返照，四界遂如同水晶宮，細漢祖父來到戲園前，心頭一惙，一個人亦無，連羅漢腳亦不見，只好等待起爍爁，兩三次短的以後會有一次裂開天頂的大閃，但是天頂形象笑哈哈，雲層若海湧，高祖母、諸母祖常講：「不孝，雷公摃死！」細漢祖父明白了，浮浪狂的老父即是貪暗（今晚）放閒閒的雷公，舉個斗鎮嚇驚得啞口無聲，最後一次巨大的熾爁一連數次大閃，是電母大意，神鏡失手摔碎了。

雨落到清明透早，空氣青又甘，滿目清爽，此日竈下冷清，餜潤餅的材料前一日即準備齊全，一早三姑騎腳踏車去菜市買了潤餅皮。

祖父取頭（帶頭），二叔手提柴刀，三姑四姑揹著謝籃，祖母殿後。舊戲園邊的小路，路面膏糜，路邊是露水湯湯的燈仔花（扶桑花）樹叢和檳榔樹，樹頂雀鳥吱吱喳喳，人家厝裡有狗吠，微微風透來墓埔混合著臭殕、腐敗偕滋養的氣味。祖母又更講了，彼一片墓埔古早是伊後頭厝（娘家）陳家的土地，原本只有陳厝祖先的一門大墓，來偷埋的太贅（多）了，便捐出做墓埔，茲是大功德。祖母又講，一位祖先聽講是高祖撿骨彼日，突然一陣大雨探頭淋，墓壙竄出一尾長長白蛇，異常靈巧隨即不見。墓埔一大片的地勢原本如此吧，抑是二三百年來埋下的土饅桃，放眼望去土堆層層疊疊，其上的路徑彎彎曲曲，天雲鎮低，活人卻像螻蟻，青草發得特別茂盛，存心撓癢掃墓人的腳腕，即使來到墓埔，祖父沿路遇見人通識得，互相點頭亦若螻蟻相逢。祖母細漢時腳摔斷過，略略長短腳，行路慢，伊一再吩咐我細膩小心，千萬未當（不可以）爬踏墓頭，尤其刻有后土兩字的石碑。墓碑上方橫著刻有西河、穎川、天水、江夏、太原、豫章、武功，祖父講若我識得茲所有漢字的意思，「至少像你阿嬤的老父是秀才郎了。」有墓邊竄生犽犽一叢大樹，惡形惡狀若大隻野獸，二叔尖嘴喔一聲，晃著柴刀欲剌，祖母隨即遏止，「勿講話。」祖母的大禁忌，來到墓埔的禁忌，不可連名帶姓喊出全名。此是二姑丈的祖父的墓，舊年用了竟日的工才將茲叢樹剉掉，今年竟然發得更大叢。有少許囝仔墓，小小一坏擠在低窪的所在，看著淒涼可憐。我非常想認出小墓碑上已經灰去的名字，我踞著，偕囝仔墓一同看向遠遠天邊，天九分闊地一分薄。

雖然無落雨，雲層還是厚厚，開曠的大風飽含水汽吹得人飄飄然，有時錙銖也（一些些）寒冷。

突然淡薄一小片日頭摺扇展開，土石草色歷歷分明。

諸母祖的墓邊，踞坐著一男一女中年人，看見我們，企起，「此門風水是你們的？」諸夫的病黃面容，闊嘴，「喔——等你們很久，我們互你們害得舉家悽慘落魄，輪流破病，衰事一樁又一樁……。」

二叔切斷伊：「到底啥事，講明。」

「你祖先的墓腳鎮著我老父的墓頭！」

「譀嘏（荒誕），我阿嬤埋茲幾十年，是安怎徙去壓你老父。」

「土公仔（撿骨師）、風水師，我全問過。土地公、城隍爺、濟公師父、王爺也全拜問。我老父的頭殼互你祖先的雙腳暝日鎮著暝日踢，莫怪舉家受災厄。」激動得嘴角生白沫。

祖父講話了，「死人直死人直（亡魂率直），此是確實，完全理解。若真正壓著，你我兩家一步一步來處理。」

我順著祖母的目光望去，遠遠是伊老父、我的外祖的清幽大墓，若一張非常氣派又清氣的太師椅，好寬敞的墓埕。我的諸母祖的墓自然無得比並，但是舊舊的墓碑，感覺如此親近，因為我也刻在上頭：西河，顯妣林媽沈氏滿之墓，乙酉年冬月，一大房子孫立。

此日下晡，我跟隨祖父去大街菜市後找叔公祖，兩人得參詳諸母祖風水的事志，叔公祖倒邊（左邊）臭耳聾，嘴齒剩無幾齒，拖車收壞銅壞帖舊字紙，兩隻手又大又粗若老樹根，五位後生做土水、苦力，因為祖先相同連一塊狗屎地亦無留下。

我知悉祖父心內憂煩。日頭已經烘乾之前的雨水，西照日重重落在店門口的布篷，空氣中有潘桶（餿水桶）抑是牛屎味。頭一次發覺除了媽祖宮口，大街無一叢樹，日頭和時間，兩面鏡相對，此一日久久長長，久長得棺材裡的諸母阿祖翻身徙位，真是失禮，踢到隔壁某某位斗鎮人。

過了清明的大街暫時人鬼無事，媽祖安然，繼續庇佑眾生，唯有羅漢腳釋迦食了太贅紅龜粿，見人即悾悾笑。

賣碗粿的將竹櫃放在菜市口，草笠掛在扁擔頭，人不知去向。

日頭形象溪水洗過，恬恬照著大街照著媽祖宮偕宮口所有的食攤，來往的眾人若棋盤上的棋子。

我期待經過三舅公的病院，伊舊年因為心臟病過身。病院大門內掛號所在是磨石仔地，白壁特別白，發光呢，消毒水極清氣的味，得躡腳步；靠壁一排有我半身高的厚玻璃圓罐，福馬林泡著夭折亦是流胎的紅嬰仔，無毛的大頭，鼻目嘴俱全，若蓮藕的腳手，但皮膚起縐，睏得如此深沉，完全不動，絲毫無知外面的世界，像花苞，像蠶蛹，像死人，像死貓掛樹頭。時間結凍寒死。但天光照來，此沒活成的生靈可憐又悲哀，得繼續死一百年一千年。

祖母每次看我寫功課，提醒：「三舅公是好模樣（榜樣），欲有出脫，得做醫生。」

貼近最大的玻璃罐，我看罐內一對面對面、頭額觸頭額若相抱若交換祕密的雙生仔，兩人四腳相纏，看不出是諸夫是諸母。福馬林淡淡的黃，舊濁水溪平靜變清的色澤。

我手指頭輕輕敲，希望至少其中一位睜開目周。

3 偕你行過死蔭幽谷

比上帝創世整整少了一天，父親彌留了六天在睡眠中無聲無息死去。

我遵照他的遺願，在第二個六天花葬他的骨灰。

對度量衡一向遲鈍，我雙手掂不出那一紙袋的父親骨灰到底有多重，它很像美式大賣場不到兩公斤一包的咖啡豆。姑且聽之，據說靈魂的重量是廿一公克，再姑且聽之另一則，古埃及神話關於一人死後的審判，心臟重量若是輕於或等於一根羽毛，得以進入天堂，否則餵野獸吃。

活著的具象、實體、色身靈竅，不敵死亡那一瞬間的颶風一掃而空。

一位朋友述說其老父在醫院深夜嚥氣的那一刻，她正從茶水間走長廊回病房，頭頂日光燈突然明滅閃爍且嗤嗤響，她相信是老父的廿一公克靈魂引發的效應，也是向她告別。

中學便習得的知識，人體近七成是水分，而血液總量是體重的十三分之一，高溫焚燒後剩下的骨殖再研磨成為粉末，僅只如此。世界人口八十億，古老的地球負荷太過沉重，人類稍有覺醒，大致以火化取代土葬，更進一步簡化，樹葬花葬海葬取代金斗甕、骨灰罈。而今時間感加速度前行，死亡及其儀式必須凝鍊，哀傷稀釋，方便後繼世代。

環保棺木送進焚化爐前，子女伏地磕頭謝恩跪別，得向亡者大喊，火來了，緊走，快跑。攝氏一千度的烈火焚化肉體，終結一生。在亡父與我之前是一位中年婦人，黑色蕾絲長裙及地，則笑笑柔聲喊：「媽，自由了。」轉身便走，不回頭。我立定不走，一列數窟火爐，專注看父親與棺木被推送進爐，操作者熟練地關嚴爐口，也是生產線的流程。父親的隔壁爐陪葬的是疊了半人高的庫銀幾大紙箱，與一座紙紮的紅頂白牆大豪宅，庭院中一輛轎車兩僕傭。我才想到，父親神智清明時，我們討論後事時缺漏了這一項，父親需要這些彩紙象徵的凡世財貨嗎？我永遠沒有答案了。

火化後灰燼，神話傳說則揭示了其中蘊藏生機，蜂釀蜜，火以復活，能量轉換，是以肉眼所不能見，耳朵所聽不到，另有世界。

骨殖，我認為比骨灰好，我無藥可救的文字美學耽溺，直覺骨殖死中有活眼。家屬等待火化的殯儀館瓷磚大廳一如空調怡人的餐飲店，星羅棋布小圓桌可喝咖啡食細饈閒聊或打瞌睡發呆玩手遊晉級過關，唉，鬼何寥落人何多，而且人們何其鬆懈，積極的唯有一家兄弟姊妹攤滿一桌收據帳單，兩女眷細心點數一疊奠儀，親兄弟明算帳，「昨天我買的便當收據給你了沒？總共一〇三〇。」「這一張？三十的零頭怎麼來的？」「雞腿比排骨多十塊，不要食米不知米價好不好。」「這家葬儀社真壞，拜飯的水果有一半是爛的甚至發黴，你要跟他扣錢。」我右後方是兩個親姊妹惱怒商量，「你打前鋒去撿骨，張先生會帶著你。我來堵著她，不聽勸還敢要硬闖，我就翻臉。」「肯定是她信的啥邪教，需要搜集人骨做法器用，大姑丈那次她就拿了一塊，居然鬼扯要當紀念，XX老實過頭也任由她拿。」

親人的肉身正在幾公尺外轟轟燃燒，「緊走！快跑啊！」死亡的玄祕光暈消散，所剩無幾，如此的等待讓人煩躁，生者急著將亡者個人史這最後一頁快快翻過去，以便展開即起全新的一頁。父親與我討論後事時意興闌珊又透著不耐煩，總歸一句，簡單就好，僅剩幾位三等親內的血親姻親千萬不要驚擾，等到安葬妥了再告知一聲即可，閩南語說紅白喜喪親友彼此往來金錢資助更是人情義理的千絲萬縷叫做「纏逮」，既纏縛又跟隨，舊時代、老語言滋養的好東西，但是「以後你就一個人，獨身，省事事省。」父親揮一揮手，畢竟說出了他的憂慮核心。

到我為止，纏縛斬斷，停止跟隨。

我得去戶外曬曬陽間的太陽，正巧看見一家人遵循古禮全身披麻絰絡一長列，女性尖錐孝帽遮蓋頭臉，前導的引魂幡是一長竹枝帶著三小叢翠綠幼葉，突然一陣風吹起寫著亡者生卒八字與符籙的袈裟黃飄帶。那引磬聲真是清脆好聽。整個畫面發思古幽情，我記得幼時在中部家鄉祖母娘家大家族鋪排喪事的盛大陣仗，基底根本是節慶，前廳大門一進，地面猶是夯土，幽暗甬道接天井，正廳與兩護龍，滿滿是給死亡大事磁吸來當助手的親情五什，農業社會宗族組織的人力運用，女性親友分兩陣，一陣群聚廊簷下蹲坐小竹凳縫製孝服編草鞋，麻布白布如翻騰的江河海潮，五服本親外戚分得清清楚楚，女婿的孝帽層摺如同官帽，曾孫的則縫上一方塊血紅麻布；另一陣在竈腳分工煮食，深鍋大鼎大茶壺大柴桶，大盤大碗，竹篙帆布搭起布篷，不分日夜光燁燁。主司者矮小若猢猻，黑膚揉金冒汗，目周精光四射，掩藏不住的戲謔眼神，雙手捧一冊親族名單，例行的舉哀時辰一到，手一揚，孝子賢孫得令全趕到靈前，公鴨嗓拉長音下令跪、叩頭、繞棺正經得說壽板、做狗爬一圈又一圈，女眷哭嚎，其中一個丑旦戲腔，我非命喔喔喔。天啊以前的女人真能哭也真會哭。暗時整座家宅通明，輕聲細語，壁虎嘖聲，明礬在鋁盆裡淨水，大竈裡火灰掩著火種。一場喪事起碼十天半個月，時間，前進三步又退回兩步。

燒完了，剩餘的父親散布在一張長方檯子上，比諸大航海時代的海圖的陸地、群島嶼暗礁，比諸沒有光害的星圖，一剎那還是令我心臟縮緊，那頭蓋骨燒得灰白而脆，布有黑色芝麻點。我以為逃火成功的父親就在我身邊一起看著他剩餘的骨殖。

花葬地在大屯山系一處面朝遠方海口的緩坡，視野寬敞，蒼黛山勢起伏，山氣溼潤，少年時背誦的詩句，山是凝固的波浪。天氣若是晴朗，遠眺海岸上方混濁的空氣，這一日太陽疲軟，我們這海島垂垂老矣。緩坡闢出三層梯田似花床，每一層又區隔幾大塊長方形，工整且密集的繞栽著一串紅，塑膠花般的呆頭呆腦，花床沒有一株花草，鋪滿青灰卵石與雪白小石，待埋骨灰處插著一支頭部一個圓環的鐵條。父親是這一小區的第一個呢。

路就走到這裡，到此為止。

官方流程，每一塊花床使用滿額後封閉，滿兩年後翻土為新，再開放重新接納後來的亡者。死蔭綠地，遊人不來，蜘蛛結網，甚是幽靜。協助我的中年男子，我該稱呼他花葬公務員吧，他慣於勞動的手一鏟子深入土中，挖出空隙，讓我倒入父親。我再三拍抖紙袋，確定沒有殘餘粉末。公務員微微笑了，似乎稱讚我的細心。他覆土，拍平，收拾工具默默走了。我回復到數千年前的古人，對亡者不封不樹，虛空無限大，趨近永恆，無謂的永恆；面向山谷，胸臆打開，納於虛空。我非常敬佩一位好年輕的仁人志士，遺言妻子遭處決後的屍身燒了，「撒在我所熱愛的這片土地上，也許可以對人們種空心菜有些幫助呢。」

離我最近的山看似土丘，其上一隻黑鳥展翅滑翔，委身氣流隨興打圈圈，我突發奇想，鳥葬如何，綁縛鳥背讓牠代為飛灑空中，讓我們一起飛揚吧，我們最後的命運相同。

何其自由的鳥，雙腳黏著於地的我。然後，我深信那飛鳥好討厭好譏諷地俯視我如井底蛙。

一個多月後，父親的七七，不可名的意識驅使我再度上山。父親多了好幾個鄰居。我繞走梯田似的斜坡，往復多趟，有那不徹底、放不下的家屬在卵石上寫了思念畫了心，另一區花床下方草坪上擺放一瓶冷萃茶飲、一部手掌長風琴頁裝幀精美的地藏經。我仰頭看最近的山頭，不知是否同一隻黑鳥又是展翅與氣流一起浮游畫圈，與上次一樣高傲地俯視我。也是重複上次，我與高山天空相對無言，虛空泠泠貫穿我。離去前，我才發現緊靠父親有一株約十五公分高的野草，伶仃可愛，輕易地被我連根拔起。隨即一轉念，正好背包裡有一個塑膠袋，我將之帶回住處。

我沒有綠手指，過往經驗凡是我經手養的盆栽，不出三個月總是枯萎而亡，是以這次我小心翼翼先以一支玻璃瓶清水供養，觀之賞之而生出苦惱。燈光下透過父親的放大鏡，挺直的莖有四稜邊，對生的細嫩葉每邊五小片如人掌，每片長卵型，葉端尖銳。我聞聞，隱約一般的草味——哈哈，草味，不然呢。我強迫症似的觀察他，對生的掌狀複葉雙手合托，一節一節間隔有序，最頂端初生葉則只一小片，植物向上爭取日光的意志力？而且此中儼然有其秩序，或者可作如是觀，微型巴別塔，意欲探處那不可探處的高度，此草做的正是高等生物如人類的摩天與航空大夢，我不禁肅然起敬。繼續推論，蝸牛觸角、蚊子睫毛也可以是一個足以發動戰爭的國度。那麼，我硬是將思路繞回原點，此草來日能否開花呢？

對視良久，我還是不知道這草的名字。知曉名字，譬如下錨定樁，孤島才能有了經緯度，譬如當年一同被釘上十字架的，唯有一位因其大名而永生。有了名字，才能生養記憶。

突然我發覺這一間父親留下的坐西朝東老公寓靜夜裡好空曠，最後的捷運班車已經過去，道路的塵囂十去其九，斜對過的加油站廿四小時營業不得不大放光明。我環視屋內，數年前重新粉刷的白牆還熠熠發光，只是靠浴室的一面牆牆腳壁癌發作像是一塊惡癬，然而維持原狀、無一物異動的主臥室的床彷彿還有一部分父親的魂魄包括膚屑體味毛髮仍然寤寐著，他固定座位的沙發墊子記憶著他的臀型，移動式櫥架有他泡茶的全副器具，茶几上的老花眼鏡，不求人，拍痧板，藥膏譬如一條根，原子筆，液晶電算機，一串來源不明的蜜蠟手鍊，分裝每日藥劑的格盤，一沓帳單廣告信函報紙，沙發旁三紙箱的復健與保養器材以及對治周身的各類藥品……我監視器的鏡頭慢速掃描，所有的物件與大小家電器物，敷著一層沉甸甸的灰塵。我推遲不肯清理，因此留住父親的生活痕跡，以為物在人在。殊不知是物累，物主永遠離去了更是極大的物累。但我分明看見每一物累都有父親的手澤，指印，指紋，影子，清楚如同葉片仰光的筋脈，並且老人味、加齡臭還固執附著。我聽見他最後勉力行走，克制著拖鞋不要過於摩擦發出噪音而不可得。他的倒數第五個夜晚，他半夜起來，虛虛地緩緩地移動到沙發枯坐，偶爾索索出聲，他稍抬頭，目光直對牆上日曆，他讀過那類似童謠的文句嗎，屬於我輩的小學課文，「日曆日曆掛在牆壁，一天撕去一頁。時間過得真快，使我心裡著急。」那時候，父親到底在想什麼？時間的沙漏嘶嘶嘶地輕響，我躺床上不動，集中精神感知他的舉動，他嚥了口水，又抬起一腳，放下，換抬起另一隻，腳麻？他預知大限到了，但什麼都不能做也做不得，譬如當年看著維蘇威火山大爆發魂飛魄散轉身要逃也逃不了。預知死亡的同時，封口的機制也啟動了，當事人不能說不敢說，一說立即封喉斃命。我小時讀過的故事，自知將死的老象，獨自離開象群進入幽暗洞穴，死亡是非常非常私密的事。故事的驚喜結局則是來自第一世界的白人冒險者發現一洞窟的象牙。僅此一夜，其後父親再也無法半夜起身。那一夜，我更覺得父親像是瓦罐燉中藥，在那看似永恆又瞬息將滅的文火上，冒出的蒸氣與藥味苦香交集。

好像繡像小說的插圖，趴桌上做夢的人頭上出現一朵夢雲，其中有遊魂分身下望他自己。我乍然醒來，那掌狀嫩葉也顫動了一下，白牆上倏忽滑過一隻壁虎善翁仔。這是無名草入住我家的第一日。

第二日，我對著這株草還是想，他會開花結果嗎？若是，除非雌雄同株，否則如何授粉？關心則亂，苦惱增生一層。我搜尋前後陽台，找出一個直徑十五公分的磚紅塑料花盆，盆中殘餘乾硬發白的土塊，真是貧瘠。我隨即搜尋得知好幾則翻新舊土並肥沃之的方法，先是得日光曝曬消毒，或者高溫蒸氣也可，再以廚餘的果皮菜葉蛋殼、茶葉渣花生殼切碎參雜攪拌成為堆肥，若有EM有效微生物菌幫助分解發酵更好。再者是液體肥，取材香蕉皮最方便，加水浸泡幾晝夜便成。我閱讀這些知識，心中歡喜，就像一位長輩的直言諷刺，你呀樂於旁觀，但並不生活，這樣是病態。

病態的現代人只得養殖病態的無名草。

我繼續追索ＥＭ菌的身世，覺得伸指可得，同時再一次體驗當今之世故事的消解，輕鬆的我們謂之資訊，過量的資訊讓人飽食昏沉；嚴肅的謂之知識已經沒有禁制，一如大水漫漶大地，即取即有，因此，故事的神魔之力委頓，大半消蝕矣。

我將自己拉回現實，時間是關鍵，我立即得要，無法等待，週末專程跑了一趟高架橋梁下的花市，我忍不住譏誚，哇好多的業餘城市農夫；我徘徊攤位走道，習得山土泥炭土椰纖土赤玉土珍珠粒，包裝上標明德國荷蘭進口，甚至黑森林，濁水溪河砂。父子檔或一家人的攤商一眼看穿我是無知新手，懶得理我不知如何選擇，我呆立苦思，怎樣調製最好的配方，排水保水又有營養。實踐真難。好吧，消費者的捷徑，不選擇，我最終隨機買了一包調製好的培養土。

我心神其實給一攤層架高牆滿滿是巴掌大的多肉植物盆栽吸引，葉子凝練、厚實或尖細，三小盆特價一百，可置於掌上賞玩，遊目其間，我遏止自己別造孽，養一盆死一盆的綠色殺手。我記掛家中清水養著的無名草，突然想起民間故事那單身農夫與家中養在水缸裡的蚌殼精，她感恩救命而為農夫煮飯。

半夜兩點多，我眼睛又自動睜開，中醫理論，肝經堵塞的病徵，我覺得舌苦口澌，難再入睡，在浴室發現兩隻小蒼蠅似的蛾蚋，信手一掌拍死一隻，才愕然覺得罪孽，來自排水孔的蛾蚋已是夠難堪的低等生靈，我為何不能與之和平共生？我們當然是不同條生，也不同條死。枯坐父親的沙發位子，三魂悠悠七魄渺渺，游離意識蹦出的卻是某一技術官僚的嚴重警告，我們地震頻繁的海島首都，潛藏土壤液化的大危機，萬一發生六級七級地震，四千棟房屋勢必倒塌。時間沙漏，極大的意義上，我們置身流沙上，一個也逃不了。

夜沙沙沙沙在闃靜中巨響。我國中時，一次陪伴父親開車去南投山裡向協作農戶收款，順道找二叔，再一同去一荒僻山坳一獨戶人家訪友，屋後一片廣闊石礫，更遠紅土崖毫無植披的惡地形，我與小堂弟循鏘鏘水流聲前去探險，才是夏末，野山蕭索，眼前突然是一大片累累且乾淨灰白的巨大圓石真像是恐龍蛋的河灘，小堂弟與我跳上跳下一分鐘後看見激越溪水衝擊石頭怒吼，水氣好冰涼抓我們腳，我才膽怯溪水要來奪取我倆小命，身後傳來父親洪亮且急躁的喊聲，軫來！

軫，車後橫木，輪軸嗎？也是轉琴弦以調音的小柱，所以得到轉動復返的實相與意象，古典美文則是再生緣。父親何在？我就像愛麗絲正做夢呢，他在我的記憶我的意志我的軀體，我軫轉他。

第四日的深夜，整座雙拼老公寓靜寂寂，樓梯間的廚房水管咕嚕咕嚕，屋內暗影活靈活現，恍惚彼得潘來尋捉他的影子，樓下的元老住戶商先生來按鈴，銅鈴眼，源自對抗黃土高原而生的大嗓門直爽說，清洗水塔，每戶分攤五百元。子時將盡，我才想起一個多月前商先生的么女來收公用電費，開口便質問我，門口頂燈不亮好暗為啥不換燈泡，清脆解釋：「我爸住院，以後他不再為大家做這些事了，我也向電力公司申請了，直接向每一戶收費，大家都省得麻煩。」我點頭答謝，當然當然。其後數日我下樓出門遇到一樓鄰長太太捧一掌瓜子嗑著，內八鴨蹼站姿與鄰婦聊天，「老商先生走囉，好快，哎，現在公寓房子，送醫院沒救就不再回來啦，後事簡單俐落，走得無聲無息誰會知道。」

半徑兩公里的圓周範圍內盡是起碼四十年屋齡、四樓雙拼無電梯外牆二丁掛瓷磚的老公寓，鐵窗、雨棚、陽台外推、盆栽、冷氣機一路追加外掛，因此牆面發黴、黑斑，蓬頭垢面，真是老醜，幸佳哉十年來市政府力圖整治防火巷，清除推積雜物，重新洗石子地鋪面，安裝腳燈，夜晚於是有了遲暮情調。街巷上頭天空清朗，因此行走者像是立在破浪前行的船頭，胸臆滿是破舊立新的志氣。

如此蔽舊街廓，適合都市更新、夷平重建，果然有著地下停車場的公園的後方面臨大路的一長排老公寓，已經全部拆除，碎裂磚石遍地，兩台停工的怪手鶴勢螂形又像巨獸遺骸，視野一空，不遠處新大樓一方一方滿溢燈光疊起，有如太空星艦。

我坐在怪手的鋸齒鏟斗上，雖則滿目瘡痍，這般徹底抹除記憶的破壞讓我心情豁然開朗，不值得記憶的就除惡務盡，燒光清空。

閩南語責罵人不成材，發音重且促，諧音缺角倒也合理，正字是磽确，原本字義是堅硬多石且荒瘠的土地，不宜耕種；但是唯獨柔荏的一季生一年生野草能從磽确欣然生長。

無名草來到我家的第七天，我將之移植在新鮮培養土裡。

我繞室踟躕，才小心甚至是惶恐地將他放在後陽台紗門下的西曬裡。

和光同塵，太初以來每一天都是新生的太陽，介於金與蛋清色，暖而不炙。

滿滿的正能量，每一光粒子以非常的排序美與速度在飛梭在碰撞在激勵，在燃燒，光中有意志有永恆。

嫩葉舒展，恍兮惚兮，我認為他在午睡，在一奈米一奈米抽長。

老友諾亞來訪，進屋，渾身汗氣與鋼鐵塵囂味。

我說：「來見見我爸。」

4 少年十五二十時

傳說中的七舅公軫來家鄉的第一個透早，天還未光，在媼仔（母親）壽終正寢的百年古董紅眠床醒來。

形象𩑾到媼仔穿烏布衫的味，七舅公想，一定是意識滿足自己遂來製造幻象，媼仔的面圓圓，笑笑俯視像一蕊複瓣大花。想起就見誚面紅，食媼仔的母乳食到二四歲還不斷，媼仔笑笑攬著伊，將乳頭放進伊嘴內，清楚記得媼仔乳上幾粒若血滴的硃砂痣。

蚊罩內暗蒙蒙，慢慢才看清楚天頂柴條格上雕刻總共六隻仙鶴，還會記得三邊眠床屏上層下層浮雕著牡丹花開富貴、金魚喜鵲與蓮花蓮蓬，後屏上方凌空一排屜仔。肖楠的芳味千百年的悠遠。昨晚，為靜子解釋浮雕的典故，寶蓋上方圍板正中是福祿壽三星，左右對仗的鳳凰，龍頭魚身象徵狀元及第的鰲，要長壽亦要榮華富貴更要子孫友孝，傳統漢人至為綺麗的美夢。靜子驚呼工匠師傅的手藝，指頭拭著紋路；七舅公解釋，六嫂像媼仔清氣性（潔癖），一定是每日拚掃，如同媼仔還在生。然後翁婦兩人並坐在眠床邊，摸著柴質潤澤光滑，靜子笑講，咱兩人是不是形象新郎新娘？七舅公有音無字應了一聲，如同日本人。茲若神仙洞府的房間，細漢時入來總要躡腳尾，兩人的行李箱疊在媼仔的樟木箱上頭，此晚起即睏在父母睏一世人的眠床，略略感覺如同篡位的不安。

迷濛中，咯咯咯雞公啼了，將睏夢一頂虻罩銜飛而去。

聽見六兄六嫂輕輕行出房間的腳步聲，六嫂偕寶珠細聲講話，若厝簷滴落露水。目周再次開開，已是天光大亮。六兄沃了天井的花草，騎鐵馬（腳踏車）去學校了。六嫂招呼伊和靜子食早頓，廚房的圓桌擺了半桌的醬菜、菜脯蛋、鹹鴨蛋、油炸鬼、炒土豆，一坩雪白的糜，「不知靜子食得會習慣未？」又解說醬菜是寶珠去菜堂（佛堂）買的，「以前五嫂常講，老了欲去住的彼間菜堂？」昏暗的食飯廳連著竈腳，感覺六嫂更加矮，察覺伊薄薄抹了粉，衫襟掛一串玉蘭花，為著靜子是陳厝的人客。

六嫂將一盤菜脯、稞薑，一盤麻油煎雞蛋移到七舅公面前，「你六兄一個月前即千交代萬交代，你愛食脆的，得做新的。」看看靜子，欲言又止，「古早時學的日文全未記得了，莫怪媼仔常常笑我偕孔子公無緣。」靜子聽了翻譯，笑講孔子公怎會日文呢。六嫂聽了翻譯亦笑，「我講不贏你們讀冊人。」

「你腦筋可是比六兄好。」七舅公突然想到，問安怎老爺鐘不響了？

「你六兄交代你們又是輦凌機又是坐車，一定真忝（累），恐驚吵到你們睏眠，將鐘暫時停了。上次停，是嫗仔過身，時間在過若飛。」

門口光影一晃，一隻黃貓企定，很有氣勢，琥珀目周打量兩位生分人。

七舅公問起八舅公，六嫂答老八的後生偕諸母囝（兒子與女兒）全住嘉義娶嫁，安家落戶，翁婦兩人順勢搬去四五年，住習慣了。「知悉你們轉來，老八問你有興趣去嘉義行行？若無，翁婦會專程軫來一匝（一趟）。」

七舅公挾起土豆，「耀廣到底是何時亡去的？」

「四年前。真好死，以為只是感冒，睏竟日，應該是半暝嘴潐起來飲水，透早寶珠發現倒在水缸邊，無氣了。」

耀廣是八舅公的長子，眾兄弟上嫻都（最英俊）的八舅公彼年在廈門，往返福州、上海、廣州做生意，舊曆年底返來，得到花柳病畢竟瞞不住，一個餘月後八妗婆確定有娠，探聽得知一個偏方，豬膽解毒，每日透早買來一副。豬膽至苦，八妗婆硬吞強忍，竈腳後扶著幫浦痛苦嘔吐，滿面目屎鼻水。嘔吐聲形象心肺裂開，六舅公六妗婆不忍心，怨老八風流，自恃嫻都總是嫌妻後醜，六舅公正色告誡，燒糜傷重菜，粹[1]婦損翁婿（粥熱菜就吃得多，美

1 Youtube台灣話大衛羊認為「美」之台語閩南語正字為「粹」，「媠、嫷」的發音不吻合。

妻損傷夫婿）。「你六兄條直，竟然講燒糜放久不亦變冷糜，粹醜只是藉口，風流過度無積德。其實有理。」紅嬰仔出世，嫗仔阿祖抱著一看，又輕又紅得反常，重重嘆氣，果然日後是病毒傷了大腦的悾兒，智識只有幼稚園程度。耀廣屆二十歲時，有人好心來報知，你陳家悾少爺日日在宮口踅，褲頭提到肚臍上，看到姑娘仔，嘴涎直直滴，目神直得驚人，若欲將人拆食落腹。八妗婆將耀廣關起來，持掃帚柄打，哭得比當年吞豬膽還更悲慘。

東照日自門口伸進竈腳內，映得三人好氣色，七舅公講台北停留三天，見了醫學校的幾位同窗偕五兄。五兄身體勇健，一邊耳仔有問題，醫不好，居然兩三年前開始自學吉他，彈奏真有水準；禿額了，顯得面更長，真像老父。十個兄弟姊妹，八男二女，無去一半了。七舅公六妗婆、叔嫂同年，兩人同心看著日頭入來到此為止，曝得兩腳少許燒爀，像一道溪水隔開陰陽，但是陽世此邊陰涼，死去的全在煌煌光裡，一想到若點名即出現，活跳跳喔。

「八嫂就是姻嫪[2]，甕窶甕窶（肚量狹小）。」六妗婆突然文文笑，「聽講日本人個性就是如此，干是真的？」七舅公於是亦若細漢時，睖（瞪）伊一下，隨即偷笑講，「甕窶戴屎桶（嘲諷心胸狹窄者）。」

柴屐喊喊叩叩自前廳行來，六妗婆聽聲識人講是寶珠，「你們欲出門趁早。我叫寶珠去叫三輪車。」

七舅公細漢時一次偕嫗仔作伴去找斗鎮東邊的大姑，暗頭（傍晚）落大雨，坐三輪車返回，戴草笠的車伕自車篷頂密密蓋下一層臭油味厚重的尼龍帆布，大雨啪噠咱噠若槍子，暗蒙蒙中又悶又溼，幾日前才聽四兄講古十殿閻君，刀山油鍋割嘴舌，身軀擲入大石磨的洞孔，提心吊膽以為隨後落車便是閻羅殿。

此日朝時的日頭亦像大雨探頭淋，七舅公戴著巴拿馬草帽，靜子七妗婆幼秀舉著一支洋傘，兩人齊齊坐三輪車上，經過大街，好奇的鎮民目迎目送。

如同舊濁水溪整治完成化為溫馴的圳溝，繪製地圖示意只是一條條的掌紋，如今的斗鎮脫水路入陸路，但是遠離火車驛站，只有省道公路一條直線切過鎮的邊緣，日本時代的行政管轄區域大幅縮小，鳳凰變作閹雞，時勢改變運命，註定了遠離繁榮發達，歸於平淡。家鄉斗鎮的歷史同範圍的演變，偕七舅公的年歲適好成反比，二十歲以前感覺一條大街是又大又鬧熱，層層疊疊充滿了奇人奇事形象萬花筒，父母兄嫂講起鎮上某某人便有一段故事，而且故事若蜘蛛網牽連再牽連，亦可比清朝皇帝耍的多寶格。半世紀後變化如此，何必傷心，不必感慨，現此時的斗鎮完全吻合七舅公的心情，雖然歸化做日本人多年，伊不曾否認自己原初是濁水膏土飼養的斗鎮人，古早鄉鎮的日月星辰始終排列在頭殼內。米國人登上月球是彼年七月，九月底接到六兄的批信，熱烈地寫著彼一晚天主堂滿滿的人，比做禮拜望彌撒還更

2　陳冠學解釋：婦女性情孤介，人我之限甚嚴。

專心又緊張，大氣不敢喘，看電視內太空人踏上廣寒宮，「太空人？真耶假耶？觀其緩慢移動的身軀毋寧像是一尾蠶。是夜眾人屏氣，十字架上西洋救世主默默垂視，電視機約莫一茶几大，兒童跪坐其前，狀若中邪，當太空人行進彷彿醉酒蹣跚，其時眾人必然皆心碎矣，數千年太陰神話毀矣，西風復次壓倒東風。弟之小學同窗謝君，尚能說笑，云嫦娥玉兔遁逃去了。眾人附和。」「歡迎鎮民在天主堂觀看電視，乃米國人馬神父，漢名道遠，儒雅君子，腹笥甚廣。」

三輪車上，七舅公心中自有一張地圖，交代了車夫，經過讀過的小學校，如今是全新的校舍，牆圍內紅漆頂大鐵籠中兩隻猴猢。頭一站是神社遺址，如今矗立一大棟工廠，伊比劃著解說互靜子，雖然四兄五兄總是講，日本神佮咱漢人無關，必要時做做表面就是；十五六歲時叔伯阿兄文彥結婚式，神社前家族合照，背後一大幅白布有車輪大的紋章，華藻究竟象徵何物？不知矣，鳥居下鋪著細石的潔淨參道，兩旁各有一長列石鼓燈，天地開闊，所有的線條極度簡化，極度莊嚴，確實有如神境；彼時心內好欣羨，而且曉得欣賞神官的舉止氣度。神社初初建成，斗鎮人當作是如同媽祖壽辰大拜拜，駕牛車騎鐵馬來的人群佮挑擔賣食物的聚集在參道前噓噓嘩嘩，吵鬧討論石狛犬佮石獅的不同，警察大人趕來喝斥教訓，眾人才散去。其後輾轉聽到有官員檢討，同化斗鎮土人算是失敗，鄙視茲斗鎮畢竟是駕牛車的所在，路面一抔一抔的牛屎。

第二站是日本人移民經營的農場，鎮外舊名溪底的所在，四兄五兄曾經取頭（帶頭），深夜去看農場的日本人提煤油燈在菸葉田抓蟲，菸葉的利潤好，夜暗中的燈火若鬼物。自成一國的移民村，非常婣嫪，目周生在頭殼頂，絕不偕本地人往來。五兄有一項寶貝，望遠鏡千里鏡，觀察的感想是佩服農場的阿本仔一個個矮冬瓜，但是矻力整潔，作穡時綁頭巾清氣溜溜，「彼大片溪埔地，野狗畜牲亦不愛，日頭一曝，篋箸一般，日頭落山還是燒焃焃。」四兄講：「主政者應該是有英國人達爾文的想法，優勝劣敗，強的出頭。」話中有話，孰強孰弱，不必講明。客廳壁上是秀才老父的畫像，穿著清朝官服、頂戴，嘴鬚飄飄然；鳳眼長面，是陳厝人的特色。

三輪車踏到隔壁鎮了，平地上又是一間大廠房的菜市，背後一排應該是當年為了有助於驅趕虻蟲而栽種的尤加利樹，青天漠漠，移民村屍骨不存矣。靜子七妗婆拭汗，表示消失是理所當然，若留到今日還不是爛朽了。

轉回大街，另一端的街底轉彎，靜子七妗婆掩嘴驚呼一聲然後笑了，眼前整個區域全是魚鱗板壁的日式平房，當年日本官員的宿舍，有獨棟有雙併，幽靜更優雅，前後院大樹若油彩，日頭滿滿的巷弄靜靜，如同化外之境。七舅公微微笑問，是不是真形象你父母的屋敷？甚至互你感覺回到你的子供時代？

最後來到武德殿，其實是只剩一半的廢墟。儘管已有心理準備，七舅公還是驚駭，架高的殿基下野草密稠稠，更有垃圾雜物發出爛臭味，門口以及半人高的石牆放著一竹篙一竹篙曝衫褲偕棉裤被。七舅公感覺記憶毀滅，糟蹋了了。幼年少年時，看著尖山的厝頂，迴廊插著白皙皙的太陽旗，殿內練習劍道的大人威嚴，不免聯想到四兄教的古文一句，大丈夫當如是也。

回程，七舅公突然伸手將洋傘一壓，阻擋靜子看見踞水溝邊放屎的一個囝仔，企在後面應該是囝仔的阿姊，兩隻腳腿虼蝨咬得若紅豆冰。偏偏三輪車一停，車伕大聲呸嘴涎。七舅公眉頭結嚴嚴，忍著怒氣，返陳厝入了大廳才發作，對著六妗婆唧哩咕嚕講了一串日語。

六妗婆笑笑講：「五月蝿い——發音有正確無？只講『烏魯賽』對否？會使得否（可以嗎）？」靜子七妗婆了解此句話後亦微微笑了。七舅公自覺過頭，收了怒氣，還是嚴正表示，一樣是做田作穡，客家莊非常清氣，自愛，咱們衛生觀念真否（壞），腌臢的匪（壞）習慣改不了；又更惱怒武德殿的破敗，變成糞埽堆。

「以前食都食未飽矣，是欲安怎講究衛生。」

「以前？一百載前才是以前。」

六妗婆不得不抿嘴表示同意，但還是鬥嘴鼓，「你軫來斗鎮做衛生課長，一定比以前的日本大人更加有威嚴更加有效。」又講，「以前的大人一個不剩了，現今換作赴理人來，照常威風八面，高高在上。」

雖然是六舅公的新婦仔（童養媳），叔嫂倆同歲，自小作夥讀冊作夥耍，口齒伶俐的兩人自然亦愛鬥嘴鼓；嫗仔阿祖故意嬉弄，「換璣仔互你做翁婿好麼？」「無愛，我大璣仔四個月。彩鳳較適合。」

六妗婆單名慳，節儉之意，是嫗仔阿祖的後頭厝的親族，當年來陳家的新婦仔另有一個彩鳳，是慳仔的叔伯小妹，一年後，彩鳳的父母添了一個男丁，隨即拜託嫗仔阿祖，希望接彩鳳軫去照顧紅嬰小弟。彩鳳乖巧文靜，大家疼惜，和璣仔並坐在藤椅若一幅年畫，璣仔懽喜教彩鳳識字寫字。之後，有時彩鳳背著小弟行一點鐘久的路來，偕慳仔去找嫗仔，但等不到璣仔放學。食晚頓時，慳仔不經意說出彩鳳下晡有來，璣仔當作無聽得，一聲不應。

「還會記得彩鳳？」慳仔六妗婆問。

璣仔七舅公目鏡後的目周仁烏瞵瞵，眼光一閃。

「伊和翁婿、後生此幾日在附近鄉鎮做甠理。」

「是做甚甠理？」

「賣布。開一台三輪的自動車，車頭前只一輪若鼻仔，不過不是リアカー（發音似犁仔卡，手拉拖板車）。」慳仔六妗婆少許得意的笑笑，總算講了句正確的日文。

此日下晡和隔日早時，七舅公向耀南借了鐵馬，獨自出門；六妗婆提來兩個夾仔，夾著褲腳以免捲入鐵馬鏈條，油污洗不去。靜子七妗婆對天井一朋（一邊）的蘭花有興趣，恰恰好獨自慢慢欣賞。

騎著鐵馬，隨即輕鬆，前車輪附著一小支磨電燈發電機，斜倒靠著輪胎，摩擦生電，傳到把手前的車燈，但是騎久就食力了。七舅公需要此個食力的感覺取路找到文華表兄，車頭燈的光像假珠寶，日時無人注意，經過三兄四兄曾經是股東的戲園，巨大看板是身軀刺龍刺鳳、舉武士刀的小林旭，另一邊則是一個鬍鬆鬆古裝男子和「獨臂刀王」四個猖狂大字。日頭刺目，七舅公不確定是目周還是心理作祟，回鄉才兩日，家鄉隨即變小變輕變扁了，長年浸泡在記憶偕淡薄思念中的一切，五彩芬芳又溫暖，啊，彼時的嫗仔面圓圓好豐潤，四兄正少年，好笑韆的慳仔穿著海軍領的白衫褲，少年的自己騎鐵馬巡遍每一條街路小巷，遇見臭鼩鼩的堆肥，落一地的蓮霧爛出甜芳的酒味，燒稻草的一大片茫霧；看見四嫂的阿公，府綢短掛，白嘴鬚飄飄然若仙翁；一個小學同窗亦騎鐵馬送貨，相認了，對方遂來面紅若酒醉；經過牛墟，好大粒的牛目若古井水面，伊深深感覺做牛做畜牲的悲哀；騎到溪邊，微微風好奇妙，自細漢聽了太贅（多）古怪事志，漉漉水響全是溪底幾百年來的野鬼冤魂，當然亦有放水流的死狗，彼岸對面即是另一個鄉鎮。口才迷人的四兄笑笑講，咱陳家祖先即是三更暝半在溪水中央和當年的大海賊交涉，用心用智，斗鎮得以逃過一劫，「是如何交涉？」小姑娘慳仔發問。話講半暝時，無星無月，咱祖先依照約束經過媽祖宮來到溪邊，烏金若蛟龍的溪水上已是密稠稠的船隻，船上企著密稠稠的海賊，個個銜枚不語，看不出傳說的大賊頭是哪一位，但是咱祖先有靈感知悉方向，相準其中一對目周金熾熾，將才氣勢，遂向此人拱手作揖，洪聲誠意講咱同是泉州人，家母更是同安姓蔡，人親土親，而且舉個斗鎮全是媽祖的弟子，亦全是作穡人，靠天食飯，並無金銀財寶，還請高抬貴手。二隻竹排載著豬肉甕酒緩緩順流送去，錙銖（一些）薄禮，但願勿要棄嫌。溪水泛出的寒意襲來，靜寂烏暗中，咱祖先感受彼一對犀利目周的善意，隨即看見空竹排流回岸邊，水下兩個海賊泅水送回，夜蟲唧唧，天星閃閃爍爍，突然一聲響亮口哨，所有船隻回頭向出海口駛去，恍惚遠遠傳來一句話，天上聖母恩澤四海。此時咱祖先才發覺一身軀大汗，內衫褲霑糊糊。

「彼當時你若是在咱祖先邊，你會如何？和賊頭講啥？」四兄問。

慳仔答：「有閒來坐，奉茶。」

璣仔駁斥：「賊頭不是人客。」

四兄將白紙黃紙撕成一穗，教兩人扮演哼哈二將，鼻孔哼一聲，手搖一穗白紙，嘴哈一聲，手搖另一穗黃紙，璣仔慳仔雙雙昏倒在地。四兄更問：「我是孰？」一答通天教主，一答元始天尊。璣仔睖慳仔，「通天教主是匪人。」「你哈將軍才是匪人。」四兄又指天井架竹篙和椅條曝日頭的棉褯被問：「此是何陣勢？」齊答：「誅仙陣是也。」兩人便在其下鑽來鑽去，嫗仔偕六兄在客廳看得笑哈哈，六兄自細漢即是衫褲從無一點污漬。四兄抿嘴，笑講六兄諸母體（娘娘腔）。

繼續騎到墓埔，陳厝第一個在此埋葬的是太祖，曠野的風微微，別有一種腐敗又生機澎湃的味，墓埔之外是看似無邊無際的田園。斗鎮是一個圓圈，自生到死，雖然一樣生，百樣死，死後只剩墓碑上的堂號偕姓氏名字。鐵馬一圈又一圈，便有錯覺，永遠騎不出斗鎮，但是只要決心，心一橫，隨時可以離開。四兄教的成語，插翅難飛，遠走高飛。中學住學寮，是彼個有心學習仿造欲成為小京都的城市，市區的溪水兩岸種有柳樹，婦人溪邊洗衫褲，尻倉（屁股）一顫一顫，伊笑自己在茲城市若蠓蠅在玻璃窗上搓手搓腳。

繼續騎到日本官府的宿舍，尤其清氣整潔，每一片樹葉如同洗過。迎面一位大頭高鼻的英氣男子，原來是仲華表兄，特別有親，問了學業如何，便取伊去到一戶大門前，講現今總督府醫學校的校長亦是醫學會會長，上世紀尾曾經在此住過，靜養並思考如何對治風土病。

講起校長，表兄面容發光，「你知否，先生頭一次自雞籠港踏上咱台灣才二十三歲。」伊渾然不知先生到底是啥大人物。「不過，先生是勝利者的一方，國家進步，稱呼咱台灣人是土人。」形象烏暗大陸非洲土人？伊不覺眉頭結起。

仲華表兄講起校長先生的故事，專精細菌研究，和同事立志找出鼠疫的源頭，決心消滅杜絕之，前後耗時二十餘載，救了無數人的性命。當年先生自北部下南，平生首次見識了海島瘴癘的厲害，一路上病死的士兵比戰死的還更多，令先生非常憂悶，來到水質如烏鐵砂的濁水溪岸，統帥決定彎入斗鎮駐紮，牛車軲轆軲轆的樸實鄉鎮，先生感覺有如楊枝浸水，突然牛停步，啪噠放了一大抔牛屎，居然散發形象草木的芳味。斗鎮人茫茫然看著入侵的軍團，亦是新的統治者，並無驚惶抑是畏縮，遑論抵抗，憨人有憨福，媽祖宮的香火照常，做穡人即使眯目看著騎馬的統帥軍隊偕如同大日頭的太陽旗；統帥召來鎮上的頭人，其中秀才數位，頭殼後垂著頭毛尾（辮子），雙方以墨紙寫漢文溝通，斗鎮地勢平坦亦若一張紙，兩方強弱立判，自然相安無事。欲晚時天頂碧清，歸巢的雀鳥吱吱喳喳，統帥住鎮上第一大戶人家的大厝，牆圍一叢高高的玉蘭花樹，花園水池飼著鴛鴦水鴨，嬌生慣養的皇室子嗣統帥受著瘴癘的毒害，艱苦得眉頭結球，窗仔掛著竹簾，四周圍恬寂寂，作為醫官的先生侍立一旁，手頭無藥可醫，各自思念自己大海彼邊的家鄉親人，因為先生哎呀發覺自己身軀發出了警告，慘了，不亦染上了熱病，身為醫官，非常羞愧。先生住處門口時常不知孰人送的一墩土豆、番薯、金瓜抑是竹筍；發燒得神智恍惚，先生夢見在溪邊脫赤腳，清涼的竹林搖動，彷彿有白衫影隻灑水。病好的彼一日透早罩霧，不見日頭，腳手淒冷，卻是頭腦清楚若每一個縫隙有光。先生遵守夢中的指引，行到溪邊，水面的光若千萬隻銀蛇，指引伊得往上游去，由是先生雇請了兩位壯漢披著棕簑穿草鞋隨行，沿溪爬崎入深山內，經過紅土台地，田溝水亦是紅色，無數的竹林形同巨大迷宮，每踏一步，水滴嗶噠若落大雨，極目處樹藍（樹林）浮著白色若海湧，一時分不清是花蕊是茫霧，入山聽鳥音，每一聲宏亮鑿心肝比情人的呼喊更迷人，亦有雞公啼，好像一支直直的竹篙衝天；遇見大項頸的肉瘤若一粒木瓜的土人婦女，之後返回斗鎮再派人專程送藥去。行過某一處光禿禿斷崖，兩壯漢咿唔比手勢，取先生攀爬上了高點，下望中部的平地鬱鬱蒼蒼，似乎看得到海岸的水氣蓬蓬，「忽聞海上有仙山，山在虛無飄渺間」，先生讀過的唐詩，眼前海島確實遺世獨立，有如沉酣睡夢中，先生心內明白，若非是戰勝國的醫官，應該此生無可能有此一行。

仲華表兄結論，即便是派遣來咱土人國度的異國人、征服者，求真務實的科學精神永遠是第一，具備武士道精神的正人君子啊，令人敬佩。像先生此樣的人才醫學校還有不少，和四腳的臭警察、移民村的臭賤民比評，黃金對狗屎。仲華表兄進一步推論，可以想見，先生在咱海島的時日必定超過伊住母國的年歲，日久他鄉變故鄉。反過來，日久家鄉變他鄉。先生，表兄以日語講此個稱呼，別有深情，手掌拍著牆圍，看著先生短暫住過的官舍彷彿朝聖。數年後，璣仔七舅公進了醫學校見了先生的廬山真面目，第一個念頭，見著神明本尊囉。隨即有一個怪奇的念頭，先生身軀頭腦流的血偕咱們是相同的血嗎？先生的臉容圓中帶方，和媽祖倒是七八分相像。

四兄講過：「仲華的日文一流，無熟識的準當作伊是日本人。伊的漢文亦好，古冊讀得深。」目鏡後眼神飽足的目周別有意思的看著少年七舅公，微笑問：「白樂天的詩『秦吉了』還會記得？」然後兩兄弟果真古人般負手踱步，悠長古腔調你一句我一句接替吟念：「秦吉了，出南中，彩毛青烏花頸紅，耳聰心慧舌端巧，鳥語人言無不通。昨日長爪鳶，今朝大嘴烏，鳶捎乳燕一窠覆，烏啄母雞雙眼枯。雞號墮地燕驚去，然後拾卵攫其雛。豈無鵰與鶚，嗉中肉飽不肯搏，亦有鸞鶴群，閑立颺高如不聞。秦吉了，人云爾是能言鳥，豈不見雞燕之冤苦。吾聞鳳凰百鳥主，爾竟不為鳳凰之前致一言，安用噪噪閑言語。」吉了像鷯哥，至於長爪鳶，便是嫗仔忌諱講死就轉換講是互獵鳶咬去的獵鳶，「如此惡質的大禽牲是比喻什麼？」

璣仔若有所思，轉而講：「你講過孔子公的學生公治長，會曉聽鳥語，伊較趣味。」四兄亦轉而追問：「鸞、鶴，高貴的鳥，袖手旁觀，你認為又是代表什麼？」

璣仔有一點無耐煩，「四兄，博物界大食小，強食弱本來就是自然的啊。我看吉了就是去投訴鳳凰鳥王，亦是無用。」

四兄作勢舉拳頭摃頭殼，卻是挲挲伊頭毛，笑罵一句：「奸巧。」又刁難問：「你學講日語有像吉了的厲害否？」

璣仔故意嘴閉嚴不回答。

「將來欲講得和仲華表兄彼般好否？」

璣仔大力點頭。

其實璣仔和四兄不是同一個老母，但四兄疼伊勝過六兄，稱讚伊巧、記性好，古文詩詞教一遍就會曉。四兄亦愜意慳仔伶俐，可惜慳仔對冊本無心，愛裁縫刺繡愛竈腳，四兄講：「亦好，女子無才便是德，你同意嗎？」璣仔頭歪歪，心內為難，因為慳仔愛和伊相諍鬥嘴鼓。四兄遲遲無結婚，有一年差一點和同窗去了露西亞（俄羅斯）；十二歲時獨自赴日本讀冊，四年後老父過身而返回，算來是陳家此一代第二個傳奇，第一個傳奇是未曾見過的大兄，著狷病（瘋病），廿二歲和才漏胎（流產）的妻後雙雙食毒自殺，頭七在兩人靈前撒火灰試探，天光前蠟燭火一照，竟然真正有腳印，七七則是雞牢偕桂花叢兩處吵一暝，堅持不語怪力鬼神的老父氣得將桂花叢剷掉。守完父喪後，四兄不再去日本，考著醫學校，讀了兩年，不知啥緣故退學，轉去讀商學校，亦學小提琴、西洋畫圖，亦拍庭球（網球）、爬高山；慷慨四海，愛交朋友，頭毛抹油歐魯巴古（オールバック，All Back，全往後梳的髮型），西味褸皮鞋，自北到南和人合股做胜理，有一年二九晚，朋友駛自動車送軫斗鎮，初一拜過祖先，朋友又駛車來載走，嫗仔講伊若踏風火輪。彼幾年，歇熱歇寒（暑假寒假）見著四兄，兩人在客廳講話到半暝，先是點油燈，然後點蠟燭，光影一晃一晃，壁上畫像中的老父宛然聽得入神，四兄面容光絲，無一條皺紋，油頭毛烏黗黗，火光在目鏡和目周內跳舞，有威嚴，有血性，有源源不絕的故事，背後放大的身影是四兄已經活過數百年千年的元神抑是靈魂。天井的月光若落霜，光熒熒若有傲骨，所有的草木醒了，專心吸收日月精華；天清地靈，無限遼闊，但是聽見獠鼠吱吱吱暗處唱歌，聽見大路一台鐵馬的電瓶嘶嘶嘶磨著輪胎，宮口收了的擔車轆轤轆轤行過，極小聲亦極清楚，勞煩卻是心定。四兄當少年七舅公璣仔是成人，講遙遠的世界大事，大戰後的歐洲若全身軀重傷加上田地無收成，淒慘落魄喔，古老的帝國金身一個一個碎糊糊，工人和無產階級大團結起來大反抗，皇帝貴族變成糞餿了，幸佳哉不再用斷頭台了，但是慢且，彼個富裕的舊世界金蟬脫殼便迎來更較好、更較理想的新世界嗎？背後、暗中，嗯我看是魔神一大陣；四兄老夫子晃頭，更講，反倒是新爐新竃的米國特別興旺，有一位米國人，駛翬凌機直直飛過大西洋，歷史上第一人。早前，流傳的是此句：「第一憨，種甘蔗互會社磅。」四兄只講一句，種甘蔗的團結起了囉。四兄出出入入坐車隔壁鄉鎮往回，還是只講一句，彼個姓林的大頭家太超過，為一塊圓兩角銀，刣自家人無軟手，屆收成時雙方終於拳頭相向，當然衛護林大頭家的警察大人有佩刀有地位是勝方，佳哉有文明方式可行，甘蔗農和林大頭家會社的衝突打官司解決，期間頭人代表李先生聽講被捉關在斗鎮警察局，四兄穿著羽織袴足袋柴屐去面會，軫來卻是無話無句，寒天落雨，坐在簷圻下食菸，將柴屐踢反面又踢正面，嫗仔看不得伊失神模樣，問：「你是在博杯問哪一尊神明？」

之前對抗林頭家時，李先生招四兄坐糖廠的五分仔車（運送甘蔗的小火車）去山裡的家鄉，環山的鄉鎮密閉若烘爐，日頭下臭胸胸，水果擔的鳳梨一片賣一分錢，大陣的金蠅嗡嗡嗡一蓬烏雲，人家的土角厝竹管厝腌臢朽爛，昏暗中浮現一張老人頭面，無牙，鬢邊凹落，不知是不是枵得失神；街路處處是禽牲甚至囝仔的屎尿，四兄心內叫苦，茲是啥所在？舉頭看見糖廠的大煙筒，天頂清清，搖曳南洋風味的檳榔樹木瓜樹，尤其若佛祖大手的大片葉子，碧綠的木瓜累累一掛，個個形象女性豐滿的乳房。李先生不在乎家醜無遮掩，反而帶領穿過後驛有妓女戶的街路，抹著厚厚白粉的諸母倒是比鎮民攘插（穿戴）得好，來到紅磚起的街役場（鎮公所），一位矮肥的警察大人眯目看著紳士模樣的四兄，哼一聲，「你也。」四兄立即了解講的是日語的狸仔，存心糟蹋並表示伊會得分辨四兄不是真正的日本人；你也，狸仔，四兄默念此二個日語，自認發音語調正確，滿嘴苦澀。李先生不是吞忍，只是不願理睬，指著街役場後面有規畫有設計的糖廠宿舍，可是另外一個清氣舒適的所在。若明礬清理一盆濁水，一切清楚了，四兄看著李先生熱誠的目周，聽著一句若宣誓若咒語，「只有靠青年的向陽性清除此一切的烏暗。」青年的向陽性，李先生畢竟是用日語講。暗頭時，四兄急欲離開，踏上五分仔車，越頭看，一大片的虻蟲烏雲又更像龍捲風罩著此山內的淒慘鄉鎮，令人只想速速逃離。

四兄訂的報紙一大疊，還有雜誌偕漢文冊，璣仔心知是四兄留互伊的，嫗仔交代慳仔疊好放在伊的冊桌。四兄亦曾展示一張相片，一位穿弇裥（百褶裙）的少女，正手優雅持一枝花，留著毛斷（摩登）的鮑伯頭，真珠耳鉤，眉目秀麗，聽講是某某人的千金，才自日本軫來，「喔。」伊應聲，但不是真正明白四兄的意思。掀報紙掀得兩手油墨，看得極認真，看到下晡光線無力了，引得嫗仔唸：「未當（不應當）焉爾，你目周會否去。」舉個地球即在眼前和腳底翻滾，世事複雜不得了解，但至少伊知悉，少女相片和報紙分別通往兩個不同的世界，莫非四兄是在問：你想欲去茲抑是遐？感覺胸坎千斤重，騎鐵馬出巡，一切熟識，無一處不在掌握中，比起報紙鋪陳的世界又大又混亂，伊踏鐵馬箍起的斗鎮又輕巧又封閉又安全，伊永遠是陳家的七少爺璣仔，田地有屎味，風送來，一陣重一陣輕，菜頭的青葉青得悅目，直直的檳榔樹有日頭曝出的芳味，極遠的所在開闊可以算是地平線？放眼四周圍若罩著一層玻璃，隔絕遙遠世界的鬧熱、紛亂、鬥爭、野心抑是砲彈，璣仔七舅公全身充滿安穩的力道。

聽講仲華表兄去了廣州進了軍校，所以突然大街遇見，不敢相信；表兄出手攔下鐵馬，車擋（剎車）唧一聲，伊險險踣倒，「阿兄！」眼前一整個英氣逼人，面肉食日反烏了（曬黑），伊還在迷亂中，已經隨表兄來到武德殿後面僻靜的大茄苳下，樹身圍一條紅巾，鎮民尊稱大樹公。

和四兄的個性完全不同，仲華表兄熱血，形象聽得到一粒心噗噗跳，甘蔗農和林大頭家會社爭鬥的事件之後，仲華表兄憤慨不消，心內只有一個想法，不可失志，不可認輸，決心找得出路，「我偏偏往西去，像永過（過去、從前）的唐三藏取經。」鳥仔歸巢，樹頂吱吱喳喳，若大鼎煠豬油，遠遠的霞光若火炭，「有幾本冊，你得看，看了你得會明白。另日我送去互你。」廣州，神祕又野蠻的廣州，四兄講過街路邊食狗肉貓肉，但是表兄講起宛然是風箱火爐欲鍛鍊出神兵利器的所在，少年人的每一日風雲澎湃，雷電交加，結交不少同心欲闖天下的朋友，「老一輩的只是做順民，茲是老輩的限制偕不幸，咱此輩未使（不可）更繼續落去。」天暗了，頭頂樹頂的天色清藍，表兄目周有一把火𤍠𤍠燒過來，武德殿前的太陽旗白晢晢即使暗暝了亦是精神飽足，璣仔一直心內疑問，若無嫗仔和四兄背後講是四腳仔的日本人，斗鎮可是今日的模樣？抑是變作更加好？如同假使伊不是陳家的七少爺，換作是生來不得不種甘蔗的作穡人？更進一步設想，為何不生做日本人，甚至是米國人、歐羅巴人？不過若是独（德）國人，到底是幸抑是不幸？頭殼內彷彿變成腳踏車的車輪轉轉轉，但絕不可能得到答案啊。

昏暗若墨汁滴落一盆清水，仲華表兄等待璣仔答應，兩人儔陣（一起）上戰場。表兄的一對耳尖起，聽著革命號角洪亮響起，但是璣仔靠勢伊少年，躊躇不回答，只聽見牛車牛蹄軲轆軲轆，虻蟲抑是啥蟲的咿咿嗡嗡，伊放任表兄一把火恬恬燒，樹蔭下特別旺，形象割稻了後田中的稻草火，燒成火灰畢竟對來年的田土有所助益。

隔日，仲華表兄騎鐵馬來訪，載一籃蓮霧和紅麴肉是贈賂（等路），可是為了掩護彼幾本冊？叫嫗仔姨母，嫗仔天圓地方的面容帶笑，「你今日來真適好，後日璣仔得去學寮了。」然後不著痕跡將女眷撤退。

昨昉暗時，表兄一身軀的火熾炎炎燒了一暝日燒成透明，雙手放在一疊冊上，伊心知此是講經傳道的時候，桌上茶甌隱約有燒氣，天井的花花草草盹龜得無聲息，璣仔看見自己伸手摸表兄的頭額量溫度，確定不是發燒胡言亂語，看見圓桌的桌面表兄手指搵茶寫著階級、資本、勞動者、無產者、安那其、支配、私有財產、壓迫、進化、民族解放，意德沃洛基——究竟啥意思？——博愛、自由，每一個字拳頭大，變成流星一一飛來舂著胸坎，但是表兄話語聲清亮又實在，卻是又講廣州的中山塔、六榕寺、荔枝灣、五百羅漢堂，黃花崗有一叢玉蘭花大樹，沙面租界，專程去虎門看林則徐燒燬鴉片的所在，更去海邊望著茫茫海天不確定是不是伶仃洋。只是，當地人一旦知悉我自台灣來，隨即不安且疑心，為什麼？當然認定我就是日本人，此是咱莫大的悲哀。

伊看見一隻雞公架勢十足一步一步行過天井，仰頭睥睨四方，雞髻（雞冠）映著日頭紅絳絳，渾然不知自身只是一隻雞公，即使有本領喔喔喔叫得天光。仲華表兄吟詩兩句：「『點石為金終變幻，人心若鏡始光明。』寫得真好。我就是希望會得將人心像石頭變成黃金。」在廣州結交知己的是島都人張君朱君，諸羅人郭君，同鄉的林君，人在他鄉才看清家鄉的病根，所以唯一出路是決心組織起來做大事，翻身企起，決心不在自己的家鄉做太陽旗帝國的奴才，「咱得愛覺醒得自救！」但是到底欲做啥？欲焉爾做？表兄一時不講詳細，亦講不清，隨後一長句聽得人驚惶，「茲幾本冊你先看，好好看，先有智識，否則屆時又是成了鴨母王，送去北京互斬頭了，一場空。」

表兄心目中，璣仔是值得栽培的。點石成金，人心若鏡，有一日，所有讀過寫過的漢字將會是靈魂的龍骨，激勵企起，企直，鐵打的項頸，不再頭低低做遭受奴役的賤民。表兄的手氣血暢旺，老爺鐘絲絲唆唆出聲，天頂一湖清水，時間若娘仔（蠶）食桑葉，突然下晡時的雞啼大聲粗勇，傳送舉個斗鎮，亦足以吵醒南天門閒得翹腳捻嘴鬚的神仙，隨即老爺鐘噹的摃一大聲若舂著尻脊骿（背脊），伊惙一跳，發覺仲華表兄已經離開，圓桌上盤中的玉蘭花蔫蔫浮現了老人斑。

島都，兩個漢字使璣仔七舅公心思顛倒，仲華表兄的冊每日讀，少則十頁，贅則數十將近一百頁，讀文藝小說的速度快，但讀來總是沉重，甚至喘不過氣。看起來軟孱的六兄一再警告，小心仲華，離遠點，伊講的聽聽就好。璣仔當然明白表兄將此類冊當作是火種，伊不時看見自己兩手承接不了火炭擲來擲去的狼狽模樣。伊不確定自己真正有決心像仲華表兄投身烈火燒成透明。確定的是伊愛街市的鬧熱人氣，敕使街道的新撻撻，愛鐵道部廳舍的典雅氣派，使人宛然置身歐羅巴的怡然心情。同窗李君是家境富裕的島都人，更是基督教徒，邀請一同坐機關車去北投納涼，同行的李君的阿兄阿姊，講起細漢時和父母來納涼會，驛站前滿山遍野的遊人燈火，歡笑聲音樂聲如同過年新正，放煙火時眾人仰望，每一個人光燁燁，呼應砰砰響發出讚嘆若海湧，好教養的李君阿兄雙眼灼灼，對伊唸詩句：「我在雲霧中看見山嶺，從雲中隙孔觀望全地，波浪大海中遙遠的對岸，我意愛在此眺望無息。」雖然不了解，但是感動，人群確實如同雲霧，伊雙腳浮動卻是不知今夕何夕，享樂、懽喜亦不過是雲霧吧。伊接手李君的啤酒，苦甘又冰涼，浮在山嶺上的月娘自在安靜，山坡一陣人穿浴衣柴屐行來，為首的翁婦嘻嘻嘩嘩帶著醉意唱歌，行路姿態若七爺八爺，惹得後面吱吱笑，相閃時撞了李君的肩胛頭，隨即以抽長語調的日語回失禮，腳手亂舞，同行的諸母更加笑得無體統，一個鼓仔燈竟然晃得著火燒起，提燈的姑娘啊一聲擲掉，眾人嬉鬧著踏滅。伊察覺自己和李君兄弟同齊眉頭一結，與其講是嫌棄此群人村俗，其實是嫌惡伊們講國語的不純正吧。伊想起四兄，一定亦來過納涼會，一定入境隨俗穿浴衣柴屐，飲酒談笑；及時行樂，四兄流露陳厝少爺的底氣時愛講。眼前隨山嶺起伏若海湧的人頭比不過天頂的月娘，伊又想起四兄講過古早一位奇人，孤身來此找尋並且提煉硫磺，彼時的島都傳說是一個大湖，奇人雇工划船，天頂水面如同鏡照鏡，直直行入夢境幻影。少年的心膨風飛起，希望自己是古早奇人划過傳說中的大湖，穿過水中天。

原來七八個月不見人影的四兄，是為了經營自動車（客運）商會走傱（奔走），一同入門是兩位朋友，三人穿著西味褸，油頭上一頂中折帽，風度翩翩，嫗仔非常懽喜，又看到三人後面的裙角，問是孰人？輕移蓮步現身，是相片中的鮑伯頭少女，全身、尤其抹了胭脂有酒窟仔（酒窩）的面容，身上鴨蛋青和白色的細板直條洋服，腳穿皮鞋，散發著富貴嬌氣。

嫗仔隨即吩咐阿成去大街叫菜，燒呼呼騎鐵馬送來，照常女眷閃避，飯後飲著烏龍茶，舉起茶甌講此是茶的香檳，四兄的記者朋友張君叫鮑伯頭少女密斯林，「此句英文得請你教大家講。」密斯林倒是大方，微微笑，「The champagne of tea. It's Formosa Oolong tea.」另一位斯文的郭君下結論：「應該請密斯林做廣告宣傳。」講到廣告，隨即討論自動車商會的競爭，確定最後合股有人面海闊的某某人以及警察頭的親戚，應該是成了；又講起鎮上的新舞台戲園，阿罩霧林先生、雪谷先生前後腳在此舉辦組織宣傳大會，警察大人橫霸霸企一排在戲園前，但是前後左右的門窗全部敞開，參加的群眾擠得若過年時的媽祖宮，演講者宛然火山噴出熾紅熔漿，眾人唯願一直行入熾惔烈火中，演講者雙眼燦亮太白金星，真誠苦勸眾人：「同胞須團結，團結真有力。」啊，新時代的語言衝破舊桶箍，帶來新的節慶、新希望新氣象，有大願欲解放蓬萊島福爾摩沙人。若是老父媨仔來講，應該則是古早話的搏虎捉賊親兄弟，兄弟同心竃下爐灰變黃金。璣仔看見四兄的眉頭一結，四兄感嘆，現實冷酷，群眾不得不散走，去賺食，熾惔烈火漸漸遠去，新語言不一定有即時的好結果，因為日本人的新桶箍更加厲害千萬倍，勇氣啊勇氣，需要多少代價？媨仔笑笑講過，鹹菜姆請過紅姨（靈媒），好奇順口問了你老父，紅姨回答去做城隍爺了，四兄有時揶（揄）媨仔和鹹菜姆，「最近有夢到城隍爺下指示無？」鹹菜姆掩嘴搖手，「夭壽喔，不好烏白講。」城隍廟正門內的門楣上掛著大算盤，四兄佩服此款古老的智慧，媨仔鹹菜姆慳仔，其實陳厝所有的人代表著古早以來的順民？仗著祖先傳下的家底，老父目色好（眼光好），因此有膽識，夠魄力，將陳厝發揚光大，因此大大不同於一般的順民吧。

烏龍茶的芳味，密斯林少女的芳味，四兄和朋友三人油頭西味樓亦有芳味，天井的日頭看似卵清更有古老的燒暖，爀著草木的芳氣，所有匯合成溫順輕鬆的氣氛。四兄搬出電唱機，第一片曲盤是大笑之歌，自頭到尾力透丹田的笑聲，傴仔和鹹菜姆愛聽。四兄又持出一大本的家族相片簿，密斯林隨即講：「你陳家人的特徵是長面。」四兄自我取笑，「牛頭馬面。」郭君亦發覺：「伯父有像阿罩霧的林先生。」「長面長歲壽喔，是幾歲過身的？」「五十四，符合彼時的平均歲壽，不算是短命。」張君郭君跟著密斯林舉頭看壁上穿清朝官服的老父的畫像，比較著真實的相片，密斯林目周活靈靈有話欲講，四兄舉起茶甌，意思是請講。密斯林還是不言語，幼綿綿的雙手將老父的相片一一排在圓桌上，每一張是不同的穿著，上早的一張已經褪色糊去了，總共七人全是長衫馬褂碗帽，兩位掛圓目鏡，頭殼後應該是垂著頭毛尾；有兩張又是偕一群人，頭頂無毛但人中整齊的一排鬍鬚的老父坐籐椅，穿長襦袢、大袂長著，雙腳穿柴屐，其中一張，坐在老父邊是警察大人，外人看來其實難以分出孰不是日本人；最後一張老父五十歲生日，全家加上親戚五什祝壽合影，參差四五排擠得滿滿滿，正中的老父穿著西洋禮服，頭頂是圓頂博勒帽，妻後穿大裀衫長裙，矮，頭額和老父的耳珠齊。

「莫怪古冊寫瓜瓞綿綿。以前攝像無人有笑容。」

「應該是不敢笑，恐驚開了嘴，三魂七魄互鏡頭收去。」四兄講笑。

四兄指著老父西洋禮服胸前的勳章，解說是上世紀尾又是大水災又是火燒厝二百餘戶，又是盜匪作亂，老父出錢出力，平亂有功。三人點頭，密斯林講伊林家的老父和叔伯亦有，家族的相片簿和陳家的內容相同。斯文的郭君和記者張君共同的結論，穿過清朝官服、長衫，又穿過日本人和服偕西洋禮服，真是不簡單，「多姿多彩。」

四兄忍不住笑了，「畫像是假的，秀才哪會有官服。我的大伯一世人只穿長衫，厝內絕不允准穿柴屐。大伯偕我老父，兩兄弟感情好，我老父死，伊哭得非常傷心，此幅畫是伊的主意，各位應該明白我大伯的用意，互頂頭看的。」頂頭的統治者，密斯林和四兄對看一眼，「就差一項，紅毛仔的。」郭君應：「紅毛仔？喔，荷蘭。」「怪國姓爺太早將紅毛仔趕走。」密斯林眯目，輕聲講：「歐羅巴的古裝衫，女性才適合穿。漢人諸夫若穿起真是不男不女的怪物。」「然也。」四兄回應。

烏龍茶落喉，溫存著腹肚，下晡的日頭一分一釐偏移，一分一釐變濁變無力，藉著別人的眼光重新看老父的樣貌，感覺流年似水嘩啦嘩啦，一時一刻千斤萬斤重，四兄一時分不清相片中的老父哪一個是真實的，甚至不確定老父過身時，下頦是不是有留嘴鬚？嫗仔講的，彼年警察大人押著老父四界捉反賊，田岸抑是山路遠遠看著有人影，大聲呦噫吳叫，卻是胸前重重搖手示意對方緊走。審時度勢，順勢做事才做得成，老父愛講；嫗仔則是讚嘆老父漢文古冊讀得多亦深。老父的天地是斗鎮是此間祖傳大厝，但是後生坐大船渡鹹水去讀冊闖蕩，老父可是全力支持。呼應北斗七星，老父相信鎮上七口水井七叢大樹公的地理，水木清華，自然興旺，澤被子孫。日頭又偏移一寸，光線長流水，逆向行去，盡頭處老父可會顯靈？親嘴再次交代，順勢行事？

送走郭君張君密斯林，四兄的油頭和目周烏金燦爛，展寶出示密斯林贈送一張新相片，反面寫了一行漢字，「你是一輪明月走過我心湖」。

六兄謳咾（讚美）亦鼓勵，「兩人真是門當戶對。」

四兄睖六兄卻是嘴角帶笑，「你猴囝仔還未娶，知啥門當戶對？」

但是看得出四兄心內懽喜，六兄鄭重勸璣仔，「你凡事得三思，咱兄弟出身陳厝，咱茲陳不是一般的陳，你行事可是牽連舉家族。」

此一暝，璣仔七舅公偕四兄各自夢見過年時，二兄自日本、三兄自島都、五兄自廣州抑是上海連同妻後兒女返來，六兄慳仔，大姊小妹和翁婿全家，出出入入全是人，喧嘩得好鬧熱，大厝內外掛了八仙綵，一群仙鶴飛落厝頂，天井滿滿的大圓桌全是雞鴨魚肉，桌邊有果樹，垂下果子又圓又大；穿西洋禮服戴圓頂博勒帽的老父坐在客廳若雲霧中，亦若畫圖上的仙翁，又看見四兄和密斯林手牽手宛然金童玉女。明明老父過身時，伊還不足兩歲，但夢中伸手握著老父的手，骨肉真實，伊心內震動。突然間老父換作清朝人，穿官服，懽喜大笑，後顱的金牙閃閃爍。

天還未光，聽見四兄和嫗仔講話，一翻身，隨即又入眠，就在一瞬間，靈台清澈，明白老父始終在，和大厝合為一體，儼然大厝的主心骨，互兒孫千金不換的安心。醒來時，大厝恬恬無聲，內外清洗過一般，竈腳門口的椅條上竹篩有新挽的一堆虎耳草浸著日頭，另一竹篩放碗箸，竹籠內一堆雞仔孱（雛雞）擠著啄食，竹篙掛著嫗仔慳仔的手巾，桌罩內的泔糜雪白，細漢時和慳仔學鹹菜姆將菜刀踅著水缸沿一大輪兩大輪磨利；看著日頭，突然想起落大雨，天井積水漉漉成溪若滾水，和慳仔抱著小妹放紙船，逐著吳，濁水溪發大水囉。伊不禁淡薄的惆悵，四兄一定又出遠門去了，一定是為了密斯林。

等待老爺鐘掮響，實心的噹響可以貫穿胸坎，鎮壓心神。隨即中晝，用心看，大厝炊著似有若無的煙霧仙氣。一生中頭一次，慶幸自己是陳家子孫。今日的日頭和昨日的不同，不顛不動，若堅凍了，光燁燁卻有特別的意思，冊桌出現了老父的毛筆硯台墨條，硯台是來自濁水溪底的石頭，雕刻成魚龍形狀，獨占鰲頭，四兄提筆在伊鼻頭點一點，笑了，若像尪哂冥冥中的老父：「下筆有如神助。」隨即將老父珍藏的硯台一一擺出，解釋老父每得一男，便請託刻一個鰲頭硯台。四兄放置一個在伊頭頂，命令伊眼觀鼻，鼻觀心，若落下即是將老父摔落地，吟哦：「不離不棄，勿忘勿失。知否？」老父為夢想中的大厝寫過一首長詩，「聳拔層巒高，玲瓏五雲起，畫棟映朝霞，珠簾捲秋水。全詩一共三十四句，我七歲時背起的，一次記一對句。」四兄握住伊的手，下頦抵著伊的囟門，寫了陳文璣三字，「你的漢字名，璣，北斗七星的天璣。我是璇，二兄樞，三兄權，老五衡，老六則是文開，老八文光。」伊滿手的墨汁。「大兄是啥？」四兄食指伸直在嘴唇一比，不准提起。四兄寫的毛筆字雅致，伊寫不來，但舉起老父的毛筆，試寫了幾字，隨即一手的墨汁。善翁仔嘎嘎叫兩聲，暗示老父在伊背後偷笑。

七舅公陳文璣真正煩惱的是愈來愈高的一疊一疊的報紙偕冊，雖然完全理解而且相信智識是唯一的藥方，但是根柢上伊欠缺雪谷先的熱情偕急切，現代的智識欲遍地開花、水流大地，需要時間。時間是耍弄傀儡的手，伊往返斗鎮和島都，朝發夕至，早就發現時間忽大忽小，忽重忽輕，火車停在某一個小驛站，機關車一路將乘客晃得雙目迷離，憨神憨神（恍惚發呆），燒風和日頭溢入窗內，遠近山頭猶如女性的乳房，伊坐正，絕不允准自己萎靡，心內默念「臨床講義」，檢驗自己是不是一副癩痦病體，「職業：世界和平第一關的守衛。遺傳：明顯地具有黃帝、周公、孔子、孟子等血統。」「診斷：世界文化的低能仔。原因：智識的營養不良。經過：慢性疾病，時日頗長。」所以，優良血統有何用？「現症：道德頹廢，人心澆漓，物慾旺盛，精神生活貧瘠，風俗醜陋，迷信深固，頑迷不悟，枉顧衛生，智慮淺薄……」如坐針氈，火車猛力一顫，重新駛動，加緊速度，此一段使伊苦笑，「最初診察患者時，以其頭較身大，理應富於思考力，但以二、三常識問題試加詢問，其回答卻不得要領，可想像患者是個低能仔，頭骨雖大，內容空虛，腦隨並不充實；聞及稍微深入的哲學、數學、科學及世界大勢，便目暈頭痛。」真是如此？伊是在哪一朋？四兄以及伊的朋友和密斯林又是屬於哪一朋？還是伊是企在中央？

返回斗鎮，龜在大厝內，不知今日何日，一大疊又一大疊的報紙偕冊令人精神耗弱，暗頭的空氣獠鼠色，抬頭，目周內有蜘蛛絲。媪仔講，聽講兩邊的官府抓著仲華，坐船押回基隆，台北坐監。媪仔又講，「你兩手的油墨，去洗洗。你焉爾一直眕（耗用眼力），目周會眕壞。」

伊看媪仔面圓圓形象燈仔花大開，身軀布衫透著一股茶顆（肥皂）清芳，暮色若墨汁，目周內的蜘蛛絲網遂出現了少年四兄端坐在冊桌前，聽四五歲的細漢璣仔背誦：「故今日之責任，不在他人，而全在我少年。少年智則國智，少年富則國富，少年強則國強，少年獨立則國獨立，少年自由則國自由，少年進步則國進步。」伊朗讀毫無阻礙，話語如同溪水奔流，但是突然伊發現四兄目眶內水分滿溢，因此收煞不念了，四兄摩挲伊頭，「紅日初升，其道大光，然後咧？」伊接續，「河出伏流，一瀉汪洋。」四兄懽喜點頭，手掌猶原按著伊後腦若武俠小說的灌注內功，然後讚嘆一句，「奇花初胎。」

伊忍住心頭碰碰跳，快步出門亂行，媽祖宮口的燈火和島都榮町的電火、放著交響樂曲盤的喫茶店有何不同？仲華表兄所做所為正是雪谷先鼓吹的啊，即使媪仔亦知是兩邊官府全容不下表兄一人，是不是就此犧牲了？憤慨鎮過驚惶，炊著燒氣的食攤，白頭毛的頭家向伊點頭招呼，陳少爺來坐喔。老頭家少年時一定見過老父，但少爺的稱呼使伊反胃。燈火中出現一條人影瘦得若竹篙，是頭殼項頸後生肉瘤的羅漢腳，身後尾隨一條瘦癟癟烏狗，人狗同齊看著擔頭上的豬腸豬舌豬頭皮，嘴涎沓沓滴；老頭家舀一碗，羅漢腳接了咕嚕大嘴吞食，烏狗無得食，嗚嗚哀號兩聲。老頭家搖頭，可憐喔。地上水流水沓，油臊的水浮著燈火，成了傀儡幻影。伊穿過閃熾幻影，發現宮廟已經關門，媽祖閉目神遊去矣，街路有柴屐聲喊喊叩叩，腳踏車的叮鈴鈴。油煙氣霧中一句一句叫陳少爺來坐，陳少爺欲食啥？腳底一滑，險險踣倒，兩少年抬著沉重的大柴桶，燒滾滾往攤頭一倒，又是豬舌豬頭皮大腸，卻是活跳跳。伊突然看見仲華表兄非常英氣的頭偕腳手亦在其中，目周內有刀光劍影看著伊。伊怵怵憏（顫抖），雖然齅到榨土豆油榨麻油的芳味，雖然看到宮前街直直通往溪邊，天頂澄藍，表示明日好天氣，店口有人捧碗食飯，影隻如同鬼魂。返回大厝，伊的憤慨已經轉化成為惱怒，真想放一把火將報紙偕冊燒掉，連自己名字亦不曉得寫的阿成叔鹹菜姆愛講一句笑詼，讀冊讀冊，愈讀愈戇；真想可以和雪谷先相諍，仲華表兄就是血淋淋的例，臨床講義提出的藥方少了最重要的一帖，除非大部分人徹底覺醒，有自為自主的才調（才能），否則無救。倒在眠床上，捲曲身軀如同最初在嫗仔的子宮，如同最初祖先坐船渡海，只要一暝一日即可上岸，烏色的海水烏色的濁水溪。四兄此次出遠門，拍電報通知和密斯林先去廈門廣州再去上海，然後去東京嘆世界。四兄的廣東人朋友教的，嘆，享受啦，如同懽喜讚嘆，不是感嘆吐大氣。可以看見四兄戲謔的笑面，話會講，字未曉得寫。四兄一定笑伊讀著有所感的此西洋詩句，「大海啊，你欲帶領我往何處去？人的命運往何處皆相同。有幸福的所在，一定有暴君抑是文明。」暴君抑是文明是一體兩面是雙頭蛇，便是此時此地？全部燒成火灰吧。

翌日天未光，暗蒙蒙，大厝露水霑霑，畫像中穿清朝官服的老父在盹龜，伊輕腳輕手去嫗仔房間，掀開床帷輕聲講得趕車返學校，握著嫗仔的手，驚覺老母如此矮小若囝仔，但是大頭圓面，有稜有角若牡丹花，透出寒澀氣味。

嫗仔，我是璣仔。嫗仔。

記憶紛雜，四兄和仲華表兄互伊的冊本通有此一句，日光像少女雪白的肉體。

昏暗的大門口街路，天星搖搖欲墜，東邊天光像娘仔（蠶）囓桑葉，其實是地球一分一釐轉動，殘餘的夜氣混合新生的風流動，潛藏的力頭好強，斗鎮宛然漂浮海上，四兄亦可能正在大海輪船上嘆世界。

七舅公陳文璣當然預料未到十幾年後，米國軍機自島都一路往南方瞄準糖廠機場轟炸，人若舊曆七月酺渡的禽牲，萬幸斗鎮不是炸彈投擲的目標，更萬幸鎮民相信大慈大悲媽祖婆在雲頂以衫裙接炸彈擲落外海，不幸的死難者身軀腳手像食攤攤頭的豬腦豬頭皮豬舌大腸。雪谷先診斷的咱海島便是一位大頭但是悾兒的病體，終究還是不由自主捲入大戰的修羅場。

所以，現此時是我陳文璣個人的幸福時日？暴君偕文明分據兩頭的幸福，我在中央。四兄如此，陳厝後代個個如此。

七舅公陳文璣看見自己雙手沐著油墨抑是墨汁，自己的頭毛目眉和墨汁一樣的烏，頭殼頂則是老父的鰲頭硯台，小心落地魂飛魄散；天頂北斗七星夜夜跟隨地球上的斗鎮徙動，老父寄望天星的快望是伊璣仔在世為人的責任。但是未來有一日，斗鎮會在七星閃熾下完全消失。伊會記得每年乾燥熱天，總有一日的下晡無一絲風，媽祖宮口若火爐，街路石頭若火炭，嫗仔在房間內褪衫袒出垂垂的老奶脯拭汗，搖著葵扇嘖嘖呻，夭壽熱。突然墨汁入水的烏雲遮天，形象大神蹘（踐踏）腳，烏雲下降，大難臨頭之感，霎時身軀一涼，起爍爁了，白光一閃，天神大笑，祭出金銀珠寶一灑，天地變成一只密合的鐵箱唧唧響，然後天頂蓋一掀，鐵丸一般的大雨落下，雨聲像鐵砂像鑼鼓像嗩吶，厝內女眷恐驚雨滴損破厝瓦，擊穿守貞的腹肚，天井積水晃蕩淹過腳目，下一刻欲淹上腳頭趺（膝蓋）了，爍爁一鞭兩鞭三鞭，光熣即生即滅，落在天井水面散開銀色珊瑚一大叢，爍爁又更一鞭兩鞭三鞭，銀色珊瑚將大厝壓牢牢。兩個爍爁之間，天雲裂開深淵，大廳齊坐著老父偕大兄，還有伊認不出的必然是眾祖先，因為全是面長長的陳厝人標誌，一尊一尊全是銀白，面色安詳甚至是輕鬆，總算有機會來陽間換一口氣。大雨寒冷，復活了上古的祖先以雙手雙腳匍行的全部記憶。

七舅公陳文璣會記得爍爁若冰，將伊的目周伊的心臟血管冰凍，所以伊遲遲不肯詳細讀彼條新聞，以及四兄拍來的電報，關於雪谷先病死的消息。

但是仲華表兄送的冊，其中的故事過目不忘，故事中軟弱的諸夫卻是如同染肺病的面紅紅，大聲吳冤，形象爍爁好寒好熱呀鞭打目周和頭殼，裂開，每一個漢字裹著黝黴黴的膽汁。

「祖國呀祖國！我的死是你害的！你快富起來！強起來罷！」

「你還有許多子女在那裡受苦呢！」

5 永過的水流影

清明的雨水天一光即有，亦可能半暝即開始窸窸窣窣，落在厝後的竹叢。所以清明此日好清涼，過暝的水缸，幫浦壓出的地下水，大竈腹肚內的火灰，連同將樹枝墜得沉沉低低的烏紫色桑椹，全是清清涼涼。

墓埔的天色殕殕，是孕含雨水的一層烏雲，堆在天邊像一床棉被，但是隱藏雲中的日頭愈來愈現身，愈來愈有力，野外的風靡靡吹來，溫柔包裹每一個人，又甘甜又腐臭又野青的氣味，甘甜的是野草，腐臭的一定是來自死人。

墓埔的地勢高，一條清溪水彎彎流過外緣，視野寬闊，無邊無際的田地，點綴兩三間人家厝，此是斗鎮的北邊，準確地講，偏東北，極目處才是真正的山嶺。每年來到墓埔，相同的溼潤天氣，跟隨風聲望向遠方，不得不以為世界之大是自此開始。但超過百年的墓埔埋埋掘掘，生出肉瘤土丘，野草發得大叢茂盛，清明此日全斗鎮人若螻蟻巢出清，高高低低青草叢上浮沉著人頭，曠野沒有提供方向的標誌，若是好天，日頭赤炎炎更加照得分辨不清東南西北，壞記性的子孫揹著沉重的謝籃陷入迷魂陣，甯高甯低找無，憨神憨神望著遠天，然後一個高音尖聲叫「在茲！」亦有轉了三四大輪，不得不認定一叢四五尺高的癩痞樹箍著的墓龜，柴刀刜開糾纏的藤枝，墓碑重見天日，果然祖先在此。

此日的墓埔，陽世子孫如流水漫漶，抑是螻蟻在流水上，尤其老人螻蟻停在墓埕前，眼神若煙霧，喃喃講此是孰人的親戚、孰人的後頭（娘家）、孰人的姻親、孰人的孤子。很快，有一日，無一個可以逃走，全得抬來埋葬。我腳邊是一個古老的囝仔墓，小小的墓碑磨損風化，看不清上頭的刻字了，另有一塊古老的后土石碑，三分之二沉入青草土內。

祖母一講再講，此一片土地當年是伊的後頭陳厝祖先所有，顧墓園的失職偷收喪家的銀兩抑是贈賂，偷埋的贅（多）了，陳厝祖先有肚量遂捐出做墓埔；但至今還是陳厝祖先的風水上好上大上氣派。祖德流芳。講起後頭厝的先人，祖母總是真光榮有精神，每年清明咱林家祖先培墓了後，一定踅去伊老父、我外曾祖父的大墓，雙手合十一拜再拜，喃喃祈求。大墓形象一隻龜，連同墓埕非常清幽，溪水送風，溪邊一叢樹枝比樹葉多的大樹，陰沉彷彿有靈。舊年，墓埕的矮牆圍坐著陳厝人一排笑嘻嘻，胸前抱著斗笠，腳前竹籃、長短鐮刀；我得叫舅公妗婆、阿伯阿叔阿姑，叔伯阿姑亦得叫祖母：「阿姑，來坐喔。」讓出六舅公邊的位，祖母坐下，立即恢復是陳厝人。祖父講了，茲才是大家族，人丁興旺。

但是祖母講的當年，至少是一百餘年前了，一百年於後陳厝的後代，傳說中我的七舅公陳文璣雙手抱在胸前，雙腳開開企在高處，目鏡後的目周宛然發出劍光，無聲無息看著我條直（忠厚老實）的祖父和一對中年夫妻應對。企高處的七舅公顯得虎背熊腰。

穿白內衫的中年男人跍墓草上，頭毛亦像墓草亂糟糟，目眶內牽紅絲，嘴唇人中和下頦鬍鬚，真像國語課本「李明失蹤了」的工人，哇啦哇啦：「等你真久，你祖先墓腳鎮著我老父，酷刑，害我全家大大小小輪流破病，不得作穡賺食，艱苦得哭枵，散家亂宅，已經一年，你知否？我就怪奇無緣無故到底啥原因，四界問，佳哉有人指示，你干知我老父兩隻腳焉爾無暝無日鎮著是啥滋味？我翁婦足足等兩暝日，舉厝內老的細的亦恪恪等，看是欲如何處理？」中年諸母矮冬瓜若一個小學生，偎著伊亦跍著，雙手抹目屎。

祖父眉頭結著，踅著此兩處墓龜，踅了兩輪，勻勻和二叔講，找土公仔偕地理仙先來看。李明大聲：「是找來看鬧熱？」二叔亦大聲：「不是大聲即贏。你講我阿公鎮著你先人，你是法官判案，你講是就是？若無得參詳，大家鋤頭挖挖，掘出調調，彼此無相礙，好否？」祖父制止二叔繼續講，趕緊去大街市場後請地理仙來。

二叔才行上斜坡便叫：「七舅！」日後祖父解說，七舅公自細漢學習劍道，至今每日透早五六點起床練習，正坐吐納，等候天光的第一道日頭，浩然正氣。因此我們看著七舅公一道閃電來到李明面前，自有天神一般的威嚴，李明若一尾鮎鮘，嘴開開企起，七舅公一手若挼脈放在伊頭額，一手托起他的下頦，目周若探照燈，更一手搦開他的目周皮，又掀了掀兩片耳，「你臭嘴角，耳孔後生癬，唇內是不是竟年四時總是溼溼？而且你平常時是不是直接飲水缸的生水？」轉向李明的妻後，「軫唇先滾一鍋泔糜，水放較多，全家飲米湯，當日得食完，明日再煮新的，至少飲三日，看臭嘴角有改善無？」

七舅公又啪的打一下李明的天靈蓋，「你腦筋閒得生蝨母，墓碑明明寫著兩位相差九年，林家的早你老父九年埋茲，除非地牛大翻身，抑是你老父棺材內會像樊梨花移山倒海，咱斗鎮不就地陷東南，全去住濁水溪底。王祿仔嘴胡瘰瘰（江湖術士信口開河），講啥你就信啥。」

馬神父則是祖母先發現的，二叔形容是西洋的笑彌勒，草帽下粉紅色肉嘟嘟的笑面發光呢，一管陡峭的鼻，高強大漢，尻倉下的鐵馬反而若一隻瘦狗，對我們逐一點頭，「大家平安。」才對著李明講：「火旺弟兄，此陣一直想欲去府上行行看看，聽講你厝內大小無爽快。」長腳自後一迴，離開鐵馬，大步行來，墓埔一港風滿是水氣和草腥吹來，吹著馬神父烏衫烏褲蓬鬆，企定了，取下草帽，頭毛霑霑貼著頭額鬢邊，目周仁水青色若玻璃珠，和祖父、七舅公、李明形成一個傾斜的矩陣。馬神父粉紅的笑面溫暖，令人聯想到天主堂發送的耶穌圖，胸坎一粒紅心若寶石若燒炭透出暈染紅光，引得李明亦就是火旺滿腹委屈湧上嚨喉口，哭調叫一聲馬神父，開口欲投訴，但是一接觸到七舅公又利又金的眼光，講不出嘴了。

祖父介紹了後，七舅公向前一步，企在馬神父偕火旺中間，「馬神父你有必要趕緊去你此個教徒的厝探訪，我看主要是環境無衛生，加上營養不良。我會交代宮口的西藥行，維他命和蛔蟲藥兩樣，我付錢，你叫火旺仔去提。」講完，轉身離開。馬神父微微笑點頭，問祖父祖母：「互我複習一下，所以你是茲先生的妹婿，你是小妹。你得叫伊舅仔？」越頭看我，「天頂天公，地下母舅公。」祖父笑了，後齻的金嘴齒閃亮。馬神父又問：「明明寫字是寫掃墓，為什麼講培墓？干是來陪伴的意思？」

「是了，陪伴講得通，正確，一年一次來巡巡看看，祖先一個人一窟，又溼又寒，更有蟲在鑽——」二叔講得目眉一挑一挑，祖母打斷，「烏白講話。」

馬神父哈哈笑，「無禁無忌。我欣賞一個古早人，妻後死了，打鼓唱歌。生死看開，才是爻人（賢能）。」

「可惜我四舅亡在了，伊古冊看得贅更深，你和伊一定很有話講。」

祖母點頭，手一指稍遠一處，「四兄埋在遐。」

放眼一大片墓龜形象溪岸一大陣的龜，天清又空，極遠有高山浮雲虛無。

有人放鞭炮，曠野開闊的天悶著，細聲的劈劈啪啪，野草尖撓著腳，舉頭才知烏雲退散，天清了，非常清爽，馬神父騎上瘦狗鐵馬，「此禮拜日得來天主堂做彌撒。」我們一家，連同火旺夫妻、馬神父，已經行不見的七舅公，若墓土墓草上的螻蟻，日頭出來了，但是虛虛掩掩，似乎此一日已經無事可做了，突然一道光照亮我阿祖的墓碑上西河兩字。

馬神父在我出世前自南部來到斗鎮，是第一個亦是唯一的阿卓仔（洋人的鼻高挺，因以稱之）西洋人，入住天主堂過一暝，消息傳遍大街，祖父褒伊人氣好亦真有嘴水（ㄖㄛ），騎著鐵馬洒透透交陪全斗鎮的人，真親切，田岸圳溝邊和作穡人開講到天色昏暗，頭頂浮著一大巢虻蟲若龍捲風。天主堂在斗鎮西邊，隔著省公路偕我媽的後頭厝相對，叔公嬸婆阿舅阿姨看見馬神父觵上鳳凰樹鋸樹枝，觵上厝頂修理十字架，呵，真像一隻猩猩，人猿泰山。馬神父愛講故事，音調糯米般迷人，講五歲前是加拿大人，五歲後才是美國人，但二十歲以後即完全是天主的僕人；細漢時木匠老父教做木工，啱，我手盤此有疤即是用鐵鎚時無注意傷到的，是不是有像耶穌腳手的傷？非常懷念以前在南部坐牛車，大大的柴輪轂轆轂轆響，看牛放屎一大坏啪的落地，但有一回過圳溝舉台車踣落水溝底；草蜢蹦蹦跳，蝘蜓滿天飛，檳榔樹亦滿滿是，暗時看滿天星斗，只是寒天的落山風足以吹落星斗；教友請去食喜酒，特別捧來一碗若燒豆花，大家看著伊一湯匙一湯匙食得懽喜，笑得古怪，一位姊妹不忍心，講此是豬腦，今日透早刣的一隻大豬公，豬腦確實比豆花更加好食啊。識得馬戲班一個人，並不是頭家，承蒙贈送一台怪鐵馬，前輪一張圓桌大，馬神父懽喜並且有所領悟。偎近新曆年底，彌撒了後，馬神父和教友提議，咱亦來學媽祖出巡，眾人驚奇，「馬神父的齣頭真贅（花樣真多）。」四月時，天主堂為了復活節有一場鬧熱，之前傳說半暝公路駛來一台卡車，載來有大前輪的怪鐵馬，一堆物件若山的救世軍寒衫譬如大衣、牛奶粉、バター（奶油）、巧克力，落車的還有白修女潘修女，白衫白帽若兩隻蝶仔，夜暗中磷光閃亮，和神父將車上的物件搬入天主堂，直至天光。日時才知，白修女潘修女是鎮上第二偕第三個阿卓仔外國人，鷹鉤鼻，一高一矮宛如七爺八爺，在馬神父住所前栽種玫瑰花。雖然兩人的台語無馬神父講得好，帶領斗鎮的老少姊妹認真讀玫瑰經，手指頭拈著銀十字架，摩挲著耶穌的身軀，目周眯眯有一種超脫世俗的神采，一句又一句萬福瑪利亞，眾人恍惚離開斗鎮來到純白天堂。白修女潘修女兩人總是朝時騎著鐵馬去大街菜市買菜，一定買一竹籃的雞卵，一把劍蘭，愛食甜的潘修女有時會買一塊土豆餡的紅龜粿。熱天的大街漁焅焅，滿滿的日頭，鐵馬的輪框拭得金熾熾，兩人像兩隻大大隻的白蝴蝶直直飛過媽祖宮口，隨即有了烏白諍的閒話，彼時兩道白光來犯，媽祖的鳳冠振動了，決定暫時離開斗鎮去雲遊。熱天收煞時，四嬸婆的大漢諸母（長女）未滿十四歲決心皈依天主做修女，四叔公反對無效，舊曆八月底，日頭略略反黃了，小姑娘穿著白衫烏裙，神情堅毅，跟隨白修女潘修女坐客運車去南部的修道院，車後坱起土粉全是金色的，公路邊是通往糖廠的鐵支路（鐵軌），路基邊一條圳溝，溝邊一大片姑婆芋，四叔公四嬸婆隔著牆圍流目屎。

斗鎮第一次有復活節，馬神父穿著烏衫烏褲烏皮鞋騎著怪鐵馬踅遍全鎮，尤其大街來來回回，宣傳放送，歡迎禮拜日大家來天主堂儔鬧熱，若大圓桌的前輪亦拭得金熾熾。宮口飲了一杯甘蔗汁，馬神父自龍邊行入宮內，向媽祖鞠躬行禮，信徒感動此個阿卓仔的誠心才發現伊頭毛稀疏的頭皮是粉紅色，日頭曝得面上的金毛一絲一絲。

香煙瀰漫的大殿烏黗黗，嚴格算起媽祖宮原址超過三百年，而今的主殿則是一百年前重起的，壁頂的匾額來自大清皇帝和古早的讀冊賢人，「海疆靖鎮」，「瀛海慈航」，「奠安海國」，「澤遍海邦」，每一個漢字古色古香但千斤重的神祕，安坐正中的媽祖面容有稜有角，眉目之間的莊嚴心事是俗世所有的善男信女記掛的，椅條坐著零散幾位閒人，曝得烏焦的面和腳手如同千百年前石壁上的刻畫。香煙環繞中的馬神父，捨不得離開，感覺自己好像入定，抑是媽祖慈悲允准進入顯靈的神聖空間，此處的香火和做彌撒時祭台前搖晃有火炭佮香料的香爐並無不同，油畫以及神龕內的陶瓷聖母佮柴頭偏的軟身媽祖，兩者的意義相同，天下的海洋相通，平分一個日頭佮月娘，所以此亦是斗鎮出神的時刻，所有的時鐘尤其是鐘擺噠噠噠暫時停止晃動，飛鳥不飛，凡夫俗子一概出神，食攤的燒氣直直向上，天頂鴨蛋青，無一片雲。

香煙於日頭中寫字，天書。咔噠一聲脆響，供桌前有人博杯。

馬神父感應互香火熏得眯目的媽祖向伊微微一笑。二十幾歲，坐船渡過太平洋，數十個日子，一人在半暝擁有全部海天，有一粒大星近近相隨，因信而有靈，是庇佑，是信號，是約束，迷惘和堅心、徬徨和勇氣原來是兄弟姊妹，仰望中完成旅程。如同此日，亦如同才來斗鎮的一個欲暗時，看見圳溝一位全身烏衫褲的諸母老大人涉水逆向而行，頭頂一蓬虻蟲烏雲呼呼旋轉，圳溝兩邊的田園如同曠野，西天的彩雲火炭渣將將欲熄了，因為好奇，伊靜靜等待老婦人連同漉漉聲行來，水位淹到大腿，看起來並不是在撈取，「平安。」老婦人的目周有一粒是青瞑，伊停在烏暗水中，昏曠中相準馬神父的方向，沙啞回答：「平安。」曠野初初的暗暝將人鎮扁，烏暗中永恆的平靜和靈動如同啟示，貫穿兩人身軀。

但復活節此一日，天公不作美，烏陰，過中晝不時濛濛雨，除了得落田做穡，全鎮的教友來一半將天主堂填滿，大街的裁縫師傅巧手將救世軍發的大衣改給五個子女，合身又摩登，像一排西洋俑仔（洋娃娃），老輩譬如六妗婆讚嘆，可愛的人形（にんぎょう）。婦女教徒企在草地若衛兵，防止囝仔踏破彩蛋，還有馬神父白修女潘修女帶領教徒做了兩個餘月的兔仔鼓燈，而且四周掛滿了檳榔樹枝代替棕櫚樹枝。鳳凰樹下馬神父搬演西洋傀儡俑，傳達復活的故事，偏偏雨勢突然大了，一個囝仔手賤硬揪舞台的布幔，竹篙克難拼裝的舞台嘩啦崩落，馬神父大方，企在柴箱頂若巨人，手提傀儡俑哈哈大笑。大家食雞卵，雙手染色，雙腳踏碎卵殼，領悟復活節就是對年（一週年）培墓，祭拜了後剝卵殼表示脫殼的意思。馬神父又是笑哈哈，「言之有理，解說得好。」

期待真久的聖母出巡彼日，馬神父不死心，前一日又是騎著怪鐵馬踅大街廣告，照常買甘蔗汁飲，宮口食攤弄嘴花，「神父你此輪框金得刺目，來來回回閃得大家欲青瞑了，恐驚連坐在金鑾殿的媽祖婆亦不堪了。」馬神父拱手回答：「失禮失禮。當作是聖母和大家打招呼啦。」翌日透早卻是淒風苦雨，馬神父半暝三點就醒，大地只有伊一人的腳步好大聲，玫瑰園清芳，數次行過教堂的祭壇，手電（手電筒）的光照著對聯「爾能無窮爾榮無極，我求之允我苦之安」，照著彩繪玻璃，玫瑰紅和寶藍色，壁龕內的聖母真寂寞真善良，壁畫內扛著十字架的耶穌真僫孱真可憐，天光前的寒冷顛倒是一種溫暖，想起遙遠的家鄉九月的池塘。兩個信徒舉雨傘的烏影行入大門時，冷風掀起馬神父的烏長袍，鳳凰樹樹頂收集了一暝的雨水，波波啪啪落下一陣大雨，伊此時才發覺出巡的想法真是把戲，是自己太心急太愛表現了，根本是欲偕媽祖婆拚輸贏。懇求天主諒解，亦懇求媽祖諒解。天頂閃爍一粒星，啊，可是當年在太平洋上相隨的星。大街的人家敦厚，閉門不出不看阿卓仔聖母出巡，潦草結束了後，四嬸婆煮了一大鼎竹筍湯，大家食麵包、巧克力，馬神父看著門口青竹篙做成的轎架，自我消遣，「真是舉枷（自找麻煩）。」看到四嬸婆微微笑，含義不露，繼續笑話竹篙轎險險將聖母摔倒，早知不如像賣膏藥的娛樂公背婆，大家輪流背聖母像。

「馬神父勿失志。」一位婦人講：「咱天主堂畢竟是後來的，是客，應該先去向媽祖婆請示得到允許才對。」

「一間竈腳容不得兩個主婦。唉。」馬神父吐大氣，「我聽過一句詛咒的話，欲死得初一十五，欲埋得風偕雨。莫怪……。」

第二天，馬神父照常天未光即起，失眠導致失神的結果，不知不覺形象夢遊穿著法衣，一人坐在寒冷的教堂內感覺自己的軟弱、意志不堅，但是不下跪不祈禱亦不懺悔，腹肚亦無感覺枵，雖然有時迷惘因何會渡過半個地球來到此個亞熱帶的海島，日頭猖狂，熱天如此久長烋焆，流的汗贏過飲的水，每一日的黃昏，燒焃焃的人家厝頂、檳榔樹，虼蟲多過天頂的星，每一日已無新鮮事，只感覺自己恬恬無所謂地燃燒，所以需要如此這般的時刻，回想少年時的大膽試探，俯身跪著，閉目，於無盡的烏暗中長長的祈求，然後隨手掀開經書，食指摸著經文：「閃電從東邊發出，直照到西邊。人子降臨，亦要此樣。」不了解，不滿足，再次長長的近乎痛苦的祈求，用力閉目。但是年少時豈知什麼是痛苦呢，再次掀開厚厚的經書，食指摸著經文，形象火燒，「因此你們要在東方榮耀耶和華，在眾海島榮耀。」腳頭趼有火炭，指頭有針刺，心裂出深淵。然後一人渡過深淵的海洋來到東方，針刺換作是每晚頭頂閃爍的大星。

此個東方海島的小鄉鎮難道是我人世間的終站？

中晝飯後，馬神父猶原是失神狀態，散步到公路和大街的十字路，走日的烏陰天，路口的雜貨店斜斜倨著一捆一捆紅皮甘蔗，店口厚厚一層甘蔗皮，人狗行過轟一聲驚起一蓬大金蠅。大街直直，二三百公尺外的路面出現了日頭，若橫的一刀切開陰陽，媽祖宮更在一公里外，倨公路此頭的店面是賣大大小小的竹椅的家具店、柴屐店、棺材店、棉被店；彈被胎的弦聲如同夜深沉，棺材店真趣味，店內靠壁三副長盒，三個坑，柴芳混合油漆芳彷彿有一種迷人的氣氛，使人衝動，借我棺材內倒一下好否？舊年熱天一場雷電交加的暴雨落一下晡，大街變成大溪，一副棺材遂來漂浮大街。但願於日常生活中經歷奧妙，發現神蹟。但願於無所有之中發掘奶偕蜜，但願他鄉異國，嗯，茲是囝仔教馬神父的，好殘忍在水蛭身軀灑一把粗鹽，一切必將化為灰燼，但願自己就是光就是熱。

一日一日過，日頭即是斗鎮的永生。

清明隔日透早，揪開門閂，門板上的兩尊門神，大門外門口埕的白霧薄了。祖母在竈腳，一把麵線放入大鼎前，先一大杓燒水舀入面桶內，將桶底的牡丹花燙活了，昏暗中透過燒氣講：「夢著你諸父阿祖討食紅麴肉。」

大廳壁上有兩位阿祖的相片，告別式的相片，若像水淹過，鼻目嘴模糊，古老又委屈的冤魂感，祖父感嘆，「永過是散（窮）得將欲互鬼拖去，勉強攝一張相，憨頭憨腦。古早人亦驚魂魄喀嚓一聲互攝像機收去。」

祖父是孤子，唯一的男丁，只有一個小妹，祖母一次不小心脫口而出，「兩兄妹不同一個老父。」

祖父祖母總共生了九個子女，還有漏胎偕夭折的各一個，只有我父親是長子，我大姑是長女勉強記得有一個阿叔，姓許，算是諸父阿祖、曾祖父的異姓兄弟，可比結拜，是高祖母收養的契子。寒天暗暝，在戲園口比賽剖甘蔗，雙雙贏錢，更去宮口宵夜飲酒。總之，此位許姓阿叔是一個謎，亦是一個真正的羅漢腳、自了漢。

曾祖父母、祖父到我父親偕叔叔姑姑們，三代人講起舊厝總是晃頭笑講「咱竇（家）的破草厝」，坐西向東，因此偎北的竈腳昏暗，即使點一葩電火亦是光影中油垢烏黃，善翁仔嘎嘎響，獠鼠吱吱叫，壁上掛著棕簑；熱天開始的下晡抑是暗頭，若是大雨欲來，氣壓低，翕熱得若熘豬油，突然叮叮有聲，大水蟻來了，如同變魔術，一大蓬圍著一葩電火朝拜，紛紛來舂電火球，若茫霧，若霜雪，然後叮叮，叮叮叮，電火球更加光亮，大水蟻著魔舂得頭暈落地，拖著透明的翅，無聲吳疼。不得已，繩索一揪，暫時關了電火，才聽得落雨聲，更揪電火繩索，大放光明，大水蟻馬上又大陣來襲，為著光燁燁的電火殉死，叮叮，叮叮叮，大水蟻落入項頸後，驚叫聲中許阿叔出現，接手諸母阿祖、曾祖母捧的面桶，舉高在電火球下，等水面浮滿大水蟻，曾祖母持來柴椅，互許阿叔企上。聽講大水蟻來自墓埔，一有雨水淋即鑽出，舊厝全是墓土墓草腥味，曾祖母的頭鬃全是大水蟻，可能心內驚惶，不禁叫出許阿叔的名，喜仔。

許阿叔比諸父阿祖高一粒頭，精瘦，少言語，「你一隻嘴若新箍桶無縫，無話無句，真正會變成苦瓜。」阿祖由是叫許阿叔苦瓜，許苦同音，確實有時苦得陰沉鬱鬱，但手頭有量剩時，糴一袋米，買麥芽糖請囝仔。諸母阿祖生來深緣，意思是相處久即會乃看乃合意，許阿叔亦是。但是深緣不適用曾祖父，諸母阿祖時常為錢，尤其是為了諸父阿祖的菸酒開銷而兩人讙謑囉唣，許阿叔自是閃遠，或是在龍眼樹下歕洞簫。一次走避不及，柴刀擲中許阿叔腳板，諸父阿祖哈哈笑走門口埕，「苦瓜的腳破相了，看你焉怎賠伊？話先踏頭前，用你的私己錢。大街的醫生我熟識，若需要紹介才找我。」

諸母阿祖的口頭禪，憤慨的口氣，「艱苦人奧（難）死。」意思是窮人多苦難的拖磨，但是有親、有情有義的還是艱苦人，可以偎靠的還是艱苦人。兩百年前，田園野地中開出的大街，貫穿斗鎮如同人身的龍骨（脊椎），東西南北四邊設柵門防盜匪，柵門是重重疊疊的刺竹，西邊南邊靠著舊濁水溪而得利而興旺，自我阿祖以降口中的破草厝是在大街尾的東邊，是風頭水尾，衰尾，入夜後無路燈，靠路過鐵馬的電火照光，烏暗混沌中只有水溝的漉漉聲。無路燈的烏暗延續到我父親阿叔阿姑彼一代，寒天下課抑是補習結束，暗蒙蒙中奔走返厝，引起狗吠，風透搖晃樹頭若起乩，奪人魂魄，得去找八姈婆收驚。水溝源頭是幾百年前舊濁水溪改道殘留的水漥，生著大片的刺竹叢，清朝時幾次的民間作亂，傳說是私刑斬頭的所在，所以許阿叔歕洞簫時，看得著刺竹叢頂的白翎鷥宛然古早的冤魂，然後伊和諸母阿祖各拗一截潐潐菜瓜藤當作菸，食菸時微小的火光宛然兩人心意互通，兩人可以企到天荒地老。

祖父保存良好的戶籍簿，日本警察大人以萬年筆（鋼筆）和毛筆寫就的漢字，第一張的現住所，彰化廳東螺西堡北斗街七〇七番地，事由註明彰化廳東螺西堡北斗庄八二番地明治四十年一月十四日現住所轉居；種族，福，福建；種別，二，啥意思？待考查，莫非二等人？阿片吸食、纏足、不具此三項空白，不具，意思是殘障、精神不正常，源自地藏本願經，「貧窮下賤，諸根不具，多被惡業來結其心」。種痘，天，感染天花是也。其下欄目，續柄，意思是前戶長和現戶長的血緣關係；職業，畑作。

第二張的現住所改為台中廳，又改為台中州。稽查者一個個蓋了印章，分別是警察大人姓：四宮，亀源，江田，中島，藤垣，服部，加村。直行書寫的漢字密林，當事人諸父阿祖的紀錄，竊盜初犯，再犯賭博，三犯賭博。警察大人未曾寫入紀錄的，聽講諸父阿祖有一陣穿著柴屐時常出入大街唯一一間的阿片館，無可能有閒錢食阿片，所以是做薪勞（雇傭）？即便如此，諸母阿祖聽著柴屐喊喊叩叩便罵，夭壽骨，害人食阿片，禍害子孫。

日本時代嚴格的人口監督，種別欄三種分類，第一種，官吏、公務員、有資產常識而行為善良者，每年查一次；第三種，有犯罪前科者且坐監過，每個月查一次。此兩種之外即是第二種，每六個月查一次。其後昭和年間廢除種別欄，塗烏覆蓋，成了 方墨跡。嘿嘿，人權觀念有進步。

破草厝的南邊是甘蔗田，許阿叔抄近路穿過甘蔗田，一身軀大汗，熱天的暗暝，天公認為時辰到了，起爍爁，無聲電光一晃，可是若像夢想中億來億去的銀兩？天清地暗，照出甘蔗葉的刀光劍影。許阿叔幫浦邊拭身軀，諸母阿祖送來洗好的衫褲，無聲電光適好一閃，盛水的水缸、鉛桶，水面一瞬間全是刀鋒銀光，可是暗示有冤報冤，有仇報仇？若是恩情相欠如何是好？之前諸母阿祖飼了將近一年的雞，此年大熱時瘏雞瘵（雞瘟），兩人每日在幫浦邊刣雞。

瘏雞瘵的某一日，天未光，諸母阿祖即醒，諸父阿祖又是徹夜未歸，門口埕清涼，簷圻下一行露水，天欲光之前的昏暗中田園大地騷動如同胎動，遠處竹叢頂的白翎鷥發出聲響，何止天頂的星閃爍有靈，點著一枝香拜天公，萬物有靈，言語無用，天地欲甦醒前的正氣分解曾祖母艱苦人的身軀，但是伊的心像大石的穩定。

諸父阿祖死前兩年，祖父母的婚事定了，彼時祖父廿三歲，祖母十九歲。不過是一兩年的時間，諸父阿祖比同年紀的老得快，瘦更丂佝，背後看老耄耄，但一世人浮浪狂不正經，[illegible]哂唯一的後生，「娶陳厝的千金，做豪舉人（富人）的半子喔。」

祖母珍藏的相簿有一張舊相片，結婚三四年後，正少年的翁婦偕長子長女去攝像館攝的，祖父全套西味褸、中折帽，祖母一襲長屆腳踝的華麗深色長衫，真珠耳勾佩鍊，一雙幼子粉妝玉琢；祖父祖母端正帶笑意，一生中至為幸福、得意的時刻，非常適合收在斗鎮西隘門陳厝的家族相簿。攝像彼時，我的高祖母、曾祖父母，祖父的許阿叔已經全部死了，埋在墓埔。

放蕩一世人的諸父阿祖，在生命最後的一階段，對未來的親家講了如此的話，確實陳厝是天公子，先人好積德，人講陳厝的田園闊得雀鳥飛不過，田鼠會迷路，圳溝得彎路，畢竟來自泉州的祖先是大清朝就開墾斗鎮開發大街的頭人，起了媽祖宮、教囝仔讀冊識字有功德，和官府戰過海賊偕反賊，聽大街老輩的講當年陳厝和海賊亦是有暗來暗去，若戲台上正派反派的兵卒全是同一班人在演。換日本人來，改換長衫穿起浴衣西味褸，照常是日本官府眼中的模範良民，有官位有錢水，照常興旺。讀冊人講的，官來迓官，賊來迓賊。

諸父阿祖的眼光若穿過二三百年的煙霧，夾在手指頭的菸燒出長長一截菸屎，目眶陷落，像是無神抑是出神，壁上的鐘若一副小棺材，分針每徙一格好大聲；腳步虛虛行屆巷口，心臟怌怌喘，身軀微微出清汗，巷口人家牆圍的燈仔花一蕊蕊大大裂開，望向大街，戲園自背後看形象一隻龜，以為自己的眼光可以穿透大街，看見少年自己，看見媽祖宮的天頂有天兵天將守護，看見自己和苦瓜熱天暗頭穿過甘蔗田，一身軀汗流汗滴像煓豬油，橐袋空空無一分錢，廣闊的甘蔗田即便行過千萬遍亦無一分地是兩人的，一世不得翻身，不過甘蔗葉利得可以割出血來，於是伊怒氣譟譙，人肉鹹鹹啦，苦瓜難得苦笑亦講，人肉鹹鹹啦，伊出手舂一下苦瓜的肩胛骿，甘蔗葉刷的遂在嘴酺割出一絲血痕。行出甘蔗田，看見又有娠的妻子面憂憂等候兩人，伊嘴含血水，發覺妻子的眼光癡癡纏纏只向著苦瓜。

日頭下，大街光曄曄，伊自言自語像懺悔像怏望，「好久好久無看得苦瓜囉。」

俗語講，種瓜得瓜，種瓠仔生菜瓜。

〈附錄 熱天午時〉

我奉父命陪同入籍美國多年才頭一次返台的姑婆回一趟老家斗鎮。

青空看似一個大鼎煸著日頭，然而熱天午時的大街，一如斗鎮的名物炸肉圓的一鼎沸油澆淋，新建媽祖宮的琉璃瓦、飛簷上一排排的仙人祥獸燙得滋滋響亮，宮口市集人人熱得恍惚失神，食攤噴著蒸汽更像是仙境雲霧在催眠。唯有一隻少壯的黑狗挺直踞坐肉圓攤前，直視著姑婆與我，以為我倆是外來客；記憶中黑狗有主人，後腦勺與脖子長滿烏髒肉瘤的一個羅漢腳、心神狀態有問題的遊民。

潔癖的姑婆，諸多年不見，腰背還是挺直，雖然福態很多，還是散發著我記憶中融合著肥皂與日頭的味道，她與同母異父的祖父有著一模一樣的丹鳳眼、尖翹的薄嘴。我國小時與父母在台北城住過三年，姑婆則是更早幾年跟隨她幫傭的警官全家移居來，那年暑假七月的某一日午後，她一手持葭織袋一手持一支黑傘出現在伊通街八十七巷巷口，大尻倉的影子在腳尖好像遊魂，她笑笑講是自信義路新生南路行來當作是散步，無意中透露著台北人的氣口。那是一九七〇年代的新興潦草台北，我心中將姑婆美化為狄斯耐電影「歡樂滿人間」撐著黑傘從天而降的保母包萍。

十六年前，祖父在年底的寒流中心梗過世，祖母、父親與兩位表阿姑（姑婆的女兒）商量是否向安居在美東的姑婆報喪，「兄妹才兩人，無掩蓋的理，是應該互伊知。」有認養關係的契子契女說理姑婆正在辦理公民身份的最後階段，不宜出境，而且伊血壓高，一人坐赫爾長的飛機恐驚危險：姑婆在國際長途電話裡嗚嗚哭著，交代了奠儀，也就沒有返台送伊唯一的親阿兄最後一程。祖父入殮後，壽材放客廳有如一艘元寶大船，油漆味刺鼻，守靈的夜晚，全家圍著烘爐，二叔發問古早人哪會才兩兄妹？祖母脫口，「兩人不是同一個老父。」阿姑阿叔互遞眼神，此事其實不是祕密，二叔習慣性地眯眼皺鼻，長箸撥著火炭，「嚇，咱阿嬤毛斷的進步女性喔。」「毛斷啥？模特兒是麼？」「阿嬤連自己的名字亦不會寫，一個漢字不識，是毛斷去南洋？」

舊厝神明廳壁上並掛著曾祖父母（諸夫祖、諸母祖）遺照，四周雨水侵蝕，兩人的五官模糊，前現代人不得不面對照相機行刑般的的畏怯，特有一種蒙昧，眼睛瞇蹙，嘴微張；善翁仔壁虎叫得嘎嘎響的暗暝，厝後竹叢亦是低音細聲的嘎嘎嘎，電火黃濁濁的昏沉光瀾，兩位阿祖自壁上溜下，坐在竹椅，男左女右，寒冷透骨，互相無話可講，在世的緣分偕冤仇一筆一筆早就通算清了，只有等待壁鐘正點偕半點時噹響，厝簷的露水滴落，等待天欲光之前罩霧使得天地混沌，唉，無聊的人生，煩惱無了時。

我買了兩杯甘蔗汁，姑婆喝了一口，直直看著削甘蔗的中年人，問：「阿松是你阿公還是老父？」「阿公，喝，伊的骨頭會得打鼓了。你是？」「我和你阿公阿嬤是囝仔伴。」

「我阿嬤走了三年囉。」

我問姑婆欲進媽祖宮參拜？伊搖頭，新建的媽祖宮完全改頭換面，新得大得殊無意思。逮著一起進化的是原本宮口的食攤市集，外圍開闢了兩條新的道路，繞著新廟三百六十度擴張，我們順時針、逆時針踅了兩匝，日頭強光彷彿科幻影視誇張的蟲洞亂流，歐都拜近廟欺人貼身擦過，新一代的鄉人是毫不和善的嘴臉，然而姑婆的心思堅定，眼神炯炯且堅毅，「咱已經經過九間肉圓店，如今的肉圓較大粒，皮較薄，可以配菜頭湯、貢丸湯，舉套食來差不多三塊美金，你細漢時一粒不就五角銀？」我內心偷笑很想問姑婆，斗鎮肉圓像啥？當然不是世俗之眼的又是元寶，實則真像台灣島，蕃薯粉漿包裹內餡，單手一抓定型，梭狀兩頭尖，中間隆起如同中央山脈。地方耆老傳說，十九世紀末濁水溪潰堤大水災，肉圓是媽祖神諭賑濟災民，是以這隱然是台版的方舟象徵。

雜貨店門口撐開的帆布篷下，貨架後一位老婦人兩手臂盪著脂肉，頭家娘氣勢，緊盯著姑婆，姑婆世故又技巧地點個頭回應。我想起來了，上小學前，祖父腳踏車載我來這間店買文具，我龜毛狡獪，反反覆覆最後選著一個汽車造型的藍色塑膠筆盒，晚頓後突來大雨，雨滴沉實打著帆布篷，雨勢打著耳膜打著頭殼，大街給甘甜味的雨水洗得烏金清涼又深沉，天上地下燈火密稠稠閃閃爍爍，媽祖宮在街路水影中變幻，我握著汽車筆盒，感覺祖父會將腳踏車騎入水晶宮。

今日斗鎮，金鑠鑠，如同延展性極佳的貴重金屬，過往的好故事也就被那叫做現在的大神輾平，壓碎而齏粉，不再神奇；兩三百年來貫穿小鎮永遠的大街接上擴寬的省道公路，再接上高速公路，自由遷徙的迴路成型，當車速賽過飛鳥，鄉鎮的發展模組化，本鄉人外鄉人根本分不清了，也無須區別，據說殘存的舊濁水溪還有一段盲腸在小鎮邊緣，溪水淺灘淤積，枯水期時更發散令人難堪的腐臭。現代斗鎮，家鄉成了一個難堪的詞彙。

我等著姑婆親口告訴我伊偕生父的故事，不急，久違的家鄉日頭將伊鍍成金身，笑笑講起幾年前九一一恐攻事發時，伊正好在紐澤西州契女兒老三家照顧孫子小虎，鄰近城鎮名叫愛迪生，看著電視內兩座世貿大樓渾渾吐烏雲，尖叫哭嚎聲中，隨即想起日本時代末期也是二戰末期，米國軍機轟炸台灣，傳說媽祖在雲端捧裙接炸彈擲入台灣海峽。

姑婆徙動金身，查看宮牆下可能是一塊殘留的界碑亦是舊廟的牆基，然後仰頭，像一隻烏鴉啪啪展翅，「就是茲，」伊細漢時，大街遇見許阿叔，逐遍（每次）買互伊一支竹籤串一串魚丸，「魚丸攤就是茲。」非常古意、無話無句的許阿叔，看見伊便面紅紅，憨憨笑，住在過溪的隔壁莊，大部分時間糖廠做工，逢年過節一定來送禮，偏偏阿爸總是不在厝內；和阿母細聲講話，踞在大灶前，柴火金金紅紅照著兩人若釉彩，看著灶肚內龍眼樹樹枝的柴火熊熊，等待厚篤篤一塊突然轟地斷兩截，火星若變魔術揚起，鼎內的燒水亦溢出；阿母起身，掀蓋，水汽內阿母的神情是未曾見過的。冬至隔日，阿母將一碗甜圓仔餾餾互阿叔食，火光照不到的胛脊髆、尻倉冷溰溰，阿母持火鉗在火灰上胡亂劃，阿母不識字。許阿叔日時來過的暗暝，送來的贈賂在桌上，阿母心悶。等到結婚生第一胎，阿母才透露，許阿叔是你的生父。阿母更講，阿叔偕一個客人朋友姓黃搬去後山了。

姑婆二十九歲喪夫（祖母講古，此個翁婿殊古意，稍和女眷講話即兩片耳紅絶絶，欲死時可憐喔，漏屎幾眠日不停，床板不知是血水亦是屎尿滴滴滲。）三十一歲唯一的後生腦膜炎吧也亡去（祖母繼續講古，你姑婆伊無哭，只是舉身人一直捽一直捽。）隔年斗鎮的警察局長添丁，雇用姑婆做管家，警官的妻子懦孱，長年病歪歪，腳手伶俐、非常有母性的姑婆從此偕茲一家外省人成了命運共同體，之後的時代大事是退出聯合國、中日斷交後彷彿海嘯的移民潮，警官兒女與姑婆辦理了認養關係，帶著一同赴美，然後順勢歸化成了美國人。有幾年，姑婆的休閒嗜好是去大西洋賭城，領了贈送的二十美元籌碼，吃角子老虎連拉數小時，殺時間兼運動，契女兒有次賭廿一點贏了不少，牽著姑婆離開賭場，坐在濱海木板大道的長椅曬太陽聽海湧，伊應景問了，台灣是在哪裡？

姑婆想必不知道某些植物種子的神奇的繁衍法，他們有堅硬如岩石的外殼，借助洋流與潮汐，得以從某一洲長途漂流到遙遠的另一洲的某國某島上岸，然後延續後代的生命。屬於姑婆的美國夢故事當然可以開枝散葉編造下去，譬如伊在台灣真正有血緣的外孫們因為美國阿嬤得以翻轉命運，被殖民者力爭上游，或是赴美留學，敏銳地預見下一個產業大潮因而選擇電腦資訊攻讀而成了第一代矽谷人，或是移民，儘管英文鴉鴉烏，競競業業開洗衣店、餐館、超市、做房產仲介，亞裔的刻苦耐勞加上高儲蓄率，晉升中產，及至第二代第三代純然美語人了，不知漢語遑論寫漢字。又譬如我父親也曾動念過，聽說加州遍地才真正是美金淹腳目，晚頓後啤酒喝得心神鬆了，「來拜託阿姑探聽。」藉裙帶關係脫台入美，若果美夢成真，那美洲大地將如同海綿將一家黃種人水滴般吸收得無影無蹤。

「腹肚枵了未？食肉圓好嗎？」我問姑婆，「慢且，」伊隨即互我兩粒巧克力，甜得牙疼。一九八〇年代，契女兒老大任職跨國公司高管常出差香港，姑婆托她寄口紅冷霜回台，親戚女眷一人一份。

即使離鄉數十年，即使已經不睬媽祖宮，斗鎮大街比外地他鄉更加像外地他鄉，看無一個同輩的，姑婆的母語猶原較我純正百倍，伊講此兩年不時夢見許阿叔，伊返回細漢時在竹管舊厝，父女兩人不過互相眼一下，感覺生分，一次是伊壓幫浦水洗腳手，頭頂龍眼樹結滿滿的龍眼，「是快望我叫一聲老父？」夢中老父少年郎，但眼神委屈形象一隻互虐待苦毒的狗，幫浦水青冷清心；另一次門口埕罩霧，白茫茫，柴屐的絆索斷去，心內若割了一刀，醒時才知在夢中哭得殊傷心。伊在時間的曠野迷途，又有一日隨老三去紐約市的中國城，幾個瘦抽的男子背影通是許阿叔，回程的火車窗外是十月底落山的日頭，形象鹹鴨蛋仁，油漬漬，沿途是沼澤、枯樹偃倒湖水上，看著心內鬱雜。天未光即醒，浴間鏡內看見自己，想著阿母阿爸偕許阿叔。

姑婆一指斜對面一條巷子，結婚前，「阿爸取我來巷仔內刻印，阿母取我來巷仔口電頭毛。」巷底魚鱗板屋前一叢櫻花彼年花開得特別茂盛，遠遠看即殊喜氣，以媽祖宮為中心的斗鎮舉個若過年時祥雲集結，鑼鼓喧天，古話講人逢喜事精神爽。結婚彼日，阿叔酒飲了不少，面非常紅，目周牽血絲，趁空縫互伊紅包，一隻手握牢牢，無講一句話，喉結滾動。得知阿叔是生父了後，阿母有時用眼色質問伊，汝心比東螺溪底的石頭還更硬。

記憶在夢中復活，阿叔阿母對伊唸唱日語的囝仔歌桃太郎，果然厝後的竹叢亦咿咿啞啞唱和，嫻熟日語者微微笑，九州腔調呢（比較土俗啦）。背著老三，姑婆欲將老故事傳後代，笑問孫子小虎你是不是橋上撿來的？是不是生在竹管內的紅嬰仔隨溪水漂流來的？小虎聽無，應一句英文，伊亦聽無。

但是許阿叔如何騰雲駕霧飛過太平洋來到伊夢中呢？和阿叔儔陣來到夢中是清涼的幫浦水、晚頭大水蟻的墓埔味，是阿母烏布衫的臭汗酸味，是日頭曝菜豆菜脯檳榔樹的甘甜，是舊厝自腳底貫穿頭殼頂的土味。伊安慰自己茲是好夢。

對於姑婆、祖父母那一輩，家鄉、故鄉、舊厝一如有著堅硬外殼足以飄洋過海到另一塊陸地的種子，不論遷徙地球的哪一個地方，種子不死，在夢裡靜靜發芽，花葉根穿越夢境回到原生地。

我強勢帶姑婆進了一間攤頭桌椅整潔的肉圓店，我心中的言語是，替你的許阿叔和生父食一嘴吧，就像我替亡去的祖父母食。正中晝陽世的日頭穿不進陰間，店門口的帆布篷的淺淺陰影好像溪水起了洄瀾，唯有人心可以穿越陰陽。

姑婆的眼神轉為柔和，微笑的嘴型與祖父一模一樣，伊聞著油香的瞬間，瞳孔放大，淚液增生，我隨即尾隨伊回到千百光年外有警察大人有媽祖宮的小鎮，公學校小學校嚴格區分一如種族隔離的小鎮，雀鳥飛過，扶桑花盛開，午雞對著日頭喔喔啼，許阿叔在大街邊，面容帶著澀澀的笑意，心內歡喜叫著伊的名。

6 封鎖記

（見了我的父親，也看遍了我父親保留的家族遺物，諾亞眼睛眯成一條縫，賞玩得津津有味，照片中人的目光穿過時間的迷霧，其歡喜哀傷還是鮮活。深夜，老公寓在人們的寤寐時刻顫危危起身想要夢遊，它的地基極可能百年前是埤塘或野溪甚至圳溝，唉，沒有選擇的時代，即使是聰明人也無法如願把房子建在磐石上。諾亞酒量好，端詳照片中的簇新天主堂，當年必定是格於建材與技術缺乏，只能約略保有中世紀的形式，素淨為主，合掌狀尖頂，大門上層七柱，長方鐘塔，屋頂塔頂各有十字架，促使來者仰望。水泥路徑一位巧笑倩兮的少女傍扶著她的幸福牌腳踏車；是我母親送給我父親的定情照，我追查，其時她還不滿二十歲，一九五〇年代的壓抑與矜持展示在襯衫釦子扣到脖子根，過膝百褶裙，低跟瑪麗珍鞋，無須驗證便一心堅信幸福的青鳥就在頭頂飛翔。諾亞說，我聽說一粒麥子掉地裡死了，然而長出子粒繁衍，但是第二代麥子不保證有第三代的子粒。到此為止。各自的罪業各自承擔，所以我有故事給你，這才是你的無酵餅，你的葡萄酒，你的祭壇，聽好了。）

如是我聞，鳥類普遍夜盲，因此鳥群總是黃昏時聚集樹冠彈跳，亢奮地吱喳狂歡，為這一天收尾。樹下是夜暗的幽潭，一旦看見大群鮮紅蠕動、名字好奇怪的紅姬緣椿象，城市中人最好別看，忍住密集恐懼症發作，我們得知道，這正是短暫的春天。

如是我聞二，數年前誕生了世界上最黑的塗料，梵塔黑，一舉鯨吞了百分之九九．九六五的光，僅僅反射百分之〇．〇三五的光。梵塔黑，多像一位柳腰肥臀的古印度美女，被它塗抹的物體，表面的凹凸結構弭平，二維平面化，迷惑了眼睛。如此泯滅層次、皺摺、縱深與細節的黑，可視為我們時代詩意與美感扁平化的某種象徵嗎？且慢感嘆，更驚駭的是，梵塔黑問世才五年，科學家宣稱他們又發明了比梵塔黑更黑十倍的物質。

唉，才五年，時間加速度前進，上古神話太陽當中的三足烏，月亮上的玉兔都要追逐得很疲倦了吧。

發明梵塔黑二代的同年，如是我聞，新病毒再度找上了舊宿主，永劫回歸，據說病毒源自蝙蝠的新型瘟疫轟轟烈烈席捲全球，隨即我們海島國境幾近封鎖。同型病毒上一次以

SARS、非典型肺炎之名大亂天下並恐慌我們海島是十七年前。十七年，好久遠又恍惚昨日的從前，我記得有一位在與瘟疫惡戰的第一線罹難的年輕醫師，電視新聞拍攝了他新婚且懷孕的妻子撕心裂肺啼哭著離開靈堂的黑色背影。若要認真再上溯，愛滋病則是四十年前的歷史，散發濃濃的硫磺味的歷史。彼時部分人們太過驚懼，求援宗教，做起假先知，老套地引用聖經啟示錄的末日四騎士以為訓誡，那達達的馬蹄踐踏破敗德者的軀體是天譴。

遭天譴的包括我為期總共兩年的室友歐戈，他的死亡究竟本質是大冒險的性生活的反撲呢，還是對傳統婚姻體制的復仇，始終是一團謎。父母都是東北人，歐戈高強大漢，但是有著強迫症般的生活潔癖與收納習慣，他的房間永遠極簡主義的潔淨，無有贅物露出，唯一美感所需，黑小方几上一支長玻璃瓶插一莖文心蘭（假的塑膠花！），亮黃醒目。我們共用的浴廁，他每週必以檸檬酸清洗，白瓷發亮。他發病前兩個月訂婚，稍後未來的丈人丈母娘一家北上，他在一家老字號的廣東茶樓訂了包廂請中飯，我與林之洋兩室友充當陪客，未婚妻蜜雪兒與介紹人黛安。一九八〇年代中晚期，我們海島積極與國際接軌，大批外商公司入台，上班族取個洋名成為潮流。作為太平洋第一島鏈的中堅海島，與國際接軌就是美國化，洋名的首一參考當然是襲用我們自小熟知的好萊塢明星，模仿美式交際，公寓開派對，收音機鎖定ICRT電台，浴缸倒滿冰塊浸進口啤酒，這一缸冰海聯合國有我們海島在其中呢。蜜雪兒一家全是厚墩墩的麻將牌方臉，但言談有趣，彼此取笑，沒大沒小，老丈人尤其會自嘲，沖淡了包廂間拘謹的氣壓。飯後走出餐館，滿街人潮洶湧若蜂巢若蟻穴，熱島效應的空氣黏膩且窒息人，多處正在起建高樓的天際線上彷彿有九個太陽，蜜雪兒的大姊一掌拍了歐戈肩膀，「下一次得叫大爺大娘，不吃虧，還伯父伯母，彆扭。」歐戈勉強一笑。很多年以後，那則淺顯的真理浮現，我們共生在這海島上的絕大多數人，一生中我們短暫交會，來不及擦出有意義的火花，旋即走向各自的黑洞，再也不會相遇第二次。

我與歐戈、林之洋合租的是眷村改建的大樓住宅，廚房陽台外一棵擎天的黑板樹，多雨時日，尤其夜裡，大樹特別精神抖擻如同有靈，維管束勤奮汲水。便有一個深夜，我們三人巧合似乎都是爆肝加班才回來，通風的客廳不開燈更涼颯，坐在房東的柚木椅上，牆壁上掛著也是房東的一幅心經書法偶爾叩叩作響，我們懷疑房東的高齡老父是在這古董椅子嚥下最後一口氣。

晦暗中歐戈懸宕在高燒囈語的狀態，身上有一股美琪藥皂的特殊氣味，開場白直接對著國高中同學的林之洋，蜜雪兒是低我們四屆的同校學妹，「她的大姊與我二姊同班，很巧，兩人的丈夫也是同班兼死黨。」林之洋呼哧笑說，換妻俱樂部還是要易子而教咩，「你當真要結婚啊？」。然後很犬儒地不屑，「同個學校而已，也要學長學妹關係牽扯沒完沒了，跟一表三千里一樣，陋習！」

歐戈念經一般，民法中關於婚約總共十條，第四條也是九七五條，婚約不得請求強迫履行。咯咯笑了，林之洋趁笑追擊逼問歐戈，你牽了她的手沒？

夸父照相族盤踞陸橋上，執迷拍攝馬路兩岸高樓峽谷的懸浮落日，一分一秒焚燒成橘金成扭曲熱浪，是三十多年後當今之事。然而三十多年前的落日，一樣扁而大，一樣壯烈，一樣殘酷，迎向它的是三十多年前年輕的肉身凡人，滋滋冒出乾煎似的油煙，兩人直向太陽走去，內心盡是窸窸窣窣的荒野，其中有著比隕石堅硬的東西是什麼呢？如是我聞太陽起碼還有五十億年的壽命，然則五十億年的時間究竟是什麼東西？一切到此還有意義可言嗎？前一年還是兩年前，歐戈與我跟隨林之洋出差去了一趟美國東岸旅遊，非常老舊上溯二戰時期的旅館在中城西區，黃銅牆壁的電梯升降時抽搐顫抖，白人婦女吐出一單字spooky，房間門裝飾成郵輪圓窗，房內隱隱霉味，若有鬼祟理所當然。曼哈頓本質是一個滿布洞穴而且發臭的華麗島，歐戈探聽到那家從百年歷史的聖公會教堂變身的舞場夜店，狂喜，每夜趨光撲去，斜頂銳角屋頂石砌立面，長方鐘樓城堞，本體縱深有如護城河環抱的城堡，或許遭火災過，木材石材燻黑，曾經的神聖空間而今完完全全敗給了資本主義與自由市場的人慾，夜來打上魔鬼血紅燈光，斜挑的大幅紫色三角旗囂張又挑釁，人身返祖成了低等的爬蟲類，獵食本能是第一要務，可是真的好快樂好輕鬆，絲毫不提防有變態殺人狂突襲，鎖喉拖到桌子底下分屍也無人注意，因為ＤＪ玩弄非洲裔黑人嘶吼蠻力的歌聲，人人中蠱。午夜高潮時刻，探照燈從飛弧拱與交叉穹頂一道道斜劈而下，太初有光，直射深淵，滾滾的青藍煙霧，胸乳擠壓後背，滿滿滿都是蠕蠕人蛆，逆著音樂的洪水，穿過一道門兩道門三道門，上樓，曾經是祭壇法器法衣的儲藏室，現在是肉攤七重天，瑩亮肌肉，滿天花雨費洛蒙，視覺一失去焦點便只有密密叢生的蛆，蛆頭人臉泌汗好坦蕩的愉悅著，自腹肌丹田吟哦喜悅，就在今夜，只有今夜，當下眼前一切屬實，拳拳到肉，好堅實二頭肌三頭肌，好柔挺的胸肌，人蛆緩緩律動自成渦旋，奶與蜜與液體流轉，天使也要微笑。買下老教堂的經營者故意褻瀆，保留彩繪玻璃有聖者有垂翼天使，有頭圈荊棘、活該給十字架壓得彎腰跪地的白人耶穌，一臉悲苦，但他會復活，他有永生，也會永恆地悲苦著。如是我聞，教堂舞場夜店曾讓警方逮到吸毒現行犯，短暫停業後易名悔改Repent，又傲慢又戲謔，有生意頭腦的痞子的意思是，除此，曼哈頓島在森嚴體制外還有更妙更逸樂的去處嗎？有，老子我頭砍下來給你當球踢。

對於歐戈，三足烏與月兔追不上時間的悔恨，悔恨隔著二十小時飛航的教堂夜店下次再去可會是民國幾年？一生只有一次等同沒有發生過。我與林之洋再問，你到底牽手蜜雪兒了嗎？他點燃一根菸抽一大口，回瞪我們，模仿蕭芳芳在港片撞到正、台名小姐撞到鬼演個唱廣東大戲傻大姊的台詞，「牽了會身懷六甲。」

莽莽的懸浮落日好大一顆，一眨眼給神力下拉一截，爆開刺目的炭火星渣，末日洪荒感照射每一個人。送蜜雪兒回住處，畢竟女性的柔軟伶俐，道謝時順勢拉了歐戈的手，她肉肉的大臉一雙靈動的眼睛，長睫毛投下淡青的陰翳，一瞬間她是一尊神像，高高俯視，胸懷廣闊，而他縮小再縮小，成了一隻甲蟲。

那時候我們的城市正在進行百年一遇的翻轉軸線，以期給未來世代遂行新的發展，捷運工程將我們才一百年的老城剖肚開腸，市政府自認慚愧，標語心戰喊話，「讓我們攜手度過交通黑暗期」，工地圍籬旁一長串無盡頭的小紅燈好像熒惑星好像暗喻，閃得好疲憊，令多感之人想起古文明那一座座氣象萬千的大城毫無緣由突然滅寂，人子一個不留。黑暗期長達十年如同黑洞，城市質變為泥淖大工地，人心思變，怨懟極了，誰要跟你我們，市民逃離潮靜悄悄於某一個神祕的時間點開始了，暗合我們海島的命運也在冥冥中轉變。無人知曉有一天飽含致癌毒物的沙塵暴越過海峽來侵犯我們的城市，就像候鳥誤撞高樓玻璃帷幕窗殺ㄉ成為常態，時間加速，輾壓預言，是以交通黑暗期結束，地表完美縫合妥了，城市軸線翻轉了，所有的痛苦歸零，天際線以青天白雲為底，然而愕然發覺眼前老人多於青壯人口，死去的更是遠多於新生。

我的朋友歐戈看不見令他喪命的城市走上如此衰運，好，別唱衰，是命運的十字路口。蜜雪兒的手綿軟無汗，聽似問句卻是祈使句，「上來坐坐。」沖泡一杯熱檸檬茶給他，家裡五姊妹從小嚴禁冰飲，當然奉送那老笑話，連同母親還差一個就是七仙女，但確實她之前夭折一個未滿月的女嬰，全家相信她就是乘願再來的雙生花，冥冥中得過兩人份的人生。她藤纏樹偎依著，突然探身茶几取物，借勢上半身伏在他兩條大腿上，暖融融，沉甸甸，糯糯黏，那蓬鬆的頭髮走過莽原落日冒著汗酸味，鼻腔娃娃音喊好睏喔。喔不，歐戈絕不厭惡她，但某種原始的驚懼讓他關元穴以下一攤爛泥，他拿起熱茶喝，分明覺得鼠蹊遭囓咬的銳痛，卻是、他發誓是蜜雪兒手肘一聳，碰倒他手上熱茶，傾灑在她頸背，她像隻大型寵物翻落地上發出巨響，她又尖叫又大笑，他不知輕重呵呵窘笑。笑，畢竟是最好的軟化劑，誰說的，笑過就是原諒了，可以愛了，決心愛落去，結果愛比死更冷更慘。他真心覺得她是可愛的女人，兩人去吃了一頓飽實的晚飯才散。荒荒的一日。他想起辦公室那新來菜鳥將企劃書寫成典麗論文慘遭嘲笑的文青小女生，其中一行應該是引文，「一切美德由放棄自我開始而完成」，只有他讀著了，心臟停頓，有一細條毒蛇鑽進腦髓。

不可能忘記捷運地下工程的奇景，鋼架鋼板水泥柱、棧道傳輸帶巨大風管，凶險感垂直深化，行車經過，車體搖晃，唯恐掉入那天眼大坑。凶險的威脅日新又新，所有人、自認中產階級的市民視為當然。當然，開挖大城地下，無人妄想譬如倫敦挖出二戰時德國大轟炸投擲的未爆彈，或者大陸古城動輒挖出好讓人興奮的千百年墓葬，有心人願意記得的是我們的城小小犧牲了某條大馬路兩側一長排高聳的木棉英雄樹，春末那塑膠碗公似的花朵，極具視覺侵略的橙紅，墜花如斷頭。歐戈記得的是地下世界初步完成，通車營運還有得等呢，趁著深夜鑽過鐵皮圍籬，踏著粗胚樓梯一級一級潛入黑暗，化為蟲豸，不只撲鼻而且浸泡全身的是濃濃的水泥濕腐氣息，是置身墓穴的恐怖吧。要合理化也不是不可行，從前從前那些死不悔改的祕教徒，譬如古羅馬帝國的基督徒為什麼總是躲藏地底洞穴聚會。是以交通黑暗期的祕教徒之一歐戈選擇精要說，我們從事地下活動時警覺性必須非常高一如高壓電網，被逼出來的生物本能好敏銳，有一夜，唯一的一夜，警衛地毯式巡邏，手電筒的強光橫掃，我們才知道竟然有那麼多的教友同志，而且手腳如此敏捷，幸好警衛只有一個，更沒有獵豹似的狼犬，手電筒強光與奔跑腳步好像閃電劈裂黑淵之上，喘息咻咻，日後自嘲是掀開水溝蓋乍然見光而逃竄的蟑螂獠鼠，但歐戈最甜美的記憶，奔跑全程始終有一隻手緊緊牽拉著他，兩階三階一跨步上樓梯，他一個蹌踉，那隻手船錨猛拉起，男性的江湖義氣吶，當今之世的稀有金屬。一上地面，安全了，那人便鬆手，疾步遠去。歐戈極盡目力要看清楚那人，但也就是一個人影，他跑追了一程，隨即洩氣放棄，經驗告訴他，即使追上，說不定是一場災難的開始。

呼應那殘破的深夜，他的心破裂成深淵。

深淵之上是我們住處後陽台那一棵黑板樹，來了城市鳥白頭翁棲息，透早清脆啼叫，幾個簡單的音階往復，頗有情懷，在睡夢邊緣，絲毫不擾人，而是安神。深淵之上，一般人關注著我們的近鄰東方之珠的回歸大典，歐戈的姊姊與蜜雪兒轉述，兩家老父親都是守著電視機緊盯轉播看得激動流淚，天可憐見終於等到這一天，尤其蜜雪兒的老爸爸說四九年在港島那一年都不知道是怎麼熬過來的，好慘好慘，不敢想。六月三十日，綠草鬱鬱的總督府舉行最後的降旗典禮，小號吹奏哀樂，引得夏日午後降雨，將面容哀戚的末代總督的深藍西裝肩膀與前襟打出一個又一個銅錢大的水漬好似盛開的繡球花紫陽花，隨後更奏起黑白老電影魂斷藍橋的迷人插曲，怨念悱惻，斷人愁腸，釉亮黑轎車緩緩繞著庭園一圈兩圈三圈以示依依不捨，四點三十九分整，孔雀東南飛駛出總督府，紫荊花盛開的季節，門口聚集大批人群，是哀悼，是示威，送別日不落帝國最後的榮光。近子夜，封印的魔咒將將解除的時刻，會展中心舉行交接儀式，驢馬臉永遠的王子即使微有駝背也完全保有古老皇族的優雅，雙排黑釦、劍領的藍灰西裝，撲克臉，第一位致詞，最後一段說的大致是：「謹代表女皇陛下表達對全體市民的感謝、敬佩與祝福，數世代以來，你們是我們的摯友，我們不會忘記你們，也將持續關切注視，你們即將開啟的新紀元。」口蜜腹苦，此段言詞應該用文言文翻譯，更鏗鏘、更動人、也更讓人相信吧。然後兩國國旗西降東升，時間跨入七月一號。無人預知兩個月後，禍不單行，億萬人迷的王妃黛安娜也是午夜時刻車禍命喪，天啊到底是不是情報部門策劃的謀殺？我們清楚記得年少時看過，髮型像拿破崙戴帽的柴契爾夫人來到古老東方步下階梯時跌一大跤的新聞畫面。稍後，永遠的王子與末代總督率所有駐軍於添馬艦登上不列顛尼亞號郵輪離港，維港野心勃勃從不休止的燦爛燈火，水上岸上靜靜地廝殺，其時大雨正瀟瀟落下，蘇格蘭風笛一樣演奏魂斷藍橋催人斷腸，末代總督最後撫了撫他淚流滿面的女兒的臉頰，一起轉身，走入船艙，背向歷史，燈火通明的郵輪逆向他們祖先的意志，駛進黑茫茫但早已不是未知的大海。

與此同時，戴著氧氣罩的歐戈進入彌留狀態，生的意志不斷裂解，終歸無有。林之洋與我前去探病，他蘭花指調整口鼻上的氧氣罩，虛弱喘氣說原本計畫結婚後搬回南部，跑單幫賣女性服飾與時髦精巧小物，林之洋點頭說好主意，問計畫生幾個？當全職奶爸的決心沒變吧。歐戈最後的善言，有個家庭是蠻好的，也才是人該有的樣子，婚姻到頭來不就是一條雞肋，但雞胸肉還是很營養的。

一個時代結束，永過了。隨即另一個時代開始，命名之必要，東方之珠的後回歸時代到底是怎樣？加速行進的時間將會給出答案，世界重新洗牌，其實洗牌哪時不在進行，快慢差別而已，新分配，新混亂，新瘟疫，新失意者大串連的時代？世人偏愛靈媒鬼扯，所謂太陽系脫離自耶穌誕生算起兩千年的雙魚座轉進寶瓶時代到底是什麼鬼？

事實上，東方之珠的回歸與我們海島何干，大不了兩個參照系統，蘋果與橘子如何比較。我們的世代，財富累積、金融發達程度、英文能力、現代化之奢靡的國際排序，種種，東方之珠遠遠超前，其精刮優越感，何曾看得上眼老土的我們。雖是同為海島，有一天突然互稱手足，同病相憐，號稱命運相同，我的天有沒有搞錯？

不是陳年穀子爛芝麻的記仇，更不是雞腸鳥肚的計較，但是非曲直與歷史記憶不容許打混，胡亂修改。

後歐戈時間，後歐戈空間，天寬地闊，林之洋原先計畫搭時勢順風車去虎門拍攝他林姓先人銷毀鴉片的遺址及其在福州舊居，結果改飛去了泰國浪蕩逍遙，因為泰銖大貶，實在是太便宜了，錢包憑空膨漲了將近兩成，道義放兩旁，匯率擺中間，不趁此難得一遇的金融風暴澤及觀光客，好好且大力利用才真是對不起自己。他特別伊媚兒電郵我新聞中的一張照片，一個有著瀑布長髮的人妖肩著一袋米麵當起苦力，可憐喔，但也好困惑，曼谷到處是自西方飛航來趁人之危享受當剝削大爺的白人觀光客，那高鼻嘴臉渾身毛茸茸真是噁爛。大大不同於船堅砲利的老帝國，太古典太費力，擁有美元利器——還是誇張說擁有美元核彈的金融新帝國誇海虐殺他國人民不見血，掠奪財產於無形，晉級的不列顛尼亞號郵輪安裝了核子動力，滿船的富豪海盜縱橫七海，真正無祖國、勇敢無視於祖國這事的是他們。我不無諷刺回答，這麼義憤？他正經教訓我，不要人在福中不知福，幸好我們海島有個很棒的央行總裁擋住相對於昔年黃禍的今之白禍，也幸好我們海島的金融體系不夠國際化，禍福相倚躲過一次大劫。

林之洋電郵又寫，計畫搭火車慢遊去馬來西亞或者寮國柬埔寨緬甸越南，這片無有寒冬、植物繁殖力與日照時間成正比的土地。念頭緣起於一個平常日子，他搭一個多小時的火車去探訪一座古城，才一出曼谷市區，濃烈鄉愁湧上，那背向鐵道的木屋群，枝幹與細碎羽狀複葉覆蓋木屋的大樹，樹下偶或一汪水潭，他認定就是開花時如火山爆發熔岩的鳳凰木。

火車慢吞吞經過烈日熱風的平原，不時黃沙蔽天，飛鳥迷途，簡直錯覺在黃土平原，日後才知是因為新機場與捷運的建構工程造成。中間小站一停停好久，上來一批中學生與兩個警察，茶褐色制服緊繃得屁股好翹，才發覺木製座椅的堅硬，頭上電風扇有氣無力，黑又精瘦的小販戴著斗笠賣的是毫無佐料的一握糯米，乾巴巴倒是愈嚼愈香。給熱得懨懨的到達古城真的是一處枯乾平原，好巨大一座斷頭佛像處遇見一位白皙且很紳士的老先生，相互微笑攀談起來，竟然是台灣來的，退休後來長住，興來到處看佛像，「我這也是南向政策。」嘴角抿笑，幾分是在試探林之洋的反應。石佛的腰身窈窕，手臂纖長，老先生拍拍自己的肚腹又笑說吃成這樣更是成不了佛，身後遠處小跑步來了個黑皮膚年輕男子，兩人夾雜英語與軟軟聲調的泰語交談，猶如一對祖孫，其後三人在那片廢墟古蹟處若即若離走逛，也就尋著一家小店吃食休息。

老先生姓羅，英文名字瑞蒙，年輕男子的名字發音介於頓與屯之間，必須舌頭靈活震動才能準確發出那微妙的音階。林之洋笑道難怪是南蠻鴃舌，然而細看頓，亮晶晶的眼睛與緊繃的皮膚一如鋪著太陽的金銀光。

「咱們漢人就是沙文豬，古早古早曾經是帝國，取笑人家是說鳥語的野蠻人。」林之洋笑問，南蠻鴃舌包括現今的泰國嗎？

瑞蒙羅先生的談興一開啟便高昂起來，說他長住三年了，物價水平便宜些，也大大緩解風濕老症頭，哎，地球村時代，移民與移居到底要怎樣嚴格區分呢；事前做了審慎評估，父母雙亡，兄弟姐妹都已成家各自安好，一己的儲蓄與退休金分定存與轉投資加上利息等於每年可支配金額，是供自己有尊嚴存活的基底，既然無論哪裡都是一個人生活，餘生的需求底線是簡單又自在，但一直請了個生活幫手，順便學習泰語，尤其去年心臟出了問題之後，頓更有了陪伴照顧者的意義。但是為什麼選擇這裡的真正原因？

「你知道那故事嗎？我小時候看的，」老邁且自知死期已到的大象，在油盡燈枯前自行脫離象群，找著一掛瀑布遮掩的神祕洞窟，牠好疲累地拖著龐大的肉身找了一處最後的安身之地倒臥就死，死亡是如此孤獨、隱密之事，那是動物大大有別於人類但非常幸福的天賦本能，於黑暗清涼中將自己縮到無限小，一個泡影，「故事沒完吶，不知多少年後有個探險者，當然是白人，無意中進入那洞窟，手電筒一照，哇，阿里巴巴開門，滿洞穴好多好多的象牙寶藏啊。小朋友，這是羅叔叔今天為你講的故事，喜歡嗎？」

於是決定了，喏、就是這象群與諸佛寂滅後轉為觀光財的所在，所以故事只能如此開始，從前從前有一頭名叫瑞蒙的老大象……老人的眼珠質變，淡而灰，愛憎全是餘燼，有一種耗盡的空洞。

雖然眼前瑞蒙應該是他未來的參考範本之一，林之洋發誓將來一定要做個不看淡且猶有怒氣的老人，即使是被討厭被罵是糞坑的石頭。靈感頓生，他要拍攝這樣的老人系列，非典型老人。但瑞蒙聽聞他搭乘慢火車計畫，眼睛一亮，好興奮說，千百年來流散東南亞、古話流說是落番邦的漢人及繁衍的後代好多好多直如天上星，莫誤會喔，俏皮話嘛，我都罵了咱們漢人是沙文豬，那些這些離開原鄉，多年異鄉是家鄉，自己成了新的公媽神主牌，你的慢火車之旅若要進行，沿路都有與我們同文同語言的，不管母語漢字流利與否，還能識得多少，不管他們得是雙語三語的通用者，套那句英文諺語，距離心最近的是胃，你吃什麼就是什麼，人如其食，衍伸出去的還有餐具、進食禮儀以及倫理與階級。那麼，語言文字，純粹的形而上，蘊含一整套的宇宙觀世界觀倫理觀，內化的力量更強大，我可以認為說什麼話寫什麼字就是什麼人嗎？食物便是鏡子，語言文字亦然。當然人性豈有如此簡單。話語有如飛鳥，出口即逝，然而說寫漢字的人在這片大地上遇見說寫漢字的人，總是舒心，我舉一個最近的例子，曼谷的唐人街耀華力，我獨居一開始口腹之慾反而高漲，尤其半夜，因而有一陣子住到那裡的便宜旅館，那無分晝夜的喧囂擁擠，遍地汪著油水，不時冒出小鄧歌聲的所在，於我是最好的掩藏，我吃遍每一食攤每一家餐館，就是不吃燕窩魚翅，攤子大口的鼎油炸翻滾，炭火囂張，透明塑膠袋裝食物，他們習慣將袋子充氣成飽滿狀，熱帶的顏色紅綠黃非常有侵略感，我在人潮路邊如同隱形人，啊，這唐人街讓我想起小學那篇課文，我們的偉人、民族救星年少時留學日本軍校，生物課上反嗆老師的辱華言論，將一團泥土掰出一塊，說其中有千萬隻細菌也像是貴國，所以我在細菌般擁擠的夜市大街仔細看每一張當地人的臉孔，或因祖先及父母混種而膚色加重轉深，腿短臂低，每個人絕對不是單一個體，因蔓牽連，是以即使僅有勞力一技也就足以安穩一生。我在夜晚高燒炫目的霓虹燈汪洋裡，頭臉全身浸泡著紅光輻射，到了半夜似乎自身化成了一攤血水。

我尤其愛逛一整條的金子店，世人結交需黃金，黃金不多交不深，哈哈哈，櫥窗內那一長排一長排的累累金鍊像湧泉像瀑布，好純粹的金光，看著便心情愉悅，渴望自己也有一顆黃金的心。如此物質，看來具有好堅定的承諾與情意是吧，我盯看久久，店員都要疑心我是搶匪了，那招牌上大大的漢字有我的名字，金飾金牌上刻有我的名字，富貴榮華，猜猜是哪一個字？這黃澄澄鬧哄哄的物質關在想必是防彈玻璃裡，是永遠，是長生，也是癡心美夢。如果人的一生最後只剩下少則一塊多則一堆黃金，每一塊刻著你的名字。

「啊，真是不好意思，我老番癲胡說八道。」

瑞蒙想必太久未曾說得太亢奮，一收口，立即委頓好像隨黃昏一起收卷的花苞，眼皮撐不住，閉上養神，頭一頹，微微打呼了。

林之洋恍恍惚惚覺得睡魔藉著瑞蒙的呼氣朝他噴灑沙塵煙霧。

一如我的中年好漫長，直覺告訴我，我的老年也將如是，我會活好老好老。

所以我將自己拋擲到這個言語文字完全陌生的異鄉，幸好沒有冬天的異鄉。

不再希望，不再期待，不再思念，不再望遠。

以無所有養殘餘的心志，於無所有翻找鏡花水月。

時常自省難道還做著空中取色的癡人麼？

除了幾套衣褲，極簡的生活必需品，一律斷捨。

只出發前，唉，猶豫著加添了一本筆記本一隻原子筆。

我試著將身外物減了又減，才知道最大最笨重的物累是自己的心。

我在日出前醒來，夜暗稀薄，等等一碰觸天光便羽化。

這一天的第一道日光傾斜入屋，一條光柱，滿滿滿滿的游絲塵屑翻滾，上升與下沉。

此生我從未如此專注看日光及其光中所有，感染它的熱力。

我假裝是上帝伸手攪亂，不斷畫圈，試圖清出一方毫無雜質的光，滿滿滿滿的游絲塵屑隨即回來，依舊上升與下沉地翻滾。

不知道為何，我突然熱淚盈眶。

我移位進入光柱中，不可數的游絲塵屑與我一體。

院子有扶桑花圍籬，太陽照耀，大開的紅花運行光的能量，生機勃勃，靜靜且清澈的沒有焰火的燃燒，這裡有著純粹的平和喜悅。

小時候吸吮扶桑花花托底的蜜，今天嘴裡又感覺那清甜。

我覺得清空了，站在太陽下，感覺被注滿了。

舊日的熱水瓶，灌注熱水將滿時，音波化作長長的嘘聲。

悠長一天。尤其這裡終年的晝長夜短，時間緩慢，另一種暴力。

回憶記憶都是陷阱都是深淵好危險啊，我勉力從邊緣擦身而過。

如此，自由自在也是非常危險。

平野田地亂走，雞啼，長尾巴的鳥從一棵樹冠飛到另一棵樹冠。

有一太陽冶煉的年輕男子，說話或微笑時，也像日光裡的鏡子映照得我睜不開眼。

我盲目跟隨他去到一汪水潭，清澈見底，一碰觸，冰涼如火燙。

我盲目跟隨他仰躺水面，讓那冰涼麻痺心臟，然後緩緩活跳過來。

生之慾望與喜悅。

水潭中央竟是深，他倏忽自我下方潛游而過，倏忽從潭邊跳水。

讓我化為這水，無有形體，無有年紀當然就無有時間，至柔至軟，永恆的水。

離水回到土地上，我一個人。

天空青濛濛，很重很重，大地無限，很遠很遠。

我沒計算過了多少個這樣的今天，只知道身體緊實了，褲腰寬鬆了。
我只是自己以為模糊了時間的線索，然而時間並不會放過我。
過去時間的所有人無一知道我在此，那麼我等同於不存在了。
但我在魔術箱那詐騙觀者眼睛的幻境之後，苟活。
我還存在，擁有一整個世界但無人知曉，我有大歡喜且大笑。
我真是大無聊啊。
一個漸暗的日子，桌上的筆記本被風掀開，白紙起了毛邊發光呢。
心底汩汩湧起一股寫字的驅力，我遲疑，寫？不寫？
像那古老神話，一旦寫了就是放出封印的妖魔災厄。
我寫下這些，一個寫字的愚人。

你不能兩次踏足同樣的河水。但是歐戈死後的廿二年間，我們海島有兩次導致封鎖國境、帶來大恐慌的瘟疫。如是我聞，兩次病源都是冠狀病毒，雖然是最簡單生命體，在諸多動物早已普遍存在，研究報告的詩意敘述，電子顯微鏡下這橢圓形病毒突出的荊棘狀好像一頂皇冠、一輪日冕。它無法獨立存活，必須寄宿，利用其他生命的細胞才能繁衍，又不能太快讓細胞致死。微妙又恐怖的平衡，最簡單生命體卻有著高明的生存技能。

我認為最有趣而且可抒情演繹的是，科學研究證實，大部分的冠狀病毒來自蝙蝠，演化到可以適應人類細胞後，災難開始了。權且再回到林之洋，我不知道其後他與他的單眼相機完成什麼旅程，好久好久我的肉眼不再見到他的肉身。但網路時代無所謂真正的失聯。聽說他與一奇女子閃電結婚了，隨即分居又復合，蓬飄於北美亞澳幾大洲。兩架客機神風式插入世貿雙子星大樓的九一一那天，他在曼哈頓下東城朋友的公寓，抓著單眼衝上樓頂搶拍，心臟幾乎跳出喉嚨，別有用心挑選了幾組照片電郵給親朋好友，哀嘆無比雄偉的美利堅本土遭受第一次的攻擊，這是戰爭；襯著青碧天空，那濃濃黑煙是舊約敘述的一張惡魔的臉，另一封電郵一行字，「親眼見過末日與撒但。我也是替歐戈看。我不知道以後要如何？」林之洋的潛台詞，我們這世代，對美利堅帝國的情感是人格分裂的，喝其鮮美的奶水長大，終於看清他多行不義的醜惡，義憤得恨不得打斷他一條腿。

兩場瘟疫中間，我曾經在紐約市盤桓了一整個七月，乾燥、無夢而且臭烘烘的七月，寄住上東城八十四街好友的合作公寓，客廳窗戶看見對面樓頂一對年輕男女戴著梵塔黑般的墨鏡、近乎赤條條日光浴，太陽催情，兩條淌著油汗的蠶白軀體終究絞纏合一了，老美個人主義的白晝宣淫，那褐髮女的豪乳確實豐美。幾乎每天，我徒步橫行穿過萊辛頓、公園、麥迪遜三條大道，既白又富得流油的街區，來到第五大道直如神殿的大都會博物館，上二樓，看古老的諸佛壁畫，整大片完美切割下來，搭輪船渡過海洋來此當作絕世藝術精品囚禁的諸佛，室溫恆定彷佛冷血，燈光完美照射，那七百年前的藥師佛佛會壁畫，一千四百年前的石雕觀音兩手自手腕處砍斷，即使色澤消退，磅礴大氣，華美絕倫，我坐定癡癡觀看忘了時間。在那與世隔絕的空間，參觀者自戒不語，眾生病是故我病的諸佛確實已經入了涅槃，實相也成了凡人無法碰觸的藝術品，佛滅矣。

每看那石雕觀音，我總無法確定是男人女相還是女人男相，顛倒迷妄的我廢然起身，再次繞去原本挺立在尼羅河岸的丹鐸神廟，昔年紙莎草與蓮花傍著長方石牆窸窣有聲，我暗暗希望穿過廟門步入時光隧道，然後又再穿過去聖邈遠、諸寶變為紀念品商店區，只看不買，離開博物館，走進童話般的中央公園。

那些年，周遭友人同事全患了旅遊熱，海島人隨時可以落跑的基因？我們共同結論，旅程結束返國，哎喲只覺機場窄小昏暗，空氣混濁，返家的高速公路上，兩旁黑夜燈火毫無神采，一種莫名其妙的自我怨憎，須得十年後聽聞此論述才會覺悟，觀光客正是地球的癌細胞，人們暫時擺脫在母國的規律無聊生活，去了異國恬不知恥地竭力吃喝消費，今之人彘。

但彼時的曼哈頓陽光燦爛，大草坪到處是橫躺做日光浴的肉條，閒閒走著短衫短褲體毛茂盛的人們。我繞走以賈桂琳歐納西斯為名的水庫一圈，在草莓園聽一群歪瓜劣棗藍儂迷彈吉他齊唱其名曲Imagine想像，再繞去摸摸愛麗絲夢遊仙境的銅像群，蘑菇直如華蓋，真希望有迷幻藥可吃。暫且別說故事吧，請聽愛麗絲在另一個夢境是怎麼受教的，「問題是怎麼可以造了一些詞，卻包含多個不同的意思？」「關鍵是誰是主宰？」所以動詞最了不起，不許任意調動，但是形容詞可以，「不過，只有我能夠調動他們全體。」愛麗絲於是悟到，「給一個詞確定的意義，真是了不起呀！」

我如何定義我呢？大樹下有一條鐵欄杆木板橋，我走過，赫然遇見一匹好美麗的馬，深褐色毛髮好光滑，牽動每一塊肌肉遒勁有力，牠鼻孔噌噌吐氣，完全不怕人，水淋淋的眼睛好安樂，太平雞犬，富裕駿馬，牠與我對樣一眼，無情勝有情。子非馬，安知馬之樂？我雖然自認為是個還不錯的健走者，但將自己拋擲在這三百四十一公頃的公園無目的無意義亂走，將自己走成一個原子，看佛不是佛，看馬不是馬，其實是枉生為人吧。

我在與廣場飯店Plaza Hotel——上世紀多年以前，正是這飯店的旋轉門前發生了刺蔣事件，再下去幾個街口則是洛克斐勒中心奢華大樓群，八〇年代美帝對小日本展開貨幣戰爭，逼迫日圓不正常大幅升值，因而一度被日本的大企業得以豪邁收購，但囂詖只是一時，數年後洛克斐勒再買回，而且是廉價買回，小日本根本是當了凱子遭慘烈剝皮——只隔一條大道的水塘邊，遇見穿一身黑綴著大量蕾絲的蘇珊與她的老男友，她出於直覺判斷我是漢語人，請我同坐在長椅上聊天，隨即自述一九四〇年代初，她的漢醫老父應聘到大稻埕與台南行醫，前後待了兩年，娶了母親是板橋人，眼見局勢愈來愈緊張，遂及時返回福州，她就是在福州出生。我唯恐蘇珊接著要開講那兇殘年代永遠說不完的種種，幸好她進而介紹其男友的祖上是奧匈帝國的貴族，無怪乎盛夏還是一身老派的亞麻西裝與皮鞋，皮膚白膩有如奶油。蘇珊八〇年代移民來美，在小義大利與唐人街接壤處開業針灸，用的是國寶銀行，「你知道吧，國寶的英文Abacus就是中文的算盤。」其後紐約法官對國寶銀行起訴盜竊詐欺，蘇珊氣炸，開罵，「拿老中開的小銀行當次貸風暴的替罪羊，根本就是種族歧視，可惡不要臉至極。」我猶疑了下還是吞下話，那你知道更早的陳果仁命案嗎？以後，我和蘇珊每幾年在上海或香港見面，成了忘年交，那是後話了。

曼哈頓的夏日黃昏，天際線的剪影猙獰，夕照洶湧，貫徹南北向的大道令人錯覺是湍急河流，因為降溫了，河風海風大口大口呼送，整個城市快速流動，包括下城九一一的數千冤魂。據說遺址重新命名為歸零地Ground Zero，原是軍事術語，意思是核彈也算在內的爆炸點。我一點也不想去觀光，但去了曾經的教堂舞場夜店而今再度轉型，從良了，是個性小店餐館匯集的商場，我徘徊人行道懷念亡友歐戈，終於我替你再次來到，幫你再活一次？那些人欲貼地橫流，快樂得痙攣尖叫但暮生朝死的時日，畢竟風一吹無影無蹤了，但鐵齒硬頸是一定要的，曾經有過即是永恆，即是與時間大神的正面對決，明知必敗也敗得光榮。這是個再壞再絕望還是值得一活的世界吧。我看見最小的斜頂銳角屋頂下有一扇尖拱紅門，而尖拱其實是一層又一層的石雕，所以一入此門便是懺悔滌罪、投入主懷卸下重擔的意思嗎？軟弱是獲得上帝恩慈的入場券嗎？誰需要？我忍住不從鼻腔嗤氣，決定朝北一路橫渡走過六十條街回到住處。

曼哈頓夜色怡蕩，我頭頂的天鋼藍，輕而脆，地上萬物卻如此黏臭，人人溷濁，金框櫥窗的暖燈裡全是輻射著光澤的物累，通風井震動是地鐵悽狂悽狂簡直要解體了的駛過，兩旁高樓夾峙天空被我走成了溝渠，但我凝神睜大眼睛，尋找任一昏暗門洞是可以像愛麗絲跌入的樹洞。轉走百老匯大道，來到四十二街，我突然醒悟，這不正是我苦苦尋找的奇幻洞穴後的世界，一面又一面峭壁懸崖的霓虹還是液晶螢幕上下左右以顆粒以線條以波浪以流星隕石流鑠，電光藍紅白綠，無量光無量箭矢，遭輻射久了恐怕會瞎眼或失智或致癌，這裡是商業大神還是大惡魔的遊戲，在雲端上擂台比鬥，開示最真心的虛假，將地上人們一個個鞭打成螻蟻，好吧螻蟻太古典見笑了，是一個個貨幣單位，看哪，癡愚之眾，神魔指使那裡就乖乖奔向那裡，是以無人提防，萬一神魔翻臉，全數癡愚眾生嗤嗤被雷劈電烤為焦屍。我掩臉快逃，折回第五大道，街口等綠燈時，一個黑女人有如人類的老祖母露西搖著碩大屁股走過，我看見路邊居然還有公用電話，垂墜一隻話筒一線懸命晃啊晃，警笛割耳朵的噪音中，我聽見話筒傳來：「我是歐戈，我是俄梅嘎，我是初，我是終。」

如是我見，親眼見到，同樣的河水第二次踏足，那河水凶險非常多。

如是我聞，對治新瘟疫，基本功是自肅隔絕，零接觸就是零傳染，最簡易的最有效。

記得上一次瘟疫蔓延，膽小者趕忙避走人口稀少的東部後山，獨居山林溪澗，他受訪時身後大石小石堆疊的河床，「看，都沒有人。」此畫面顛覆了那句流行語，豬羊變色：「最美的風景是沒有人。」然則好恐怖的事實，可憐的藍色地球，總人口衝破八十億，憂心之士仿效末日時鐘，世界人口時鐘，正如我們熟悉的選舉開票，數字跑轉如流水，一秒不停。討厭的資訊向我顯示，以目前的速度，二〇五〇年將朝一百億奔去，亞馬遜雨林屆時不保了吧。天上星，海底沙，統計數字天地不仁，我好奇複查了上次瘟疫全球死亡人數，居然只是七七四個。

所以，做一粒拒不落地、不生子粒的麥子，才是真是善是美。

想像的象徵的末日鐘，午夜零時即是末日的開始，怎麼開始呢，影像娛樂之大神模擬末日景象太多次了，已經讓我們麻木，略過不述。我固執要爭辯的是，看這一行古文，山無陵江水為竭冬雷震震夏雨雪天地合，因何以漢字美感消除了恐怖感。我也固執認為，真讓人起雞皮疙瘩的恐怖與威嚇的是翻譯過來的這一行文字，「天起了涼風，上帝在園中行走。」

才過午夜，想像的末日時刻，夜涼如水，我一個人在城市行走。

約定似的，我又遇見那一隻黑貓，經常是我的夜晚出現的第一個生靈，從停在路邊一排汽車的間隙施施然走出，橫行到對面的防火巷。偶爾在路中央轉頭淡然看我一眼，應該是放心這路上少有人車。我頗失望牠沒有一雙碧熒熒的眼睛。偶爾牠收攏四足蹲坐車輪旁如在埃及神廟，氣度雍容，與我平視，所以必須名為梵塔黑2.0以茲紀念。

早上我在東曬的陽光裡，看著老友伽瑪半夜的傳訊，前一日花葬失智兩年多七十七歲老父的骨灰，完事了。伽瑪不透露任何情緒，轉而奉送一則實則不算新的科技新知，姑且看看，真偽留給時間證明。二〇二九年，至為重大轉捩點，人類開始永生的可能。太陽底下無新鮮事，可能二字就是足以撐起地球的一個槓桿支點。何況不只一個，支點一，以奈米機器人修復人體老衰或生病的細胞：支點二，義體化人體器官，亦即是人也是生化機器人的結合（這點解釋了身為「攻殼機動隊」資深鐵粉的伽瑪為何欣欣然轉發此文）；支點三，意識包括記憶與肉體分離，單獨存在，虛擬化。終極升級到永生了，哈雷路亞。嘖嘖，此訊息好大膽在時間大河定下航標，二〇二九年，我輩指日可待。

設若成真，將顛覆並改寫此句經文，駱駝穿過針的眼比窮人進永生國還容易呢。

我發神經似的笑起來，看著手腳的青藍血管，「你們當中，誰配得到永生？」

一個也沒有。這是最好的答案。

釜底抽薪，應該問的是，誰需要永生？

我寧願走一趟老城區的黃永生商號，即使空手而回，只因那中藥橄欖吃多了實在太甜。日光裡無數的浮塵、游絲，乃至無以名之的碎屑微粒洶湧浮沉。永生的敘述與爭辯終歸是美感與美學問題，如是我聞，美色令阿波羅垂涎的女先知得一神願，她得到與一堆沙粒等量的壽命，唯其許願不夠周延，忽略了要求允諾不老，遂老耄耄一再縮　不復人形，最終與鬼物無異。

我將插著一節緬梔樹枝的盆栽移到太陽光裡，是伽瑪從住家門口的緬梔樹剪下一枝並教我無性繁殖的扦插法，這已是屢死屢種第三次了。明知沒有綠拇指，凡是我手種植非死即殘，我仍然執拗再種。上一次枝頂發芽，我得假裝不在意，遠離不介入，每隔三四日匆匆澆水三十ＣＣ，任它在後陽台吸取日月精華，我確實在滿月的半夜隔著紗窗窺視，植物如何感受月的潮汐引力？大哉問。宇宙奧祕包括它抽長成綠葉，翠綠飽滿的長橢圓，泛著油脂光，俗名雞蛋花的初生新葉有其秩序，外圍一圈五葉舒展，第二圈想必是奇數嫩葉向心包覆，中間還有更幼小的新葉，葉芽？無性繁殖生出嫩葉的葉脈一條條嚴明，厚生之德，不可輕侮，挺立於日光中好像一塊豐碑。單單看著便能刺激我的大腦產生多巴胺，好純粹的快樂。然經驗給我預感，此一支緬梔終究活不長，將遭紅蜘蛛或真菌摧殘而夭折。意外的是某一日我發現盆土落陷一小坑，我好奇挖開，三條果凍似的瑩白肥軟蟲子蠕蠕動著，是金龜子的幼蟲蠐螬，捲曲成一個大Ｃ，兩側一排整齊的黑點。我挑起放入紙杯，跑步到附近的生態公園，放生姑婆芋怒長的陰濕地上。

總總無非都是生之慾。所以齊物論的觀點，冠狀病毒也是尋找一己生命的出路吧，牠遇上的宿主若是虛弱老人很快敗死，病毒隨即也殉死。伽瑪傳來訊息訕笑，看吶，優遇老人列為施打疫苗的第一順位，大熱天兒孫外傭急忙如同上戰場全副武裝推著輪椅前去注射，誰知到底是中暑、不堪折騰還是疫苗引發急性過敏或心血管疾病竟而猝死。伽瑪與我一起敬佩高緯度國家那些染疫老人好平和理性拒絕救治，我活夠了，把醫療資源讓給年輕人。

瘟疫狂飆，人們面對死亡的風格一一露現。

午夜的末日時刻，神人共棄，公車捷運已經收班，整座城市讓給夜風與濕氣統治，參雜玻璃沙的柏油路無數細細光點製造水晶宮幻覺，魟魚滑過淺海暗礁。是以人們愈是乖乖居家自囚以為可以遠離病毒，愈是深夜救護車出動磔磔尖叫一如催命魔笛，我曾看過兩輛救護車並轡奔馳在空蕩蕩直通通的欒樹大道，遠去成了兩窠紅星，死神勇好年輕。

伽瑪傳訊解釋，雷同文字，我不憚贅述，只為證實這是我輩的共同經驗。

花葬處是一塊長方形花圃，大約二十度仰角的坡地，工友挖出一淺洞，一人份骨灰，一掬花瓣陪葬，林黛玉模式，土歸土，塵歸塵，直接簡單平常。顯然存活者也有後悔的，下葬處有扁平石塊以油性筆寫字其上，「思念」、「緣起緣滅」——天啊寫這些字你不覺得老土得好煩人，眼看四下無人，伽瑪站上花圃邊框上爬，下望城市好像建築模型，懸宕的煙塵懸浮粒子好髒，彎曲河流是閃亮銀帶，那非常清涼的山風冷冷吹透吹空，由是異教徒伽瑪記起那一句，必然是送葬者的普遍心情，「虛空的虛空，凡事都是虛空。」

他好固執複製了徹底厭世的整段經文給我，時間加速度前進，什麼時候開始，我們已經以即時傳訊取代電郵，稀薄短句取代長文，超過一千字的厚重真是討人厭惡，鬼才看。

即時訊息即生即滅，我必得養成習慣，不理，不即時看，讓它們冷卻，亦即讓它們發酵。

「從窗戶往外看的都是昏暗，街上門戶關閉，推磨的響聲低微，雀鳥一叫，人就起來，唱歌的女子都衰微；人怕高處，路上有驚慌。杏樹開花，蚱蜢成為重擔。」

寫得真好真美，三千年前寫就的經文彷彿今日，因此我走到舊日與歐戈林之洋一起租屋處，找到那一棵黑板樹，更加高大陰森了，環顧四周樓宅如黑柱，記憶在此有它的荒謬節點，低頻放送「蘇玉桂樹下遇見無頭鬼」此一行字，但我不明白其緣由與意義。

我一人坐在昏暗樹下長椅，兩腳下汪著積水，等一片樹葉落下成為重擔，或者真的遇見鬼。既然有鬼，我無聊想到幼時故事，太陽偏與枝無葉兩個命運懸殊的乞丐，後者在日暮血糖低時，好怨恨自己歹命，又怨妒好友的幸運，遂以大樹上吊自殺。

等待落空，我轉往一座科技公司聚集的新大樓，樓前綠地栽植了兩排低矮山櫻，三月底四月初的夜晚，樹下有幾個蘇玉桂仰頭伸手摘採山櫻花果實，並將水泥地上的落果踩成一蹋一蹋的髒污如同鬼影。我好奇也摘了吃，澀苦但好吃，夜風習習，前樹與後樹竊竊私語。

這區域的摩登高樓猶有稀疏燈光，新建材新工法新風格，然而抬頭看竟是搖搖晃晃的幽靈船，船頭向我，只因大陸板塊移動，海島微微浮晃，因此磐石高樓有著破浪之勢。

我來到另一條六車道大路，柏油路面也是密布玻璃沙，百千年前的夜空繁星。

伽瑪繼續抄經傳訊與我，然我厭心熾盛，拒絕再讀。

斜對過一座加油站，燈光雪亮。除此，每棟大樓牽絲攀藤吸附一個又一個冷氣機，如此衰老，如此醜怪。

幻覺繼續強化，救護車的鳴笛魔音威力強大，如同摩西分開紅海，崖壁巨浪打坍大樓，銀鍊折斷，金罐破裂，地表剖開，虛空中，無所謂時間的存在。

千萬億個虛空的虛空也只是一個虛空。

貼地一個紫紅條紋塑膠袋噗噗噗給吹過來。

整座城市沉靜假死，希望騙過死神，夜深再深，如蜜如膠一層又一層覆蓋，遂有夜露低蕩。

如是我聞，病毒帶來神諭：

我是阿爾法 α，我是俄梅嘎 Ω，我是初，我是終。

我是最後的對後。

到此為止。

一粒不落土裡的麥子。

然而天上地下我不是唯一。

7 因父及子及聖神之名

彼年才過了五日節（端午節），我頭額生了一粒疔仔。二叔取笑，「你是肉粽通共囫幾綰？」祖父母才講，幸佳哉不是生在頭額正中。順著鼻頭偺人中一條直線，萬一生疔仔，二叔眯目，牽動鼻子，「大羅神仙亦救不來，穩死。」

疔仔紅腫一粒，頭額繃嚴，隱隱作痛。祖父騎著鐵馬載我去農會後面找做糕餅的老師傅，紅磚竹管厝的門口埕曝著菜豆，飛著一陣蠖蠅，燈仔花一蕊一蕊大開，高強大漢的老師傅笑哈哈像彌勒佛，雙手揉著全是麵粉油垢的圍裙，祖父點頭，「老師（傅），得麻煩你。」滿是麵粉和鴨蛋芳味的大手將祖傳祕方的一片藥膏糊貼我的頭額，講了一句日語，大丈夫，「明日更來換藥，得連續糊一禮拜。等疔仔頭熟了，吊起挽除即無事。」

祖父奉上一支長壽菸，兩人煙霧中開講，黃瑞成三兄弟為著分祖公財產，仙拚仙，鬥得若吐劍光，老大將餅店關了三日，老二不甘去開店，老三隔日又關起，「古話講，兄弟同心，竈下火灰變黃金，此下變狗屎囉。」「你三舅仔的子婿放出來了，關了有十年無？聽講一個人在大街儕儕趖（閒逛），呭呭唸，唉，真冤枉，原本好好一個人才。」

門口埕前的土路，兩邊蕃薯葉雞屎藤姑婆芋，亦有一蓬蓬的掃帚栽，過一個彎便是竹叢和蓮霧樹，涼風吹來綠森森的色澤，路盡頭是天主堂。日頭落山時，路彎處西天火燒雲像諾亞方舟的大洪水，金橘胭脂燒烘烘，霞光將檳榔樹燒成黑影，其下是我母親的後頭厝，門前有日本時代運送甘蔗的鐵支路，兩條平行的鐵枝若麥芽糖燒得臭焦，蛀爛枕木在中晝日頭下臭尿辛，沿鐵支路兩邊是海湧般的姑婆芋，外祖父講時常在天欲光時聽著運甘蔗的火車叩咚叩咚響，輾過醉倒鐵支路的一個親戚，一位阿嫂的叔伯阿兄，哀嚎聲叫醒斗鎮的雞公。有一年大熱，公路的點仔膠（柏油）融得軟芍芍，水汽扭曲焦焅焅的空氣，半空中浮現厚厚一層幻影，正邊倒邊上下顛倒，就在燒氣煽得頭殼咻咻叫，啪噠第一滴大雨落下，我踞在一片姑婆芋大片葉下，每一粒雨滴若槍子啪噠啪噠響。

馬神父騎鐵馬自路彎處出現，烏長衫若烏鴉展翅，啪啪啪飛到我面前，「你為啥頭額貼藥膏？」聽我說明後，搖頭，要我明日放學後去天主堂。伊紅芽面容水青色目周望向祖父偕老師傅，豎直食指薄嘴唇前一比，「未使得（不可）講，此是祕密。」

翌日，來到天主堂，一個人影亦無，鳳凰樹的細碎葉子篩下一點一點光影，我學祖母和三姑躡腳行入教堂清光的磨石仔地，兩邊豬肝紅的椅條各有十三排，日頭照入呈現一個光朗朗斜邊大三角，祭壇前我自頭額到胸前比一個十字，向十字架上滿面愁容瘦羓羓的耶穌跪拜。馬神父坐我面前還是得彎腰，厚墩墩上半身，軟綿綿大手像鵁鳥（鴿子），輕手撕掉藥膏，一團棉花蘸酒精擦了又擦，一管滿布英文字的藥膏擠出像卵清敷在疔仔及四周圍，「金黴素。」我以為伊講的是某一個聖名。我將糕餅師傅的藥膏掟在手裡，馬神父的鷹鈎大鼻有著接近壽桃的粉紅，毛孔若米篩的孔目，水青色目周是玻璃珠，和禮拜日說教相同的聲調，「科學的新藥消滅咱肉眼看無的毒菌，有效又更安全。舊時代的草藥，誰知其中有啥碗糕。萬一拖延著，毒菌侵入大腦，你一條小命，夭壽喔，無的確會嗚呼哀哉，你阿公阿嬤即會哭死，你罪業就大囉。」可是老師傅的祖傳藥膏一百年來治好斗鎮人算不了，馬神父的白襯衫和祖母一樣有茶顆（肥皂）的清芳，「你會記得我講過的故事？出去找寶物的王子來到雙岔路口，一條是愈行愈狹，下面是萬丈深坑，最後連轉身亦未得；另一條是有貴人有風景的活路，你焉怎選擇？永過的人可憐，永過是無得選擇，如今你有，知否？」

死後的天堂應該就是天主堂的模樣吧，全是磨石仔地、白皙皙的壁及天棚，彩繪玻璃窗，碧綠草地好清氣，永遠的青天白雲，三頓飯有食パン（麵包）奶油牛油及牛奶，鐵馬的車輪一個圓桌大。我勻勻食著馬神父請我的餅乾，透過白色窗框看伊在花草茂盛的花園剪了三枝開五分的玫瑰花，二枝烏渡紅，一枝玉白，巨人在伊的花園，躊躇是不是亦要一枝大麗花或者是百合，剪刀削掉尖刺，報紙包好，互我持轉去送祖母。

第三天換藥是二叔騎鐵馬載我去，先去找糕餅老師傅，之後轉去天主堂，二叔一直笑笑，鼻孔一振一振，問馬神父，「此藥膏可是人講的美國仙丹？」馬神父將藥膏布放我手中，「你和老母偕小妹來做彌撒，我就講互你知。」隨即又問，「聽講你爻（擅長）歕口琴？咱來合奏，好否？」二叔問：「聖歌？」「民謠、流行歌曲亦是可以啊。上帝的心胸闊，無論什麼音樂通愜意。」馬神父大步流星去了又回，桌頂叩咚一聲，紫紅絨布上展開三支不同寸尺的口琴，雖然金屬表面閃閃發光，但是看得出用很久了，二叔目周一金，馬神父更講：「你若肯，我才教你彈手風琴。」笑咪咪對我講：「我細漢時有一支殊幼秀，放入嘴內歕，無小心吞入腹肚，就像柴偶囝仔皮諾丘的木匠老父在海翁（鯨魚）的腹肚內。老父叫啥名？」約拿，我回答。馬神父伸出食指揤我的腹肚，「安爾，一揤有聲。」也揤伊自己的腹肚，另一手持起口琴歕奏，「有聲。」口琴流出一串樂音，伊企起，展開若猿猴的長手臂，嚨喉有水漉漉流，哼著輕快好聽的歌曲，舉高音，人形象隨歌聲在鳳凰樹頂邊來邊去。

軫厝之後，二叔捏我鼻，故意用海口腔，「汝！雙面刀鬼（陰險奸巧）。」

祖父亦笑講，「汝，是咱竇（家）第一位用著美國仙丹。」祖父交代二叔得保守祕密，「老師傅的祖傳藥膏不亦是有效，三代人濟世救人，無收任何人一分五釐，伊的面子咱得顧著。」

禮拜六下晡，我自己一人去找老師傅，天乾物燥，又遠又近有雞公喔喔啼，我將膏藥布重新糊上頭額。老師傅一身麵粉芳，目眯眯笑，指手掌心的膏藥中有一點黃黃，「嚇，疔頭吊起囉，你看，好矣。」

我捏著膏藥偕疔頭行往天主堂，天頂飛著水色金絲，一層金黃一層苦瓜白又一層金魚紅，我以為土路轉彎後將會看見一大陣穿白袍的飛翔天使。

真正飛翔的是馬神父。年底，斗鎮開了有史以來第一間溜冰場，媽祖宮前的直路路底，頭家就是當年捐地建天主堂的五位信徒之一的蘇家，以前是牛墟，其後飼豬飼雞鴨，整地變成一片平坦的磨石仔地，四周圍安裝一條扶手。

「冰咧？一塊亦無。」馬神父嗤笑，「開天闢地不會落雪的所在，是欲如何溜冰？應該叫做輪鞋才對。」提起一雙輪鞋，吐嘴舌，用扳手將白鐵鞋架的螺絲頭鬆開，調到上大寸尺，兩隻大腳若船踏入，有如黑熊跳舞，眾人煩惱馬神父會將輪鞋鎮扁。

舉斗鎮依然講溜冰，自寒天講到熱天，熱天食冰，寒天溜冰。蘇家請馬神父到溜冰場示範做教練，一身烏衫褲騰雲駕霧溜了三大輪，又帶領來試驗的少年人排成一字長蛇陣，陣勢若蜈蚣若雀鳥若干樂（陀螺）。來自聖誕節的靈感，蘇家將溜冰場牽上一層又一層的細粒電火球，像一大碗剉冰，電唱機連著放送頭（喇叭）演奏馬神父建議的音樂，是聖誕老人駕著銀色鈴鐺雪橇飛過白雪大地的夜空，宛然馬神父送我的灑滿銀粉的聖誕卡。所以此個寒天，斗鎮陷入馬神父的幻夢之中，染上輪鞋熱，為之瘋狂，老輩的用字是猶，猶溜冰。暗頓（晚餐）時，斗鎮南邊的溜冰場開始大聲放音樂，來自馬神父的曲盤，藍色多瑙河、詼諧曲、乘著歌聲的翅膀、綠袖子、愛之頌、金婚式、波斯市場、梭羅河畔，甚至新世界交響曲，最為奇特的是從頭至尾只有渾厚笑聲的大笑之歌，音樂龍捲風優美，吹得人人出神，忘記身在何處。祖父大街聽了笑講：「叫魂喔。」

音樂聲直直傳到肅靜的媽祖宮，若海湧若南風若野獸奔走，香爐的燒香煙霧若有所思，媽祖靜靜看著全鎮不滿三十歲的少年集合在溜冰場，光熚熚的電火，滿滿的人頭，天頂獨獨一粒太白金星。祖父好奇騎鐵馬去看，嚇，一鼎綠豆湯亦是一鼎肉丸滾滾滾。馬神父拈著絨布擦曲盤，眼神迷離，隔著大海的遙遠的家鄉現此時已經是冰天雪地了，厝後的湖水堅凍，舉家戴帽戴手套圍領巾唰唰唰溜冰去對岸找親戚朋友，形象一列隊送子鳥，半暝又溜冰返転，月娘若懷著陰謀，滿天星斗憏憏爍染得虎列拉，湖邊的針葉樹精神飽足，看著舉家的冰上鬼魂。馬神父終究是將輪鞋鎮壞了，一腳扭著，腫得若麵龜。祖父得知，向糕餅老師傅討藥膏布，載我去天主堂，居然馬神父隨即糊上腳目，一禮拜後好了。馬神父換藥膏布時，要我跟隨伊念經：「你們看那天上的飛鳥，也不種也不收，也不積蓄在倉裡，你們的天父尚且養活牠。你們不比飛鳥貴重得多嗎？」伊講細漢時寒著，咳嗽不停，老母採藥草舂成漉糊糜，糊胸坎；繼續念經：「你們想野地裡的百合花怎麼長起來的，它也不勞苦也不紡線。然而我告訴你們，就是所羅門極榮華的時候，伊所穿戴的還不如這一朵花呢。」多少年來，馬神父一直在找伊老母的藥草的芳味，老師傅的藥膏竟然彷彿若有，齅著時，穿過夢境，正少年的老母出現了，「彼時，我差不多你今日的年紀。」深呼吸齅著形象紅嬰仔食乳。

祖母捻了一捧虎耳草，叫我送去天主堂，交代馬神父煎鴨卵食。

「換作是雞卵亦會使得？」馬神父搓搓一片虎耳草，放在鼻孔前，深深吸氣，對我笑笑，稀朗的頭毛殊像年畫上的鯉魚童子，「你阿公阿嬤更想一項有芳味的物件送我，儔成三項，你即好比東方三博士。」

貼白色瓷磚的竃下，日頭充足，鍋鼎金爍爍，祖母交代，油未當放過贅（太多）。馬神父鼻子振了振，「是豬油奶油亦是牛油？三樣無相同，不是同一個師傅喔。」我亦振了振鼻，看鼎內出現一個奶油黃的草餅月娘，馬神父手真巧。

白色教堂內平常日無人，兩邊壁挖出拱門洞穴，彩色繪圖耶穌和十三個徒弟的最後的晚餐，耶穌蒙難，頭戴荊棘背十字架，痛苦軟弱跪落，押送的羅馬士兵穿桑踏路（サンダル，涼鞋）好惡好威風；雖然圖是彩色，其實混沌烏暗，尤其耶穌釘在十字架上，風雲變色若怪獸的魔爪，淒慘壓逼頭殼頂：白頭巾白衫聖母瑪利亞非常悲哀，踞著抱耶穌，受難的腳手若水雞（青蛙）；最後耶穌復活，光榮喜樂，面容目周極為春風，金色的長頭毛長嘴鬚，豆沙紅的長袍白色的長衫，大手展翅，胸坎一粒寶石紅心發出炭火光芒。心即是寶，唯一的，無可取代，挖出紅心捧在手心猶然活活跳動，是寶石是燒炭，等待冷卻變成火灰。所以做彌撒時，最後的聖餐禮，披著一層又一層蕾絲偺刺繡的法衣長衫，馬神父熱得一頭汗若筼箸，大鼻紅芽，雙手舉捧起純白無酵餅，手袂滑落，露出毛茸茸的手股，更舉捧起盛著葡萄酒的黃銅杯盞，代表主耶穌的寶肉寶血，唯有信念堅定如大石如墓碑的才能得到。諸母人一看到馬神父毛茸茸的手股便偷笑。馬神父食了餅，飲了葡萄酒，講古，曾經一個少年神父做彌撒時疑心，便來試探，小指頭搵一下葡萄酒拭在手巾，竟然是紅絳絳的鮮血，一直到老死，伊保存著神蹟顯現的血跡手巾，一世人驚惶懺悔。

教堂內西照日，穿過彩繪玻璃，磨石仔地色彩游移，鳳凰樹的樹影晃動，下晡的時刻若大陣魚群游過暗礁，馬神父捧著一盤虎耳草煎鴨卵，行路有少許一跛一跛，兩旁是豬肝紅的椅條，我尾隨若搖著鏈條小香爐的輔祭，看著祭壇後白壁上柴雕的古文對聯跟著心中默念，「爾能無窮爾榮無極，我求之允我苦之安」。但是馬神父教我，看不著而真誠相信的，才是了不起。

祭壇前稻草鋪地，用馬糞紙壁報紙布置成耶穌出世的馬槽，旁邊兩隻小綿羊，後面竹枝撐著聖母瑪利亞和約瑟夫的圖像。馬槽遠看是洞穴，頂頭用竹枝吊著三粒錫箔黏成的天星。馬神父偺我做了一禮拜，伊若鴿鳥的大手靈巧摺紙，薄兮兮的嘴唇咬著一點嘴舌，副鬍鬚後兩邊嘴酺青森森，一粒汗啪噠滴落，銀十字架佩鍊在胸前晃動，伊問：「耶穌的老父干得有嘴鬚？」我點頭，「咱用番麥的鬚來做好否？」我又點頭。

「嗯，此番麥的外殼會使來做聖母的衫裙，真好，真讚。『哎喲，馬神父你哪會咨爾爻（這麼厲害）。』『哪有，是你不甘嫌。』」馬神父模仿蘇阿嬤講話時以手遮嘴的嬌羞模樣，少女般嬌滴滴的口音，「哎喲，馬神父你嘴鬚若一禮拜無副是會焉爾？即會變成土匪抑是海賊呢——夭壽喔。」

我們哈哈大笑，馬神父收了下頦，「正經。」隨即提起鉸刀修剪番麥衫殼，呼觱仔（吹口哨）一條溫柔的聖歌，遠遠突然一串喔喔喔不審時的雞公啼，「若是你們中間有兩個人同心合意地祈求，無論求啥——下一句是啥？你講。」

「我的天父必定為你們成全。」

馬神父水青色目周若像含淚，若像舉個天頂在其中，彷彿其中有虹。恍惚中不審時的雞公又喔喔喔啼叫，中氣十足，啼得舉個斗鎮為之精神，下晝如此悠長無盡頭，天頂半日，世上五百年，呆呆地白雲長長一捺，是天仙流嘴涎，自南天門流到媽祖宮頂。

月圓的暗暝，善翁仔嘎嘎嘎叫響，六舅公的蘭花美人和鸚哥睏了，鸚哥頭藏在翼股內，祖父、六舅公六妗婆是如此講互七舅公知悉，當年馬神父隻身一人來斗鎮，坐不對客運車，駛去隔壁縣，毒日頭下全是在曝菜頭黑豆菜豆蒜頭，燒風颮起沙粒，百姓看到咨爾高強大漢的阿卓仔，傫頭走避。等有一台小貨車載好心送到天主堂已經是半暝，大門的野草竄到腳頭趼，消殘兩三分的黃疸月娘照著天主堂蒼白，因為原初捐地的信徒之一的蔡家，子孫分祖公財產起糾紛，欲討回天主堂後面一塊地，代書來過，法院亦掛號發公文來，前一任的江神父偏偏返國去，兩位修女亦去靈修，無主的天主堂如同掛上「暫停營業」的告示。馬神父舉頭看塔樓十字架纏著一隻風吹（風箏）形象鬼怪，爬上竹篙梯立即清理，虎背熊腰的黑影爬入一輪大月娘內，日後謠傳新來的神父深夜展翅飛天。新人憨膽，馬神父不管全身的土沙烏皻，褲腳裂開，靠著月光踏遍天主堂的四周圍，倉庫內有破碎的聖像，真正是鵝公的翅毛做成的天使雙翼，做目周的玻璃珠滾了一地，潐焅焅的玫瑰花束，伊牽出鐵馬騎往沉沉睏夢中的大街，若落入藍色墨水罐，遇見趕路的牛車，啪的放出一大坯牛屎。鐵馬騎到媽祖宮前，宮廟頂兩端翹翹飛簷一層更一層，盤龍翔鳳，端坐一班千萬年神仙，正中至高處是一座寶塔，天光濛濛如同琉璃，是連神明亦眼觀鼻鼻觀心恬恬坐著吸收月精華的時刻，伊專注誠心以對，彷彿媽祖靈驗傳來心聲，對此位卓鼻外國人一視同仁，招呼一句，「爾來了。」

馬神父的房間後是厝邊的牆圍，月光普照，幾大叢茂盛的曼陀羅滿溢如三尺海湧，月圓的魔力形象烈酒，應該睏眠的一蕊蕊醉得挺直直大開，花心蕊頭放光芒，幼幼的毛刺，好強的腥氣，馬神父甘願以為此是可比天使吹響的號角，是無比聖潔的百合花，又響亮又寂靜，繁星密集，除非夢中，除非神蹟，伊感覺一口氣將將喘不過，頭暈，腳底咔嚓踏碎了什麼，翌日天光才看見牆圍下全是踏碎的陸螺（蝸牛），螺肉變成一糊一糊非常臭臊的黏液。

「第三日了，我猶原感覺殊失志，一個人跪落在祭壇前，全心祈禱，然後掀開經冊，我看見的第一行字，」馬神父收煞不講，看一眼七舅公背後的紅木大鐘，鏈條鐘錘銀爍爍。七舅公了解意思，斟茶，琥珀色的茶水衝煙，然後兩人一心等候時針徙動一格，天井的花草睏中晝睏得潦倒，厝瓦的日色又厚又純，終於等到了，噹，噹，實實在在摃兩響，茶几頂的一蕊白蘭花隨之震動微微笑。大鐘內若有一粒純金的心抑是一隻純金大鳥，六妗婆每禮拜用紗巾包黃豆渣拭大鐘的紅木殼，用舊報紙拭玻璃殼，縱然是老古董，溫潤光絲。

七舅公目鏡後大目周若古井，聽馬神父口吐經文，「因為在你那裡有生命的源頭。在你的光中，我們必得見光。」

七舅公若像沉吟亦思索，偕馬神父同齊置身斗鎮的日光中。

七舅公對七妗婆靜子和六妗婆慳仔講，馬神父的音質真好，是唱baritone男中音或者是bass男低音的歌喉，電唱機放起卡羅素的曲盤，沙沙沙的雜音中聽見一個阿卓仔百轉千迴丹田有力在唱歌，六妗婆文文笑了，講灶下有事，邁開小腳離開，才對寶珠講，聽得牙槽生酸水喔。

七舅公此次返鄉，是為了祖產的事志，和六舅公商量到半暝，既然老母媼仔不在了，自己亦已經歸化日本，偕靜子無後，何況當初讀冊留學全是用了陳厝祖先的銀錢，認真算起足夠了，應得的一份早就用了，祖先留下的土地不動產，「難道分我一份割割背去日本？我無權過問了。」六舅公感慨，「永過媼仔常講，老四差一點開枝散葉去阿本仔國，意思是替四兄可惜，將才應該去大都市大所在發展才對，戲文有講，龍困淺灘。咱幸運，咱老父的觀念，有機會去走闖即去，才會出脫。」七舅公搖頭，反駁：「時代不同，欲留欲走，是個人的選擇。四兄一世人行事全是伊愜意做的，雖然歲壽較短，但是活得真有滋味。」

馬神父時常是下晡兩點後來，戴一頂草笠，鐵馬嗶嗶啵啵輾過巷子的細石，烏色西裝褲褲腳用夾仔夾著，以免捲入車鏈沐油。正中晝騎鐵馬不過七八分鐘，伊的影隻團在鐵馬下一團若龜若鱉，白襯衫霑溼一大片，兩隻長手、面和鼻紅如石榴，目眉滴汗，七舅公一定幫伊量血壓，確定正常才安心。

天井的花草連同一缸金魚猶是在睏晝，厝瓦生煙若厝神練功，龜習大法吧；日頭的金角金條金磚密密實實疊高將陳家大厝箍起，大廳的古董紅圓桌卻是保存著深山的秋凊（沁涼）記憶。

陳文璣七舅公笑問馬道遠神父，「神父方外之人，不遠千里而來，原本姓名到底是啥？」

「我原本姓名Douglas McBride，漢人總是將我的名簡單的Doug讀作dog，」馬神父飲茶，「入鄉隨俗，教友有一位很有學問的弟兄，老先生，幫我選了馬道遠三個漢字號名，任重道遠。」

「我讀冊時，英文老師幫我號名Winston，呼應我名字中的文。」

「Winston，」馬神父大鼻嗯的拖長聲，「Very British.」

「所以你家族是有愛爾蘭的血統？」

「咦，陳先生住巷子內，內行的。我老父此邊的祖先確實原鄉是愛爾蘭，但是我的阿嬤有四分之一是德國人。」

七舅公一指大廳的老爺鐘，解說此古董是德國製，彼當年四兄在基隆港買的，一路火車、三輪拖車、牛車運送，稻草草蓆鋪了一層又一層，恐驚損害，老父無禁無忌笑講，不悉底細的當作是運壽材。毛斷（摩登）的舶來物件老爺鐘在大厝噹噹響，響得雞公喔喔驚惶，金魚竄到缸底，當真過了無一年，老父便過身。

「估計馬神父初來時，我四兄大部分時間不在斗鎮，而是在台中台北。你倆個相出入，真可惜。」

「我有印象，和四少爺有兩面之緣，殊紳士，講話真有意思。應該是我來斗鎮的第四年第五年，四少爺心臟病過身，告別式辦在大街的戲園，哇，有夠鬧熱。啊，失禮，我不應該講鬧熱。全大街滿滿人是來送你四兄的。」

「未當叫少爺，太見外了。佳哉你不是講阿舍（富家子弟）。」

「阿舍，匪聽（難聽）啦。」

趁老爺鐘損醒睏神前，大厝內外的生靈遂來干擾，兩人各自取出古地圖，紅木圓桌上展開，相視一笑，馬神父的是手畫仿本，若孩童畫圖，線條粗疏，幼稚可愛，而七舅公所有的無疑是四舅公珍藏的遺物，毛筆仿畫宣紙上，皴法畫山畫水，天地留白。兩人目光遊走，平坦的紙面無焦點，無阻礙，但是亦無內裡深度，兩對目周如同兩隻獵鷂展翅浮盪，一方寸一方寸的流連欣賞。亦是得靠漢字標示地點，賦予性命。

「全台灣叫做三塊厝的所在到底有幾個？」相同，地名是興化店，三條圳，東勢厝，二重埔，牛埔仔，新街，沙崙，同安厝，水底寮，全台灣到底有幾個？兩人共同感嘆。還是高山有靈氣，名聲獨特，絕不重複，九十九峯，阿拔泉山，大半天山，小半天山，集集大山，火焰山，黃竹坑山，水沙連山，內觸山，大鳥山，阿里史山，七舅公一手托起目鏡，「熱？亦是熟？熟酒桶山，此名有意思。」大肚山，牛罵山。兩隻獵鷂浮盪高空雲霄，可比元神出竅，俯瞰彰化山川全圖，自乾隆到同治到道光年代，時間輾平空間，啊，此幾張蒼黃的古老地圖承載的是千萬年的山川，令兩位觀看者，不過在世數十年的活人，深深感覺縱然身軀氣血充足亦不過是一片落葉。

馬神父在知己面前如同在祭壇前，不禁說出當初來到斗鎮的鬱悶，因為隨即一眼望穿此個小鄉鎮，預感自己的運途真可能無從改變了，此後只是一日一日一年一年老去，若有新的事物，熱天透南風，一陣清涼，即生即滅。「天主原諒我的無謙虛我的怨氣。」

馬神父講起先輩的事蹟，七舅公聽著。

「超過四百年前，有一位可敬的前輩，聖方濟沙勿略，St. Francisco Xavier，」二九歲自葡萄牙出海，航海整整一載來到亞洲，其後十年行遍印度、馬來西亞島嶼偕日本，用心傳教，但做開路先鋒，絕不留戀既有的成績，最後亦是最大的心願是登上古老封閉的中國大陸，彼時四十六歲的前輩沙勿略一個人形象孤鳥在南海的一個海口的荒僻小島上佫佫等，四五百年前的四十六歲人已經真老了，生命的油膏將將欲燒到盡頭了，年底寒天的大海茫茫，望不到接引的船，透心的失望，隨即病死了。非常非常遺憾。前輩一生行過的路做過的事，令人無比嚮往。兩相比較，我偕偉大的時代無交集，我是小卒，來到如此平凡小鎮，平淡消磨心志若嘴內含著金柑糖，容易懌勯（倦怠）、陷入混沌。主持彌撒時，當雙手拈著純白的無酵餅捧起黃銅杯盞的葡萄酒，我會想起彼個迷途的下晡，風沙日頭如煙似霧，我堅信可以領受此種日子透出的甘味，如同日頭將菜頭曝成菜脯，將菜葉曝成菜乾，煮食卻是美味。

久遠的十六世紀，一定是比今日更加純淨的大海，四百年後，我們亦是坐過大船渡過鹹水，海上暗暝的天頂，天星唱歌，心跳得噗噗響好劇烈，「因此特別偎近上帝嗎？」

「老實講，是。」尤其變天的暗暝，天頂雲層中遑遑起爍爁，無聲，煌煌一顫一熾放電光，是一粒神祕人頭，一張嚴肅、六親不認的人面可是一位大神，一大蕊銀爛的百合花。

「汝辨否？泰國神話亦有諸夫雷神持一隻斧頭，諸母電神則是在雲頂雲中耍著一粒寶珠，雷神向電神討此粒寶珠，電神不願意，兩人天頂追逐，電神狡獪，晃得寶珠熠熠震，光得刺目即是爍爁，雷神便看不清楚。」

「所以我一直認為，諸母人的腦筋比諸夫人好，更加巧。體力不平等，得靠大腦。」

七舅公提起米國的寬銀幕七彩電影十誡，伊是邊看邊偷笑，「你我得回魂軫來現此時現此地，此是我四兄蒐集並且整理的史料，斗鎮大街其實才兩百年的歷史，當年舊濁水溪抑是東螺溪一場大水，呵呵，堪比你的聖人摩西引發的，舉個斗鎮包括彼時的東螺社一片汪洋，凶險的烏鐵砂水好比千軍萬馬來收人頭，開墾的田園、番人的鹿場流失，人家厝和刺竹叢起碼一半淹水內，可憐眾生爬樹頂走山頂，但是大水來得快消退得慢，一大面的鏡，日月星辰形象紛紛墜落水底，分不出東西南北，若是筏竹排向朝時的日頭去，便出海到黑水溝。大街媽祖宮所在的地勢高，神奇的是大水到了今日宮口處形象五體投地，不再侵犯一寸，所以先人第一要緊的便是在此將媽祖宮建起，斗鎮人的精神於是有所依托，劫難過後會得重生。」

馬神父提供的則是現代資料，濁水溪不論新舊，觀念上得看作一個水系，源頭在中央山脈，最高三千公尺，下到平地水道大如遊龍，中如虎尾，細如蜘蛛網，千萬年來無論水清水濁還是做大水，水土共生共榮，沖刷累積交替循環，才有如此一塊營養的平原，飼養生靈，做穡的弟兄教我得講是濁水膏土，不是一般普通土，而是有油膏的烏土，黏稠，豐富，生養繁殖眾多。

禍福相倚，無論新舊，濁水溪做大水的紀錄驚人，七舅公馬神父同齊翻找一大疊的文件，寶珠捧來綠豆湯，兩人戥真（認真）無察覺，當是隱形人，寶珠撿起一張紙放回桌頂，輕手輕腳離開。

「歷代官府有紀錄的大水十三次，內山上游山洪，下游便是一片湖海。」

「不止，我算是十五次。」

「大街、媽祖宮起建前兩次也算在內？按你的算法，第三次和第二次相差六十年一甲子，其間風調雨順天下太平，你相信？」

馬神父眯目搖頭。七舅公起身，負手踱步，看一眼壁上老父的畫像，「我老父比喻濁水溪是漢人古老傳統思想龍的化身，而且是烏龍。」超乎自然的巨大威力，神祕，野蠻，不可理喻，比諸海天的輕巧爍爁強烈千萬倍。一九二一年，歲次辛酉，大正時代，日本統治者規畫，監督在地人實作的溪堤完成，現代科學馴服了烏龍濁水溪，其後，蜘蛛網水道成為圳溝。

「細漢時，未記得幾歲，我隨四兄去釣魚，遠遠的田園邊一條溪水，水深流急淥淥響，沿溪大樹冪裯裯，一條青色的tunnel，今嘛回想若做夢，我正懽喜釣著一尾大魚，哇，重得得叫四兄出手相助，竟然是鉤著一條放水流的死狗，烏狗，我一憏，魚釣仔（釣竿）遂隨死狗流去。」數十年後了，夢境般的青色隧道還在，還聽見四兄的笑聲。

「假使兩百年或者是一百年前，你就如同你的前輩沙勿略來到茲個烏龍潛伏的所在，漢人偕番民，你是欲如何選擇？你會企在哪一邊？」七舅公的眼神如同探照燈。

古色古香的番社采風圖畫，以漢人的眼光觀看番人的生活，算是客觀公正，真是樂天知足，基本上不虞溫飽；為了和烏龍溪水和平相處，架高住屋離地數尺，爬竹梯入屋；番社所有人的命運是褲帶結相連，大事小事全體合作，共同起厝作穡，男女自然袒胸現本色，耳珠鑽大孔，掛鳥毛、柴環甚至海螺。舂米是日常要事，大木臼若樹根，註解寫著輪流舂米，唱歌相和，丁東嗨呦之聲遠颺若疏鐘清磬；儔陣捉魚，圍捕水鹿，採檳榔。鹿場的記載，可以想見鹿群滿山遍野，奔走時可比地動，草木晃動。迎婦即是迎娶，新婦朱紅衫靛藍裙鳥羽冠海貝佩鍊，扛竹篙床以及迎娶眾人皆是繫著朱紅腰巾，靛藍頭巾，長竹枝繫朱紅布條；年底農閒時的賽戲，會飲，所有人同齊歌舞飲酒，懽喜娛樂，真是樂天，啊，斗鎮原初的東螺社人好善良，不曾有出草刣人頭，住所無一粒人頭骨展示戰功。

靠著先天後天的優勢，尤其大清朝統治者恩威並施，漢番看起來和平共處，共生共享天然資源，「當然，自漢人的角度看來，兩邊是平安無事。」結盟手段便是結拜做兄弟，番話副遜，同時呢番人亦開始漢化，學習漢字，取有漢名，清朝大官劉銘傳開辦番學堂，就像你基督教做的相共，但是即便漢化亦不能改變不利的形勢，反倒轉加緊速度，必然得向深山林內、甚至向後山東部流亡的運命。負擔不起官府制定的社餉番餉的稅金，所有的土地更是不斷互漢人買去，加上又詐騙又強占，嘉慶年間，社番首領潘賢文——喏，如此的漢文名字是不是更加刺耳——偕同岸裡社阿里史社東螺社等總共一千餘人，遷徙後山，史稱流番，聽起是不是有像摩西大老帶領以色列人出埃及。此真正是漢字狡獪的所在，你講流番，到底是番人主動亦是被動咧？流番讀起聽起好輕鬆，卻是一大陣人離開自己的家園，流亡，逃生。兩年後，斗鎮大街和媽祖宮開始興建，驅番入漢屆茲大功告成。更十九年後是大清皇帝道光年間，有第二次大規模的流番，徙去濁水溪上游的內山，斗鎮從此遂完完全全是漢人天下。相信有不願流亡的留下，自然徹底漢化，變成斗鎮人，但是血統基因隱瞞不了，一看便知，父系母系的親戚五雜總有五官突出，皮肉較烏，目周大又金，形象烏龍濁水溪化作蜘蛛網的圳溝，在斗鎮的地下無聲流動。

「你我今日看番社采風圖，是不是亦略略像番人的伊甸園？哎，注定永遠失去的樂園。所以我才會問你，你會衛護哪一邊？你全心力為番人，但結果一定失敗，你無可能阻止番人失去家園去流亡。人類的歷史確實就是鬥爭的歷史，鬥爭失敗，只有敗走，抑是改變自己，認對方做主人。」

馬神父手指頭挲著銀十字架，暫時無講話，水青色目周看著七舅公。

「此土地上過去的罪業雖然不是你我做的，但是你我未使假不知。」

「你我通是待罪之身。」

「番人當初若是有人會曉寫文章，寫出傳世的好文章，記下過去二百年三百年的番社，甚至流亡的事志……」

「我了解你的意思，」七舅公點點頭，然後搖頭，「和日本時代相共，一個字，勢，時勢，運勢，大勢，總是在強的彼邊；歷史是勝利者偕強者講得上大聲。我同意，番人本身會得將一切寫出，後來的人看著有氣力，仗義執言有所本，當然殊重要。只是無人寫出來就是無人寫出來，鐵打的事實。以前我時常經過一間教會，看板寫一句，凡是勞苦擔重擔的人，可以到我這裡來，來得到安息——」兩人目光相對，七舅公硬將未講出滿腹的不同意吞落，微微笑將話頭一轉，「我無不敬的意思，真正好奇，聖母瑪利亞，媽祖，你認為最大的差別是啥？」

「講坦白，媽祖較有人味，滿滿的人間煙火，親切，我每次看宮前全是食攤，尤其食中晝和食晚頓時，我是真正佩服。」

雞公喔喔喔，如同一支刺竹，野心好大想欲直上雲霄，有心人趁機想像亦跳上雲端，鳥瞰斗鎮自西北斜斜伸向東南，烏水溝海峽在遠遠的西邊，有赤水紅土的高高深山在東邊，所以斗鎮的溪水千萬年來向西流。

馬神父突然面紅了，吞吞吐吐才講出，「我聽過一種講法，實在不應該隨便相信，但總是互我心心念念……」

「請講，願聞其詳。」

「古早古早，諾亞方舟最後是停在咱海島的第一高山頂。」

七舅公肅然，目鏡反光有鳳凰樹影，風吹微微若流水，「我不亦讀過，亞洲Asia此個字源自希臘人，意思是日頭升起的所在。」

寶珠更來大廳收拾，咿一聲，不見七舅公馬神父，圓桌上滿滿的舊冊舊紙，彼一盆蘭花頭低低，桌腳一雙柴屐，老爺鐘的鐘擺若有所思，更幾分鐘，便要噹噹噹響，六妗婆和寶珠譁耍笑，兩人羽化登仙了。

斗鎮一日，天頂千年。

透南風的下晡，七舅公頭一次騎鐵馬到天主堂，天頂如同馬神父的目周是水青色，白雲出神不動，鳳凰樹的羽狀複葉輕輕搖動若吟詩念歌，修剪過的草地有野芳味，兩隻白鵝搖著尻倉行在馬神父七舅公後面。兩隻鵝是舊年年頭蘇阿嬤送的，飼到年尾正好火雞節日刣來食，馬神父不甘（捨不得），當作是寶，對著念經歕口琴，兩隻鵝呱呱粗聲回應。蘇阿嬤掩嘴笑，是你馬神父的契孨（乾兒子），「早知應該送你鴨才對，馬神父即是阿卓仔鴨母王。」

來天主堂的小路轉彎一叢大蓮霧樹，小粒果子若一口鐘落一地，「蓮霧，你聽有像佛經的南無？」七舅公問。

「真是奇妙。但我還是未習慣熱帶水果的芳味，鼽了頭暈。菝仔（芭樂）我一開始鼽著根本是臭的，聽講中南美洲用菝仔樹葉泡茶飲。」遠離家鄉三十年，馬神父最懷念的是雪的味，落大雪後樹藍的味，松果的味，深呼吸，清肺醒腦；壁爐熊柴，阿叔飼乳牛，牛牢的臭味。

「我大姊的謝家大厝在東隘門，厝後有大片的果子園，你去過未？有幾種真正的南洋果子。」

「有聽講，東隘門豪舉人大厝有真多傳說，呵，到底是真是假？」

「咱斗鎮尤其是大戶人家無祕密可言。」

七舅公手心兩粒蓮霧，形象瓷器發光，嚙了兩嘴，酸又清甜，「和我囝仔時一模一樣。」南風像海湧徙動大船，兩人企船頭巡視天主堂，西照日亦跟隨，照亮鴨卵面容憂思婉轉的聖母瑪利亞，教堂柴門邊半圓形的小小水池，信徒一入門指頭沐水在頭額胸前畫十字；日頭照亮彩繪玻璃熊熊火光，竃下的碗箸鼎鍋排列整齊，幼稚園的小桌小椅按彩虹的七色油漆，照亮了一個新世界；天光朗朗，太平無事，南風像是密語像是甘露，青草地上純白天主教堂，令人看著懽喜。七舅公詳細看一幅畫，嘴鬚鬍鬖鬖的牧羊人抱著唯一一隻迷路的羔羊，懽喜得嘴笑目笑，對應馬神父房間前花園的九十九蕊玫瑰和房間後牆圍的九十九蕊曼陀羅花。

兩人看著大門口前的省道公路，作為牆圍的燈仔花亦是一蕊蕊紅花大開，七舅公挽下一蕊，吸一口底部花蜜，剝開花瓣將花心的蒂頭黏在鼻頭，囝仔把戲，「阿卓仔，卓就是鼻突出的意思。」對面廢棄的鐵支路連同路邊的姑婆芋葉掀起青色海湧，省道公路直如竹篙，兩旁是當初日本人種的尤加利樹，為了防虻蟲傳染病，少年時在下晡日頭將欲落山坐客運返學寮，車窗大開，一隻金龜隨強風捲入車內啪一聲舂著頭額，猶然齅得金龜的臭腥。有一次，和四兄同車，歐魯巴古頭，一身文明芳味的四兄面容始終甜蜜的笑意，取出一張少女的相片端詳，少女短頭毛齊齊，嘴唇抹胭脂，海軍領、百奔裥，一手拈花，青春美貌滿溢。四兄並不掩瞞，介紹此是台北的密斯林，畫蛇添足更講，「陳林半天下。」柴油客運車在尤加利樹公路宛然一條樹藍隧道，自異鄉吭隆吭隆奔往另一個異鄉。

當年日本人沿用大清朝稱呼此條省公路是陸軍大道，乙未年日本軍隊若天將天兵自此進入收服斗鎮，兩年後，過了大圳溝是斗鎮邊緣，曾有軍用輕便鐵道和五分車的驛站，隨即更延長鋪設運軍方補給運農作物譬如甘蔗的鐵支路，遠遠看一條烏色鐵殼的大蛇，非常有好奇心的秀才郎老父總是第一個去探看究竟，笑著向大厝一家大小形容坐五分車可比是猴齊天騰雲駕霧，才細聲講四腳的（日本人）真惡質，看待咱比狗還不如。老父真正悲傷的可是日本人的科學大烏蛇取代了濁水溪的烏龍元神？

乙未年時，秀才郎老父正當壯年，三十歲，其後猶有二十餘年陽壽，七舅公始終疑問老父偕斗鎮有名望的頭人，是不是一陣人來此若古冊的簞食壺漿迎王師，亦即是新時代的勝利者？若不如此，會是啥下場？抄家滅族刣頭，公媽牌位作柴劈？四兄講過，初初話語完全不通，但是騎馬坐轎的將官通曉漢文，雙方紙筆交談順利，將官的毛筆字文秀若蘭葉。

即使四兄的記憶亦是過濾過，可以記得的，不應該記得的，分得清清楚楚，譬如陸軍大道雖然是大清朝便有的路名，乙未割台，日軍自北部一路南征，次年七月熱天，一支守衛隊取道東邊來到斗鎮古東隘門鎮守，距離曾經輝煌繁榮的舊濁水溪渡口大約一公里，響應柯鐵虎的反抗分子集結成軍粗估五百人，趁三更暝半發動夜襲，守衛隊傷亡慘重，部隊長遭斬頭。斗鎮人戰死十八個，英靈入祀百姓公廟。六年後歲次壬寅，總督府軟硬兼施，招降納叛的陰毒策略大有斬獲，舉辦盛大隆重的歸順式形同詔告全鎮勝負局勢已定，反抗無用，文明有禮數的歸順式後隨即反面（翻臉）無情，軍方和警察大人請君入甕將所有的反抗分子押往鎮郊荒野處決。

七舅公兩眼湛若秋水，「行刑所在，老輩的講就是此地，古早算是荒郊野外，有一陣種過甘蔗。戰死的十八位有廟住有人拜，投降歸順的處決收尾卻是總共幾位亦無人知，何況是啥名字。」

「你懷疑此是傳說？」

七舅公搖頭，「彼時，舉斗鎮驚惶不敢講，時日一久自然煙消雲散。何況彼時識字的能有幾位？另一種可能，事蹟不能直接講出，便移花接木來記著。我冒犯問一句，耶穌識字？

會曉寫字？」

「講實在，無重要。嚴肅回答你，我認為文字對耶穌亦無重要。」

七舅公點頭，「馬神父你真是幸福。靜子的父母是基督教徒，我倆初結婚時，兩人真希望我入教。有一年我們旅遊去京都的龍安寺，一間非常優雅的廟寺，內面一方白色細石用柴耙畫出大海一圈又一圈的海流海湧，恬恬用心看著足以參禪悟道吧。我丈人和我講起耶穌唯一一次在沙地寫了幾個字，隨即抹掉，所以無人知悉到底寫啥。」七舅公微笑，意思是問馬神父你認為寫的是什麼字？神的文字？世間凡人豈可窺探天機？

換馬神父搖頭，上帝按照自己的形象造人，但是人造文字，並未當完完全全傳達人的所思所想。阿波羅廟寺刻有一句神諭，知曉你自己，「我認為是最好的神諭，但是此幾字和上帝和耶穌可有真正的關係？」南風吹動日頭，天頂白雲，地上鳳凰樹偕曼陀羅花，兩人的白襯衫西裝褲輕輕波動，兩人的歲數比起耶穌當年可是二倍贅啊。當年的反抗者在此荒野為日本人處決，如今此地變成西洋人阿卓仔的神聖領地，希望所有不知名姓的孤魂野鬼亦可以得到安撫。

「話雖如此，我的歷代祖先和生番一邊和平相處一邊相戰相刣，有時以物易物，互通有無，即便彼此全是漢人，泉州人和漳州人還有客人亦是一邊共同生存一邊相爭相戰相刣，改朝換代後，日本人高高在上，清國人自然是次等人，連同不是清國人的生番，欲死欲活得聽統治者的，不從不服的刣無赦，若古冊小說形容的，斬瓜切菜，咨爾事實，到底總共刣多少？斬頭多少？應該一筆一筆算清楚寫清楚，所以數字比起文字更加是準確，更加是神的意思。漢人思想，有竈神，門神，戶蹬（門檻）有神，地基有神，床母是神，嫁娶更有新娘神，神無所不在。」

「我更大膽請教，你曾懷疑過上帝否？」

「時常，」南風吹得馬神父的水青色目周深深如海，水分將欲溢出，「時常，但是懷疑了後，更加有信心。可比打鐵，火燒得赤赤，鏘鏘打好，得嗤一聲浸冷水冷靜一下。」

七舅公鼻孔呼出一道長氣，感動亦佩服。

你的上帝在春天創造宇宙，彼時日頭在白羊宮，又且斗鎮不是南部的府城，不是鹿港，更加不是滬尾或台北城，乙未年熱天才開始，早在反抗軍夜襲刣殺日軍守衛隊，秀才郎老父已經敏感大事不妙，恐驚大禍若濁水溪的大水，夜不能眠，三炷香拜天公，又三炷香拜稟陳家祖先，聽見街路牛車的牛蹄空虛，柴桶落入古井，夜露滴落厝頂，天光烏暗若柴刀微微反光，老父脫赤腳行遍陳厝內外一遍又一遍，深夜的地靈若破衫，真是悲哀的亂世喔，大竈的火灰厚厚一層雖死猶活，掀開水缸，以為看見死去多年的老父，可憐喔皺紕紕好臭老好憔悴。失眠數暝，老父彼日終於短暫沉沉睏了一時辰到天虛微光，精神時如同竟身露水，慄慄憏，又寒又枵，齅著自己散發著墓穴的腐味，夢中確實是長嘴鬚的祖父罵：「還不緊走是躊躇啥！」印象中矮壯的祖父拳腳武功高強，更是抓蛇高手，雷公性底（脾氣暴躁）。秀才郎老父隨即下令，公嬤牌位放謝籃，全家族捲著細軟棉被背著葫蘆，三台牛車行過東隘門往有赤水紅土的深山去，崎峭的之字山路，投靠一位亦是武藝高強的結拜兄弟，四十年後，為了躲避米國軍機大轟炸，再一次全家族走深山，日本漢字叫做疏開。人面闊殊有人氣的老父，行在大街沿路一直點頭和人打招呼，嫗仔笑若螻蟻，所以老父到底是知悉與否一個月後東隘門的夜襲計畫？亦是以家族為重決定不參與？亦是暗助金錢、提供情報？乙未後更六年，當然又是因為家族為重，老父已經是和日本官府對頭協調諸項法令規定的頭人，是否事先知悉歸順式是圈套？

「我相信你的秀才郎老父是不知。」

一定得再提起四兄，家鄉偕陳厝數百年來的事蹟全是四兄傳授，畢竟是陳厝的四少爺，蒐集文獻資料有過人的毅力，僫雋（積極），口才好，又且出手大方；四兄眯目，似笑非笑分析，咱祖先若無膽識，講是憨膽亦可以，豈能渡過烏水溝？真正論膽識偕氣魄，祖籍所在專出大海賊同時亦是大海商，譬如甲必丹李大人先輩，國姓爺的老父鄭一官先輩，咨爾幾位不世出的將才若海翁（鯨魚）豪勇闖蕩東海南海南洋，做出驚天動地的大事業，「咱陳家祖先差遠囉。」更再講，若無夠機靈，會死會活，豈能自三年一小反五年一大反的局勢回回保存自身？若無奸巧，只憑祖德和運氣，如何自兩手空空發展到田園幾百甲？哎，傳說中部林家的田園大得雀鳥一匝飛不盡，何其令人神往，大丈夫當如是也。咦，有了如此底氣，做鋪橋造路的大善人亦是揮金如土三妻四妾的豪門，一念之間。

光復後，四兄感慨還未去過泉州探訪祖籍原鄉，以前去廈門廣州，次次心念一閃，但總是認為來日有的是機會，何必急在一時。

彼幾年日子若走馬燈，尤其四兄過身前十年，最後一次去東京，順道來住一暝，四兄盤腿坐在居間，隔著敞亮廊道看著日頭充足的庭院，天頂流雲，時間靜止，靜子持鉸刀剪波斯菊，神色少許懊惱，嫌花開得無夠好；四兄突然自覺是大伊十餘歲的四兄，講你和靜子無生半個，此間厝和斗鎮的日本官舍一模一樣未免太安靜了，輕嘆さびしい（寂寞）……。

水落石出，老去的四兄真像老父，面型鼻目嘴。

但記憶中和四兄的最後一個畫面，兩兄弟企在陳厝大門口，心內滿滿的意思但無話，家族相簿有一張三兄四兄五兄細漢時在大門口，應該是過年，街路非常鬧熱，年深月久，相片蒼黃模糊，三兄弟有如古早鬼魂。大街正邊看倒邊看一眼望盡，永遠的日頭炎炎水流滿溢，一日一日一年一年匀匀流，無聲無息沖刷，上一代過去，下一代接續，死生流轉，大街永遠是大街，自斗鎮正中剖開，一箭穿心，瞌目不看亦知西邊串東邊有棺材店、自躺椅到篩仔應有盡有的竹器店，柴屐店西藥房鐘錶店餅店菜市剃頭店，病院齒科診所鐵馬店剃頭店電器行鐘錶店，雜貨店農藥行米店香燭金紙店攝像館布店，細漢時，阿成叔牽著鐵馬總是問，欲偕我去羅米嗎？有西照日的一側，撐開布棚，日影成了籠中鳥。斗鎮人的智慧，大街的建基亦是中心是媽祖宮，戲園武德殿市役所警察局農會不應該來干擾。

彼年斗鎮已經半年無落一滴雨，日日天色青得反白，是六妗婆、鹹菜姆先發現，陳厝大門門板連同厝瓦燋焙焙，雞母懌勯無氣力生卵，「更再無落雨，正中晝的日頭可以熇豬油囉。」但無人煩惱，因為眾人個個明白如此熱天數年一遇，雨水遁作半暝夜露，天將欲光的霜或者霧，免驚啦，濁水溪自古以來何曾燋得見底。

日頭有如暴雨，亦正如馬神父的信心是打鐵，日頭的三昧真火，將大街燒成鋼鐵中軸線，時間早就無所謂無意義了，陳家祖厝和斗鎮已經合為一體，四兄講出老人的言語：「偕老父相同，一生可比新年頭行春行一匝大街，一切看透透。」完全了解四兄的心意，大街亦就是斗鎮的歷史行到盡頭了，兩兄弟可以袖手旁觀了，如同老父嫗仔在此嚥下最後一口氣。

然而七舅公會記得的是換門牙彼年，大街菜市口突然出現好比大樹叢的帆布篷，門簾出入口企一個橘子皮面烏鱸鱸的六尺大漢，噴出的口氣臭死人，入夜後布篷嘶嘶嘶發光，聽講有唱歌的美人魚，對看會通心思的大白蛇，身軀相連的矮冬瓜雙生仔，鬍鬚比頭毛長更肥得若豬的不男不女怪人，靈巧拍鼓的紅毛猴一雙大目水水，騎鐵馬的大烏熊，笑得很神祕的人面蜘蛛，一籠白文鳥輪流啄出字卡替人算命，一台柴箱看畫片中的金毛女子袒光光跳舞，殿後的則是袒膊體的武師兩口乳比諸母的大，刀槍不入，火燒油燙無事，推銷金創膏藥。舉鎮為之瘋狂，宮口食攤延後一時辰收攤，媽祖宮解說籤詩的文士傳來聖諭小心火燭，勿像大清朝彼次燒掉半條大街。

「未使得！」媼仔不准七舅公去看布篷的鬧熱，恐嚇六尺大漢形象獵鴞抓雞仔將你綑去賣。苦苦哀求阿成叔，看一下即好。阿成叔只好偷偷答應，將七舅公牽牢，親目看見若草垛的布篷阻擋大街好粗俗，鼻得混合著動物屎尿的臭味，羅漢腳釋迦的烏狗在人群鑽來鑽去，釋迦則是踞在市場口，全是肉瘤的後腦不時舂柱腳，舂得柱頂的電火球一爍一爍，真可憐。七舅公心內破一個大坑，殊失望，眾人圍著布篷不願入去，門簾掀開時，才騷動吳聲，守門口的六尺大漢若七爺八爺的謝將軍，卻是悾形悾形。七舅公發現布篷一個破口，踮腳窺覗，突然布篷內一隻手指大力啄伊目周，雖然痛劇，七舅公不敢出聲，暫時做了獨眼龍，淚光中只見黃濁濁電火，人影帶著鬼氣，賣麥芽糖和土豆是兩個和伊差不多年歲的囝仔，一個脫赤腳一個穿柴屐，臭頭糊著藥膏。七舅公真希望四兄在身邊，鼻孔哼一聲，講此一切假鬼假怪，不過是走江湖賺食，互相懽喜一時半刻亦是本事。外面的世界可是奇巧、複雜千萬倍，欺騙自己最困難，四兄緩緩又且堅定搖頭，「將來你自己去看，開眼界，不可甘心一世人做莊腳人（鄉下人）。」

馬神父笑了，「我已經是斗鎮的莊腳人，將來返家鄉，還是莊腳人。」但家鄉對我只是一個地名，我是漢文講的出家人。

七舅公舉頭環視，「我亦是出家人。」聽嫗仔講過，細漢時八字算命過，七舅公離鄉愈遠愈好。

關於家鄉和離鄉背井的話題使得兩人感覺殊疲勞，雖然家鄉是永遠的印記，若出了屠宰場的豬肉身軀皮上的印記。七舅公反省，不過兩百年，祖先血液內勇敢冒險的基因安定沉底，如同鎮上曾經的渡口，早就淤積。

「馬神父可知甲必丹李大人先輩，國姓爺的老父兩個是天主教徒？」

馬神父點頭，「我去過李大人受洗的教堂。」眼底浮現彼年若眠夢中的平靜的南海，「今日咱顧講話，無注意著時間，竟然天欲暗了，我得來走。」

「馬神父留著儔陣食暗頓。」六妗婆突然出聲，一手扶著門框，矮矮的身軀看起若靈童，確實是有感應，一返身即講，「啊，起爍爁。」

七舅公和馬神父隨即行到天井，空氣若有絲微的甘味混合著新鮮的鋼鐵味，三人先是看到彼此面上白光一晃，鐮刀剩草木斬人頭的刀光，舉頭專心才看見一長條銀鞭連著一大把銀線無聲刜著天頂，刜著三人的目周，即生即滅；三人齊心更等候，絲毫不驚互雷公電母劈碎，又見冰條流星鎚亦是九節鋼鞭唰唰唰，天頂千里萬里廣闊，所以一次爍爁足以劈開舉個斗鎮，顛倒天地，又且電光弓得（緊繃）三人面皮如同回春效果，癡心更再等待爍爁的珊瑚叢刺破九重天，萬千煙火綻放，又似猴齊天的金箍棒大戰哪吒三太子的風火輪，引發火星大雨嘩嘩降落。有膽識靜心觀賞，自然領會雲頂確實有天神大笑。

「馬神父有聽過？民間傳說雷公爍爁、雷公電婆是一對翁婦。」六妗婆問。

「所以只是起爍爁，無雷公，是翁婦兩個謹誒，雷公離家出走？電母發電報，『老斬頭你趕緊給我軫來。』」

應答馬神父，最後的爍爁力道萬鈞，銀光爀爀，大厝若大船一沉，三人腳底若有大石，身影一晃，形象石碑刻字。

七舅公頭一偏看著馬神父，眼中滿滿是欣羨是理解亦是疑問，你的神在教示吧，日頭照好人亦照匪人，雷公爍爁亦是，何況科學知識，爍爁有能力引起空氣的化學變化，製造大量的天然氮肥，大大有益土地草木。

如此爍爁可是你的大神在天頂雲中寫字？

8 我實實在在告訴你們

I.

故事，讓我們這麼開始吧，這是口說話語的光明時代，也是影像感官的熾烈時代，兩者相加相乘必然遠遠大於二，所以還甘於文字讀寫那靜寂的邊緣位置，一如伏駝著刻滿籀篆隸文石碑的贔屭的我們只好安安靜靜開始吧，雖然這故事有些荒誕，有些奇巧，卻也有不少令人嫌惡的尖刺。

滔滔述說這故事者是一次聚餐場合中某位朋友的朋友，巨門坐命的他愛提供耳食，且再三高亢強調這是真的，絕對沒有騙人。巨門雖然已經取得居留證也享用健保多年，一些唇齒音還是輕易顯露了他的港仔身分，然而巨門每在掀開自家身分時，一定強調香港廣東話與內地廣東話的差異，質言之，經過逾百年強力現代化之洗禮改造，港式蛻變得不村不俗，尤其英語改變了其體質，是摩登玲瓏的。同一方言，兩種體態，有如華夷之別，寧不辨乎？同理可證，台語與台灣國語是母語者，說起美式英語當然也不如港人的雅正，唉，歷史無情，這又是同為殖民地卻是運途殊異的結果。老式英文諺語，要征服男人得先征服他的胃，所以最靠近心的器官是胃；依此邏輯，最靠近大腦的器官之一是嘴，語言與說話功能及其系統構造最是影響大腦的表現，台灣的殖民者畢竟是英語發音最笨拙的日本人，實例譬如happen, happening容易說，多音節的coincidence或更高深的有典故的serendipity，哪是隨便就能說得到位。

故事中行騙的甲方姑且叫他做小虎，受騙的乙方熟朋友叫他畢央。

一桌中警覺性較高的兩三位閃電般交換了眼神與笑意，也都注意到巨門嘴角噙著笑。

畢央來自於老屄央，央應該是諧音，正字待考，源自於四九年後隨國府來台的數十萬大軍的粗言鄙語，尤其眷村第二代男性樂得沿用，成了彼此狎暱的戲謔稱呼，擴散開來舉凡男性都愛說，大抵一九六〇年代中後期出生的則陌生不識了。為何男人喜愛在言語上以閹割之名遂行兄弟情誼，我們無需在此探究，但是我個人倒是很有興趣藉此說說我淺薄的眷村人接觸經驗，服義務兵役前，父母兩方皆是本省人的我對眷村基本上是一無所知，下部隊到南部某機場警衛旅，才發現繼學生生涯中的客家人、早先是山地同胞之後正名為原住民之外，泛稱的外省人可以再細分眷村人，正處於人生盛壯階段的營長兩位連長兩位排長全是，我不認為區區他們幾個足以交集出什麼共相。現在唾手即可查到斯德哥爾摩國際和平研究所的數據，上世紀八〇年代，雖然自六〇年代一路遞減，彼時台灣國防支出還是占年度總預算的四成，然而冷戰局勢與現實的矛盾，一位將官曾經白目直言，軍隊不作戰物腐蟲生；機緣巧合，是以日後台語與那儒雅將官的諫言結合產生化學變化，活化米蟲一詞成了毒語。我們義務役的但求不犯軍法，不死不傷平安退伍，冷眼看志願役的得以一己人生的精華階段與國家機器對賭，譬如出身專科班的陳連長在一個冬天，晚點名後在連部吃狗肉時趁機與大家交心，開口就是媽了個屄，他甚煩惱是否與國防部繼續簽約？不續簽，回家當死老百姓，得養父母妻兒，「我看只能擺麵攤或開計程車。」另一場景是補給或作戰士是富家子，收假時開了一輛天王星回營區存心巴結借給陳連長，午休時間，陳連長將轎車停在芒果樹蔭裡，前座車門打開，他人歪躺駕駛座，兩隻腳跨放車窗框上，兩手耍著撲克牌或是什麼玩物，白內衣頸部露出一條亮澄澄的金鍊，那暫時借來的紈絝頹靡模樣，痞痞的，老練的，多年後，我才真正讀懂他的姿態語言，媽了個屄，平平是人，別人有富老爸供天王星為什麼我沒有？顯然這部轎車可替換世間任一富貴物品。

也是眷村出身的畢央當然不是陳連長，今日何日兮，眷村人的實質意義除了政治動員的功用恐怕早已蕩失了吧，只剩那非常私己的記憶的殘餘，對於熟識的朋友，畢央的一大特點便是疼愛老婆。我不反對以人類學或社會學的角度切入分析，老畢央原生家庭類似移民家庭，到他第二代除了父母兄弟姐妹，親屬關係為零，他與妻創建的原子家庭沒有子女如此精簡，曾經叫做雙薪無後頂客族，不愛老婆夫復何愛？但就在他規畫妥要提早退休，妻有了原發性癌症，半年後終結。骨灰如何處理，討論時妻總是猶豫不決，最後虛累得說你決定吧。靈識脫離，死了的罹病肉身真是不好看哪，令人疑懼靈識與身體是否有黏著力？魔鬼氈或是便利貼的輕鬆撕開？他牢記有醫學專業的友人的告誡，不哭泣哀嚎，不撫屍不碰觸不給予壓力，因為在那脫離的瞬間即永恆，細胞或神經元突觸基於最後的求生本能，任一哪怕是微小的感覺都會高倍數放大，所以別干擾別再給死者製造苦痛。他不眨眼直視，看著妻呼出最後一口氣，看到了大化的輕風好像將雲翳吹離，詩意、極樂的一剎那，終於，徹徹底底解脫了，但恍惚間那臉已經不是他熟識的妻。

他知道妻對日本四國遍路極有興趣，說過好幾次，真去實地走一趟不知道是怎樣？不涉宗教，單純當作是洗滌心靈，遵守形式戴斗笠穿白衣，徒步走遍沿途八十八間寺廟，內心一定會走出化學變化吧。得走多久？他問。「依我們的狀態，兩個月吧。」也可以偷吃步坐大巴像個純觀光客，另有自駕或騎腳踏車騎機車的也行。

畢央不認為自己身心兩方面都有餘裕完成不管是步行或搭車總計一千二百公里的行程。他覺得非常非常疲憊，像是一個有破洞、永遠充不飽的氣囊，但他又直覺妻會如此呆浪漫設想，將骨灰每間隔十間寺廟或灑或埋一把，全不理會是否觸法或褻瀆當地。他得將妻走成路。

他移花接木去了一趟花蓮吉安鄉的慶修院，帶著妻的骨灰，因為那裡有迷你版的四國遍路，整潔且綠意盎然的寺院，的確有濃濃的日本氣味，恍惚不知身之所在，迷路在時間的荒野，唯覺得自己的魯鈍，毫無感悟，甚至想不起來妻是否來訪過。後山的日光溫煦，他是唯一的訪客，曬著太陽，他覺得自己是一副蟬蛻的空殼。

妻是老派的哈日族，好愛慕大和民族的潔癖、職人技藝與美感，尤其無與倫比的色彩美學，「金色紫色的運用全世界沒第二個國家比得上，還有紅色。」十指連心，她指尖徘徊那不可方物的美色，低喃美死了美死了，但願投身其中以殉。「人家匠人的頂真敬業，根本就是藝術家。」他不願抬槓，那樣過度的細膩講究，基本上是好恐怖的壓抑、孤僻難相處。

妻遺物中有海量照片，從紙張到電子檔，從傻瓜相機拍到手機再進化甚昂貴的單眼相機，超過半數是拍攝花，然她人從不入鏡。一切的花對他幾乎是一個樣，差別只在花苞到盛開、凋謝的階段，蘭花倒是少，他這才有默契的想到，尤其洋蘭太囂張了，像極了女陰特寫；眼前浮現妻那癟嘴嫌惡的表情，他不禁笑了。他發現妻的筆電有個檔案夾，近兩百張全是拍攝於某個堪稱遺世獨立而樸拙的鄉野人家，疏落環繞著大石矮灌木與主幹奇矯的大樹，算不上是屋界，其中有一座歷盡年歲的木頭原色的簡單柴門，門扉半開，望進去是橫向開展的烏黑古老平房大屋，屋前一棵大櫻樹盛開如煙花如吹大雪如魚群，因此那老舊柴門成了一個若有所思的意象，蘊含著偈言。特寫的重瓣櫻花粉白粉紅隱然有笑意，生命怒放的喜悅。環屋四周的野草土路、菜園、平疇遠山，鏡頭進入人家全是生活瑣碎的呈現，譬如門口的幾雙拖鞋。獨有一張是妻與一與她年齡相近、眉目英朗男子的合照，旅團中的一位同行吧。但妻簡直是從未有過的笑容燦爛，男子也是，比起與他這合法丈夫，兩人更像是一對知心的恩愛夫妻。他更注意到妻的左手將頭髮順到左耳後，一些些嫵媚的意味，他曾經熟悉但兩人婚後她便將之蟄伏。檔案夾沒有任何那地點與男人的任何資訊。怨生不怨死，所以問生不問死，根本也沒得問。然而妻應該是願意骨灰埋在此吧，他想。

連續幾晚的淺碟失眠，畢央看著已經失序、亂糟糟的房子，最顯眼的例如已經找不到乾淨的內衣褲，L型大沙發全是雜物紙袋紙盒，廚房水槽滿滿的待洗的油膩碗盤，資源回收的紙類塑膠袋瓶罐也堆積成災，很快有一天他會找不到妻好像一包一點多公斤咖啡豆的骨灰。後陽台對過人家，鐵窗裡抽水馬達的抽搐噪音外，是本省籍老妻尖礪地每日早晚二回怒斥臥床或是失智的老老公，他等著老老公口齒不清卻竭力的三字經或五字經回罵，老夫妻每天的地獄時間。每年元宵過後，妻也不是問他，她在中島沖泡花果茶時無情發聲說，老男人怎麼還不死？

屬於妻的四國遍路就是她活了大半輩子的城市。

他想到的起始點是那年暑假，好友黑皮做田調去，淡水的租房讓給他住，覆蓋著薜荔的坡道下的水泥毛胚房，講話便回聲瀾瀾，加上一棵大鳳凰木華蓋其上，屋內好涼爽，夜半像在井裡，牆壁時常有爬蟲，憨膽的甚至禪定其上。他與那時候的妻熱戀中，兩人鎮日無所事事，荒廢時日就是揮霍激情的方式，每天午飯後合吃一碗石花凍，午後到黃昏的時間好漫長好重複好荒涼，無從決定今天要走哪一條路，等到海口的霞光隨海風散漫好像世界末日騷動了整個小鎮，覺得手刃了這一天而無所得好痛快。兩人冷水沖涼後狎暱成一體，清涼無汗，像是鳳凰木刀莢裡的兩顆種子，那時的妻精瘦，背脊一節節清楚得簡直是一頭體脂稀薄的幼獸，日後妻有次閒聊起白骨觀，他心中暗道，喂我們二十歲你就展示給我看過了。背包裡妻的骨灰與他一起迷路在已經觀光化的小鎮，沿著堤岸河海的反光扎得他眼睛刺痛淌淚，才第一站他已經感覺不祥，時間殘酷關閉通往昔日的出入口，他接著跨越新店溪繼續尋找，一樣毫無所獲，好久以前那幾年搬家多次總是離不開那條又臭又髒的瓦磘溝，有兩三次兩人大吵，妻歇斯底里捏著拳頭尖叫，「你去跳河！你不跳我跳！」而今整治成功，綠蔭流水映著天光雲影，讓他迷而不知所向，去年的鳥巢都不見了，何況曾經棲居其中的小鳥。挫折令他一陣陣心悸。反向跨越新店溪回到市區，莫名所以他突然發現置身在艋舺大道，回到七八歲在此轉車前往一處新開張的水上樂園，烏壓壓臭烘烘的候車人潮溢到路中央，空氣汙黑且分明覺察那懸浮顆粒，因為所有的公車汽車機車屁股全噗噗噗排放一團團的黑煙，騎樓裡掛滿待售的新衣褲、塑膠玩具與塑料的家用器具，所有人的眼睛晶晶亮有所期盼，日子無論如何匱乏如何澀苦，大家全心全意過得好有滋味，很快只需十年後他便完全了解那年那日置身的是第三世界新興大城市的日常現場，記憶帶回如新的感官呱呱呱好響亮。然而絕對不是懷舊，更不是眷戀，他一點不想回到過去，即使與妻共同的黃金盛年。這次他有十足把握妻的骨灰應當歸屬何處。

永遠的新公園，畢央憤怒且拒用它改易成充滿政治味的名字，時序屬秋但毫不涼颯的下午，日頭曝曬出它枯倦的疲態，若不是為了亡妻，他絕不會踏足且流連其中，這堪稱史蹟的所在卻好多餘，所有從大清朝到日據時代的古物遺跡早該當作歷史的灰燼清除才好，那沒有蓮花的蓮花池邊仿古欄杆、飛簷紅漆六角亭真是醜死了。妻說過小時候與一群同伴包括表兄弟姊妹搭公車來玩耍，以及某次給級任導師指派來參加寫生比賽，記憶裡是一座叢林城堡，大家是一群小野馬，奔跑尖叫，開心極了。博物館斜後方的水塘，而今名叫拱橋池，那棵橫臥水上的楊柳——趨近檢查，什麼楊柳，是花期時淡紫小花密落如雨的水黃皮，妻確定曾經大膽攀爬上去驕其玩伴，險些掉落池中。他繞池數匝，苔深綠葉有膿瘍之感，並走去日晷處獃望，原來前面的池子名為龍池，狗屁龍池，當代的日影分明狠狠無情地訕笑這古舊玩意兒不合時宜。他看見水面自己的倒影，短袖條紋襯衫，戴一頂某市議員候選人的帽子，背著後背包，只消再插上一面令旗便是進香團的成員。

池邊坐下，以喝水做掩護，他伸手背包裡將預先備妥的妻的骨灰握手中一把，天青雲白，日照發出眩光，完全就像古老神話的一把塵沙溜過指縫，塵歸塵，土歸土，乾燥，清楚。喉結咕嘟滾了一下，他需要那幻覺，一陣涼風襲來，他兩邊腋下飄飄，是妻與他最後的告別，然後飄然飛越水池，與棉絮與細菌與風媒的種子一起浪遊這欲振乏力的大城市。

他看見右前方一雙水盈盈笑眼盯著他。

他旋即從頭皮到頸子羞紅一片。中產階級拘謹的道德律，但凡有監督吹哨者的一個眼神就夠了，隨即俛首認罪，何況他手上確實沾著骨灰。

太陽光跌在博物館的楞條圓頂如同嗆笑，水盈盈笑眼的陌生年輕人在太陽照射下一如才出窯的無瑕瓷器。羞紅退了後，理智恢復，可他馬上心跳劇烈，雖然他太需要幻覺或奇蹟，但怎麼可能年輕人的眉眼與笑的樣子，甚至這些混合起來的神情跨越性別像極了記憶中年輕的妻。

從公園側門大茄苳吹來的風好乾爽，有著日炙的草木香，他自覺像一片落葉，而蘊含不思議無量光與能量的年輕人輕快來到他身邊，透過滿眶淚水看起來巨大，讓他無從逃脫。

年輕人說，是我害的嗎？我讓你想起了誰嗎？捲舌音稍微帶有特殊的口音。

這公園好荒涼也好寂寞啊。

「我是小虎，因為是虎年生的。我老竇、老爸屬龍，我媽屬猴，所以我跟我爸媽是龍虎鬥加上對沖，好慘。」這小虎天生的業務人才，不擇人皆可熟流訴說，半年前，老媽發現老竇給女朋友慶生送禮物一條金鍊，兩人大吵互打，老竇額頭縫了好幾針，告老媽傷害罪，老媽反告老竇竊盜她錢財；然後夫妻倆一起遷怒小虎，怒責只會自己享受，從不分擔家用或房貸按揭，結交的朋友全是陰陽怪氣的妖怪；老媽去了一趟澳門姨媽家，返家後轉用眼淚攻勢，哭訴極可能有婦女癌症，你可惡的老竇竟提議離婚，她變臉恐嚇真要離我先殺了那淫婦再與你老竇一起死。老媽終結一問是，你現在究竟一個月多少工資？我是水逆衰透了，工作的髮型屋因為隔壁的快餐店遭縱火波及而歇業，我突然對一切厭煩透了，每天到處打打殺殺，跳樓投海，幾年來累積的負面情緒將將要爆炸，三個月前臨時起意逃來投奔契弟。沒讓老竇老媽知道我在哪裡，借用網路照片傳了兩張東京與雪梨給他們。小虎非常喜歡台北，一座懸浮半空的海上仙島，安逸，舒緩，更多時候是個血氣半衰的老人容易睏盹。正確解析，小虎非常享受在歷史鬼使神差的奇異時刻，港仔身分給他的光環與榮寵，人們普遍對他的友善讓他錯覺是否自己是個時空怪客，同輩待他好像是百年前同氣連枝的革命黨人，酒吧裡總有人請他喝酒，大叔拍一下他肩頭喊靚仔，積極的約去吃茶餐廳，嗯嗯真好味。

契弟開一家少男女新潮服飾店，也與朋友合夥開一家個性咖啡店，他短計當長計在這兩處打工，自認很有分寸地適時睡在店裡，幸好潔癖的老媽從小養成他很好的生活習慣。他知道自己身在一個異質且脆弱的美夢中，何時突然夢醒固然使人焦慮，但他不能慌亂。心思燥亂睡不著時，他走路，拉鍊式走遍那些陌生奇怪名字的街路，一個人獨占整個城市讓他昇華有著靈視的眼光，深夜醒著的人倒是有一種孤僻的柔和，那些洗刷收拾的路邊攤，翻撿垃圾桶裡鋁罐寶特瓶的老人，瞪大眼睛等著發瘋的受煎熬的靈魂，他居然對他們好有同情心，但是他知道不會再有第二次相遇，一次即是永恆。「嚇，繞著北車地上睡一大圈的遊民是怎麼一回事？你們政府的另類社會福利？還是擺爛？那難道不是首都門面，你們一點不覺得丟臉？不想辦法處理嗎？」

水池沉積腐葉苔蘚，小隻游魚唼喋，小虎噗通投了壹圓硬幣入池，「祝我們都好運。」那笑靨根本是年輕的妻。畢央不想強化那戲劇性，曾經妻懷孕過，預產期是虎年。水面盪漾，兩人的倒影是歡樂的顫抖，時空被漣漪弱化，可以穿越，他荒唐地想，這是妻帶著玩笑聲的贈禮。

晚餐就近吃日本料理，市場一線天的巷弄，小虎說好像回到香港，好想念那吵雜、溷濁味道喔。他拿筷子姿勢正確，符合槓桿原理，十指白皙且每個指甲乾淨，沒有一絲污垢；繼續娓娓說他的台灣經驗，契弟載他順時針環島一遊，東海岸真美真純，生平第一次希望車子直直開進大海裡，這大海島才是可以孵夢想的地方。你知道嗎，前天半夜我從這裡走整條忠孝東路到南港又往回走，走過建國南路高架橋天亮，天快亮的時候，大地微微震動，是因為雀鳥醒了，行道樹搖晃，像是將一整夜的昏暗抖掉，我覺得好累，累極了。你們很好玩，大型傢俱不要了，抬出來放路邊，貼張紙條寫著已通知環保局，那個天亮我覺得自己就像一件垃圾傢俱在路邊。「我學會不要了的台語，東西要說擲掉，南部腔是抉卻，但對人要說放捨。」曼聲唱了一句，「啊，被人放捨的小城市，寂寞月暗暝。」字正腔圓。

兩人相視微笑。

畢央直視小虎的眼睛似乎泛水折射半圈彩虹，讓他的陰柔、神經質的纖美更具體。中年後，畢央深刻體認自己體質的硬度，不輕易傷感，不眷戀青春那煩死人旺盛的荷爾蒙產量，年輕唯一的好處是攝護腺與膀胱的強壯，不知頻尿與夜尿之苦。最新的認知是身體內那神祕且稀有的化學物質不再自製，因而容易失眠、恍神、短期記憶失能的毛病開始接續出現，不擔心，現代醫學發達，吃藥對治就是。所以他看著小虎那廣式臉骨的清峭側影，緊緻光滑的皮膚，那豐盛頭髮染成栗色斜斜流瀉，燈光於其上瀲灩，他冷靜接收大腦發出的警訊，生物為確保延續基因的至大意義，所以雌螳螂凝視性交結束後的雄螳螂，將之一口一口全部生吃，身盡其用，好神聖的儀式。高級生物的人類無需如此粗暴如此血淋淋，內化而迂迴表現，是兩方智商與意志力的競賽，誰吃誰，誰能吃到誰，不到最後不知道呢。

面對小虎正正怒放的美色，畢央自忖當今對年紀的羞辱標籤，三十巔峰，四十大叔，五十尷尬但猶有餘勇可賈，六十以上無恥活死人，啐，滾。嘿嘿嘿，幸好他認為自己的老臉不露聲色，讓小虎得以轉而低頭悽惻說他遭放捨的故事，長睫毛彷彿陰翳增加敘述的深度，左手支頤右手悠悠轉著茶杯；手頭寬裕時，他喜歡去住新興的有設計感的旅店，一個人好寂寞，兩個人讓那借來的空間變成好歡樂的小世界，於是兩個人一起的時間加速度前進，光亮擦過光亮，他尚未回神，對方已離去，他又是孤島一個人，恐慌來襲前，他像頭獵犬哈哈伸長舌狂嗅床鋪棉被枕頭，虛空中的虛空，氣味遠不足以構成一縷芳魂讓他懷抱。青天為證，結結實實擁有另一個人的身體好好，成對的身體才更是好好。高空落著鐵蒼蒼的有毒素的雨，落在一直延伸到地平線的鐵皮屋頂之海，從沒見過這樣醜怪的景象，如同河海口嘔吐著城市無從消解的大片無涯的垃圾與排泄。美少年小虎貼耳窗玻璃，沙沙雨聲中有那個人低沉話語，再聯絡，好美的謊言。

雨暮疊著鐵皮屋頂海，玻璃窗景深框成魔界，小虎冤鬼其中。自己的命自己救，介於尷尬與活死人的老畢央面對執迷的妻、不、小虎必得出手相助。兩人來到一棟舊大樓的一樓櫃檯，畢央付了休息三小時的錢，進了滿載攻擊性強烈的廉價香水味的電梯，壁鏡裡兩人不是福爾摩斯與華生，不是趙匡胤千里送京娘，不是藍采和與李鐵拐，哼哼，更不是唐僧與豬八戒，無以名之的組合，只能是嫖客與男妓。

畢央這才嚇出一身冷汗，而且暈眩，他集中意志呼叫妻，是你的故意捉弄嗎？

小虎要的是最高樓層的豪華大房，空調冷冽以及香氛讓人立即鬆弛，小虎走向窗前，發出幽魂嘆息，玻璃上有纖麗倒影。餘生此後，畢央再也不會有第二次機會見證一人為他自己的愛情發出欲仙欲死的詠嘆。小虎燦爛笑著，要畢央過去與他並立俯瞰窗外夜景。畢央雙腳浮浮的，些微暈眩，看著燈光頹廢老城區的壅塞雜亂，低聲道：「亂葬岡。」小虎聽不明白，看一眼窗玻璃兩人的倒影，畢央明明瞧見他死刑犯那般用力一閉眼，誇張往後一倒，床上躺成一個大字，旋即猱起上身，盤腿而坐，似笑非笑直視過來，像一隻蓄勢待發的螳螂。一剎那，額頭冒汗，畢央覺得自己蠢透了，渾身油脂汗餿，但感謝年紀給他的眼光看穿小虎笑裡的嘲謔與厭鄙，在這租借來的時空，他與小虎當然不是兩個可以摩擦發光的人，他是那發出惡臭毀了風景線的臭鼬，鬼迷心竅才會跟著來到這裡。畢央在那厚唇狀的鮮紅沙發坐下，卸除後背包，岔開兩腿，對自己喊話，絕對不可不戰而降。

「嗨，接著。」小虎揚手扔來一小物，幸好接得正著，是一包口香糖。

他起身進浴室，洗臉，小便，讓水龍頭流水嘩嘩，好戒慎恐懼小虎聽得他小便的聲響，不禁想起日本人為了女性如廁的聲響隱私而貼心設計的音姬。待走出浴室，小虎不見了。他心一抽，急忙檢查背包，果然皮夾裡的鈔票總計三千多全沒了，還有三張妻的一萬元日幣。

骨灰袋中的妻恍惚發出笑聲。

畢央倒是覺得徹底鬆懈了。好仔細地洗頭洗澡，倒了浴鹽，全身泡在一缸熱水裡讓身心分離，妻死後第一次覺得疲憊全消。然後大約一小時後在冷水中甦醒，好像身在墓穴。

不用急，不必慌，老畢央奇遇記的第二個高峰發生在十幾個小時後的隔天中午，巡旅僧似的他繼續背著妻的骨灰，猶豫不決這一趟是否撒埋在昔日是中華商場的路邊花壇，或者某國小前好幾棵高大威武的木棉樹根，開花時節那朱橙塑膠花砍頭般掉一地。來年妻的亡靈可以如此再死一次，一如她的烈性。

猶豫中他走進與妻喜歡的老字號西餐廳，曳地長裙的服務生領他入座，隔桌對面，小虎正叉著一塊牛排往嘴裡送，兩人四目對串，小虎一如蛇信嘶嘶下的青蛙，麻定住了。

他覺得很有食慾，點了海陸特餐，「這裡的牛排很棒，你們叫牛趴？」主場優勢，他得以鼻腔嗯哼一聲。

靜默一分鐘，小虎朗聲道，I'm very sorry.

「為什麼講英文？」

「對唔住。」

他無由想到惡妻逆子一詞，同時非常驚怒小虎眼睛蓄滿淚水，年紀吧，是年紀給予的眼界，眼界的具體陳現是坦然是寬容，一般來說容易被視為鄉愿、老糊塗。他遞給小虎一隻大明蝦，「很新鮮。」吃了後大大點頭，回報一個妻年輕的笑容，「好吃。」千金買一笑，他內心噌自己那就真的是顢頇了。

畢央道：「我吃過最好吃的葡國菜是在彌敦道某個斜坡的小餐廳，好多年前朋友帶去的。」還有幾樣廣式庶民小吃，美味得不得了，是在旺角還是佐敦。前兩年有朋友銜址去朝聖，完全找不到了。

畢央掩蓋不具體說明的是那葡國菜是三十年前吃的，三十年一世。小虎噘嘴，「葡國菜有啥好吃的呀。澳門我不去的，一點不好玩。」畢央緩緩咀嚼，沉思他所屬的世代與香港，兩海島同命不同運的恩怨情仇、榮辱愛憎，根本不必與小虎訴說，一說便陷入那無窮盡的瑣碎情緒，畢央的同代人，雖然有著那是推翻滿清的革命基地之記憶基底，但誰沒有受過港仔可笑然確實有其底蘊的優越感勢利眼？飛去觀光旅遊時，誰沒領受過粗暴對待？當然不應該一竿子打翻一船人，受過港人的善心海派也所在多有，一如誰沒有港劇港片港星帶給的歡樂時光與潮流感？曾經，大海島一代人最艷羨小海島嗆鮮的現代化、豪奢的吃穿享用、華麗的靚男靚女，於今一切全是歷史灰燼了。

最擁擠的西門徒步區，數個衣褲樸實看似幾分左派調調的短髮素顏港女，舉著大聲公宣揚，珍惜你們的民主，一定要投對人，否則今日香港明日台灣。鋪地的海報，港女認為對的候選人的大頭照給戴上光環，錯的則是黑色大叉骷髏頭。畢央心中冷笑，港仔優越感不死，轉化來干涉他國內政並下指導棋，媽了個屄好有民主素養。人潮一波波來去，沒有多少人駐足傾聽，只一對年輕男女轉身離去時，男的握拳舉手，廣東腔用力喊了光復香港。一樣，這一切很快會成為歷史灰燼。他悔恨剛才粗口，認真看著喊話的短髮港女好堅毅的神情其實好單薄矮小，她內心堅信也因此說得好真誠，唉，他靈視預見很快將有一陣大風將她吹眇，這一切不曾存在過。路人無意撞了一下他後背包，骨灰的妻趁機唱反調，斥責般扯了他一下，罵他，衰人。

「我真心向你道歉，我做錯事了。」小虎小心翼翼將一紙入境證明與一張名片推送他餐盤前當作抵押，普通話發音正確，「錢我一定還給你，請給我一點時間。」又道：「我不是故意的，只是、只是覺得好玩。」

小虎兩眼亮晶晶，敏感接收到了畢央的默許，隨即笑顏露出白牙，右手比了比兩人，純正廣東話說我們這也是不割席不篤灰。畢央聽不懂，他知道了，兩頰酡顏上那深目有如無人幽潭，過去的創傷一隻瘦鶴橫渡且唳叫一聲，意思是罪犯的內心常常是更加傷痕累累，是破爛的，或更極端的回溯原點，他才是重度的被害者。「從小我爸媽叫我憨居居，所以有個綽號憨豬豬，你聽不明對不對？傻瓜啦。」俊美傻瓜好可愛，誰都要摸摸捏捏他的臉，要他眨眼搧搧長睫毛，引他走上寵物的歧路，「死黨老是罵我被騙一次情有可原，被騙三次是白癡是豬，可當時我真的不相信對方是在騙我呀。」愛的溫柔鄉，最慘烈那次在芭塔雅海灘，喝下對方請的鋁罐可樂，那是喝過最甜美的可樂，因為摯愛就在眼前，渾身是大海的氣味，眼中有日月星辰的精華，他明明目睹對方啪啪連續兩聲拉起拉環，碰罐共飲，歡愛誓言；隔天櫃檯電話不知響了多久才叫醒大床上昏頭脹腦舌頭腫大的他，當然是被洗劫了，「古話仙人跳真有意思，還蠻浪漫的。」小虎笑出了眼淚。騙術全球化，或者質言之，一般人的平均智商大抵如此，詐哄騙的套路其實有限，但看操作的精緻度如何。小虎受騙地圖集中在東南亞，高度現代化的日本零紀錄，應該歸因於人際關係有著極精算的清冷；熱帶的騙子聒噪、粗疏，看似樸質，也的確野心不大；台灣呢？溫柔有耐心，善於鋪陳，譬如早中晚三餐似的溫馨問候，詐騙不成仁義在喔。即使慣性上當受騙，小虎對愛情不死心。炎涼世界，總要找到一個可愛之人，即使短暫擁有也比沒有好。原本是沒有路的，那就將自己走成路徑。身體需要身體，兩具相愛的身體真美好。好年輕好勇敢的誓言，但務必小心那代價是為自己建築一個好地獄，譬如那設計感的旅館，落地窗直通雲霄天堂，每一扇門通往原來只有我在的房間，對方究竟是才離開還是始終沒來，還是正在前來的路上，放捨我一人癡癡地等，癡癡地盼，從深夜到天光，從早晨到黃昏，人財兩失。我實實在在告訴你，假情人騙真情人，真情人騙癡情人，尋情者自己騙自己，這是真相的核心，一如蘋果核有微量氰化物。騙子忘情，故成其大，被騙淪為食物鏈最下層，不及於情就是大傻屌，所以情之所鍾，正在我背，背運，被背叛，背後狠狠插刀──「你哭爸喔，你們台灣話這麼說，還有哭枵，比幹你娘好很多耶，廣東話也一樣，所有方言都愛直白問候人家老娘，好賤格，好粗俗。」

畢央頭重重一墜，驚醒，冷氣怡人的餐廳正放著西洋老歌雨的旋律，小虎當然已經離開，不錯且付了自己的帳單。他萬分憮然，剛才短促的夢裡，與妻與小虎對坐在旅館的豪華大房，妻攬著小虎母姊般安慰著，白濛濛天花板卻俯視著一個張開巨大翅膀的天使，好嚴厲瞪著三人。他生氣了，一隻茶杯擲向天使。然後，突然發覺自己勃起著，頭臉唰的紅了。

拿出手機，就著小虎名片上的號碼撥號，機械女聲回應，您撥的電話號碼是空號，請查明後再撥。再細看那張證件，應是拼貼改造再彩色列印。畢央一點不意外，也沒有情緒，歌曲中響起霹靂雷聲，他啜一口冷掉的咖啡，恍惚中華路平交道噹噹噹噹浮躁響著，所有人車遭斷流，烈陽火焚，然而火車遲遲不來，柏油路面騰起扭曲熱空氣，人人將要熱衰竭，警鈴噹噹噹要將每顆頭顱敲碎。他好希望好希望回到多年前那個好地獄。

時間畢竟站在畢央這邊，三個小時後太陽傾斜鎏金，他走過天后宮，心裡一動，是神明還是妻的指示？折回，正要取皮夾向阿婆買一碟玉蘭花，大門內迎面走來小虎與一人同行，小虎一見畢央，怪叫一聲，螳螂似的手腳返身鼠竄，另一人愣住，一身極寬綽白衣褲映著雞心臉上溥儀式墨鏡，左耳一只淚滴耳環，一閃一鑠。

猝不及防，一張歷史陳跡照片突然跳進畢央腦中，天后宮日據時代曾是一間神社，鳥居前出遊的和服女子若干，殖民者如在母國來祈良緣嗎？而今安在哉。這城市不管換了什麼主人，自己胸腔裡小小的心才是真正的主人。

畢央好開心笑了，雙手合十向媽祖深深一拜，石獅邊立定，要鵠候多久呢，再說，反正他有的是時間，一整座沙漠的細沙。

太陽很強斜曬著他兩腿，他若是遊魂，這太陽金針將使他還陽。

畢央將一碟玉蘭花收進背包先陪伴妻，左手則只拿一朵，蔫蔫的，嗅嗅那好熟悉的清香，這一天金箔似的延展開來將他包覆。

II.

畢央以為這是命案現場，正午的太陽沒有影子，雀鳥失聲，公園呈精細的灰白色，每年颱風季節前的疏枝刈剪讓這一棵榕樹維持中型體態，不因鬚根茂盛而顯得陰汙，然而罹患了褐根病，樹身四周圍起黃色紅邊的塑膠條幅，告示說明為了治病，樹根得挖除，周遭土壤得消毒。樹死定了，直徑不到兩百公分的周遭土壤犁翻得開腸破肚。

這是完美的埋骨灰處，畢央想著，人亡樹死，負負得正，新栽植的幼樹吸取妻的骨灰，將來那樹冠的眼界，一般人無從企及。

妻說過，我們是榕樹之島，她愛春天的雀榕欣欣然發嫩芽，那生之慾的充沛能量可說是一瞑大一寸，隨後枝幹上瘋狂地結滿薏仁或珍珠般的漿果，數大便是密集恐懼感，陰雨潮溼的日子，看得全身發癢。繁殖是必要之惡，大量果實則是鳥類的食物，借助飛鳥更將種子排泄到雀榕不能前去的遠方，跨物種的生存結盟。

畢央本來的遍路計畫下一站是以前的兒童樂園，也是因此才發現自己對現世的隔閡，高架軌道的捷運上看見目的地，直覺不妙，匆匆踏查十分鐘，那摩天輪與旋轉木馬當作是懷舊展示卻更像是曝屍於野，他好懊喪覺得這真是地球上最荒涼的地方，趕緊轉往迪化街從頭到尾完整走了一遍沾人氣與南北貨商家最突出的海味，妻每年固定來採買年貨，起碼十幾年前他不再作陪，某一年有一晚，妻照常採買了幾大袋搭計程車回到家，兩頰興奮泛紅，興致好極，因為遇到了一位失聯多年的老友，他皺眉問又買那麼多屋裡就我們倆，妻答送朋友啊，同樂，你孤僻鬼一人住樹上最好。

一個妻的畫面，家附近打烊的眼鏡行前面一棵雀榕，妻發現人行道上掉了幾片像是筍籜的白色長形花托嗎，她好奇究竟是什麼？立在樹下，她臉像那委地花托發著白光，她認為好像具有靈性的神鳥飄落的羽毛，暗夜裡看得出她為如此稚語害羞，兩腳不安地交錯。後來他才理解，譬如過河卒子，已經走到這裡了，一切固化有如硬石，沒有什麼值得害怕失去，所以生活裡的靈光、日常中的神蹟必得自己創造。

春夏間的陰濕，已經有冷氣機在滴水，騎樓裡好多待租與歇業的店面，堆著蓬頭垢面的盆栽，一家通訊行大放光明，三個青壯人口在打屁，小圓桌上一大缸煙蒂。捷運從中於半空切過，末班車宛如死魂靈運行水上剛好駛過，街道兩岸樓宅黯淡，這角度看出去的城市是一艘行錯航道擱淺而等待救援的大船。雀榕樹上一片白花托搖曳地飄落著地。

畢央必須承認自己的平庸，原本以為與妻將與這城市一同老去，他錯了，這城市比兩人老衰得更快速更全面。畢央更需要校正的是時間感，原來除了格林威治時間、中原標準時間，每個人的時間感不同。他與妻的世代早就懷憂老之將至而全體動員，網路發達的後遺症，那過量得令人煩躁的訊息要我們一整代人養生擋老、防病抗老，好好慷慨愛自己，永生似乎一步之遙而已。他冷眼細讀了一陣子，決定拒看。我們這骨灰產量多過臍帶數量已經好多年的海島，他暗暗驚嚇的是這人們以無限私心與幾乎不曾有過的美感營造的大城市，突然便來到了退潮時刻，與妻夜裡長程走路，走到那裡暗到那裡，到處是歇業或招租的荒廢店面，然而大路邊又是一棟剛興建完工的高樓，給鬼住嗎？他感受到妻的傷感，而他自持平常心以對，如此人車冷清蕭條其實蠻好，安全島連綿大樹濾過的夜空氣好清新，放眼安靜如灰燼正宜人們安然老去。

妻與老友重逢後，她的生活有了新火花，週末或週日固定與一群人聚餐，早出晚歸，其後一兩日不時恍惚出神，得等她自己願意吐實說出故事。妻聚會的同代人，無疑的社經地位均佳的中堅分子，有閒有積蓄有人脈，所以有好茶譬如冠軍茶陳年普洱、某個酒莊的好酒與陳高、好咖啡甚至珍稀的麝香咖啡，有機蔬果，人道飼養的雞蛋與肉，然而大家默契儘量素食，否則嚴控澱粉攝取量、生酮飲食與斷食是神聖三位一體，更有檀香蜜蠟能量水晶石，古董酸枝紅木傢具，藍染植物染印度手染布製品與西陣織，桌上插花從含苞到盛開。既然物質如此豐盛壅塞，談話必得形而上，修佛靜坐心靈瑜伽西藏朝聖，也談靈療法會灌頂與奇遇高人大師，嗯呵咳嗽兩聲後，一定談前世今生，超驗的感應。一群拒絕化纖只愛棉麻蠶絲之天然垂墜線條的假巫覡，不得不偶爾癡人作夢摸摸自己頭頂，僥倖是否有奇蹟，那天門開了，從此有了神通，但是哎呀我們就是塵緣太重，塵緣太重，說話的是瘦長的王五，頭頂盤蓄著長髮，興致來時結一光潔的髻，插一根玉簪。

妻終於說了，王五二婚對象小花，小花體質殊異，說與王五南宋時是恩愛夫妻，但老王被金兵斬殺，與仇家兩人冤冤相報糾纏了幾世，夢中刀斧互砍，火星迸射，等到王五與第一任妻經由某師父開示，彼此清理了斷了，終於與小花再續前緣。鬼扯你也信！畢央皺眉聽著，只在心裡回嗆，他自認很有技巧地淡然轉問，你們最近吃了什麼特別的？心裡繼續畫外音，除了吃，你們沒有什麼可以失去。

聚會未及一年，妻發病了，最後時日她枯握著畢央的手悔恨說，當初起碼生一個，有家有兒女是人的基本，我們只做了一半。隔日她勉力收攏神志不渙散，嗎啡發揮作用時細聲說，照顧好自己。畢央注視妻，只聽不應答。

雀榕顯髒，茂盛的樹相容易吸收市囂與污髒空氣，滿樹椏長著密密麻麻重重疊疊的果實確實看了令人頭皮發麻，身體跟著發疹子似，畢央於深夜立在樹下，站久了遂像一隻詐死的麻鷺，腫瘤似隆起的樹根凹裡怎麼有一雙女性尺寸的舊球鞋，他仰頭望，期待著濃密樹上飄下白色花托，只要一瓣就好，讓他相信這是妻的最後告別。這一方枝葉掩蓋的夜空竟有深邃之感，想起與妻第一次去墾丁躺在海岸邊看夜空，永恆的海浪聲，妄想流星出現，兩人熱切的心膨脹得直抵海平線，兩具身體灼灼發熱。

他撿起那雙舊球鞋，扔進路邊垃圾桶，返回，埋進一把妻的骨灰，那深夜顛撲不破，他的期待得以延長，時間有了重量，來年鳥兒啄食，嗉囊積著漿果裡的種子飛向遠方。

結實地睡了一晚，天微微光，好清脆的鳥叫聲醒來，他下決心整理屋子，先清洗廚房水槽堆積一丘的碗盤，妻的習慣是洗淨的倒扣滴乾。他滑手掉碎一只碗，才小心地將妻愛用的一對玻璃杯與一只十二吋青花風格圓盤另外安置，雙手濕漉漉，突然發現三杯盤從右上往左下都有一條細細裂痕，有如閃電。他燒一壺水，瓦斯火是一圈澄藍獠牙獰笑著，他折去找著那個妻獨照的相框，蒙塵的玻璃也有一條細細裂縫。他看著，試圖理解，但不為所動。覺得自己有如一細條等待點燃的火藥引信。廚房過午後西曬，明亮得令人振奮，像一千隻一萬隻蟬齊聲吱喊，人沐浴光中，時間化為粉塵。妻在後陽台養了兩盆左手香，是路邊折來插入盆土，只需水與日光，好容易養，很快抽竄上氣窗高度，毛茸茸心形綠葉有藥氣。妻曾如此交談，植物是可以溝通的嗎？「假如我拿把刀要斬除它們，或著想用沸水鹽水燙死鹹死，它們會抗議喊救命嗎？用著我們人不了解的方式？」「那豈不是要天下大亂。」妻猛搖頭，「錯，會更和平。」隨即一股洶湧怒氣，「我們就是把一切視為理所當然，世界才會這麼糟。」

因此他記憶有了好荒誕的蒙太奇，小時候看過的迪士尼卡通白雪公主在森林與鳥兒應答嬉耍——天啊現在再看，那鮮紅唇與哆聲那姿態根本是賣弄風騷；陽光大盛竟至迷離，妻的腹肚與髖骨抵著流理台對著爬窗的左手香傾心說話，低聲近乎喃喃自語，太陽光是純淨介質，也是超然能量，直線穿越虛實，只是，只是我們必須找到進入的途徑。

一切的抵達或離開之謎，便是找著那出入的路徑。

他打開紗門，後陽台其實是三盆而不是兩盆左手香，抽竄直上最高的已經比他還高，纖細毛刺的長莖怒生，或著靠著短牆亂倒，葉叢茂密，大片肥厚，彷彿中藥味令他微醺。他俯身查看，伸手按壓，盆土結塊堅硬，為了妻，他知道得鬆土施肥，才能埋下一把妻。

直起腰，眼前驀然全黑，那墨黑無聲裂過一條分岔多刺的銀白閃電，直直刺入心臟。

梅雨阻擋了畢央的台北遍路行程，天光前的鼠灰色濕氣中，總有一隻早醒的鳥是野鴿抑或是白頭翁鼓胸鳴叫得好有朝氣，好純粹像是一心迎接破曉又是新的一天，聽得入迷，遂遺憾自己不是懂鳥語的公冶長。然而隨即矇矓中得一夢，他腋下鑽出那隻早鳥，不同層次的灰黑顏色的身軀，鳥眼靈動，對他似啄似親。他理解，黑灰白的夢境是常態，給夢著上彩色得耗費多大的心力啊。

從東京返台參加兒子婚禮的表姊約畢央見面，他在尋常巷弄繞了一大圈才找到，門口是厚實一朵金露花樹籬，側邊有花期已過的高挺蜀葵，入口路徑鋪著整潔白石，仔細看才見到樹籬中深挖一個小神龕，供著一尊白瓷觀音，隱約有流水清音。畢央知道這是什麼所在了。

妻某次聚會後激動地說心得，水月觀音，美極了。一味讚美雕像，他總覺怪怪的。原來老王五又去了一趟上海，與同業老友去拜訪一位收藏奇人，外觀平凡的大宅，寬闊客廳有三十坪，放滿了木石雕刻與陶瓷器，幾面大窗台上壘著一排硯台像曬太陽的龜群，「雞血石壽山石是我們初級班玩的，他完全看不上眼。」四張撞球檯大桌上全是古書籍碑帖拓本，整個空間是陶淵明的夏雲多奇峰、蘇東坡的亂石崩雲驚濤裂岸的寫照，奇人老者戴無框老花多焦眼鏡，眼睛大如雞子且綻放精光，抽出幾大張淘寶買的蒼勁拓碑畫，是農地挖出的石碑，一張張攤開，濃稠墨臭撲鼻，老奇人指著畫中一棵大樹，寫意又寫實的刻鑿，樹下殺馬祭祀，指出黑點說這是濺起的馬血。一眾驚愕，殺馬，六朝怪談嗎。老奇人四大桌之間移身，腰挺腿穩，過去的時間在他的故事解說中又活了，像古老種子遇水發芽開花。下次我也要去，妻激情地說。

這便是妻聚會的祕密基地，古文物、民族風衣飾、品茗、咖啡、私房菜的複合祕店，神仙洞府的溫潤清爽，不小心一瞌睡醒來便過了一百年。表姊與妻一直用網路社群媒體聯絡，因此一見畢央流下兩行淚，好似妻請託她召喚畢央到此一遊，妻最後的人生拼圖得以完整。

表姊穿一身玉白連身衣褲與帆布鞋，很顯精神，一頭豐茂蓬鬆的老派捲髮，臉有些浮腫倦意，疫情之故間隔五六年沒回台，上星期隨一女友參加一從未會見過的共同朋友，其實是網友臉友總之是網路無量世界因空見色以虛養實，此人祭起情感招魂幡，放送洗腦文字曰：「人生實難，懷念不如相見；你的世界大了，問題就小了；唯有放下，才能自由幸福；忘記年齡，做最好的自己，瀟灑一點不委屈，大肚一點不生氣；宅在家千思萬想，不如走出去海闊天空。」此人發起芬多精之旅，某週末不見不散喔。一輛彩繪火鳳凰的遊覽車九成滿，山路環繞駛上低海拔中海拔，開進遺世獨立的苔綠原木山莊，林木遮蔽天日，走完吃喝團康的交誼流程，那網路催生出來的主辦者落實了，清脆拍了三掌，口條又痞又油滑，尾隨而來的小巴載著一班制服青壯男女，將眾人兜進室內，惡臉扼守前後出口，開始一場沒成交不結束的直銷獵場。如兔群如羊群被圈進獵場的資深市民只有惶惑，不敢反抗，都聯想到遭集體殺害埋屍山野的新聞。表姊汗手握著手機，回看與主辦者持續總有一年的互動歷史，恥辱得全身躁紅。沒錯，恥辱是實相是具體，是兩人面對面才無從遁逃的反應，在網路的沒有地平線的扁平空間，自我成為一個原子，隱藏偽裝或虛無自身好輕易，無界限的自由，因此無限量的大膽與無恥，而慾望在那裡是沒有堤岸的汪洋流水，讓她好享受再一次年輕的感覺，那電子世界讓她再一次腺體飽漲，荷爾蒙旺盛，讓她自己黑暗中咯咯笑，嬌羞地臉紅，身軀起雞皮疙瘩，那從未有過、從來不敢的調情、綺想、粗鄙、謊騙怎麼絲滑般全都自然而然出現了，對象竟然是她兒子的同世代。神蹟，真是神蹟，而且是她自己創造的。她創造出了另一個電子虛擬的自己嗎？兩人同屬的群組，一群友貼出一首她不知道的老歌，歌詞強烈吸引她，「你說我世上最堅強，我說你世上最善良，我不知不覺已和花兒一樣。」她睜大眼睛看著主辦者臉頰一顆酒窩，油頭抽出一綹髮絲跳動，在他每日的注視下，她確實像花朵盛開，現在他循誘一屋的資深羊兔，「好商品就是做功德，利潤不是賺錢而是分享、助人，所以你只要分享出去兩組，你的成本立即降為一半，而且這好產品是要讓你用起碼十年。所以每個人都是贏家。」跟著接過麥克風是個濃妝女，小推車上盒裝保健藥疊金字塔。表姊記得歌詞還有一句，「你問我要去向何方，我指著大海的方向。」她的經驗，愛情如同大海的氣味引領她前往，絕對不是這封閉深山。我的善良其實是懶惰，我的堅強也根本是老化。她找到憤怒的原點，這是一場鋪陳很久的誘騙，之前的老歌播畢自動連結給她另一首，她無心聽過而今完全懂了，主辦者隔著兩千公里給她蒙上一塊愛情的紅布，「你不是鐵卻像鐵一樣強和烈，我感覺你身上有血，因為你的手是熱乎乎。」兩千公里不成距離，她隨時感知他的激烈與熱血，錚錚響聲，這樣無距離感的現世太迷人。她啪地立起身，筆直走向主辦者，雖然矮他一個頭，她惡聲下令，「外面說。」他延請她走到關閉的門口，唉喲一聲喚大姊，虛浮的笑像水上的長腳蚊，怒火燒得她操起與第三任丈夫磨練十幾年的日語傾瀉而出，自己都不知說什麼。主辦者恐怕局面失控，開門拉了她出去。大概是腎上腺素遽升速降，她蹲下去，雙手環抱自己猛烈呼吸如同氣喘，嚇到了主辦者，逃回屋裡。她手機聯絡友人火速來救援。一個多小時後，朋友駕車到了，她捶打木屋門呼叫女伴一起離去，直銷獵場也不得不解除，山裡的下午天色暗翳極快，西墜的太陽還在樹冠閃耀，林蔭下的木屋與人群已經重重一層灰如遊魂，吻合這場聚會的本質。她在車裡回頭尋找那油痞主辦者，正化解為灰與粉塵，然而那灰燼裡兩顆眼珠輻射著熊熊恨意瞪著她。恨得好，恨比愛更有如強酸腐蝕出深度，強化記憶，這樣他才會牢牢記住她。唉，別逃避，那歌詞還有一句，關鍵的一句，帶我走進你的花房，她直覺理解好美的肉慾啊，時常不自覺念起如誦經，大腿內側竄過閃電，幸福的痙攣。她往後躺，手提包掏出一條大朵花卉絲巾蓋住臉。

山林黑影穿過車窗玻璃沉沉地搧打她覆蓋絲巾下的頭臉，在那個她不懂的網路世界，她曾經手指碰觸皆成為黃金讓她好富有好快樂，然而一齊降落到有血有肉的凡俗世間，面對面，她親眼看著黃金原來是臭烘烘的狗屎。

表姊述說完還是滿腔怒火，畢央笑了笑，突發一偈語，「一切都是過程。有經歷總是好事。」

「說的也是。」表姊斜視流眄，翹密的假睫毛，不自覺流露幾分風情。

畢央笑問，「你這是說中文還是日語？你知道吧，現在也不說中文了，而是華語。花，滑，沒有第三聲吧，話，華——語。」鼻腔哼噌一聲。

閒話敘過，畢央直問表姊與陌生人兒子的見面如何？

表姊立即雙眼如同日暮大湖籠罩水煙。從動物的觀點，表姊與兒子的關係不過是不小心著胎受孕的雌體，不甘不願走完懷孕期，胎兒一脫離母體，立即由提供精子的雄體的父母接收，她僅記得初生胎兒沾著羊水，頭毛黑黰黰，小臉紅皺，真是醜怪，難怪有狸貓換太子的傳說。那心慈善良的祖母總有辦法將小醜怪長大蛻變的照片送到她手上，她堅持那是動物保衛自己基因的本能，照片上漸次看出與她作為母體重疊相像的部分。客觀看待，這是最好的結果。有兩次的靈犀經驗，一次事後查核出來，兒子十五歲時偷騎祖父的機車夜遊，摔車犁田嚴重骨折，且險險遭後車輾爆頭顱，另一次則是懸案，總之通俗的說法母子連心，一整天類似恐慌症攻擊，心慌意亂，全身刺癢，坐立難安。她極厭憎這種感覺。另一次，她與那時的男友逛街，好奇逛進遊樂場，鈴鈴咚咚噹噹電子音的響聲噪音，一群年輕男女專心一志玩著跳舞機，圍觀甚夥，其中一位大熊模樣的旋即強力吸引她的注意，那大屁股肉顫顫，一旋身，汗津津的臉讓她心臟緊促一縮，正是他祖母寄來照片中同一張臉。她挽著男友看著自己的基因長大成人是另一個新世代，完全服從某一電腦程序跳舞，同步動作，如此歡樂，無比馴服；血緣上是母子的兩人彼此不相隸屬，沒有關係，沒有責任，好清爽。再一次機會則是陌生人兒子的異母妹妹婚後全家去日本旅遊，祖母不死心輾轉問，願意趁此機會見面嗎？她不回應。她反倒是非常好奇那意志堅毅的老祖母有如執意完成拼圖。日本丈夫與前妻有一兒一女，關係維持得不錯，她嚴守分際從不參與他們親子聚會。有兩個台灣同鄉姊妹在距離三個驛站的小城市開一間居酒屋，她不時去幫忙兼打工，說是應援被丈夫嘲笑了，三人都曾經是父兄非常反感並譟譙的野女孩，老母算過她的命格，野馬偕桃花，她倒是神往那樣的畫面，一人得以駧駧走，飛奔過海闖天涯，這樣的人生才過癮呀。她更覺好笑的是三匹野馬而今馴服在那窄迫的居酒屋，對著小時學得名為倭奴的雄性異國人嘶嘶賣笑，永遠學不完講不好的敬語，擠在只容一人旋身的小廚房蒸肉粽菜頭粿炒米粉好像女奴婢。回到家與丈夫熱天偶爾對飲啤酒，寒天則是威士忌，酒精引發的酣熱中，她近來偶爾想到去過某一名勝庭園，水流注入蹺蹺板似的竹筒讓另一端墜擊岩石，清脆叩響，丈夫解說該物件名為驚鹿，顧名思義，古早時驚走前來覓食的野鹿。丈夫酒後睡得踏實，驚鹿之聲於深夜來到她聽覺中，也像猛拍一下她肩膀，要她回頭一望，家鄉隔著大海，老父老母、鄙棄她的兄哥都不在了，第二任丈夫聽說心梗猝死，自己一人野馬到此，很好很好，她又是發神經似的格格笑了，深夜溫和的燈光下，最後笑的笑得最大聲，她贏了卻感覺淒涼，自己是凡俗世間的一個點，但她好愛現今世界給她的新物件新器具，以及帶來的新自由新身分，譬如與畢央的妻成了無話不談的好朋友，譬如衍伸出去社群媒體識得那善於調情的年輕男子主辦人。因為珍惜現今世界贈與的新器具，尤其返台時格外注意，絕對避免像那些老人於公共場合的下流行為，開大聲量看視頻追劇看直播，大嗓門通話，吵死了，且傳輸線電線糾糾纏一桌。她從耽美的大和民族認真習得一事，愛悅新器具應當就像數千年來女性愛悅金玉珠寶飾物、顏色衣裳，呵護愛人，不使蒙塵污髒。同為海島國的家鄉人為什麼就是不知不行？簡直氣死。

居酒屋有一晚來了一位台人學者，大光頭，無框眼鏡後兩眼爍亮，蓄著修剪得宜的鬍鬚，兩人傾談得很開心，交換聊了各自半生經歷，學者呷一口威士忌，搖著厚玻璃杯中的冰球噹噹響，「我輸你太多了。」她又說了新器具給她的迷惘愛戀，給他看對方傳來圖片，將來約定見面，誰若龜縮誰血濺五步，「噢，這麼古典。」因此賣弄學術本業說起菊花之約的古老故事，一書生救了染風寒而大病的異鄉人武士，兩人結拜，武士不得不返回百里遠家鄉，相約明年秋天再聚，光陰似箭，約期到了，書生剪了美麗菊花備妥酒菜，一直等到夜晚武士終於到了，就像你我這樣相對敘舊飲酒，武士動作為難又怪異，面對書生的真情實意，武士吐實他其實被誣陷監禁牢獄中，為了不失約只得自刎而死，脫離軀體的禁錮，讓靈魂疾疾來赴約。她如遭電擊聽著而不能發一語，靜靜地留下兩行淚。

唯有古早人才有如此的條直偕純情吧。丈夫商社人，從不知道這故事，喝酒聽著她轉述哼哼笑了。之後一個寂靜雨天，長日午後雨聲將時間篩成細沙，她回溯新器具、好吧就是手機螢幕上新世界的紀錄，並溫習菊花之約故事，深深覺得寂寥並頗為困頓，即使有那重然諾的靈魂一心赴約也要迷路在這每一條都雷同的巷弄裡吧。她自認為到了不受騙的年紀，但那光頭學者餘音裊裊開示，你們老夫老妻兩個原子好完整好自由，實則相互支援，正是最好的時候呢。最好的時候最是渾然不覺，少女時便開始自由奔跑的野馬飛越大海成了一個原子。

原子返鄉還是一個原子，應邀去到婚宴現場，送上禮金，入座一桌陌生人中，她鵝長脖子四顧，代為育飼兒子的老祖母應該已經不在人世了吧，找著主桌中當年提供精子的雄體父親，笑眯眯如同一尊彌勒佛。她之前觀摩了不少婚宴視頻，好慶幸這一場沒有新郎新娘與伴郎伴娘群大跳街舞或鬥舞入場，然而職業主持人言語熟練油滑，每一橋段與笑梗有如播放卡匣錄音帶，轟轟的音響不時接觸不良而音爆或失聲，新郎新娘看起來好疲憊，很有泥塑感，她的假兒子，呃，新郎燕尾服黑領結上一頭臉油汗，重墜的八字眉，新娘濃妝像覆了一層矽膠，雙方家長錦衣端容才更是新郎新娘範式。舞台上投影一段兩新人從紅嬰仔幼年到少年到青壯，從初階相識、出遊到穩定的照片集錦，大家制式地嘻笑鼓掌。她一仰頭看見水晶吊燈的鏡面裡自己鵝頸張望，整場花團錦簇的婚禮，她正是寓言中啣小石投入狹長頸水瓶卻喝不到水的烏鴉，一隻老烏鴉。但是那感覺激起她鬥志，待到最後一道甜湯早生貴子甜蜜蜜，讓她看清整場婚禮靠親族老輩帶出古老的喜慶感與真正的歡笑聲，沒心肝也沒心思的年輕輩敷衍虛應，一個比一個懶怠，未老先衰，愛喝紅酒更勝桌上菜餚。散席送客，新娘蕾絲白手套捧一籃囍糖，新郎捧一盤香菸，她拖延到最後，多少心存僥倖母與子那生物性的牽連共感，引發她全身顫慄、呼吸急促、流淚，感性改變一切，但一如行過蠟像，什麼都沒發生，充滿化合香水味的冷氣，兩人面對面的時間石化，兒子、呃、假兒子遺傳了他父親的偏烏黑的厚唇，抹油的頭毛稀薄，眼瞳是一般人的光與反應，目光滑過她波瀾不起。雖然彼此應該是地球數十億人族中唯一一個，此時此刻之後再不會有第二次，兩生靈此後將在浩浩蕩蕩的洪荒各自飄蕩千年萬年。一切是機率，是意外，是人類的犯蠢，是繁殖的贅餘，是演化過程的一個微渺。

走出飯店，她找尋捷運站，失卻方向走進巷弄裡遇見收廚餘、資源回收與家庭垃圾三合一的垃圾車沉重地一顛一簸像恐龍拖著尾巴，濃重的臭餿味洋溢，柏油路面爬著蟑螂，聚攏的人如鬼祟提挽著他們製造出來的排泄物，也是各自的罪孽，各自的地獄，更有老嫗與黑膚外傭甚至蹲在路邊。她一路閃躲那些臉如豆渣的夜行鬼祟，怒喊一句：「大嫌い！」不辨方向奔跑起來，身後一個拖鞋男生反嗆她：「烏魯賽（うるさい），猶婆。」

畢央與表姊對坐，中間的奇矯桌面原初是漂流木，略為刨平，一個洞眼置了黝黑陶盆清水養著一朵紫青蓮花，表姊因此說有一次群組私密直播，王五的某一心志專純的朋友又去了江南尋訪古物，帶回偶然得到據說是墓葬幾百年的種子，請教諸多高人學者，依據祕法培育成功，蓮花生成，穿越時間復活堪堪要從花苞狀態綻放，花開見佛神聖時刻，一店的祕教徒儼然如護法，圍著臨大窗那幾片大樹根橫剖面拼接而成的大桌，或抿茶或盤腿數念珠或微笑出神，時間在此瓦解，再也不成時間。

表姊給畢央看存放手機裡的照片，古蓮花復活當日事一如達摩一葦渡江去也，表姊指著大桌就在那裡，窗玻璃多層次植物綠如潑漆。他認出照片中曾與妻共遊日本的男子，唇上蓄鬚，方臉的稜角增肉。而妻手肘放桌面，輕輕握拳支頤，眼神如夢似幻，另一張側身露出短髮下一弧自生淒美的天鵝頸項，令他驚異妻的少女姿態與神情復活了。

表姊不自覺眨眨眼，指著照片中那男子道，他叫李靖，聽起來好耳熟的名字。

畢央一頷首，與古蓮花一起在明如鏡的水中央。

其後姊弟倆無語了兩分鐘，表姊眼神幾度飄移，終於開口，想了好久，我覺得要把訊息帶到才對，雖然你老婆沒有明白交代，喏，就是這首有五十歲的昭和年代老歌，她好喜歡，我們好玩將歌詞翻譯成中文台語混合雙聲道，玩得開心，雖然通話中嘻嘻哈哈，我知道其中一定有故事。

歌名是さらば恋人，再會了愛人，勿搞錯可不是鄧麗君的那一首，你真的從沒聽她提起？

表姊看著手機，清了下喉嚨。

「寫著再會了的批放在桌頂了，看著你熟睡的臉，我偷偷落跑走了，
明明一直以來是殊幸福的，但是兩人通看不出，
風真寒，一個人行在天才光的街路，不對的是我，你無有錯，
看著火車窗外遠遠的小房子，我心內大聲呉（喊），我一定會軫來。」

表姊念畢，抬頭，兩眼蓄滿淚液。

畢央木然起身，走進廁所，這才放任那首他聽不懂的老歌像冰鑿敲破他的頭殼他的心。

拉開老式毛玻璃門，來到屋後綠意蔥蘢的庭園，一棵大樟樹的樹幹掛著頭角崢嶸碩大一

叢鹿角蕨，真的好像斬下的鹿頭。他站直與它對視，也期盼有神通讓它復活嗎？他繞到樹幹後，手腳俐落埋一把妻的骨灰在樹根邊。

那一晚畢央與表姊吃了晚飯，送她回旅館，約定明年再見，整條街的騎樓污暗，人跡杳絕，一家招租已久的店面前伏坐一丘黑影是發著沼氣的街友，身旁幾個塞得鼓鼓的大袋子，打算就此夜宿。兩人看了心中淒慘，「怎會變成這鬼樣子。」表姊說會南下一趟，回鄉看看剩下零星的姑姨叔伯，希望都沒有失智。兩人猶疑，等對方先跨出離別的第一步，殘破的鼠色夜空習習吹來一陣陣濕膩的風，才將兩人吹開。

畢央在夜晚的荒野也不是迷路，而是近乎自我放逐吧，或根本是無意識地讓那濕膩的夜風吹著走，比諸夜遊神，他自認更是一隻衰透了的衰鬼，凡行過處，盡是傾塌廢墟，新建的大樓有如電影片場的假布幕假道具，他走進地形雨的範圍，雨勢不大但細密纏綿，瀟瀟灑灑的哭腔，吟唱好久好久。看見不遠處綻放光明的捷運站，他加快腳步，十字路口的人行道中有個賣玉蘭花女子，瘦骨嶙峋，頭髮淋濕一綹一綹，赤腳穿一雙過大的藍白拖鞋，十根腳趾探出拖鞋前緣，他掏出幾張紙鈔給她，莫忘世上苦人多，他不敢不願正眼女子的臉。女子一愣，堅持將手上一盤玉蘭花倒入桃紅色條紋的塑膠袋給他，好枯冷的手指，他也是一愣，女子垂首啞聲道我想早點回去了，返身走向街對岸的晦暗騎樓裡。他回頭再看，女子空落的衣褲背影，略有跛腳。

於是畢央的內裡深處裂開了，一個大洞，隨著腳步前行，裂洞愈來愈大，在遭吞噬之前，他發現無人無車的欒樹大道幽幽綿綿吹起一股長風，好深好清涼好舒服，充滿肉眼不能見的生靈攜帶諸多不可解不可說訊息。

畢央於是取出後背包剩餘的妻，才新沾著玉蘭花香氣，迎風全數撒出去。那是妻的感激，她歡欣踴躍，茫茫飛高飛向天空。

尚未成為骨灰的畢央，墜入裂洞分解前，看見妻小時候短髮，劉海覆額，放暑假回中部祖父母老家，去親戚家摘玉蘭花，小女孩仰望高大直挺的喬木以為上通雲頂，手腳敏捷爬上去摘花，愈是高處綠葉叢中的花開得愈好。

他在樹下仰頭，頑皮又開心喊，看見了，哈哈看見了。

III.

大型教學醫院的睡眠檢查規定受測患者必須晚上九點前報到，出捷運站行過長街，畢央穿過空蕩蕩的一樓大廳，搭電梯直上十五樓，一再分歧的通道如同蟻穴，走盡才找到檢查室，找到一位女性護理繳上報到單。

該護理背誦法條般講完流程與注意事項，留下三張六頁的A4尺寸問卷，畢央先瀏覽一遍，既困惑又沮喪，一半的問題他其實不知如何回答，譬如你近三個月是否感覺沮喪？你自我評價如何有沒有成就感？你入睡容易嗎？需要多久時間？三十分鐘？超過一個小時？你平均每晚醒來的次數是多少？你覺得睡眠足夠嗎？睡眠品質良好還是惡劣？你白天常常覺得倦怠嗎？

護理在他頭皮、額頭、顴骨與下巴黏上感應貼片，貼片自是接了一束細長線路收錄身體的感應將之圖表化數據化；等決定要睡覺了，再在胸腔圍上感應帶，兩小腿也要黏上感應貼片。人身難得，睡好實難。寬闊的睡眠室等同頭等病房的規模，唯堆棧太多龐大儀器，護理又說半夜若醒來請繼續睡，若要起床小便得按鈴叫我，不可以自己下床，凌晨五點我會叫醒你，「我關燈了。」將門帶上，昏暗且森森然冷氣浸泡如同貴族墓室，他反覆閉眼又睜眼，開始後悔來做這個睡眠檢查，因為這一切正干擾且破壞他的睡眠。

數步距離有大玻璃窗，窗景是對過醫院的另一翼樓，蜂巢格樓層房間，嚴整規律。

幸好冰涼的冷氣催他平和入睡，他夢見遠古的星空，繁星遍灑，可惜一片灰濁沒有色彩，一性別莫辨的少年，可能是妻的偽裝，頭上左右各一髻，丹鳳眼好俊俏又英氣，牽著一匹馬來到一棵大樹下，他辨識不出是雀榕是樟樹還是茄苳或是木蘭花樹，總之高大挺直，少年或少女撫摸馬頭與其頸動脈，溫柔深情，突然手持一把銀燦大刀奮力砍了馬頸，熱血飛濺，他感覺那大刀一砍的深沉的痛，生生世世。

表姊傳給畢央一則關於骨灰的資訊，他認為得將之故事化，章回小說源於說書的傳統吧，正文開始前暖場或者為了等聽眾再多到些，隨興說個小故事，行話曰得勝頭回，我們反逆著來可以嗎？於故事的結尾補遺若干看似無關又有關的小事。

補遺一。某一失眠深夜，畢央走到某一十字路口，紅燈孤寂，四線道大路無車，人息俱滅，舉頭看見對過十幾層弧形舊大樓，樓名第一鑽石大樓，外牆二丁掛大片剝落，醜陋極了，卻掛有垂直兩長條房地產廣告，「蛋黃9字頭，買到夢裡笑」，市中心精華地段一坪才九十萬，趕快出手買，搶到了保你開心死了。惡俗文字污染人心，罪苦眾生。

補遺二。紅姬緣椿象附生的欒樹每年底結出蒴果，不飽和的近紅褐色，倚仗數大也可形成美景，這之前樹叢抽出黃綠新鮮色塊，以為是新葉其實是開花。並不久遠的某一年深夜，上班族畢央就在有著欒樹安全島的大路邊，眼見一高壯屁孩狡兔快跑闖紅燈，遭急馳且煞車不及計程車撞飛半空，重墜擋風玻璃上再彈跳掉落路中央。多年後畢央洋灑妻最後的骨灰之瞬間，記憶復生，屁孩撞飛騰空的殘影與妻合為一體。多年以後多年以後，再也無人知曉。

補遺三。表姊那一定是如病毒擴散轉傳再轉傳的訊息如此敘述，樹葬花葬植葬愈來愈多人接受，一胎化少子化的必然效應，何況具備環保的道德光環，然而人骨經過高溫燃燒，即使磨成骨灰也已碳化與鈣化，能否與土壤融合是一大問題；關鍵在於土質，若是透水性強的砂礫土，骨灰可望隨著雨水溶解，若是黏土，骨灰則如麵粉附著，難以溶解，甚至結塊。解決方法是加入微生物如溶磷菌、菌根菌，骨灰得以加速分解。

林中必定有一條以上的路。既然塵歸塵土歸土有隱憂，那麼還是歸還給親人吧。曾經有一句壯美的廣告詞，「鑽石恆久遠，一顆永留存。」令富人驕，令窮人羨；人骨中的碳元素經過純化、萃取，再經過高溫高壓，提煉出骨灰鑽石。又且，因為每具人體內的微量元素不同，所以每一顆骨灰鑽石有其獨特色澤，家人更可以要求製作過程中調整溫度與壓力，改變鑽石的色相，有錢能使客製化。敘述的此時，製作一克拉骨灰鑽石的費用大約是新台幣四十萬元，最高級的白鑽大約新台幣一百萬元。

每一個人死後可以成為一顆永恆的鑽石，提醒佩戴者那鑽石前身的人世故事，直到地老天荒，直到地獄成空，直到地球毀滅。

9 樊爾雅阿舅

Dear Douglas馬神父鈞鑒：

勞力吾孫外甥送達之文稿乃吾日前完成，敬呈閒讀，雖是遊戲之作，古云直書胸臆，屬文必有作者之深思寄寓，寫到癡心怨憤生，在所難免，依然期盼覓得知音。

此次返鄉，足稱殊遇莫若與馬神父之往來，踏查斗鎮，談笑思辨，吾眼界與觀念得以更開闊，如此東方與西方相會，徐志摩詩句「互放的光芒」是最佳詮釋。啟蒙之光，吾自幼嚮往，且終生受益甚巨。耳順年歲，再次返鄉，心隨身轉，亦回望故鄉、家族與童年，直如歲末清倉，或更似清創手術，中夜偶不能寐，心思徘徊，家鄉之意義究竟為何？僅是血緣之根本，抑或收藏親人瑣細事跡之錦囊？再者，家鄉之故事舊聞，信口說之何益？記憶無從棄置，既然有心述之論之，必冀望其中有金石聲。中藥有遠志當歸二材，以今觀之，未免邈遠。西諺，上帝的歸上帝，凱撒的歸凱撒，方為真義。君是實踐者，最能體會。

吾幼時觀看蝌蚪進化成蛙，驚異造化之神奇。然凡人生老病死，莫不如是。鄉土亦復如是。斗鎮中心媽祖宮二百五十年前奠基，迄今香火鼎盛，吾陳家祖先近三百年前渡海來此定居，開枝散葉堪稱興旺，吾於祖居老宅回望永過，如夢如幻，歷史無從改寫，得以假想救贖，吾謹向舊俄之偉大Chekhov柴霍甫氏致敬，據以仿寫樊爾雅阿舅一劇，期待道遠君之雅正，並獲君之真灼批評。

拉丁文Carpe Diem，把握今日，吾以為唐詩花開當折直須折更勝一籌。

吾四兄遺物之筆記本，陳舊紙張，筆跡彷彿昨日寫就，吾發現四兄抄錄一段文字如下，其年少綺思，誠有趣哉：

雷雨遠在天邊。然而不聞雷聲，夜空唯有一道道長且藍的閃電，分歧多矣，即生即滅。與其說是閃爍，毋寧說閃電像垂死鳥兒的翅膀痙攣地顫抖，正是民間所謂的麻雀夜。“First Love” by Ivan Turgenev

異哉舊俄之雷電麻雀。博君一粲。

順祝時祺

陳文璣敬上

『樊爾雅阿舅』劇中人物

樊爾雅阿舅：四十多歲，小鎮知識分子，未婚。
樊母：樊爾雅之母親，丈夫已去世多年。
林海象：樊爾雅之大姊夫，小名阿勇，日語喚作一撒姆（いさむ）。
黃富美：林海象之續絃妻，夫妻倆年齡相差近二十歲。
林婉如：林海象與已逝元配所生之長女。
林亞雪：林海象與黃富美之女兒。
林國鴻：林海象與黃富美之兒子。
蔡昌榮：林海象之友，鎮公所地政官員，日本名まさ。
盧俊義：小鎮藥劑師，繼承其父的醫院。
鹹菜姆：林家老傭人。
寶珠：林家之少女傭人。

《第一幕》

（閩南傳統的四合院，一條雜樹林綠帶與貫穿小鎮的柏油公路隔開，顯然大門前有一條泥土路。舞台前方是示意的天井，有籬笆石磨等器具，大水缸養著蓮花金魚。主視覺是寬敞且雅緻的大廳，一張大圓桌，圍列著花鳥鏤刻的圓凳，兩旁更有高背椅，一條置物長桌上安放著一台電唱機與一盆蘭花。）

樊母：你姊夫翁婦兩人到底是做啥大事業，昨昉又是三更暝半才入門，舉家夥若作戰，奉待兩人食宵夜、洗身軀，只差無開電唱機放曲盤。聽寶珠講你姊夫昨暝在外頭酒飲得不少。我看時鐘已經二點餘了，鹹菜寶珠還在竈下收拾，真不是款，我趕伊兩人去寢。如此一亂，天光雞一啼，我鬢邊還是轟轟叫。

（樊爾雅坐在大圓桌旁，一早即與外甥女婉如清掃果園，一臉曬紅且汗津津，不時飲茶，似乎對其母說話置若罔聞。）

盧俊義：阿姆，有需要量血壓嗎？我騎車軫去病院提儀器來。

樊母：免了，老人症頭，我不是金枝玉葉。（笑著而眼神矇矓）我自你細漢看你大漢，你會記得？爾雅的老父講的，你小學時看著同學將雀鳥靶得受傷，摔落樹下，你捧著走去你老父的病院，求你老父醫治。你性子赫爾（那麼）純，心赫爾軟，爾雅大你五歲，性底卻是伊老父講的，便所內的石頭，又硬又臭。

盧俊義：有此種事志？我全無印象。啊，校長（樊父）走了十幾年了喔？

樊母：時間若飛，（手中多出了一串念珠）我每日祈禱上帝，姑請互我的時間得加緊速度，不過，互你少年的時間得款款慢慢來。人不比咱鎮上的大街，此間大厝，厝後一大片果子園，可以不驚時間的摧殘。唉，老實講，我看你姊夫以為有一個少年妻子，遂忭記伊自己已經六十餘了，以為將來的日子還久長，我是看得心驚驚。不過，你先勿笑我老番顛講話顛顛倒倒，你姊夫此次回鄉，歡頭喜面，雖然大家得奉待伊兩翁婦，無閒得若干樂，此間大厝連帶亦形象回春活起。

樊爾雅：阿母，你是在烏白講啥？姊夫早就是都市人，你真以為伊是專程回鄉度假？除了一條大街，咱此莊下小鎮是有啥新奇抑是好物？通無。

樊母：有啥？不是應該有的全有了，全有了啊，人得知足（話音漸漸微弱了。）

盧俊義：昨昉林先生來病院找我老父，講伊兩隻腳風濕痛又犯了，我是專程送藥來。

（樊爾雅特意看了盧俊義一眼，尤其後者少許面紅。）

樊爾雅：姊夫原就是此大厝的主人，不單此間大厝，還有田園一大片，全是伊林家祖公留下，伊才會得如此債活過日。不同姓氏不同命格。（接著似是內心話的喃喃自語）世間人是無平等的，孫中山的大願，立足點平等，令人快望的理想，可以實踐幾分呢？現實是冷酷無情。我好比老奴才老長工替林家看守祖產，咨爾多年了，我到底得到啥？變成啥？婉如雖然是林家子孫，卻是諸母，我誠心希望伊早日得到好姻緣，離開愈遠愈好；伊善良，處處為人設想。咱舅甥倆若鐵籠內轆轆走的小白鼠，每一載自年頭做到年尾，此大厝、田園將人綁牢牢，誰還會有夢想？還會有抱負？會得擺脫此平凡若痲木不仁的小鎮？難道我如今是自食惡果？當初我不應該答應姊夫林海象，不應該為此大厝迷惑，不應該為了互阿母安心，當年大姊不應該高攀嫁互浮浪狂的林海象……，每一個不應該全是一隻隻利箭射穿我的心。世間豈有反悔藥，猶如世間是無有平等。林海象夫妻日日作樂，夜夜笙歌，過著若貴族，根本就是貴族，而我呢就是古早俄羅斯的農奴。我到底得如何做才會得離開此鐵籠？聽到否，我可憐的老母詘詘念是在念啥？

樊母（正手捏著念珠，語音低微）：凡是勞苦擔重擔的人可以到我此來，我就使你們得到安息……。

（戴草笠、雙手花布護套、手套，穿雨靴，與農婦無異的林婉如唠達唠達進入，看到盧俊義突然些微羞怯還是慌張了。）

林婉如：啊，盧先生來了。

盧俊義（笑著以玩笑口吻）：密斯林。

樊爾雅：專程送你老父的藥來。

林婉如：勞力。我準備稍等有閒去取藥。還有茶嗎？我來去沖滾水。（又轉身）阿舅，水果盤商對收買價我看是真堅持，不肯更讓了，當然最後是講咱雙方更考慮考慮。

（一道聚光燈跟隨林婉如，舞台其他空間因而黯淡，傭人寶珠出現接過茶壺。）

寶珠：盧先生差不多每一日來，白襯衫西裝褲，真斯文，和林太太真有話講，我當然不是偷聽，兩人開講台北城的種種鬧熱，林太太放曲盤，教盧先生跳舞，每次不同的舞步，好優雅，形象一對金童玉女，此大廳若吹著一陣陣春風。我看在眼內，婉如是意愛著盧先生，兩家門當戶對，為啥舉家無人看出？難道真正要守著此間大厝做老姑婆？抑是姓盧的嫌婉如無後母的美貌？

（寶珠離開，林婉如摘下斗笠手套，旋轉一圈，像一蕊盛開的花，隨即款款地坐在地上。）

林婉如：活著即是希望，（自我嘲笑）我若小學生寫作文，為啥我焉爾講？自從父さん（諧音多桑）軫來，阿舅一日比一日消沉亦陰沉，我真不愛看伊如此落魄的樣。事出必有因，到底是啥原因？今日朝時照常巡果子園，日頭若稗薑（嫩薑），溫暖，還未得曝傷人，無數條斜斜穿過樹葉縫，光曄曄，露水全變做水汽，樹頂有蜘蛛，土下有螻蟻虻蟲四腳蛇，甚至我驚惶的蛇，但是此一大片果園，我看著即心安，我望向天邊，想著阿舅講古書有寫一種躡空草，食了身輕如燕，腳一蹬即飛上樹頭，不過神奇的力量僅得維持一時。啊，此種腳踏土地看著草木成長的心安無需要解釋。我出世前，阿公在世時，大圳邊還有農場，隨後阿公和兄弟分財產即分散掉了，富不過三代，我林家已經算是很幸運。自我細漢聽講果子園有埋人，當年反抗軍刣死的日本兵，厝內的諸母幹（婢女）已經有娠——是互一位狼毒伯公抑是叔公虐待死的，偷偷埋了，一屍兩命。莫怪有時感覺陰森森，尤其欲暗時。但是我不驚，世上處處有埋骨，我並無做任何虧心事啊。阿舅講笑，大厝連同果子園若遺世獨立。是啊，我活在其中何等自由自在，和外嬤、鹹菜姆、寶珠，如同一個女兒國。漢人的傳統思想，女兒總是得嫁人冠夫姓，所以叫做外頭家神，兄弟最驚得飼無嫁的老姑婆。太不公平了。我為大厝日做暝做，年頭操到年尾，後母生的小弟反而若人客，誰才是外頭家神？一百年後，我將埋骨在此，小弟是不可能，伊將徹底快記家鄉。

（寶珠捧著茶壺上場，林婉如起身，接過茶壺。）

林婉如：無一個人甘願獨身，人互相需要，此是天理吧。我若是遇著真正意愛的人，對方亦是真正對我有意愛，我當然願意兩個人過一生。（直直望向盧俊義）但是彼個人在哪裡？咱此小鎮可有一個人值得我託付一生？

（林婉如行到大圓桌邊，斟茶。）

盧俊義：林桑是準備住多久？有可能住到中元看媽祖宮酺度的肉山[3]？

（林婉如與樊爾雅對望一眼。）

林婉如：我不知。

樊爾雅：酺肉山，唉，「未知生，焉知死」，逐年為著酺度的開銷會得飼多少艱苦人？此種匪風俗，真是無知的大罪過。

盧俊義：確實，祭拜適度即好。明明支付不起卻開大錢，甚至借錢鋪排，真是不智。我有幾個親戚即是焉爾，債務一尻倉。

林婉如：但此是莊下人活著的希望啊，每載最重要的大事呀。

樊爾雅：所以，你父さん還在寢？按算寢到日頭曝尻倉？

林婉如：（求情的口氣）阿舅——

（黃富美隱身舞台另一側，先聽到她哼著柔靡的東洋歌曲，渾身裹著東洋香氣上場，盧俊義一見便笑容滿面。）

黃富美：啊，俊義你來多久了？

盧俊義：とみちゃんおはよう（富美樣，早安。）

樊爾雅：更再等一點鐘久，日頭行到天中央，伊得變作梁山伯大憨牛了。

（黃富美舒心地笑了。）

林婉如：我來去竈下看有啥好食（離開舞台）。

樊爾雅：俊義你稍坐一下。

（樊爾雅與黃富美轉移到天井，舞台上利用光影的強弱區隔與大廳的距離。）

3　酺度祭壇的全豬、雞鴨牲禮戴上虎獅面具，披彩巾，更顯崇隆，稱為肉山。

樊爾雅：真人面前有話直講，你看不出婉如對盧俊義有意愛？
黃富美（指甲有粉色蔻丹的正手按著胸口）：啊，真兮？
樊爾雅：母代父職，由你來牽成，會使得？
黃富美（深深點頭）：試探看是應該的。阿舅你咧？以你的人才，找一個伴並非難事。莫非你有苦衷？我實在好奇。
（樊爾雅注視黃富美，然後仰頭望青天，日頭直刺他的臉與眼。）
樊爾雅：你還會記得你我頭一次相見？你偕我大姊夫訂婚了，取你轉來祖厝行行看看，若像昨昉才發生，我記得真清楚，舉大廳是你的光彩，你的形影令我理解啥是永生難忘，唯有宗教的光亮可以相比，赫爾純粹、聖潔。僅得一次，是你，再無第二個……。
黃富美（眉頭一結）：此話你不應該講，有些祕密得放在心底，永遠永遠，彼一份純真才會永遠活在心內；真正不得已，姑弗而將，互相一個眼神便是電光火石的瞬間。一旦講出嘴即是毀滅。你此是何苦？
樊爾雅：此祕密再不講出，結局是窒息而死。所以我將之放生像鳥仔脫離鐵籠飛入空中。我想過，離開此間大厝，離開此個小鎮，即有可能找到第二個你。
（樊爾雅乃行乃講，離開舞台，黃富美返回正廳，和盧俊義隔著大圓桌對坐。）
黃富美：我在厝後發現一項多年不見的物件，你臆是啥？石磨仔。細漢過年前挨磨米做菜頭粿，得連續數日，石磨一直旋一直轉，然後米漿用石頭鎮一暝日，為著過年，得無閒一個月，尤其諸母人。我阿母常講，後世人投胎得做諸夫人。看著石磨，我感慨，生活真是一座石磨，咱人即是石磨心。你聽有理解？

盧俊義：古早時代當然如此。現在已經有機器了，咱人無必要更做石磨心。除非甘願做一個失敗者。

黃富美：富家少爺畢竟不同。既然如此，你願意幫助婉如不再做石磨心？

盧俊義：是啥意思？

黃富美：哎呀，意思即是你和婉如有可能進一步？（笑）有可能我做你的丈母？

盧俊義（面紅，苦笑）：哎呀，我不曾想過。

黃富美：今嘛開始考慮亦不遲啊。

（盧俊義看一眼對方，立即低頭，兩人陷入尷尬。但盧俊義很快抬頭，兩眼發光。）

盧俊義：所以你真正無察覺我為啥愛來林厝？富美樣……（起身，緊張又焦躁地繞走。）你講得太對了，此小鎮即是一個大石磨仔，將心志消磨盡，我非常想欲有一種理想的生活，做我熱衷的事，過我愛過的日子。我現此時活得儼若有體無魂的傀儡。好佳哉，我的小弟明年醫學院畢業，我的妹婿是藥劑師，兩人將會接我老父的病院事業。屆時我會得脫身了。咱此小鎮看著一切齊全，甚至墓埔連著田園，就是無希望、無夢想、無意思。日頭下，昨昉佮今日，今日佮明日，並無差別，一模一樣。此款的輪迴無意義！透南風的日子，我鼻到還是田地的牛屎味，我知悉鎮上每一個人，但所有的人只有一個樣，如同我知悉鎮上每一條路，所有的路亦完全是一個樣。腌臢，貧窮，無智識，眼光淺薄，我無法更忍受了。富美樣，是你的出現，儼若一道光，散發著芳味，我才確定我的決定是正確的，離開家鄉，反背家鄉，勇敢飛出去，記憶中的家鄉才會永遠金爍爍。戴念舊情就像你越頭看著石磨仔，落伍的、互時代淘汰的器具，由伊去吧，懷念、傷感只是使人軟弱，使人頹廢。你和林桑的生活正是我嚮往的。

黃富美（為盧俊義的激情所震撼，張大眼睛，囁嚅）：我原本是莊下人出身，我的家鄉比此更偏僻，我絕對絕對勿回頭過以前的日子。其實我的本名是黃美雪，我的翁婿替我改名，我問過為啥是富美，伊笑笑，我臆應該是少年在東京戀愛過的女子吧。有時，我暗暗討厭富美此個名字，形象硬戴上別人的面具。此是無人知悉的祕密……。

盧俊義：婉如和我，並不是做著相同夢想的一對。富美樣，你佮我才是……。

黃富美：我佮你？

（黃富美的眼光恍惚如夢幻，一道燈光隨著她的眼光照向電唱機，樊爾雅取出一張曲盤，放進電唱機，音樂響起。盧俊義紳士地一鞠躬，邀請黃富美跳舞。）

盧俊義：富美樣，此是你教我的華爾滋，第一隻舞。我的新人生從此一隻舞開始。

（兩人翩翩起舞，舞台兩側幽幽出現了林婉如、樊母、寶珠與鹹菜姆，連同電唱機前的樊爾雅一起觀看。隨著音樂漸次大聲，林婉如與繁爾雅幻想對方是盧俊義與黄富美，彼此走近，模仿著也跳起舞來。音樂更加大聲。）

寶珠：大厝活起來囉！

（第一幕結束）

彼個朝時，七舅公吩咐我將牛皮紙袋的一包文章送去天主堂，交互馬神父。白色的天主堂若白鴿鳥，白襯衫烏長褲烏皮鞋的馬神父，頭殼頂的頭毛稀稀疏疏，頭殼皮粉紅色。

七妗婆向我招手，要我仰頭，七舅公一旁翻譯，稍忍耐；七妗婆舉身軀的日本芳味，手指揑著我的眼皮一摺，檢查好了，點頭說好，無砂眼。七妗婆又唧咕一句，我流著目屎伸出兩手互她檢查指甲，伊微笑點頭，並不知悉舉鎮的婦人議論七妗婆到底抹啥粉，赫爾（那麼）幼，赫爾白。國校校長亦是林厝的親戚，邀請七舅公去看看坐坐，鳳凰樹下學生排隊檢查砂眼，順便抹藥治臭頭，七妗婆忍不住上前接過藥膏罐幫忙。

上次是馬神父拜託我送物件給七舅公，也是牛皮紙袋包裝，我捧著行過大叢蓮霧樹下，啪的一垺鳥屎像槍子落在紙袋上，我用蓮霧樹葉和圳溝水拭掉。

我舉頭看，確定不是臭頭阿和在樹頂食蓮霧，順手擲人頭殼。舊年的事志，馬神父得知，由我取路，持著治臭頭的藥膏去找阿和，苦勸抹了藥膏不可曝日。之後，阿和父母回送馬神父蕃薯菜瓜龍眼。而今阿和是做彌撒提香爐的輔祭。彌撒結束後，馬神父和教徒開講，謳咾阿和腦筋好，應當得好好栽培。

圳溝、溪水全是日頭的倒影，馬神父講古，古早古早天頂有九粒日頭，害得所有人非常艱苦，一個英雄大力士射死八粒日頭。我沿著圳溝行過做餅老師傅的竹管厝，路邊雞屎藤蕃薯葉，行過農會的三層樓、日本人留下的官舍偕武德殿，行上寢晝的大街，圳溝變成路邊的水溝，遠東戲園的大看板是獨臂刀王，畫師特別設計，泡著鮮血的斷刀捅出看板的下緣，我想著電影開始的一行字，邵氏綜藝體弧形闊銀幕。

七妗婆笑笑接過紙袋，六妗婆講，「嚇，日頭曝得烏金。」指頭刮了我項頸，若柴刀刮過鼎肚邊，出現一條烏戳。七妗婆更加掩嘴笑了。

前一日，七舅公七妗婆坐三輪車去看金魚，六妗婆交代我取路。三舅公的後生我得叫阿伯飼金魚作賍理（生意）。得行過大片田園來到鎮邊，金魚大厝向著日頭，一窟一窟水泥大圓桶蓋著稻草，一掀開，天光雲影中魚群若龍捲風，尤其尾溜穿百襉裙的烏金魚，圓瞵瞵又凸凸的目周。我和七妗婆比手勢，我臆伊的意思是若金魚會得像雀鳥棲在肩胛頭。

七舅公突然伸手雲一下一尾烏金魚的頭，問我：「偕七舅公七妗婆去日本好嗎？亦是拜託你耀宗阿伯，將你和出口去日本的金魚一同海運去？」

三輪車載回程，大街上迎面噗噗噗駛來小貨車，車頭內是六妗婆的親戚彩鳳阿姆偕翁婿。七舅公和彩鳳阿姆兩人的眼光相碰時像電火球突然一光。

才入門，六妗婆和寶珠迎上，口氣緊張，「大街出命案了，你們有看到否？聽講死的諸夫是耀宗抑是耀明媳婦的親戚。」

七舅公眉頭一結，寶珠補充說明，兩人屍體抬出來時，大街擠得滿滿滿相爭看，聽講彼個諸夫人欲和酒家女斷，兩人㖂㖂喋喋（遮遮掩掩）一兩年了，酒家女不願斷，約去媽祖宮口邊的旅社，講是最後一遍相會，準備了酘毒的ビール（啤酒）同齊飲——

七舅公手勢一擋，「聽講、聽講，聽即好，勿逮著講。」

六妗婆七妗婆寶珠相看，不敢言語了。稍等，六妗婆嗯哼清了喉才講，「阿豐，大姊的後生特別送菠蘿蜜偕羅李亮（ろりあん諧音，山刺番荔枝）來，你前腳出，伊後腳到，後日里民大會，請你先去食暗頓。」

七舅公看著菠蘿蜜偕羅李亮，有了笑意，七妗婆卻是用手巾掩鼻連忙走避。

七舅公用雙手扒開一粒羅李亮，芳馡馡，芳得過頭變成侵腦髓的臭味，但是眼前金爍爍，若天主堂送的耶穌像，耶穌的胸坎一粒心放射靈光，亦是六舅公教我的佛光普照。

大姨婆的許家大厝起碼是陳厝的三倍大，大街接省道公路，來到自來水廠，對面一大片樹叢中一條路彎入，路邊直直一大叢是玉蘭花樹。外地人經過公路，若無人指示，當然不知彼一大片樹藍內有一間大厝，進入內埕，陰涼秋清，正廳兩邊的白壁有立體的陶瓷神仙，乘白鶴，騎牛騎馬坐虎背，釉彩發光，有五彩的桃園三結義和廿四孝的五彩壁畫，鹿乳奉親，綵衣娛親，厝後的竹叢竟日不時嘎嘎嘎嘎響。大街的人總是講，此間豪氣派大厝人丁不夠興旺，老輩熟識的則是晃頭細聲講，厝後果子園的冤魂將近一百年了亦不處理處理，帶衰。

果子園好大好闊，樹頂接連到天邊，滴哩咕嚕更呼喔嘓嘓的鳥聲串聯成一陣大雨又一陣小雨，但是朝時抑是下晡，日頭穿過樹叢葉縫，光線光條光柱內水氣偕煙霧，茫茫渺渺，所以馬神父頭一遍來到便喃喃自語，天起了涼風，上帝的腳步在園內行動。每一日的落葉疊著前一暝的露水，厚厚若雲層，是時日的重量，是生靈的嘆息，不過一腳踏著的卻是一支沉埋其中的竹耙，四腳蛇唥喇唥喇竄，更一腳踏著的則是螻蟻巢，總之，惟恐踏碎落葉的下一步陷落其中拔不出，雙手黏著樹身，連同樹脂於將來變成琥珀。微微風吹得蜘蛛絲好溫柔好迷人，遂了解天地是一粒繭。好期待燒樹枝燒落葉，濃濃草木芳的火好溫暖好催眠，挖出霑糊糊結成餡餅的腐爛沉積葉，擲入火坑，引出一條又一條蓬蓬滾滾的雲龍和蚯蚓淹沒果子園，升空繼續淹沒樹頂，所以樹叢成了天庭的蟠桃大樹，果子園半日，世上五百年。穿過雲霧，看著菠蘿蜜，若才出世的紅嬰，若巨乳，若大海中的小島，若傳說中的婢女偕日本兵鬼魂投胎；相比較，芳得好臭的羅李亮好醜。斗鎮人相信此兩項是當年日本人送互斗鎮的南洋水果。

七舅公偕馬神父巡查了後，結論是還有一叢蒲桃亦是，大家以為是蓮霧樹。兩人又驚嘆一叢優曇華，姿態若老僧入定。

七舅公偕馬神父舉頭旋著一叢南洋杉乃行乃讚嘆，七舅公手拍樹身，講，做樹當作此款大樹。馬神父點頭講，是，是。

風颱天，我一心掛念著樹叢的果子，大風掃落地，真是可惜。

彼個暗暝，許家大厝的大門和內埕牽電火線加發電機，掛一串電火球，媽祖宮口的人群全來了，釋迦頭笑咍咍亦來了，電火若燒滾水淋著每一個人，厝後竹叢嘎嘎嘎送風來，電線電火球晃盪，眾人的面目若沉入溪水放大甚至歪鼻斜目，牛頭馬面。電火線加發電機另牽引著放送頭，鎮長以及不知是啥官員全講話了，我鼰著找尋羅李亮的臭味，看見七舅公七妗婆坐在臨時舞台前第一排，電火特別強，馬神父也來了，粉紅色面容，應該是自知生做高大，一坐在尾端。娛樂節目先是搬演一段陳三五娘，七舅公雙手交差在胸前，眉頭結起面臭臭，一方舞台一對男女像是壁上的陶瓷古人，唱著正月十五元宵暝，潮州街市人吵鬧，鑼鼓噴吶弦仔結成一個大囊袋，將所有人吸納其中，將暗暝弄碎打散，電火光隨即若油彩潑上填滿。隨後上場的穿唐衫戴碗帽，暗處司儀大聲：「三千兩金。」樂隊咿呀，古音調開唱，「三千兩金費去盡空，今旦流落在許州，元和為乜一身來落魄？千辛萬苦，朝思暮想，通是為著風流才行來。十年窗前，十年守窗前勤苦讀，三年一望，三年一望，欲得京都去赴試。所望，所望求功名。」

七舅公隨音調輕輕晃頭，不再臭面，微微笑了，七妗婆在耳邊問話，想必是問唱啥，七舅公解釋後，伊亦笑了，戲台頂繼續唱：「去到許州遇亞仙，因是我貪戀伊親鮮，將此許多錢銀盡破了一盡空。心念念，念念思想，我有日軫家鄉，我厝爹娘那知打罵一場，來去不得，思量無計，姑將且忍，住在田園，今旦讀書竟無志，沿街沿巷但得來求乞。」

七舅公又偕七妗婆交頭接耳，七妗婆掩嘴笑。里長、阿豐伯準備開始摸彩，舞台邊一串人影走來走去搬獎品，有人撞得電火球，眼前一切翻江倒海，人群更加興奮形象海湧。

咻，碰！大門口放沖天炮，里長大聲，精彩的來啦。眾人舉頭，竹叢連同店火線電火球大波浪小波浪。

七舅公問馬神父，三千兩金可是好聽？

馬神父回答：「當然是聽無半句，等你來通譯，不過感覺若嘴齒咬著我耳仔不放。」

兩人看著釋迦頭羅漢腳踞在壁角，電火光照得若陶瓷的李鐵拐，瘦骨嶙峋的面容竟然和耶穌像一樣，七舅公將伊牽出，檢查頭殼後的肉瘤，又檢查項頸。馬神父若助手亦撩起釋迦頭的手袂（袖子）和褲腳，詳細看伊腳手，老諸母般感慨，可憐喔若柴枝無一兩肉。

夜風自大厝後的田園果子園吹來，透心涼，充滿草木芳味，七舅公的雙手白晳晳，形象耶穌紅心的電火球半空中碰碰跳動。

暗中，果子園有果子重重墜落。

《第二幕》

（正廳前簷廊下的台階，林海象和蔡昌榮對坐在籐椅上，他們身後的白壁彩繪著古色古香的廿四孝故事。舞台的主景還是正廳。）

林海象（打哈欠又伸懶腰）：竟日燕申申。

蔡昌榮：你一世人阿舍命。

林海象：阿舍有阿舍的煩惱。以前我阿嬤常講：「枵肚無人知，繚毛卸世代」（婦女頭髮凌亂儀容不整，丟人現眼，比諸餓肚子嚴重。）

蔡昌榮：喔。（抽鼻子齅了齅）果子園是又更在燒枯枝落葉？（吸進煙霧而咳嗆兩聲。）

林海象：是，舉片果子園的吭缺（工作）無休止，但火是神奇的好物，一切腌臢、無用、過時的，一把火燒了了。日後我死了，我交代富美矣，亦是用燒的了結。你看（抖動翹腳），眠床下還有此雙日本柴屐，古物了，寶珠持去大街找人修理修理，若新的。

蔡昌榮：確實若新的。

林海象：大厝內的古物真正整理出，得幾台大卡車來載。

蔡昌榮（撫著山羊鬍鬚）：我突然有靈感，將來新大街開出，其中開一間古物博物館，展覽你林家祖先留下的珍奇寶物。

林海象：好主意，屆時聘請你做館長。

蔡昌榮：你林家大厝裡裡外外全是寶，不單壁上的彩畫，我看最特殊的是立體的陶瓷器可是叫做交趾燒？尤其彼隻虎真是威風。我細漢逮我老父來，看得嘴開開，問我老父為啥咱厝只是竹管和白壁？

林海象：聽講當年起厝師傅是專工自鹿港請來，講是鹿港，大師傅好手藝主要是泉州來的。

蔡昌榮：彼款時代過去了，再無人如此起厝，講究細節。

林海象：是啊，人講時機、時機，我阿公是賍理子（天生的生意人），加上日本時代的庇蔭，會得和會社做專賣賍理，甚至有賣阿片煙的執照，錢財有如大水淹入來。但老實講，我阿公的模樣，我一點印象亦無。

蔡昌榮：錢四腳，人兩腳。錢逮人，人即發。

林海象：まさ（諧音馬沙，蔡昌榮的日文名）此是千古不變的道理。

（蔡昌榮持出一包菸，與林海象各點燃一支。舞台兩側無聲出現了林家全家人，包括鹹菜姆寶珠，靜靜聽著兩人接下來的對話。）

蔡昌榮：いさむ（諧音一撒姆，林海象的日文名），此次才是千古難逢的機會，機關車（火車）的鐵支路欲來咱鎮上，而且欲設驛站，地點距離林家大厝一公里內。時機、時機，又更是上天送互你林家的大禮。

林海象：馬沙，你的膽識咱鎮第一人。

（傾聽的林家人緩緩往前移動，他們身後竟然幽幽地出現數個十九世紀末的日本兵，與一位古早穿著的少女即是遭虐死的婢女，顯然是鬼魂。）

蔡昌榮（哈哈笑了）：三國演義講古有一句古文，「天下英雄，唯使君與操耳。」我是耐心等待到規畫完全確定了，才趕緊聯絡你，你人面闊，接續欲如何和官府摯接、合作，全看你了。我日思夜想，鐵支路鋪好，驛站起好，前驛後驛便是新開的店面大街，機關車取來人潮，錢水隨即逮著來，舉條街無異是黃金造的，金光閃閃。

林海象：馬沙，咱眼光得放遠，鐵支路機關車取來的不只是人潮，是一個新時代，新世界，咱將改變的不只是林家大厝，而是咱共同的家鄉，不再是偏僻的小鎮，無人知悉、若狗屎地的所在。一百年後，若有幸發展變成另一個台北城台中州抑是府城，後輩若有心，應該替咱鑄造紀念人像啊。

蔡昌榮：一百年後，我的骨頭可打鼓囉。活著時心坎一口氣會順才重要。

黃富美：一撒姆，和蔡先生入來大廳講，點心、庶饈僎（具備）好了。

（兩男人於是乃抽菸乃行入廳內。林婉如在舞台側聽得臉色大變，雙手蒙著臉，然後力持冷靜，挺身，遙遙與在舞台另一側的樊爾雅相視。）

林婉如：父さん，你和阿伯是飲茶還是飲ビール（啤酒）？

林海象：兩項全來吧。

（黃富美與林海象、蔡昌榮圍著大圓桌而坐。樊母樊爾雅、鹹菜姆寶珠仍然立在舞台兩側傾聽。）

黃富美：咨爾大的計畫，翻天覆地喔，日後婉如、阿舅還有鹹菜姆寶珠，你欲如何安置？

林海象：勿講憨話，當然是去住新樓厝。你以為我是陳世美，將伊們掃出門去？

蔡昌榮：對所有的人通好。

（林婉如拏酒返回。）

林婉如：阿叔，此條機關車鐵支路的路線是如何行的？

蔡昌榮：一旦天時地利齊全了，之前想勿到的便送來門口前。像斗鎮爭取足多年矣，但濁水溪深闊，不時做大水，工程太艱難亦太危險，才會改變線路來咱小鎮，沿著大條公路來，避開原有的大街，經過林家大厝和果子園——

樊爾雅（大喊）：一箭穿心！

林婉如（同一時也大喊）：父さん！

樊爾雅：一箭穿心是古漢文，屆時是若米國來空襲投炸彈，一粒一粒投在此大厝偕田園，砰！砰！一切化為烏有。砰！砰！砰！

（樊爾雅講上句的同一時，蔡亦開言，兩人的言語互相参差。）

蔡昌榮：此大厝咨爾大片，一撒姆此代開枝散葉了，尤其你一房人丁單薄，暗時大路經過望過來真是虛微，燈火浮浮無人氣，陰森森一大窟，加上夜鳥幽幽啼叫，真是使人驚惶。今日幸運有機會逮上時代前進的腳步，毛斷（modern諧音）、現代化對逐位通好，通有利。

林婉如：啥是好？啥是有利？

（樊爾雅有些瘋狂了，繼續舞台邊發出砰砰的炸彈響聲，大叫：「毛斷！」企立周圍的樊母、鹹菜姆寶珠、鬼魂們也叫著：「啥是好？啥是有利？」）

林婉如：人不是禽牲，不是草木，即便是，連根挽起，徙去別處更種，亦活不好。我自出世至今勿曾離開此大厝一禮拜，和阿舅還有鹹菜姆寶珠顧守著，你們當我們是稻草人？父さん，你早就離開家鄉，對之無感情了，你做你現實的都市人，但你此種作法，太殘忍、太殘忍！

林海象（一手拍擊桌面）：你あたまコンクリート（頭腦是水泥，愚笨之意），鐵支路、驛站是官府決定做的，咱只是配合，亦不得不配合，一兩百年來全是如此。不然你是欲做鴨

母王起義反抗？下場是綁去北京斬頭。你想清楚，無需一百年，此所有的人全死了了，你繼續做鬼守著此大厝吧。

黃富美：一撒姆（意在阻止夫君如此說話）——。

林婉如：官府、官府，自以前即聽阿公聽你講官府，我想信阿祖（曾祖父）亦是講官府，官府是天是皇帝，真正是焉爾？咱大厝曾經是日本軍隊的大官住過使用過，果子園的南洋水果樹種亦是當年日本大官贈送的，好光榮呀。

林海象（哼一聲）：認真計較，小鎮現在的大街、小學、水道水、電氣，全是日本人建立的。

樊爾雅：所以日本政府是大善人喔。

林婉如：橫直無論官府是誰，咱林厝永遠有大官做，永遠有大錢賺。

樊爾雅：是官虎決定的，官虎亦可以改變決定，眼前此片地平坦坦，鐵支路路線稍更動絕對不是難事。官虎啊官虎。是呀，既然一百年後此所有的人全死了了，今日今時何必勞心勞力？竟日來唱歌跳舞兼飲酒即好。像我老母信念的，一切全是虛空，虛空的虛空。日頭自東邊爬起，自西邊落去，人的一生若風中的影隻。（哭了）嗚嗚嗚……（隨即若狂，舉頭望天，發出模仿炸彈聲）砰！砰！砰！烏有了，一切烏有了。

（註：吾思考是否讓舉家夥連同鬼魂一起隨著樊爾雅發聲：「嗚嗚嗚」「砰！砰！砰！」請

馬神父指正。）

樊爾雅：此大厝不單是林家的，是舉鎮所有，幾百年來的先人，和番人鬥，和天鬥和地鬥譬如地動、做大水，和官府亦即是官虎鬥，和日本人鬥，鬥不過，必須咬牙忍耐，才會得有此大厝——

林婉如：鬥到一種地步，互相成全。所以大厝是舉海島的一個縮影，是幾百年來的一個結晶。大厝每一處，每一支柱子，每一片壁，厝前厝後每一叢樹，總有一對對目周金爍爍看著咱一代的所作所為……。

（除了樊爾雅林婉如，所有人偕鬼感覺怪奇、不解，彼此相看，尋求解釋。）

林海象（兩手拍拊）：既然如此，我和馬沙決定的，何錯之有？永過的意思便是永遠過去了。有一口氣活著，得向前看，若未來有一日驛站改作飛機場，難道亦是我兩人的過失？更再講，幾百年來此海島本就是你爭我鬥，三年一反，五年一亂，漳州泉州，泉州漳州，還有客人，相罵相鬥相刣，講白了即是爭奪資源，人不自私，天誅地滅——

蔡昌榮：更繼續諍吧，更諍十年二十年，棺材內的死人有可能翻身？濁水溪有可能改道流來咱此小鎮？時間勿等待任何人。

（蔡昌榮帶著怒氣離去，圍觀者膽怯後退，或掩面或低頭。唯有黃富美優雅地行到電唱機處，放了一張唯有男子笑聲的曲盤，笑聲或大或小迴環著，黃管自拉起裙擺起舞。）

黃富美：我是林家媳婦，我有話講，家和萬事興，使大厝繼續存在有意義，上好的辦法便是阿舅得娶，婉如得嫁，招贅亦好，總講一句，用婚姻用喜事來改變，生養後代，五個十個，愈多愈好，使大厝再度興旺。

（黃富美與樊爾雅面對面。）

黃富美：天光前最青寒最烏暗的時刻……。

眾人和鬼魂：天光前最青寒最烏暗的時刻……。

（「大笑之歌」曲盤繼續播放，樊爾雅怫然轉身離去。林婉如一個旋轉，有如花落委地。黃富美返回圓桌在林海象身旁坐下。舞台旁突然傳出樊母驚恐的聲音。）

樊母：你（樊爾雅）持此獵槍是欲做啥？你互我，你放手！

樊爾雅：阿母！

（曲盤播放的笑聲中，眾人和鬼魂皆驚駭，尤其林海象迅速起身，慌張逃竄。）

（砰的一聲槍響，眾人和鬼魂驚叫，舞台應聲全暗，唯「大笑之歌」仍然播放。）

（第二幕結束）

彩鳳阿姆拜托六妗婆傳達有話欲和七舅公講，其實是有事欲参詳。

六妗婆一雙小腳在房間大廳偺竈下往復行，躊躇欲如何開嘴。彩鳳阿姆舉身烏布衫褲進入陳厝，烏布鞋落地無聲，草笠在手，若一條影隻，先彎去竈下，六妗婆叫寶珠提一條面巾來，問：「有食晝（中飯）否？」要彩鳳阿姆去浴間拭拭。

正廳的老爺鐘行動出聲絲絲娑娑，六妗婆斟了茶，轉身欲離開，彩鳳阿姆講，「慳仔勿走，留著，難得咱三個。」

六妗婆夾在兩人中間，礙虐礙虐（尷尬不舒服），伸手挲桌上的茶壺茶甌，「前兩日找竟日才在嫗仔的柴箱找著，報紙布巾包了一層又一層。此套茶甌是我結婚時四兄送互我的，講笑是我的嫁妝，彼幾年四兄有和朋友合股做生意，店開在台北抑是台中，日本進口來的則武（ノリタケ）瓷仔，聽四兄講此是日本第一有名，皇室專用的瓷仔。」

七舅公持起一個，反倒看甌底的字，並且鑑賞其品質偺華藻。彩鳳阿姆看著七舅公形象白玉的醫生手，一看自己飽受風霜的手放桌上，隨即收起藏桌下。

七舅公目鏡後的目周特別精光，眼前是細漢時的青梅竹馬，心內猶原想著，你差一點做了我的媳婦仔。如今是年過半百的老嫗，舉身軀風塵僕僕，透著酸汗味，面肉每日食日頭，下頦尖尖，烏金透骨。

「七少爺。」彩鳳打破沉默，才講了隨即面紅了。

「現代無人咨爾封建了。我猶原是璣仔。你頭家（丈夫）咧？」

「在宮口。」

「gh理如何？」

「會得過。」

「古早講的走江湖，」慳仔六妗婆講。

「有好有壞，比我艱苦的滿滿是。駛一台車四界走亦是開眼界。」

「少年時呆玲瓏賣雜細，今嘛開車亦算是有出脫。」

「有進步。」

「有一次軍用狗咬得血流血滴喔。」

彩鳳阿姆眼光收斂，將茶甌旋轉兩輪。

老爺鐘的分針喀的徙動一格，慳仔六妗婆拍一下彩鳳阿姆的手，「講吧。」

烏金面肉立即紅絳絳，鼓足勇氣一舉頭，直視璣仔七舅公，聲音卻是略微顫抖，「我細漢的二十三歲了，頭腦、本性不壞，算是伶俐，應該盬雋（積極鑽營）的時亦是會，但是和孔子公無緣，無愛讀冊，愛放蕩，我是想，嗯——是想若有機會，與其在莊下糊塗過日，不如去日本，放伊去闖蕩闖蕩，看會出脫否。舊年聽慳仔講你會轉來，我想著咱做囝仔時，突然有此想法。」

「你頭家知否？」

彩鳳阿姆搖頭，「和你参詳好才講。」

「初中有讀畢業否？」

「有。」

「會愛飲酒、愛博（賭博）否？」

「佳哉，通無。」

七舅公坐如鐘，直直看著彩鳳偕慳仔，「另日你取你細漢後生來一匝，你翁婿，勿勉強得為夥來。我和你細漢後生先見面，講講，方便我了解。」話語停頓，「緊事款辦，」老爺鐘絲絲娑娑行動，「後手（後續）如何辦理，我會探聽詳細，你此邊亦是，雙邊得各自先行動。」

彩鳳垂頭，更舉起，目周內水光閃閃，「你今日隨即答應，我已經是非常感激。」大無畏直視七舅公，「若會成，是此浪蕩子的造化。」

三人一時無話。三人三角形，有意無意互相看一下，感覺三人是三角鐵圍擋下了時間的大水。

「大厝以前人真多。」

「嫗仔愛在熱天尤其三伏時曝棉被。」

「嫗仔……。」

下晡的雞公喔喔喔，老爺鐘噹一大聲，三人夢中醒起，彩鳳起身，向七舅公一鞠躬，「我來走。」

三人同齊行到門口，彩鳳返身頭一點，沿著大街路邊直直行去，日頭下一條稀薄影隻。

大街店面喇舌謳內，一個諸夫一個諸母中氣十足對話賣藥。

七舅公聽著即生氣，細聲罵烏漉木製（劣貨），「你偕彩鳳講，叫伊細漢的得去找馬神父學英文。」

《七舅公陳文璣寫作「樊爾雅」之筆記》

吾之戲作寫至此，頗感困頓，柴霍甫或笑吾素手而欲屠龍乎？

模仿絕非模鑄，意在借力使力，譬如嫁接，然吾鄉儼然不類柴霍甫之舊俄，莊園貴族與農奴不存焉，遑論悲劇精神。且循其本，肇建伊始即是小鎮格局，前身因傍濁水溪而自有平埔族蕃人聚落，溪水深廣湍急，水質若烏鐵沙，實乃膏腴也；漢人後至，仗其人數及巧智，蕃人不得不互相媾和，受其懷柔，終而迫遷入山。強弱陵替，自古如是。吾鄉因濁水溪而興榮，當其航運發達，深山直通海口，貨暢其流，商業大盛。然歷日本殖民與國民政府，濁水溪徹底水圳化，其沛然野性盡亡矣。吾鄉終於回歸農作鄉鎮之本質，或可謂樸實，或可謂固陋，或可謂停滯，其演化歷程中一度輝煌一場春夢不復再現。歷史機遇之偶發，吾在其中，而今回望，方知古人手揮五弦目送歸鴻之深意。

吾戲作之難以為繼，瑣細如林海象黃富美之兒女林亞雪林國鴻，無從上場；究其核心意念，吾豈真心針貶自柴霍甫迄今之世間共相？

其一，階級與貧富不均問題；

其二，現代化與土地開發是大建設亦是大破壞乎？天使與魔鬼集於一身乎？

其三，家鄉必然是田園牧歌之理想國乎？

質言之，尤其第三問，文人之通病也。

屬文一抒胸中塊壘，再者召喚遠程夢想，虛實相映，鏡花水月，真耶假耶，作者無心欺詐，看倌自作多情，彼此纏綿，此誠化境也。

再者，文心如何強大，作者才情如何察人所未察，然解決問題之才能一如常人，即是無能解決。於流光中浩嘆，一如雞啼見天光。

柴霍甫劇作此段令吾低迴，但恨吾筆拙不能及也。

原著舅舅之醫生友人喜愛查閱其生活居所之地圖，審視爾來五十年之滄桑變異，旨要如此：第一張係吾鄉所在五十年前之地圖，泰半為林地，綠色標示之，山羊麋鹿群居處則標以紅色員點；有湖，有繁多鳥群，藍色標示乃農裝屋舍及其牛馬。第二張係廿五年前之地圖，綠色僅餘三分之一，藍色面積亦縮小矣。第三張係今日現狀，綠色裂解成一塊塊，不復完整一片，山羊麋鹿絕跡，藍色亦消蝕殆矣。整體而言，三張地圖呈現一漸次退化景況，且其頹勢難挽。

柴霍甫感嘆森林原貌之淪亡，或與王安石之傷仲永異曲同工？柴霍甫藉此力陳進步與退化之辨，關鍵在於吾人能否自覺思想，大變化大破壞所須代價為何？自覺思想非招之即來，舉世滔滔十九皆庸眾，隨波逐流是其本性亦是惰性，待啟蒙者開啟心智如雷電破空。

質言之，鄉人生活面貌獲得改善，內裡精神可曾隨之昇華？然，柴霍甫上世紀末之大哉問，真乃吾鄉現況？所謂差之毫釐，謬之千里。吾鄉已然行過歷史巔峰矣，吾父偕吾四兄少年時躬逢其盛，而今回歸本初，安然度日，誠屬自然。昔年一度謠傳火車鐵軌將鋪至斗鎮，越濁水溪奔騰南下，老父偕四兄訕笑一群豎子，罔顧現實且財迷心竅者搓手待之。世事豈容荒誕假設，苟若吾鄉設立火車驛站，小鎮勢必脫胎換骨，福耶禍耶，孰能逆料。

時光流逝，浮沉其中，迷物追逐，而心若靈蛇，噬人而後自噬。

吾對家鄉之應然情感甚厭膩矣。

下次返鄉待何年？或恐再無下次矣。

今日午膳後，昏然思睡，長日漫漫，天井日光熾烈，吾佇立其中，環視大甕缸水面倒映天青，盆栽葳蕤，苔痕上階，物物皆實，日影稀淡，吾童稚少年記憶湧現，數十年如雷電一閃，恍惚間一切未曾發生。

唯白日天光如斯溫柔如斯真實。

一切唯心造，唯識生。

一如底片曝光，家鄉日光悠緩將吾所有記憶曝曬泯除。

《終場幕》

（以一盞聚光燈區隔場景，此一束圓錐燈光照亮舞台一側是竈下即廚房，鹹菜姆蹲坐小椅上，寶珠抱著一捆樹枝進來。）

鹹菜姆：親家母（樊母）有好好否？

寶珠：驚得三魂七魄去了一半，昨昉我趕緊持伊一領衫去找我八妗婆收驚。

鹹菜姆：伊是基督教徒，你幫伊收驚？！

寶珠：有拜有保庇。咱林家大少爺昨昉即去大街住旅館，一路走若飛，有錢人真是貪生驚死，今日隨即決定返台北去了。

鹹菜姆：所以此間大厝偕田園不賣了？

寶珠（搖頭）：早慢一定賣掉。咱阿舍少爺講是合作、建設、發展，將來你我住樓厝，在樓頂閒閒看車頭驛站的熱鬧大街，街路的人行來行去若螻蟻，另外水圳邊建有花園的現代別莊，不是永遠拚掃不完的果子園。

鹹菜姆：我無可能看得到。人活著便是為了享受是嗎？我自諸母囝仔開始侍候此家人三代，我看過舉大厝人丁興旺，亦看過分家、開枝散葉，到如今的虛微，我真正會親目看著此間大厝烏有去？像阿舍少爺講的，大厝無了，換舉個小鎮發達了，有可能輪到我的兒孫亦發達？

寶珠：趕緊軫去亦好，天高皇帝遠，咱日子恢復正常。

（照著鹹菜姆與寶珠的燈光暗淡，舞台中央即客廳大放光明，林海象夫妻的行李集中一起，黃富美坐在大圓桌旁，樊爾雅立在對面，顯然徹夜未睡，一臉鬍渣，林婉如立在另一角落，而盧俊義來送行。）

盧俊義（說日語）：我永遠記得你，儘管飛揚地去吧，我隨後就來，大家都一樣。

黃富美：你是烏白講啥？

盧俊義：咱明年台北見。

林婉如（彎腰整理行李，有些無意義地）：父さん和馬沙叔昨暝飲得真醉，今日會得坐長途車？

黃富美（拉起婉如的手）：你欲來去台北行行，順續住一陣？亦趁此機會和小弟小妹親近親近。

盧俊義：不一定得今日，你考慮幾日，或是後禮拜，咱為夥去台北。

黃富美：焉爾上好。

樊爾雅：好主意，反正早慢得告別此間大厝。

林婉如（轉向樊爾雅行去）：阿舅，你和我為夥去吧，先離開一陣，頭腦才會真正清楚。我昨暝去大街旅社，父さん抓兔仔（嘔吐）吐一攤，我得清理，幫父さん洗身軀換衫，等伊入眠才走。自大街騎鐵馬軫來，遠遠看著咱大厝，我心肝頭一怞，一大片暗蒙蒙黝儵儵，燈火浮浮若鬼火，頭一次我有此個想法，咨爾到底是啥所在？好生份啊。我必然是大厝的最後一代，甚至是最後一個，偏偏是一個嫁不出去的外頭家神，我講的不是地契、所有權，而是感情、用心，我在意大厝的價值——（苦笑）價值？我是不是講不對了？父さん眼中的價值比我實際、有聲有色太多了。我認為的價值是幾代人的記憶偕時間，像一叢一百年的大樹，若剝掉，彼一百年便完全無去了。若欲重新栽一叢一百年大樹，得更重新用一百年的時間，你我無可能有第二個一百年可活。但是昨暝我看著若鬼厝的大厝，既然我是最後一個願意留守的，我又想，到底有啥意義？無需一百年，我死了後，還有誰會在意此一切？抑是後代人呰誚我偕阿舅咱兩人不知變竅？

樊爾雅：屆時，火車每日每夜轟隆轟隆來去，墓埔的死人震動得翻身。屆時，咱小鎮將是一個全新的所在，無你我容身之處。你我就等待後代人笑話吧。欲啼欲笑隨人去。

林婉如：屆時，加上早前的大船，未來的飛凌機，世上的人得以舉世界跡跡走，何必單戀一枝花，何處有幸福快樂便往何處去，哼哼哈（恍惚又自嘲地笑）。

盧俊義：勿更講，勿更怨了，無濟於事。將來你兩個會怨火車為啥赫爾準時，不肯稍等一下，我鞋還未穿，行李還未收拾好。

黃富美（一笑）：勿挪了。婉如，你未當像有的讀冊人讀得頭殼悾去，意義是生活出來，是作穡出來的，不是空想議論出來的。你們三人為夥恰恰好，來台北行一匝。而且明年你父さん想欲去南洋，咱儔陣去不亦有伴。

（先是咳嗽一聲，樊母進來，臉色有些憔悴，手臂挽著一小竹籃。）

樊母：富美講得對，你們兩個得去外面的世界行行看看，得去，竟年通天龜在大厝，不應該。此籃雞卵是今日朝時生的，不知哪一粒會當孵出雞屛？持著對日頭才相得出，爾雅，你提去檢查。

（樊爾雅接過籃子走出去，駝背緩行看起來更加頹廢。樊母看著兒子背影轉而自言自語。）

樊母：我一代生是小鎮的人，死是小鎮的鬼，就像我的父母以及祖先。我翁婿其實是外鄉人，但最終是埋在此個小鎮，是伊的幸抑是不幸？我一隻腳已經踏入棺材，頂一代總是快望下一代更加儨活……，我亦相信最後的審判無人可免，所以各人的罪業的各人擔吧……。

寶珠：蔡先生和轎車在大門口了。

（盧俊義、林婉如和寶珠一起將行李提出去，黃富美轉身向樊母道別。）

黃富美：親家母，你老康健好好過日。

樊母：順行。

（燈光集中在黃富美和樊爾雅兩人，一如在下午強烈的日光裡，兩人對看，心意滿滿。）

樊爾雅：再會，順行。

黃富美：很快即會見面。咱對未來得有信心。

樊爾雅：咱？

黃富美：啊，你勿歪曲我的話。車在大門口等，無時間了……，時間過得真快。

樊爾雅：在時間面頭前，每一個人通是失敗者。

黃富美（大力搖頭以示反對）：一切通是過程，咱的心會記得一切。

樊爾雅（擋住不讓黃離開）：一分鐘就好，此不定是你最後機會好好看此間大厝此片果子園……，你的心看到啥？

黃富美：我的心看得真清楚，我看不明白的你究竟驚啥？你的老母親，此間大厝，甚至你姊夫、婉如老父，通是你不敢不願離開的藉口，你想得太多，做得太少，最悲哀的是你有能力做，但是——

（燈光暗去，突然傳出一聲車喇叭，蔡昌榮叫著富美ちゃん，隨之是疾行的高跟鞋扣扣聲。）

（燈光大亮，靜默中，樊爾雅、樊母和林婉如圍著桌子而坐，桌上堆著帳簿筆記本；鹹菜姆和寶珠則對坐，膝蓋上一個竹篩，撕著荷蘭豆。）

鹹菜姆：安靜了，靜得善翁仔盹龜會自壁上摔落。

寶珠：亦聽得到果子熟了落了地。

林婉如（內心獨白）：果子熟了落了地，真實在，真好聽。亦聽得到阿舅破一坑的心，風吹過的呼呼聲。

樊爾雅：作穡，作穡！阮缺，阮缺！

林婉如（看明白阿舅心不在焉，整理著桌上的帳簿筆記本）：咱荒廢一段時日了，有些帳目得補記，算清楚。此是昨昉肥料行送來的帳單。我阿公笑人不愛讀冊的是偕孔子公無緣，我是偕數目字無緣，每次記帳，感覺帳簿上的數字會飛會走。

（除了樊爾雅，一屋人全笑了。）

樊母（低聲像是自言自語）：人無翅，卻是比有翅的鳥仔行更遠；人兩腳而已，比起四腳的禽牲走更久。

鹹菜姆：是啊，人刣人，刣萬物，比啥更加狠。

寶珠（目光往返樊母和鹹菜姆）：為啥老稀仔（老人）總是焉爾講話？

林婉如：此支萬年筆無水了。阿舅——

樊爾雅（拍胸坎）：我此真沉重。（起身行來行去）古早歐洲一個大城市，明知附近的火山將欲大爆炸，大部分人猶原不肯走，為什麼？古早人腦筋未開化？憨膽，不信大禍臨頭了？抑是認為走亦是無用？你講（環視每一個人），為什麼不肯走？

樊母：可憐……。

樊爾雅（又拍胸坎）：我此真沉重，講不出來的沉重……。

林婉如（毅然站立，雙手按著桌子，目光如炬掃過每個人，舞台週邊，之前的鬼魂又出現了）：阿舅，咱胸坎得挺直，得堅強，一切照常。只要大厝還在，田園果子園還在，咱每一日得做一樣的沆缺，不是為了任何人，是為了咱自己，做到未當更做，做到死的彼一日。奇怪一般人不願講死，講軫去，是軫去什麼所在？天堂抑是地獄？我相信最終是有審判，屆時越頭看，咱會當大聲講我此世人心安理得，不再驚惶，不再怨恨，不再失志，咱會得到真正的懽喜，會了解此世人真正的意義，像果子完全熟了，自樹頭重重落地，啊，落地彼一聲……，我有信心，所以為了彼一日，形象果子，一粒波羅蜜落地，形象每一日的日頭，咱得忍耐，得等待……，阿舅，咱得有信心，等彼一日的到來……。

（幕緩緩降落。劇終。）

10 碧藕骨荷葉衣

李靖，他的名字。

一個容易讓人會心一笑的名字，正正是古老神話故事哪吒的剛直老爹，陳塘關總兵，托塔天王。

我說，喂，托塔天王，怎麼變成雷峰塔倒了？

這是李靖的習慣，有長沙發便躺下，頭枕著我大腿。有依靠，有另一具身體的溫度，有助紓解焦慮與躁鬱，李靖解釋，最早服用癒利舒盼錠，然後主治醫師改成成分相同，國產的零點二五毫克福安源錠，狀況若不是太嚴重的突襲，每次半錠即可，每日服用最好不超過四次。

找我取暖前，李靖先是走了長路運動。每個環節都是治療，包括晨起，背心短褲繞學校圍牆走兩圈三圈曬太陽，日光助長大腦釋放血清素，走到內心的警報解除。

沿路看見一輛新車是罕見芥末黃，讓李靖懷抱甚久的物欲又興起，一直好想有一輛新品種吉普好佻達好騷包的越野車Jimny，也一直樂於猶豫著到底選米白還是欒樹開花的黃綠色好；一戶圍牆九重葛盛開，淺淺紫紅簡直魂飛魄散，又一家吃食小店倒閉，住宅大樓總名彩虹大廈、康和御花園、薰廬、台碩堂，洗石子門柱一塊長條寫「孝女會」，另一角和風前院，柵欄木門一條木板楷體寫「冬柴足」，到底啥意思？劍無鋒律師，真的假的？圍碁社門口台階左黑右白鋪滿洗淨的碁子晾乾，知其黑守其白；批發麵條的店門口則是鐵籠子一對鮮紅臉頰、黃燦燦的鸚鵡曬太陽，路邊砰米芳的助手一定是東南亞外配或外勞，郵局旁復健診所坐滿了患者，老人年輕的各半；小學則安靜如修道院，愈來愈不敢生小孩啦，自助洗衣店飄來烘衣的熟郁人工香味，令人感受到炎熱的光與芒刺，一座停車塔塔頂大鐘死在七點五十一分；鄰里小公園輪椅老婦今日五位，紅燈斑馬線前期望遇見總是牽手同行腳步穩健的一對老夫妻不出現，所以，一路總共看見萎地口罩六個，兩黑三白一粉紅，塑膠袋二個，不怕人黑貓一隻。

總總，李靖最後心繫於江南意象的一戶人家，碧竹簷雪白牆，門聯是秀逸書法，「鸚鵡簾櫳蝴蝶夢，芭蕉情緒海棠心」，他欣然神往，想望這是他老年的境況。

固定的行走路線，固定的景物，得在不變中找出一陣風就會吹散的細微變異，得區別死物與有機物、生命體；眼睛的慣性牢籠裡，一切是廢墟，必須有意志有警覺才能挖掘出黃金。當然，有人故意偽稱狗屎為黃金。

我注意看李靖的亞當蘋果不再聳動，等他確認兩隻手掌不再痲癢，焦躁完全平伏了。是呀，我偏好說亞當蘋果而不是喉結，偏好說諸夫諸母而不是男人女人，也偏好說日頭而不是太陽。我手指犁過他的天生鬈髮，感覺他的頭隱隱燜燒。

接連兩天分別夢見了姑婆與父親，李靖說。

側躺時聲帶不正吧，他的聲音低混、鏽暗。我很想制止，夢是非常隱私的，不宜輕易外洩，請慎言。然而傾聽是朋友之義，所以讓我們開始吧。

我久不聯絡的同父異母的大姊，上星期突然來電話，要我隔日上午不可晚過十一點，去她家祭拜祖先，因為已經一個月了，屢屢夢見父親抱怨沒錢花用。我大姊不悅地回嘴，我是嫁出門的女兒雖然離婚了，幹嘛找我？我父親只是瞪著她，眼神哀傷像一條老狗。大姊責問我，吉祥月也就是鬼月，你一定是沒去祭拜對不對？我繞去香燭店買了一袋金紙元寶，一進門，大姊開始打嗝，閉眼沉思一下，隨即說少一樣，她瞪大與父親一模一樣的眼睛，要我趕快去買奶油麵包，數量得是奇數，她小時候叫做克里姆，父親愛吃。我快速去便利商店買了三個奶油麵包，大姊給我三炷香，教導我站在陽台誠心召喚，客廳向陽台擺了一條長桌酒菜齊全，有魚有肉，依九玄七祖羅列碗筷酒盞茶杯。我才注意到大姊家面對門口的牆上貼著兩張紅紙墨字符籙。大姊收了我的三柱香，兩眼泛淚，打嗝後低聲說爸來了。

次日凌晨，我進入夢中一處好寬敞的室內，一個老外陌生人，姑且認定是白人，揚言他辭職了，說中文，他兩手端著一個大抽屜，在我面前一翻，叩叩清理其中雜物。為什麼陌生人而且是一個白人會來到我夢中？然後姑婆出現了，我們默默也漠然對望一眼，她寬鬆旗袍上開著墨黑大花，一般的夢是黑灰白三階色。然後屋內空蕩蕩只我一人，我急忙跑出大門跑下樓梯，隔著草地，老外駕駛一輛橄欖綠的舊式普利茅斯汽車離去，姑婆在後座，我們彼此用力揮手，這時候，我們才釋放感情，好懊悔沒有把握剛才的機會，惆悵極了。

姑婆與我們的血緣並不濃，稱呼姑婆是我父親當年特意攀親引戚，建立人際網絡，方便將我寄養。我稀薄的記憶中，姑婆確實對我很好，或者說對我非常同情，她的身體她的手，上年紀婦女的柔軟又粗糙，她潔癖，所以沒有老人味。

又再一天，夢見了我父親。奇特的視角與距離，他穿著白內衣與寬鬆的白四角內褲，坐在白色的馬桶上拉肚子，好似癌症末期的病症，一個少婦應該是我母親細心地扶著他起身，前去蓮蓬頭處沖洗。我冷漠遠觀，然後一身潔白內衣褲的父親返回馬桶，蹲下，兩手伸去抓抹糞便。一切像是劇場演出。

醒來我才覺得荒誕、不舒服。大姊解夢，糞便象徵錢財，父親收到了我們燒的金紙元寶啦。又反問我，哪來的姑婆？難道她也喜愛吃克里姆麵包？反正你夢到了就算數。我們任務完成了，她下了結論，明快結束訊息對話。

李靖說，我們，我與大姊又像兩條魚，游進各自的水域，相忘於江湖。誰也不知道若還有下次聯絡是何時。或者更準確地形容，她像是兩次背駝唐三藏師徒渡過通天河的大白黿，事成之後，儘管一肚子怨氣，遠遠游走。

李靖的大頭好像隱藏著某種放射性元素，感覺還是有隱隱的熱氣。我以為他睡著了。我好想將他的頭放置佛前，為他求得平靜。

瓦斯爐台旁的紗門給風一吹，咿呀，嘎嘎嘎嘎，彷彿嘆息的魔咒，我們一起的時間變成了藤蔓纏繞的廢棄老屋。

午時的日頭有著鋁的輕，亮，導熱快，後陽台的著手香的葉影稀薄，給日頭煎著。穿過紗門地上一方光亮，因熱量而膨脹著，卻一分一厘快速撤走，屋外大太陽，讓我以為我們漂浮晴天的大海上，無所謂開始與終結。

這是李靖與我的不同，對於我，尤其是他和我在一起的時候，時間從來不是霧區。某種意義，我捧著他發熱的頭，聽他述說，我這傾聽者反而是光，指引出路。

我告訴李靖，說吧，完整說出來，你就走出霧區了。

說吧，譬如嘔吐，譬如清創，說出來你就自由了。

李靖睜眼好像鱷魚張眼，說，再回到第二個夢，為什麼我直覺那服侍父親的少婦是我陌生的生母？那夢境與現實嚴重背反，她絕對絕對不會妾婦般服侍我父親，所以是我一廂情願的想像。是呀，生母，只是將我生出來的一個諸母人，純粹生物的觀點，我寄居她體內十個月，只是過程，不涉感情。神話傳奇哪吒的老母懷他三年六個月，潛藏的意思或是疑問，人的嬰幼兒與童年需要撫育保護的時期是否太過漫長？使得母體也得付出太多，自我犧牲太多。你是諸母人，你同意嗎？

生物延續基因的機制極其奧妙，最簡單的例子，交配之後，雄螳螂入定般乖乖地讓雌螳螂吃食。抽離母子關係，以路人的眼睛來看，我是欽佩生母的，她強大的自我與決斷力，可以視配偶與婚生子女如無物，世俗的道德審判，當然是說她狠心辣手，拋夫棄子。讓我繞個彎比喻，我曾有一位文案專業的友人如此寫過，頭頂上太白金星，我一腳踢它滾下長長階梯，這一切，我 全 都 不 要 了！

壁虎的逃生術，斷捨尾巴，全都不要了，才得以竄離。

我豈不就是那一節尾巴。

當年我生母為什麼要斷捨離婚姻家庭，我真不知道，父親從未與我談論過，我認為他也不明白。有些人行事並不需要理由。那是真正的徹底的自由，比季節風更無拘束，她行使自由的意志有如溜冰高手，她要的正是不牽掛不沾黏不糾纏的自由身吧。

某種嚴格的意義，她間接地也給了我一般人所沒有的自由，譬如我不知所以沒有母系的任何親戚，父親是一人來台，心梗猝逝，沒有留下祖籍故鄉的蛛絲馬跡，人死燈滅，一片黑暗。他是河南人。笑什麼？天上九頭鳥，地上湖北佬，十個河南九個騙，你想的是充滿惡意的這句順口溜對不對。我毫無為父返鄉尋根的心念，與生母一樣，我不需要理由解釋。父親河南人與我無關，即使他是荷蘭的華裔，我也無所謂。我父親名字是李固，固執的固。

故事必得延伸才能完整，你聽我說，有一年我旅遊去了一個古典神鳥為名的水鄉古鎮，遊客多得像連假的狄斯耐樂園，旅館卻是在鎮外十分鐘的車程，同行的老屁股耳語三人包括我，約好隔日凌晨五點前搭車再來正在黑夜夢鄉沉睡卻無一觀光客的古鎮，那時才能感受得到什麼是古鎮。漉漉清響的江水左右剪刀狀裁過，主水道跨著一條寬闊有封頂的大橋，兩側茶座，在那宛如宵禁的幽冥時刻，低溫寒涼，地面是夜露或是水洗了如膠似漆，江水激滾白浪全是才被斬首的大軍人頭，咕嚕撞擊江心石塊，仰頭吸氣吐氣，岸邊大片瀟湘竹叢只聞其聲好輕柔地款擺，昏暗中濕霧撲臉，讓我們相信自己是冤魂掛了一臉的淚。江聲送來一陣又一陣煙霧，我們在濡濕裡不明所以悲哀著，日語的さみしい音調的關係吧更準確。然後我看見從大橋另一頭，兩手握一支竹帚掃地過來，穿著雨靴的中年男子，他掃地的氣勢內斂著綿柔大力，但那頭臉乍看酷似我父親，我立定盯著他，愈看愈像，感覺全身血液都給江聲吸到想必冰冷的水中，我心想，原來你來到這裡了。

一剎那天亮了，天光還只在山稜線猶豫，地面昏暗倒是稀釋了，橫江一條虛線的石墩，走第一個的是導遊持竿，竿頂飄著三角旗幟，身後跟著一長列觀光客，全是剪影，一跨步一蹦，像極了一隊烏鴉。

至於我的童年，簡略交代吧，故事要鮮活，必須得割捨。我總共讀過五間小學，如今想來，姑婆有四個皆成家的兒子，父親與她有著以金錢為基礎的牢靠協議，將我託付寄養。父親給錢一向是豪爽的風格，所以我沒有什麼悲慘、飽受苦毒的經歷。當然，我永遠知道自己是外人，是游離寄養家庭外圍的一粒原子，所以從小我就很懂得察言觀色。

來，跟我說，さみしい，中文的寂寞、荒涼，說起來太該脆爽口了，日語特有一種低沉的回味。每到星期五下午，我開始興奮期待又焦躁不安，隔天星期六中午後，父親會來接我回他住處住一晚，我額頭抵著紗窗或是紗門，等待他的出現，日影在地上晃動，空氣中的棉絮與氣味，那培養了我對辨識腳步聲的敏感。幾次的亢奮後，心臟進入近乎透支並且呆滯乏力的狀態，鈍重地一直下沉，但永遠不會觸底，他來了，我奔跑撲上，用力抱著他大腿，六歲還是七歲，我頭臉正好到他胯下，埋進那男性最腥臊的部位，他隨即巧妙地拉開我。他體味重。此後我們有了默契，我不再那樣飛撲去抱他。

控制了意念，匱乏不成為匱乏，愛恨的針砭也就遲鈍了，你會時不時想起古鎮天亮前那如同虛線橫江的石墩，你會明白鬼使神差看見那一景是有意義的，然後你會歡喜自己變成了鐵石心腸。

你，不是我。我揪了一下李靖頭髮。

他握著我的手繼續說。

等待父親的時候，偶爾他給工作拖住，遲遲不出現，那是颱風前的低氣壓還是大雨沒下透突然放晴的傍晚，窒悶，霞光的能量好強好豐沛，斜斜直射人體成了甸甸的黃金，時間也被渲染，緩慢了速度，放眼一切在發酵膨脹。我的黃昏恐慌就是那時候染上的。

父親出現了，那次我故意躲到姑婆身後。

黃昏恐慌，可以說具體嗎？

越過了臨界點的等待，你的心，我的心一如傷口倒了一罐碘酒。

或者想像你手晃腳踢，抖動一盆滿滿的蝌蚪，盯看那沸騰混亂。

日後，我們會明瞭不過是身體的正副交感神經的功能失去協調，就像色身的調色盤打翻了，不要問是誰打翻的，對治的捷徑也不過是不到一毫克的幾種化學元素的合成藥物。妹妹，你大膽地吞下去往前走，很快沒事。

勇敢地大膽地往前走，因為別無選擇，我知道有一天將會輪到她出現。

喂，用明確的主詞，我怎麼聽得出他是男性還是女性？

我的生母啦。

少即是多，剔除細節累贅的脂肪，清理纏繞無用的裝飾，讓故事骨架的力量立體，這是敘述的美德。

我們見面，週末下午約在舊城區一個大廣場的紀念碑前，天清地朗，十幾個人苦練溜滑板製造噪音，也有蹓狗、親子玩飛盤。我對廣場的美好記憶是多年前來自異國的表演團體，面無表情的真人偶穿著大圓裙，綁在非常柔韌材質是塑鋼還是玻璃纖維的桿子頂，在桿子的圓周內流麗地彎曲擺盪，圍觀群眾抬頭仰望，真心期待那些一臉小丑彩妝不發一語的人偶將在一瞬間天使飛翔，他們隨機倆倆於半空傾身接近，接觸或不接觸，間不容髮，不容考慮，隨即分開，隨即又是另一組合的接觸，弧形的幻影，夢幻的花朵；輔佐的音樂很節制，那長長的空白間隔，眾人噤聲，唯恐桿子折斷，人偶飛墜，期望孿生恐懼。

幾多年後，城市流竄一句世故的安慰語，所有的相遇都是久別重逢。我讀著，眼睛像火柴棒擦過磷片，然而磷是毒物。

我繞著廣場的街道走了一圈兩圈三圈，經過倒閉歇業的百貨公司大樓，寸土寸金的大門口擺起了魷魚羹滷肉飯路邊攤，嗯哼，所有的相遇都是久別重逢，這城市變成什麼鬼樣子。

血緣、基因太奧妙了，遠遠地便感覺來自另一具軀體的引力致使我氣血洶湧，她也是兩眼炯炯穿過人叢直直地盯著我。就是一個你過目便忘的初老婦人。

那時候，我的記憶開啟保護模式，突然我記起來了，父親假日帶我來打牙祭吃一條龍、點心世界與金園排骨，人叢中他牽著我的手燥熱且汗濕，總是忘了放慢腳步而拖著我趕路，平交道的柵欄猛地降下好像一拳頭打在肋骨，放著黑煙屁的車流堵塞成一道牆，噹噹噹警鈴永遠不會停，天上地下全是大太陽，太陽光像是蜘蛛絲，人與光同源，炎陽生長希望與絕望，鼻嘴卻是得一直吃著黑煙，父親鬆開拉我的手，他背部一整片汗濕淋淋。警鈴仍在噹噹噹，那白色的高高鐘塔締結頭頂上的陸橋形成一條彩色迴環的時間隧道，世上一切鬼打牆的一再重複。有一次，父親還帶著一位長髮鬈蓬女子，菱角嘴擦很豔的口紅，鞋子如同牛蹄，行走時腰臀扭擺，她看我就像貓看老鼠，吃飯時，我故意用力踢她小腿一腳。火車一條黑龍轟轟飛馳過，烈日嗤嗤嗤吃著車玻璃，炫光割傷眼球，列車一個車門裡有一個人朝我揮手。父親要我待在商場二樓一家賣徽章錦旗獎牌獎杯的朋友的店裡，晚點他再來，不許亂跑。我墊起腳跟攀著圍牆看整條中華路，有個招牌是三個字小通天。

酗影像的我們，影像毒癮深重的我們，很容易辦到，你用我十歲的眼睛重現彼日，若要投機取巧，當然鏡頭得聚焦原是公會堂然而最早是布政使司衙門的所在，穿插那些不同時代不同統治者深具歷史感的黑白照片，因此整座城從疏朗空曠突變為人車漫溢，與此並行的是我生母，那時廣場上忽忽颳起一陣爽颯的風，極有侵略感的窺伺鏡頭搖搖晃晃鑽進她裙底，特寫她神聖的陰膣產道，於是還是胎兒的我出現了，浸泡在血肉與羊水中。哎喲，多麼俗爛的述說啊。那就遇神殺神，見鬼殺鬼，切莫再藉夢或精神狂亂的妄想發展下去，譬如紅光隱隱的胎兒是一團怨靈，乍然睜眼，好邪惡眼神，扁嘴，累世的積鬱仇恨爆發了，一條臍帶有如混天綾翻騰衝撞，扯爛子宮成了血污池……。

閉嘴！不可以再講！

虛構，虛構，多少罪惡假汝之名以行。

她，我生母等我走近，我猜她一定是火象人，見我腳步遲緩，一大跨步，順勢右手一伸一繞便挽著我左手肘，肉嘟嘟的圓臉全是笑，說，長得真好，你長得真好。

我這才聞到她豐腴身上的香水還是髮膠的化工香味，看見她脖子圍一條金鏈繫著一塊翠玉，左手腕是配對的玉鐲子，她身高還不到我斜落的肩膀，但我身體僵硬，背脊冷汗涔涔，非常非常想要甩開遁逃。異母大姊曾經斜視著我爆料，你娘其實還生了兩三個，她是生錯時代，要是現在挺好的代理孕母。我瞪她，大姊，回嘴損她，沒錯，該生的不生，不該生的猛生。

你是在說我嗎？我又揪了下李靖的頭髮。

Sorry啦，歪打正著。你說過因為精子卵子的產量太不成比例，女性才是真正聰明的挑選者，悠長的漁獵時期，男人野放，女人固守家園，必須花心思付諸行動挽住男人留下，一起播種開墾，所以農業大地是女神，你這是哪裡看來的？我信服喔，物種有著非常奇妙神祕的平衡機制，譬如俗話這一句，矮子矮，一肚子獪，或是矮人厚倖（多怨恨），正是歷經N年的觀察與統計得來的結論，體型體能的劣勢迫使矮子必得勤於動腦發展智力，保衛他們的生存。用進廢退，理論成立，然而真正能完成挑選者的天賦使命者幾希，因為需要的條件是嚴苛的，那就像民主是極其嬌貴的制度——什麼條件？讓我想想，這麼說吧，挑選者與被挑選者兩陣營得有做人的文明的基本素質吧。因此，這裡又出現了矛盾，如果每個雌性全是挑選者，那會是怎樣的世界？所以啊，自有人類以來那些被雄性暴力摧殘、壓迫、奴役、殺害的挑選者——

民主？李靖你究竟胡說些什麼，乾脆說是台灣之光，你休息一下，別說了。

李靖，她與我父親一樣喜歡叫我的名字，爽脆的發音，有如召魂。

被挑選者側枕著挑選者，時間的沙漏跟著放倒，流逝暫停。

我一直在尋找一間理想的故事之屋，小時候著迷於童話故事睡美人那被爬藤植物封鎖的古堡，而今走路來到這裡，沿路舉頭看許多人家的窗口，愈走心裡愈明白。經過一排老公寓，三樓鐵窗突然有人澆花嘩喇落下一瀑水淋了一婦人一身，婦人尖叫，找到門鈴大力揿下，悍然問責，喂你怎麼可以這樣太過分了你說話啊你回答我。整條道路日光灌滿，不見一個行人，太陽每一日從屋子這一側轉到另一側，浩蕩移動。我絕無托大自比的意思，但我確實如同古老故事中人，穿好衣服，沿途托缽，一無所得，進了屋子，吃了喝了，洗了腳，希望自己的心能夠像一個實實在在的缽，以空納空，以空洗空，之後離開這屋子時，成為一個更好的人。

我們頭頂一億五千萬公里之遠的太陽照著這屋子，她到廚房後陽台整理靠牆一排著手香夾著一棵馬拉巴栗，她的理想是讓著手香直立覆牆，我幫她牆上打橫拉了幾道鐵絲供繫牢枝莖。我們都喜歡那中藥似的辛香好醒腦提神。天候轉熱時，有一早她發現盆土一處有古怪塌陷，以樹枝撥開，鼻涕般三條蠕蟲，查明是蠐螬，金龜子的幼蟲，撥入小塑膠袋內，送到公園的山丘草叢放生。

她開了洗衣機，清理流理台、洗碗，水槽上的玻璃窗太陽折射進來，牆上掛一排不銹鋼鍋、勺子淒厲反光，流水濺起水花在光裡好快活，攀高的著手香影子發揮作用，牽拉日光一如蚌的斧足在瓷磚上匍匐，這是時間最大的妥協，現在的辰光就是那前進不了的斧足。

水聲中，我說Eureka，我找到了我的故事之屋，遍布馬鞍藤的荒漠海邊，莫名其妙一座粗礪水泥體，看似沒有設計的精心設計，是一股鋼鐵意志力才得以面對大海，繁殖力強旺的爬藤植物如海浪如腫瘤如藤壺包覆，藏身其中，草綠涼蔭覆蓋一層又一層，忘了自己是一建築物，靜靜等待月亮從海平線斷崖升起，海藍加天藍，心如明鏡台，彼此對望，期望忘記所有。

其實我的生母才是說故事的高手。

第一當然是得鋪設場景，她約我去舊城區一家港式茶樓，過了尖峰時段因而氣氛蕭條，茶樓是一整個高樓層打通，一覽無遺，好適合伏擊暗殺，承重樑柱全是正紅漆鑲金邊，無盡接續的飛龍翔鳳再掛上雙囍結，她笑吟吟說這時候來打八折，相識的老員工會奉送幾樣招牌小菜。然而地磚揚著消毒水與蟑螂味，水池水箱的活魚龍蝦甲魚慵慵地好可憐做著投胎白日夢，頭頂正對著空調風口細細咻咻送來陳年霉味，與抽水馬達共鳴成為白噪音。她進食習慣，將一雙筷子一豎，桌面噠的一點，夾起食物，頭一沉，兩肩一聳，又是咀嚼又是說話，這油條腸粉炸兩好吃得趁熱，隨即醬汁滴答地夾一筷子給我。上了廣式炒麵，她笑得眼眯眯，喀嗤喀嗤吃得響亮，我就是愛這麵條脆脆的，哎，你怎麼不吃呢。我一定是皺眉頭回答，中飯吃過了。

必須在氣氛變異前，展開另一條故事線推進高潮，她剔了牙，呷了一口香片，嘴唇的口紅吃蝕一大塊，右腿翹放左膝，頭一偏，成了吊梢眼，左手腕的玉鐲碰撞桌沿鏘一聲，特意壓低嗓音說，我現在的狀況呢比上不足比下綽綽有餘其實蠻好，我們七個人合租了雙拼門對門兩間老國宅公寓，哎我們自己說是人民公社互助會，大家老朋友，無兒無女，即使有也等於沒有，經濟各自獨立，生活互相照應，男女性別也無感了，兩邊大門平日就大開著，大家走來走去，也是租一送一，加量不加價，我們很進步的還設有一個公積金，累積起來救急時很有用。只是老房子就像老人毛病不少吶，壁癌，水管不通，頂樓水塔的制水閥突然壞了，我才覺奇怪怎麼雨瀟瀟一整夜，又一次，地下室積水成了蚊子培養室，蚊子幼蟲叫孑孓是吧，沒人察覺，直到市府給每一戶寄公函，限期清理否則告官，房東移民美西，代理的親戚一張臭臉只管收租金而且為逃稅只拿現金。我們也吵架喔，全是屁大的事兒，越吵越上火，本來是兩個人，拔花生或雞屎藤似的，最後七個人吵一團，我可是最冷靜的，一定趕快將廚房的刀剪兇器藏好。只要有一人開始哭，那場架就是要收場了，眼淚療傷，簡直是邪教團體聚會，淚眼汪汪互看也交相感染，將累積的怨氣啊鬱悶啊趁此發洩，我覺得非常有益心理健康呦。人，兩筆畫便寫好，最簡單也最複雜，搞明白了彼此的地雷區，偶爾也要讓它爆炸一下，自然而然笑開了，懂得笑就是得著了解藥。

空調想必調弱了，輕微打鼾，樑柱頂犄角一支監視鏡頭無聲地偏轉角度，整層酒樓進入舒眠模式，幾個員工枕著胳臂趴睡有如醉蟹，遠遠一個中年婦人制服硬邦邦包裹嚴實，昂首挺胸站崗，努力睜眼全景式盯著，分明是一隻鵝。落地窗外僵硬的青天白雲，地面建物叢簇如菌菇如黴斑，這是生母的故事屋，我耐心地聽她繼續鬼扯，開放廚房的燒臘區，有人來點餐，白圍裙都是油漬血水的廚師還更像是屠夫夢遊似在厚厚的大砧板上啪啪的斬切半隻燒雞，下一秒他將斬了自己的手掌，我記得我說不好意思——幹你娘為什麼總是要不好意思——我去一下洗手間，忽然吹來一陣風我想起在平價的連鎖咖啡館，隔壁一位平常的中年男子，攤著一桌報紙，就著一本翻爛的筆記本皺眉苦讀苦記，一手一筆於報紙上如同扶乩，專注卻讓他生出癡愚相，然後打手機，掩嘴說了一串，但我分明聽見穿越無限空間對方是機械清晰女音，您撥打的是空號請查明號碼。我與他活在平行世界，我好老土的訝異六合彩還有得玩，那不是上世紀的癡夢垃圾嗎，我撿起男子棄置回收台的有字天書一張，久違的油墨臭香，署名葡京賭俠甩一甩油頭指點賭海眾生，今期龍馬無希望，特碼紅綠最理想，三八花香時正好，是七是八不中獎；特選串雲箭，17 35 28。酒樓的電梯與廊道一路左右及上方貼滿鏡面，攻擊性的化工香味如濃霧，鏡子正對鏡子，虛空無限繁衍虛空，我一步一步走進光燦燦的水晶球蜂巢裡，可是聽覺迴旋的咒語是「您撥打的是空號請查明號碼再撥」，一扇鏡門開了走出那穿著膠鞋的屠夫廚師對我善意一笑，我希望一圈繞一圈一直走下去，鬼打牆，喔不，是曼荼羅，我佛慈悲與眾菩薩救救我。

其實我在這裡打工過一年多，那次雙十連假忙得屁股著火，但加班費加獎金非常甜美呢，你看那邊的水池，那天滿滿的石門水庫的活魚，我們打賭幾點前池子見底，樂極生悲，我小跑步，先前幾個小孩撈魚玩，地磚汪一大攤水，都來不及拖地，我鞋底一滑，後腦勺磕在水池邊，幸好滑倒時有人拉我一把，減少撞擊力道，但還是縫了六針，現在成了氣象台啦，天氣要變，這裡就發警報。我畫虎卵說，身體後仰下跌那一剎那，關老爺握鬍鬚的那隻手海底撈月托了我腰背救了我這條爛命，那大手好厚實又溫暖。其實幸虧我買了一張設計得很好的保險，理賠金讓我休養了兩個月。

注意，她用心埋引線到了這裡成形了，公積金，薪水，保險理賠，三點一直線，接著是看情況點燃。

落地窗快速飛過一隻鳥，據說城市窗殺是鳥類的大敵。她撫了撫袖子，呷一口茶，茶涼了，說，我們七人公社的工作履歷，有次大家閒著全部列出來，洋洋灑灑，一個一個回想，如果有人來寫就是一部勞工血淚史，但就像那一首老歌，我有一段情，說給誰來聽？誰？她低垂頭，眼皮塌落，右手逆時鐘轉著茶甌，我想到我遺傳了父親用刀時包括剪刀才是左撇子，我測試過譬如打羽毛球時，左手殺球力量特別兇猛。

她換方向順時鐘轉茶甌，呼吸平和，胸部緩緩起伏，繼續說，這兩年專注做看護，幾乎醫院是旅館了，自備行軍床，天生吃這一行，頭一放枕頭上立即入睡，病患叫兩聲即醒，識得一位老姊妹招她加入助念團，但並不積極。我們健保才真正是台灣之光，我顧過好幾個特地回來動手術的老先生老太太，呼喚兒孫全是英文名，說話也夾英文，要我easy、careful，自認為洋味就是高人一等，骨子裡根本健保盜賊，我忍無可忍高級酸修理，太太歹勢吶我們不是在美國，你講英文我聽不懂，侍候不對艱苦的還是你自己喔。遇過一個本省阿婆最可愛，照顧腸阻塞的失智老公，換尿布時啪啪啪好響亮打屁股，笑得見牙不見眼，說她老公少年時非常壞性恠，伊受的氣可比一座石門水庫，總算有機會報獠鼠冤，此仇不報非女人。那次半夜醒，天亮前最安靜的時候，我大腦一半還睡著，輕手輕腳去茶水間，一長條走廊空蕩蕩又亮又舊，突然頭頂日光燈打顫嗤喳亂閃，一條長蛇飛竄，火星飛濺，幾乎將我頭皮掀去，果然護理站立即起了騷動，有床病患走了，解脫了。人生不過是一包尿袋，人體六成是水分體液，我戴口罩眯眼屏氣將尿袋倒進量杯得知多少西西，記錄下來，生命盡頭的尿液異味特別濃臊腥，顏色特別深，苦難特別重，為了活著不斷吃喝不斷排泄，人身就是無間道。可我活到這裡，上一個看護的是得過大腸癌做了腸造口俗稱人工肛門的中年婦人，好善良好溫柔好瘦好瘦，只剩一副骨架挺立，圓圓頭顱天庭飽滿，年輕時想必美麗，我協助她灌腸，她右腹挖了個洞讓直腸口鑽出，光澤的裸肉是一小節肉團好像小花苞，微溫水六百西西徐徐灌注後，等待直腸接受刺激甦醒，我坐小圓凳握緊拳頭按摩她肚子，她微弱顫抖地說感覺到腸子這裡一條結塊嗎，輕點否則痛，再輕點，謝謝，加油加油，我才明白她是對腸子訴說，加油加油，她蹙眉閉眼流淚，我跟著流淚，我說好辛苦我知道，小時候的夜晚，仰頭陀螺轉轉轉，轉出滿天星光，移山倒海樊梨花，她被我逗笑，腸子咕嘟一嘔，湧出糞水流進長錐狀塑膠引帶，我們開心齊喊加油加油，糞便的新鮮酵味居然有一絲的香，她好虛弱，身體一歪倒我胸前，圓圓的小頭顱像一顆哈密瓜滾動，我好怕就這樣滾下地，我攙她回病床，瓜熟就該蒂落，等死亡大發慈悲快點到來，再上一個病患手術後譫妄大發三天兩夜，我幫她提著尿袋與生理食鹽水袋團團走，但這一位善婦人沒那元氣了，她家人在深夜接她回家好像抱起一隻蠶繭，我拿了看護費也離開醫院，才想起好像一雙拖鞋留在櫥櫃底下，我回頭，整棟醫院濛濛發光，樓頂招牌中一個十字架特別冷特別白。我都活到這裡了，光溜溜一個人，我很害怕十字架上非常愁苦而且瘦得有如魚骨的那個男人。

整酒樓呼呼大睡，我們賊也似的離開，水池活魚潑喇一聲，鏡子電梯裡，她挽著我的手臂謳咾我好帥，呢喃著我的帥兒子。在那無限複製的無有出路的鏡子迷宮，人的靈性被稀釋得趨近於零，結論是她說我有一張保單貸款中，但核撥的時間久了些，要麻煩你幫個忙給我周轉一下。我答，讓我考慮。

走出大樓，紅磚道上，我們走到這裡了，你往那邊去，我的路在這一邊。

太陽就在馬路對岸的大樓，在每一扇玻璃窗淒厲作響。

到處是危老建物的老城，我永遠的記憶是與父親一起，夏天毒太陽到處縱火，現在的老城老衰得沒有一絲火氣。我從不自作多情以為會在某家店舖前遇見父親的化身，雖然每張椅子上的老人總令我多看一眼。

很久遠的事，那時是我父親經濟狀況寬裕的時期吧，他開車了，穿了一套新衣新褲，載我與他一起過週末週日，顯然記憶在此蹣跚走上岔路，暗夜中車子奔馳在某一條筆直的公路，他右手持續地流利換擋，人車一體，兩旁無盡的荒野飛著詭異星火，車速的疾風呼呼轟轟變異為耳鳴，也將車體外的世界流質化，昏暗的時空混沌成一條虛幻隧道通往未知，時間加速，心跳加速，昏暗裡我敏感察覺一種成熟女子特有的濃郁味道是脂粉嗎遺留在父親的皮膚上，一定是那嘴唇擦豔紅口紅一頭蓬髮非常令我厭惡的女人，但我父親是開心的，而且開心讓他年輕。我只能以沉默抵抗他，兩片耳朵莫名其妙紅熱了，父親一按手排檔上方的點煙器，抽出，點燃嘴咬的菸，他側影有一瞬的嫣紅火光。最後是我軟弱了，我問他，我們在哪裡？

我們走到這裡，我生母也說都走到這裡了，不然你要怎樣？

我們面對面，她企圖建立一種關係，我很想告訴她，我從來就不是果子，你摘不到，無論你多會說故事，你真以為我有你的基因，這就給了你韌性與勇氣嗎？

我沒回頭，一點也不想，但迎面一家銀行的玻璃牆銀亮，映照我生母躊躇回頭兩次，有所期盼，一種純粹生物性的期盼譬如水與食物；期盼落空，她直直前行，熟齡女性的臀部寬、腫且累贅，洪荒的太陽下，她將自己走成一隻直立人猿。

我生母一再向我要求周轉成了習慣，雖然錢財身外物，朋友得有通財之義，何況生母，我詳細請教了律師友人，得到了對雙方都好的建議，我生母一旦證明是無人扶養，可正式申請低收入戶救濟，但她說接到法院公文，室友幫忙看，十嘴九尻倉（什麼意思你懂嗎？），她突然一股無名火起（舉卵葩火啦），將公文撕了個粉碎（我厭惡冷笑，她有啥資格生氣？），我也拿起屠夫廚師的大刀狠狠地剁斬那鏡子電梯與酒樓鏡廊，一路嘩啦嘩啦鏡子破碎聲真像夏日大雷雨，爽快極了。

我向地方法院家事法庭遞上了請求免除扶養義務之聲請狀，我是李靖，我的具狀理由如下。

（……………………………………………）

將近六年未曾回台的汪倫興致高昂地約齊了我們四個老友吃飯。也是幾年不見的秦叔寶臨時起意帶來了吃素的小女友，好像那一則江湖傳說其實胡扯，空運長途飛行的鰻魚群加進了一條鯰魚，提高存活率。

汪倫興奮解說這台菜海鮮餐廳是他家族的愛店，春節圍爐生日聚餐吃了十幾年，一年前無預警停業，他回台前一星期，么妹路過一陌生路段，嶄新店招卻是熟悉的名字落入眼中，老老闆彌勒佛似笑臉大耳正在門口抽菸；復活了，這老衰城市的小傳奇。

啟程返台前汪倫積極問我吃什麼哪家餐館好？我完全茫然，每日走路共伴的道路視覺巡旅只是有如掃地僧的積累印象，拜託千萬別誇張是雷射雋刻，記憶容量有限，我的直覺判斷，古早味越南菜泰國菜港仔茶餐廳的風潮過了，現正時興螺獅粉酸辣粉酸魚湯，汪倫笑了，要俏皮，被殖民的舌尖。

小包廂在地下室，陡峭樓梯必然是開張裝潢才挖鑿建立的，貼心設有電動升降椅，可樂觀視為餐前娛樂之羽化升天儀式。老餐廳老員工，戴膠框老花眼鏡，略有遲疑端來一盤紅麹軟絲，旋即小跑返回端走，「還好沒動，送錯桌了。」

地下室有點壓迫感，鱔魚麵麻油雙腰龍蝦豆腐煲炒海瓜子蒸鮮魚白斬雞，革命不是請客吃飯，但這危老之城的資深市民大概只對吃飯請客還有革命的激情與活力，孫尚香說：「我今天就吃這一餐。」大家有默契每一盤大抵吃淨了，沒辦法，道德壓力太沉重了，據某一甚有公信力的食物銀行統計，其接收搶救否則送焚化爐的食物，每個月超過四萬公斤；另一傳說，某大廚揭示他烹飪比賽的評審標準之一，彎下腰細察廚餘桶內遭拋棄的食材有多少，不成比例丟棄太多者不及格，不珍惜食材，無廚藝美德可言。大型肉食動物、原民勢必啃食盡辛苦捕捉獵物，暗藏物盡其用、報本返始的自然戒律，所以今時人類才是最惡劣的敗德者。我甚愛小日本的神話，每一粒米有七位神仙，進食前合掌說一句伊達達起嘛斯，頂禮感謝眼前生物獻出生命作為我的食物。我見過一美食家，逐一盤子端起，傾斜清空掃進他自己的碗盤，毫不矯飾，吃得好盡責好開心。又一傳說聚餐收尾遊戲，大家剪刀石頭布讓拳，輸的得將一整盤菜尾幹光，哀嚎我肚子要漲破啦。

吃飯，最古老的確認關係的儀式，發現也是發明火之後的熟食，無人不愛火光映在臉上身上食物上，吃食遂有了神聖感。自古艱難唯一餓，人克服了飢餓的大問題，有幸來到飽食昏沉狀態，剩食成了道德問題。

久不往來，吃飽了大家形同裹了膠膜，懶怠交談，除了移民者汪倫滔滔一口食經，每年九月買來野生鮭魚，以鹽反覆抓揉按摩，純耐力活，冰箱冷藏三日後熟成，片之即食，或佐以洋蔥末與酸豆續隨子，也嘗試做臘肉蘿蔔糕，就怕異國外族味道引發鄰居抗議，隔壁的獨居發臭老巫婆養一條呆傻大黃貓，紅糟鷹鉤鼻上一雙冰冷怨恨的灰藍眼睛，其中不無種族歧視的意味，門戶洞開，總是晃蕩一對肉膀子煮一大鍋肉醬。

沒意思，汪倫感嘆，已經吃過幾次飯局，整餐廳坐滿了，嗡嗡轟轟，八九成客群都是半百起跳的老人，難怪年輕世代恨死我們吃光耗盡他們下一代的資源。飯後走路，九點不到，舉凡走到之處都是昏暗蕭條，寸土寸金的店面拉下鐵門成了黑洞，蹲著遊民義塚的一座蟻丘。孫尚香搶話，不許你這樣說自己，好像你是大瘟神。汪倫瞪眼，咋的，繼嚇死寶寶後的最新說話法是吧，不噁心不要錢。真懷念蘇聯解體、柏林圍牆倒的那年代，整條忠孝東沸沸滾滾的人頭蒼蠅，有一次公車司機無預警罷工，大太陽下倒霉憤怒人潮漫到路中央，那時候的台北有一顆熾燙如熔漿的心，現在找不到了。換秦叔寶插嘴，兩件事時間點得顛倒過來，柏林圍牆先倒。李三寶接口，你搭十幾小時飛機回來說沒意思，其實衰也有意思，衰得恰好也是美，要懂得欣賞，港仔說的衰郎頌，衰得爽。

李三寶祖父參加血幹團，說嘎逼而不說咖啡，大家族蔓延竄到麻六甲海峽兩岸，蘇聯解體後，汪倫跟隨他去探親，舉目鳳凰花如雪崩如海嘯，撐到正午中暑昏厥，一臉赤紅砸在飯桌上，從此赤道國家不敢去了。汪倫繼續說，有一回深夜出門才知道毫毛細雨綿綿密密，雨水路面過渡為淵黑鏡面，夜黑夜藍有層次有色差因而立體縱深，且魚卵燈光自動加乘複製令人眼花，一腳兩腳便踩進又滑又黏幻境，悲欣交集，以為回到從前，結論這是蓬萊仙島版的亞特蘭提斯，是一艘烏黖黖沉船，曾經是寶船，探索聲納的幽靈有冤無處申訴是汽車輪胎嘶嘶咬著柏油路，樓頂空幻窈冥有漁汛的大規模遷徙在在明示，屬於我們的歷史已經過去了。孫尚香又插嘴，就是鬼船。好吧，到處鬼影幢幢，不見活人身影，淒苦的雨味濕氣浸潤全身毛細孔，兩腳泡水像踩了捕獸夾，來到與四層樓老公寓等高的大樹下，枝葉層層甸甸又且如烏雲，滴落雨彈正中頭頂，啪一驚，倒抽一口涼氣，正是：低處的果子已經摘光了，高處是名為老衰與死亡的豐碩果子，不必要強摘，等著成熟掉落，幸運的正正砸在我們頭頂心。

汪倫送每人一小包法國Pralus 75%巧克力，一根禾莖綁著綠紙包五疊二英寸正方塊，五種層次差異的綠色由淡而深分別代表祕魯、厄瓜多爾、多明尼加共和國、坦尚尼亞、馬達加斯加。

我們在餐館門口四散，無人回頭，騎樓吹來一陣風揚起紙屑塑膠袋，吹得每一人飄飄搖搖似紙糊，窄街上一長條夜空溝渠，加了濾鏡的日光夜景，汪倫和我一起走，市聲悄悄，移民溫帶的他知道樹葉到了冬天掉光是自然的。

汪倫最後說一句，怎麼舉目四望看不到一件開心的事。

不在場老友黃天霸，給南部烈陽養得氣血暢旺，傳訊息開示我倆，急急如律令速速離開天龍國穿越北回歸線到南部來，四輪車兩輪車任選，偶（我）帶你們上山下海大吃大喝，保證風邪濕氣躁鬱經神病全驅除。

黃天霸理論，日照治療，尤其能殺死心裡暗黑角落的黴菌。我記憶底層的南都則是道路大幅拓寬都市更新前，我們三人騎腳踏車去了鹽漬海邊，給曬得睜不開眼，回程吃了滿嘴風沙，轉入彎曲又迴繞的巷弄，民家夾著古廟，盆罐養花草，竹篙晾衣褲，悠長下午踱步到了黃昏，日頭移一寸，煙燻得面目全黑的神明盹睡幾百年了，比人更煩惱切莫動了凡心，等到幫浦一壓出水，煎匙跟鼎黿哐哐朗朗響，暮靄起駕，關廟門，紅燈籠亮，天清地暗，地平線嘰嘰喳喳蠅蠅嗡嗡，夜暗滋長，朦朧中是全世間的憂煩，這一天像一疊金銀紙燒成了灰燼。

黃天霸為了精進他的日照理論，多次飛往峇厘島待一個月兩個月，生活重心是綠林中每日的阿斯坦加八肢瑜珈課程。但是除了失智老母，一年前他的妻在清光大理石客廳重摔，手腳骨折，手術置換髖關節，鋼片固定左手橈骨，他磨練自己成了專業看護，妻子康復後，他急需比較並體驗另一種日常與自由，讓烈陽真正深入皮肉骨，曬得徹底乾焦，輕如蟬蛻。他附加老友陳繼志帕金森氏症患者的勵志故事，立即開始與時間競跑，妻子開豐田Yaris載著全島繞透透找遍每一親友，要在臥床失智前封存記憶。黃陳二人共同發現，同輩紛紛進入空巢期，所以訪友相聚只消將棉被枕頭也載著，臨時偽家族成立，吃喝七分八分飽後，當晚睡老友閒置的兒女臥房，翌日早晨兩對夫妻走出房門互看彼此像照看落地鏡，內心好欣慰好踏實。

陳繼志神往極了西班牙朝聖之路，最長一條路程八百公里，起碼得走一個月；日之夕矣，此生無緣實踐，他自行計畫了從鼻頭角燈塔到鵝鑾鼻燈塔的本土雙塔路線。

陳繼志夫妻安車當步，我復返回歸線以北，黃昏恐慌不擇地皆可發作，說來就來，心臟掉進酸鹼值失衡的液體裡浮沉。有此一說，姑且聽之，人體每七年全身細胞接續完成更新，換一個全新的身體嗎？還是在這最後的轉換過程出了差錯嗎？

我尋找一種聲音，瀕臨失傳的彈棉花那鐵弦的錚錚響，將一床棉絮彈鬆，某種意義，那古老聲音將時間的組織彈鬆，有了裂隙，故事於焉出現。

回到我自己的老公寓，有個偉大的英文名字諾亞的李逵橫倒在沙發上沉甸甸呼呼大睡。必然是美術館的某次展覽看後的強烈印象，挑高二層樓空間，一艘仿古沉船自中央切開，直視剖面，船艙到船腹船底全是洶湧傾瀉的青花瓷盤。

執意鉤沉記憶其實好危險。

日正當中，距離地球一億五千萬公里，直射老公寓屋頂，一分一厘移動，飽含熱量的光從門窗進入，連動盆栽的著手香的淡影有如超音波影像的胎動，時空化為粉塵迷煙眼睛，我看見李逵就像繡像小說的插圖，頭頂徐徐呼出夢雲。

我走上屋頂，四十年屋齡的這片瀕臨危老住屋，慶幸所有住戶協議不准頂樓加蓋，然而禍福相倚，向陽處女兒牆強韌野草有一人高如同墓草，雀鳥與斑鳩的藏身處，天候涼冷時，曠風颯颯吹得草長搖出蕭條之聲；立在老化的隔熱磚上，像是在砧板上，作為古老的物種，我服從內在的神祕指令，仰頭上望一無所有的天空，接受審判。

最好的時候，我這直立猿人的後代，現在是一隻晴天的避雷針。

同時又想到了那一句古老的狂言，給我一個支點，我就可以撐起地球；仰望天空的此時此刻，這個我成了大笑話。

偶爾，極目處太虛當中有一架飛機純白魚骨近乎通透，漠漠向前筆直移動，當然也可以想成是一帶鞭毛的精子。

那讓我立地生出一股巨大的悲劇感。

無限天空的重量無限大。

話分兩頭，我上來是為了一種通稱為落地生根的野草，每隔兩三月，長則半年，成了一種儀式，自認這次將之拔除乾淨了，但風雨在隔熱磚上製造的淺薄沙塵硬是直挺挺再一次生出一株株的落地生根，永劫回歸的具體展現，所以有著不死鳥、打不死與大還魂的別名。我有必要科普一下，落在我屋頂上此繁殖力特強的多肉植物天賦異稟，雌雄同株，無須種子繁衍後代，其葉緣有潛伏芽或稱不定芽，即使貧瘠沙土足夠藉以發芽長成完整一株，正是「是身如幻從顛倒起」，更厲害的是他們既顛倒且陰陽合體。今年三月，鄰居按鈴告知，喂你們樓頂的水塔漏水啦，是制水閥老朽壞了，我才發現水塔下另一面背陽的女兒牆牆陰一大簇及膝的落地生根，瘀紫長莖上擁擠著排炮似的長條淡紅花，過於沉重似的，花朵全數倒吊，紫灰花托朝天，我懊惱不能準確說出花色是淡紅或淺紫紅，只覺一股頹靡污髒中開出妖艷的姿態。我更猶豫是否照樣拔除，等晚上倒進垃圾車的廚餘桶，廣義來說這是植物生命，是生靈，他們的生存侵犯或妨礙我了嗎？根本沒有。其次，沿著牆根一列落地生根幼株，一根直莖對生深綠色肉質葉，葉緣鋸齒，細看鋸齒尖又生出看似兩組對生的微圓葉是小芽苗，四片微圓葉有宇宙雛型的想像。所以當葉片落地，小芽苗即可獨立生長。

蹲踞看落地生根不死鳥野草花，面朝大地背朝天，我深刻感知那一句古老述說，是驚嘆也是結論，上天有好生之德。

住在美東新英格蘭的丘陵小鎮的唐小山好幾次狼來了，九十六歲婆婆大人這回看起來走定了，數日後訊息看不出是否沮喪，敘述，那混合德國義大利與愛爾蘭裔的身高一七五的老婆婆夜半醒來，自行將長及後背心還很茂密的灰白髮紮綁一條辮子，九節鋼鞭，淡淡化了妝，換上乾淨洋裝，悄悄下樓到廚房開冰箱找吃食，將兒子認成丈夫，問唐小山你是誰，可是菲律賓人，因為兒子曾經有過一個菲律賓女友。唐小山熱了雞湯、肉汁薯泥，她好胃口吃了精光，讚嘆真是美味，又再問唐小山你是誰，你的口音好奇怪，灰藍眼珠很混濁，搖晃手腕的老金錶說怎麼下午不到三點天這麼黑，臉上反常地氣血暢旺膚如凝脂喔，睡了一整個冬天，跨年便是九十七歲的老睡美人，不定時醒來，漸漸發散敗壞的酒酵味，唐小山與丈夫輪流守夜，等待老婆婆徹底灰燼了沒有鼻息，然而一次次的失望，看著她在長長的睡眠裡龜息平穩悠揚，入了仙境。冬眠過去了，有一天她特別精神，仔細且溫柔地幫她好好洗了個澡，她整個人洋溢著好輕盈的幸福感，甜滋滋恍惚笑著，然後三人在廚房，小山丈夫烤了餅乾，天氣非常好，西曬的空間是淡金緋紅的液態，光的能量膨脹，所有的金屬與玻璃在歡唱，三人的任一舉動都帶著光暈，她的意識在退遠，眼神沒有焦距，癟縮的嘴形同封緘，她的手寒玉般涼爽，她看著親人像自隔世的遠方。老婆婆又撐了半個月，直到死亡完全熟透了。彌留之際，唐小山在她的薄被上撒了玫瑰花瓣。

唐小山第一次目睹死亡的全程，如此溫柔、緩慢又堅韌。

小山略有焦躁地等待那最後一口氣吐出，那麼虛微，一陣來自過往的腐風，卻讓房間震動，時間停止，吹淨所有渣滓，連帶將隨侍在側親人心中的某種玄祕之物也席捲而去，死亡於一剎那凝現，也於一剎那離去，因而一剎那也產生了無與倫比的純淨，但是老婆婆的遺體不等同於死亡，徹底的寂靜中，小山逼視那經歷完整一生的遺體，不再有任何的感情。

我得趕快出外走走，相隔兩條街廓的巷子底正在重建大樓，一隻巨大吊臂指天，我走向街底的矮山雜林公園，整治得完全符合城市人理想的文明狀態，一條木棧道與碎石路，兩旁姑婆芋筆筒樹非常健康茂盛，淙淙水流聲，繼續前行則有規畫完善、相互銜接的幾條登山步道，空氣甜美。半途更有休憩陽台與長條椅，善聽者可以考試自己聽出有幾種鳥鳴。我突然強烈地渴求有個生命體作伴，一條狗也好，最理想是一隻老鷹，但是決不要貓，貓鼠一體，令我恐懼。我儲存過這樣的知識，誠實說我無法判斷其真偽，它是如此敘述，屬於新哺乳類腦的人腦經過長久長久的進化，細密重疊著古哺乳類腦譬如馬的腦、與爬蟲類腦，後兩者形塑人的本能反應，所以古哺乳類腦的部分強壯，天生不怕老鼠，爬蟲類腦的部分強壯，則不怕蛇。是以蛇鼠都怕的我，有的是演化來到最前線的新哺乳類腦。驅逐恐懼，我快步往上爬，感謝市政府的財政寬裕，通往山脊的步道便於健走，山風習習，下眺這盆地裡沒有風格更沒有審美意識而規畫的千萬住家，整個一如強颱過後，大河入海口壅塞的垃圾廢棄。

我的心緒因為眼界中的醜惡地貌而混亂，我一下想著曾有一首白癡流行歌的詞句，我又背著那重重的殼啊一步一步往上爬，一下想著荒涼海邊獨有一棟清水模廢樓，覆蓋著滿滿的爬藤植物，海上生明月的夜晚，最宜入住，自尋煩惱思考人生所為何來？旋即想著子房胚珠雌蕊雄蕊，雌蕊的柱頭受精，進入發育階段，子房幸而最終成為果實；中原漢人的古老思想，宗族家族與房，墓碑上陰陽分明刻著幾大房，確保基因傳衍的建制。海拔才一百公尺的山頂有一純木柴搭建的涼亭，木柱掛著一輪時鐘，落後中原標準時間七分鐘，這片山頭曾經是墳墓山，於此制高點（唉真是可笑的位置）下看，住宅建物於飄渺空污籠罩下一如惡性腫瘤蔓生，每一扇窗裡的每一間房，當然有人界的雌蕊雄蕊，也就有著授粉結果，組織了共同生活，子房的具體化。二千多年前，有人仲介他們上帝的意思，人獨居不好；怎麼個不好法？諭令不解釋。當今之世，獨居早已有了正當性，也有了詮釋權，子房虛級化亦即不生也是可以接受，既然有了可以選擇的自由，各自造業各自承擔——我就說到這裡，不必重複他人的話語。

雖然諷刺，但我必須坦承，現階段我愈來愈贊成他們上帝的意思，人獨居不好。怎麼個不好法？我不必解釋。

李逵揉著眼睛，打著哈欠，夢囈似的黏糊說話。我等他清醒了再說一遍。

我在河濱公園遇見了嚴格算起來是第一個女朋友，帶著十歲的小兒子，她胖了起碼二分之一個自己，因此我猶豫了一陣子才相認。她那方型臉是最耐變，眼神卻很憔悴。河濱公園我很常去，這幾年來整治管理得很好，沿河步道與自行車道通往天涯海角，河面寬闊安靜，此後流了二十公里後入海，，河水一點也不清澈但不妨礙這裡的舒適涼爽，入夜後，一簇一簇的卡拉ＯＫ加廣場舞是聲響的煙火，那非常職業化的坦蕩歌喉力道足，就是聽個痛快。她讓我想起票據法廢除以前，那些為丈夫開芭樂票揹債而坐牢的妻子。我說兒子蠻像她，她活了起來，說，我有時看著覺得蠻像你的。

李逵說我有個祕密你不知道，我小時候生過一場怪病，高燒不斷，有一顆蛋蛋因此壞死，另一顆應該也受傷，我是不能生的。

那也沒什麼，初戀女友緊盯著兒子，唯恐跑出她的視線，她說老大是女兒，一進入青春期便臭臉宣示主權，不經許可不可進她房間，只要認為被侵犯了，就跟我冷戰。自己生的孽畜自己承擔。

這天的落日並不曬，暖烘烘，催促河水加快流速，她邀李逵看那遠遠的樓屋，樓頂的白鐵儲水桶的反光割了眼珠一道。

李逵說，我們那時租住頂樓加蓋的鐵皮屋，隔兩戶則是將頂樓當養狗場，羶騷味的恐怖攻擊聞久了也就習慣，我懷疑狗主割掉了狗的聲帶，沒聽過牠們的吠鬧。原來狗主是那戶房東的兒子，戽斗臉，披肩長髮綁馬尾的大漢，騎重型機車，很健談，問我們有無興趣一起去山上放狗，走陽金公路，朝拜了一座大雷達站，彎彎曲曲繞進他的芒草祕境，才下午大風一颳便有雲霧夾著雨水湧起如鬼打牆，初戀女友恐慌著呼叫我，戽斗臉展現神技，好響亮口哨一吹，草叢中的狗潑辣鑽出來，狗眼如磷火，哈哈吐著舌頭，一身肌肉緊繃皮毛發亮帥極了，我都好想也養一條，問了價錢只有傻眼，日後他帶著摺疊腳踏車走小三通對岸一省一省旅遊，遠征至西北大草原。

她兩腿夾著兒子，抽出濕紙巾幫他擦臉擦手，說那時候真能睡，前一晚戽斗請我們吃熱炒喝啤酒搞到快天亮，睡到下午整個房間給曬得熱騰騰生煙了，跳電沒冷氣，我們熱醒浸在汗水裡，每個毛細孔大張淌著汁液，舌頭又腫又硬，覺得是世界末日了，鐵漿大太陽擱淺在前一排公寓屋頂，一個半圓的洪荒入口，召喚我們跳進去快跳進去。她兒子插嘴，媽媽你在說什麼？

我說你得回去了嗎，我們去吃晚飯吧。她笑了，急個鳥，你請還能不吃嗎，我又說你陸劇看太多。等綠燈過環河路，下班尖峰黑煙滾滾的車潮，日常生活中因為數量與擁擠生出的節慶感，我突然覺得是一家三口，有一種幸福感，尤其老城區特有一種陳舊烏暗滄桑，燈光昏黃，經過雜糧店，她很自然地俯身看看，開心說這蒜頭真好。一剎那，眼前整條街整個城大放光明，但我知道，那光亮與溫暖隨著時間沙漏加速流失。

隔了好幾天或者一星期後，李逵才有勇氣再去河濱公園，日頭還很炙熱，他走上大橋，猶豫不決自己在尋找什麼，又下橋，經過一座毫無香火氣的土地公廟，廟前大江流日夜，神靈出遊去也，看著河岸泥灘茂盛的水筆仔，覺得內心不久前那一閃靈光無影無蹤了。再走下去，勢必像是脫殼蝸牛給曬成一攤黏稠水。一位坐輪椅曬太陽的乾扁老先生虛弱地叫李逵，要求推他到黃槿樹蔭下，外傭離開一小時了還不回來，他快要虛脫了，保溫瓶的水也喝光了。他快步去買了一瓶水給老頭，咕嚕灌了半瓶，沙漠植物般復原，臉色紅潤，閉目調息，李逵反正無事便一旁坐著，兩眼掃描河岸遊人是否有初戀女友與兒子的蹤影，那一日沒告訴她，戽斗在一次重機夜遊途中摔車死了，死很多年了。

每一個人都有一次死亡，徹底也是獨一無二，後死者過了生命的某一個節點，再看先死者尤其是猝死的會油然生出某種喜劇的感喟吧，然後想著自己的死亡難免懼怕，萬一成了歹戲拖棚呢。李逵從沒與她坦白，兩人同居樓頂鐵皮屋時，西曬的太陽到落日的時段，門窗燒烤得金燦燦，熱得令人恍惚、窒息，他偶爾發神經，脫光了在熱量光能裡熬煮，試試是否身體的汗水油脂就這樣燃燒耗盡，光裡浮浮沉沉全是纖毛飛絮，感激自己的視力犀利，明察秋毫，眼睛吸收著光熱的輻射，感受著作為活體的喜悅卻又內心非常困頓，又譬如有一天傍晚，必然長長夏天過去了，他一人回到住處，將所有門窗打開，形勢顛倒，換成大太陽獨自昏睡了一下午，嘴角口水流了一大攤在女兒牆那邊的隔熱磚上，屋內乾燥涼爽，虛空的虛空。

人的奇妙是因為不可預知，時間向前走，也持續地分枝又分岔，我不會再遇見另一個屙斗男與他的狗，不會再有第二個同居鐵皮屋的女友，兩人不會牽手繼續下去組合家庭生兒育女，但是會遇到這樣已經一腳踏進棺材的老頭，淹在黃昏奇麗的金光裡，覺得冷，愈縮愈小，河風吹來隱約的腐味，一陣嗆咳後，老頭說兒子媳婦聯合外傭要謀殺我，你看著就是趁漲潮把我推進河裡流進大海。

那樣也不錯，李逵沒說出口。

老頭在最後一刻將我對他的同情拆解了，也好。我離開時，卡拉ＯＫ廣場舞開始布置場地，正對著也是一間毫無香火氣的小廟，我忍不住回頭一望，晚霞河風吹著老頭像是一堆即將燒盡的金紙。

我問李逵，會嘴渣否？喝水。

他手機響，清了清喉嚨接起，我是諾亞。

屋頂上的落地生根不死鳥，我留了三株以清水養在一個陶盆，墨綠肉質葉水分很足，觸感重，葉脈多有不規則形狀的枯乾，整株的色澤混濁，這刻倒是看出他的硬氣。

移植進屋的第一天，我強迫症似跟著日照挪移他好像夸父，我看著是好的。

李逵說拜一拜我們時代最偉大的網路神，有拜必應，知識即來眼前，原來植物缺水與受傷時是會尖叫求助的，以色列科學團隊力陳他們的痛苦叫聲每小時最多有數十次，苦極呼天，只是那高頻率幸或不幸人類聽力接收不到。難怪聽說有智者遇著大樹喜歡繞走，手掌拍撫樹身通信息打招呼。

李逵再次勸我得多沾沾人氣，起碼有助預防老年癡呆，他幾位朋友合開一家小酒館，一扇門漆傳統喜慶的大紅色，酒館正中擺了一張鴉片床，對，就是電影胭脂扣張國榮梅艷芳殉情的古董，中島料理台取代吧台，老友熟客自己做下酒菜，到了子時開始做宵夜，一夥全是不婚不生者或是單身，有所眷戀的就養一條大狗，夫妻蹓狗來到紅門，老婆抽煙斗，老公進店秀廚藝，店老闆說等冬天吃狗肉吧，一年來大家迷上醃臘肉醃青梅醃製泡菜做酒釀做洛神花果醬，談電玩談車談球鞋談紅酒威士忌談旅行談四大網球賽，就是不談股票基金不談房地產不談老父老母與政治，每個人沒有故事可說了，只剩敘事，譬如談起兩位友人要徒步南迴公路，有興趣一起去嗎？一人在胸口比劃了一個圈，我好像破了個洞，李逵接口，那我們加入一起去走路，只參加三天兩夜，第一天傍晚到金崙一家海風徐徐的民宿會合，第二天六人走二十八公里濱海公路經大竹大鳥大武到達仁，大海蒸騰迷魅，六人好似全是耶穌有神力行走水上，第三天清晨五點起床，暗蒙蒙，走安朔村唯一大路，過安朔溪前有便利商店，停著三台車二白一黑都載有貓狗才自台南夜駕來，前行向陽山路是路況良好的柏油公路，緊貼著山壁山溝走，貨卡車輪比人高，遭輾死的小蛇，硬殼的果實，漸漸自行車隊多了起來，得過了草埔與雙流，幾近沒有人影，乾旱得讓人脫水的平原好多枇杷田，枇杷花一團簇一團簇看似蒙塵重矣，青空大氣層白濛濛，傍晚六點到楓港，全程三十五公里，不顧楓港大街路邊的燒烤，李逵和心破洞朋友坐上計程車到枋山火車站一路返台北。李逵最記得，面向太平洋的某一條大橋上，對面走來一個獨行者，斗笠陰影裡好溫暖笑臉，雙手握拳比了個加油，他好想衝過去問他一個人發神經走東海岸是為什麼，喪偶喪子還是破產嗎？雲層與雲層推擠，突然破綻一條細縫，千萬根針的金光神蹟撒下，大海噘尖嘴唇似低語，大家都是一樣的，將故事丟進大海，將自己走成路，扁平的人生一語說完。

是以故事來到這裡應該收尾了。上世紀九〇年代初，奧黛麗赫本癌逝、柯林頓就職前，我在紐約晃蕩，九月接到修女阿姨（母親的堂妹，正名表姨）的電話，她在上州白原市的一個教會機構，主要功能是作為年邁神職人員的安養中心；開車來火車站接我的是一位曾在台灣十年的白人修女，是上一輩的形容詞，人生做真春風，笑說好可惜她學過的台灣話幾乎忘光了。平原廣闊，遠處丘陵起伏，緯度高的秋天好爽朗，安養中心的面積大且深，餐廳集體中飯，那些退休待主寵召的神父修女特有澹泊安詳的氣質，亦即無所畏懼地等待死亡。飯後，修女阿姨帶我散步參觀，空氣中草木寒香，雜樹林的喬木高聳，一旁是墓園，她問我還記得馬神父嗎？手指一指前方，他的墓。

喔，李達說，你喊一聲馬神父我來了，看他會不會翻身，你也不懂得拔馬神父墓旁一株草回來養。

之後返台，飛機過境東京，憑記憶中大致的地址，我轉了兩趟電車往千葉縣的松戶去，經過日暮里、淺草、鶯谷？耽美病發作，為什麼不是這裡？記得地址還有五香二字，但我莫名其妙膽怯，在認定是大站的松戶先下車，毫無意外結論我不可能找到七舅公的住家，這反而讓我執拗起來，繼續前往五香，驛前驛後的住宅區拉鍊式走了半小時，靜寂寂沒有人聲，空幻裡唯有日色在身上一層又一層加重，終於來到有一處一連數間老舊魚鱗板平房，與家鄉當年給行政文官的日式宿舍群一模一樣，時間在此轉世投胎，可以了。查地圖才發現矢切渡口過江戶川就是柴又，不囉唆，我隨即搭電車前往，撲向男人真命苦系列電影虛構的鄉愁，那屬於父祖輩的旋律的主題曲響起，直把東洋當鄉音，我預期在如真似幻的帝釋天參道我一定會很開心。

半夜大雨，雨棚的噪音很響，我醒來，落力強勁且無序的降雨滾沸我的心緒一如釜鼎游魚，而且敲打這老公寓頂樓有如倒扣的大鋁鍋，只好起床，不能出門去走路，只得與那三株落地生根不死鳥對看，我感知他們沒睡，好興奮半夜急雨的狂歡，也好興奮張開全身吸收空中的濕氣。搗蒜的雨勢，我被錘打成一張鋁箔紙。

李逵在路途上替我搜尋做功課，有兩個出身冷戰時期殺人不見血的情報機構當然是白種人的植物研究者，也是奇想者抑或巫師、大話仙吧，也很可能曾經是間諜，轉而爬梳文獻資料，一心一意刺探、挖掘植物的大祕密，兩人合作出版了一本暢銷書，卻也被正統學者嗤鼻斥為虛構，注意了虛構可以是罵人的髒字眼。

敘述必須系統化才得以說服人，兩大話仙算是老實地遵循本源，話說一位頂尖的測謊檢驗師偶然將測謊檢流器的電流計接到一棵龍血樹的葉子，奇妙之門打開了。且慢，電流計最早是十八世紀一位耶穌會神父所發明，受測者的情緒起伏透過電流在座標紙上留下紀錄，普遍用來測謊，所以檢驗師首先是澆水，然後假裝心生歹念要火燒葉子，龍血樹居然都有明確反應，讀懂那人的心思。實驗繼續，愈做愈大，檢驗師也是照顧的主人短程離開二十幾公里，最遠搭機飛航一千公里外，情緒一有波動，被照顧的植物同步有了心靈感應，超感知覺！

發現的激情。植物有靈魂有感情，會思想，有辨識力，有類似動物神經的傳導組織，能感受欣賞音樂，檢驗師甚至大膽結論，植物能夠偵測出一同在作案現場的行兇者，再次見到，減流器癲狂反應，抓到兇手了，比警犬還要敏銳。

兩大話仙必須證明兩人不是鬼扯的話仙，援引幾位不遵常規、不能歸檔的獨特學者，算是另類的呼群保義，包括一位當年大英帝國統治下的印度人，一位出生美國南北戰爭前的黑奴之子，他們一頭栽進植物的奧妙世界，一做一輩子，發現植物此人類的大糧倉，與高等低等動物一樣皆是微妙生靈，非但緘默、謙虛還更具有利他的德性，兩位印度人與黑人愈是探勘出植物內在的富饒，兩人的發明愈是只求利益眾生，完完全全視錢財如雲煙，什麼專利權智財權，大自然可曾向人類宣示過專利權，要用的就拿去用。先行者總是寂寞，果然那印度智者一度遭殖民母國白人同業譏諷是東方玄學的幻想。

玄學幻想的老前輩詩人歌德認為，植物有兩種生長傾向，垂直傾向具有挺直特徵是雄性，而盤旋的在枝葉生長階段是隱性，到開花結果階段才特別明顯，這是雌性。歌德開示庸眾世人，得想像植物從根開始是雌雄同體，在成長過程才各自走上不同系統，來到更高層次時再度雌雄合為一體。

西方有歌德，讓我們看看東方的玄妙，傳說印度教大神毘濕奴的主要化身黑天曾用音樂誘使植物茂盛生長，是以當代一位印度人學者請音樂家以智慧女神辯才天女的維納琴，狀似琵琶的古琴演奏古曲給花草聽，嘿嘿，科學數據顯示正能量的效果好顯著，葉子生長數量變多，而且長得更高。

在空曠東海岸看這些細碎敘述，海風吹拂，看過就忘了吧，李逵認為。

一字一點，字點連成虛線，不是浮海一粟，而是一葦渡海，去到海平線，與太陽一起。去他的東方或西方的玄妙，重點是生命的開始與末尾，雌雄同體的狀態，這是啟示的時刻，是出發與抵達的迷，是一己走成的道路。

城市起風的時候，帶來遠方的種子，與沙塵一起穿越空汙的懸浮粒子，逃過鐵皮屋頂的熱氣、玻璃帷幕的光害，降落老公寓容易藏垢納污卻也貧瘠的屋頂，植物的強悍堅韌令我肅然，他們耐旱，不得不的長日照屬性，他們的生存終極，如何將基因遺傳下去？這是故事的開始，是敘述的開始。

有時分不出季節的烈日乾燥時日，前陽台東曬，後陽台西曬，浩蕩、雄渾而且公正聖潔的光，從洪荒貫穿到今日，溫暖著骨骸，逼促活者前進死亡，分分厘厘的位移中，時間、言語與靈魂一概無用，不如光中太過自由的絲絮浮塵。

著手香與落地生根不死鳥的新生葉都是一直線兩片對生，新綠有著光的振奮與完美特質，兩葉一直線往上爬上，上下兩直線永遠是交錯成十字型，爭取光照均值的策略，迴旋向陽，這是生的詠嘆與賦格。著手香是沾手即有香氣，他的香分子必須藉由人手激發傳播，我帶著他從這片光走到另一片光，走到屋中因為不同維度的遮蔽而有不同層次的陰影中，香氣足以安神，只是我一個人能帶著他走到多遠呢，毫無理由想起死去好久骨頭可以打鼓的我祖母愛信口說的，移山倒海樊梨花。

我下樓出門，日光切割街道樓叢陽面與陰面，照亮每一日慣性的腐朽，向陽那面正在轟轟燃燒，陰面只見時間給它的累累傷痕，直到天起涼風，發現今天的足跡與車輪痕覆蓋了明天的足跡與車輪痕，譬如這家位於一整排四樓老公寓一樓的一百元理髮，執剪老嫗一頭銀白髮，疫情期間臉上戴防護罩，口鼻嚴實蒙上白口罩，雙手穿戴乳膠手套，挺直腰桿慢慢剪。沒有航標的河流道路，我被今天時光的渣滓帶到南北向的大路，半空捷運軌道，列車往復來去，時間遭切割成零碎，一文不值；一棟樓極高處一窗開，浮出一顆人頭，疑似要跳樓，白日結束的尖峰時刻，車流淤積，車尾燈烘成火炭碎渣，路邊雀榕在冬天也有薏仁似的果實累累滿枝椏，落果地上遭踐踏好似糞便一大片。那一頭可憐原本一大棵榕樹又是褐根病被鋸斷了，上方重見天日雲影。突然嗚哩哇啦鑼鼓嗩吶開道，車流中好長一條龍是十幾輛打蠟得亮晶晶的遊覽車霸氣又喜氣相銜，車頭頂七彩跑馬燈「福德正神聯合總會陸巡護國佑台灣」，當真全台的土地公土地婆笑哈哈排排坐車內環島遶境一周，禳災祈福，他們要前往哪個黃金國度？有勞鬼神問蒼生。

到此，時間的因果鎖鏈斷裂。

故事解體。

敘述粉碎。

這一次我有幸像兩百年前的那位哲人所寫，我與時間一起，後退一步，站在一旁嘆息。

李逵從東海岸帶回的是幾顆馬拉巴栗樹的果實，他說那日一早路過一片鳳梨田，彎路邊雜樹纏藤纏到死，藤纏雜樹死也纏，必得摔落果實來延命。

李逵等著我進門，他揉揉眼睛，說紅門聚會的老屁股之一薩賓娜，收養了十幾年原本是街貓的阿加曼農老死走了，幾天前她便預知時間到了，每一小時之間是廣漠的海，她陪著老阿加曼農到半夜近三點實在撐不住了，見他最後選擇花壇馬拉巴栗樹下黃金葛姑婆芋簇生的陰涼處，頭枕於樹根，背向紗門屋中薩賓娜慣坐的位子，就這樣吧，我們人貓一場就此別過，此生緣盡無憾，好聚好散，其時夜陰滿溢，神鬼人全部退位，隔壁巷桂花樹幽香趁此空檔踅來牆頭瞄一眼，於是所有的燈熄了，屋中人都睡了，磨石地冰涼，白牆上時鐘的分針一格一格打盹，樹影恍惚也藉白牆嘆息，小院有一片葉子落下，眼皮輕輕抽搐一下，三小時後天亮恍惚一瞬間，薩賓娜驚醒，跑去看阿加曼農果然安逝樹下矣，他的靈魂與有超感知覺的馬拉巴栗樹合為一體，渴望日光於是沿著維管束竄升樹頂望向清曉遠方藍天。

李逵陪薩賓娜當晚夜深無人，兩人像冷戰時的間諜毀屍滅跡，悄悄埋葬阿加曼農於後面硬是從丘陵地開發建造的高樓叢社區大路邊的畸零綠地，陪葬物則是買自京都平等院的精美便箋紙，寫著「山川異域，風月同天，寄諸佛子，共結來緣」。葬妥了，兩人點菸慢慢吸著，靜默示哀，薩賓娜的老屋家與那大路邊水泥坡體上刺天高樓便是兩個相對的異域。

葬貓之夜的隔日凌晨，薩賓娜夢見初收養時尚未去勢的阿加曼農跳上她的胸，年輕氣盛，兩前爪抓她的胸，好親密又好危險，她心跳加速，赫然發現胸部湧出血，是一朵又一朵的玫瑰花。

薩賓娜家的大門門楣的燈年久座基朽爛了，燈殼也破了，頹落一半而搖晃有鬼屋之感，又且電線接觸不良，不時嘁嘁明滅，黃光哀怨，如同與幽冥界互打暗號，是阿加曼儂的靈魂嗎？

老樹包圍並守護的老屋如在千噚以下的深海。

新鬼故鬼飄渺徘徊。

心神迷離時，啵一聲燈泡的蕊芯爆了，最後的光焰一閃如電擊，昏暗中時間凍結。

11 天使的時間

一早即透南風，日頭若卵清，祖母用幫浦壓出的東螺溪水洗好一柴桶的衫褲，曝在厝簷下的竹篙上。溪水滴落，衫褲的影在白壁上微微笑。

透南風的日子，天還未光，厝後的竹叢咿呀細聲響若啼眠（夢囈），神明廳有南海紫竹林的觀音像，有祖先公媽牌位，壁上有諸夫祖諸母祖（曾祖父母）的相片，有掛鐘每半點鐘短促啄響一聲，夜深人靜才聽得一丸鐘擺嘶嘶唆唆盪著，朝時六點噹噹噹響六長聲，天色已經光曄曄了。

透南風之前，天光延遲，半暝露水，天欲光未光時大地罩霧，祖父抽開門閂打開神明廳大門，門軸在門臼哎一聲，白絣絣幼綿綿的茫霧像百年前的東螺溪做大水湧入，所有的門閂窗門鉸鏈連同竹床厝瓦嘎嘎響，老厝沉入帶著甘味的白霧中彷彿做起大船出海下南洋的美夢，諸夫祖諸母祖得以雙雙自壁上落凡，坐在籐椅笑嘻嘻，喃喃輪流唸著豐年登敗年登、敗年登豐年登，好壞輪流轉，嘴尖尖的諸母祖似乎嘴角有檳榔汁，叫著祖父的名，澤仔，澤仔，厝頂大樑上的善翁仔應聲掉落。

祖父一次講古，咱祖先，算起是我老父的阿祖傳下的事蹟，古早古早，咱林家此位祖先無稽可作時儼若羅漢腳竟日僇僇趖，媽祖宮口飲得醉茫茫，半暝酒醒一半，暗蒙蒙若有鬼神牽引，彳亍行到溪邊渡船口，大溪浩浩蕩蕩，不見鳥隻飛渡，無星無月的水面黝黲黲，草叢內有獠鼠吱吱叫，突然一陣冷風吹來，舉個人精神了，心頭一怞，解開褲頭對著大溪旋尿，水面蕩漾撩起厚厚水霧，咱祖先看見一大眾船隻殺氣騰騰卻是鐵石肅靜，船上的海賊烏衫烏褲企直直若犁頭若暗光鳥入定，船身抹油，相偎磕著無聲，連續成陣盤據大溪，阻塞水流，早前即有風聲，海賊欲來囉，當然是趁透南風時，船隻省力省時，廟公屢次博杯請示媽祖婆，媽祖婆總是笑笑無話。彼時咱祖先分明感覺有人大力揪他褲腳，遂來摔落溪邊草叢，猶原清楚看見一隻竹排款款靠岸，是斗鎮頭人西隘門陳厝的大老爺偕長工，長工先一箭步跳上岸，火石喀嚓點火，大老爺虎背熊腰向著海賊頭一拱手，主僕倆人一粒燈火形象七爺八爺往大街行去。日後清楚陳厝大老爺的妻後偕大賊頭是同鄉親戚，認真論起，大賊頭得叫陳厝大老爺姑丈，莫怪媽祖婆笑微微何必多言。咱祖先浸在溪邊，寒得嘴齒根相打，聽得歕海螺，渾厚一長聲，海賊船隊整齊啟動，順流若一座烏鐵大山徙遠，氣勢懾人有如九九連峰，此去當然是自王宮港出海，海面有海豬跳躍。陳厝大老爺孤人一身持贈賂對海賊頭動之以情，保全斗鎮免於劫掠，除了長工，咱祖先是唯一的證人，日後凡是不如意或是和妻後讙謑，咱祖先即講，彼暝應該追上船隊加入去做海賊。

時至今日，祖父感慨，東螺溪不如一條圳溝。

諸夫祖不服，諍講，明明已經改名叫做濁水溪，溪水帶來濁水膏土肥澤澤。

諸母祖反駁，系出同源，無論叫啥名，不亦是相同的溪水。

掛鐘噹一響，日頭早已經趕散茫霧，我在芭樂樹上蹓芭樂，有一處枝椏適好容我坐穩，南風一波更一波若海湧，但是柔軟，裹著甘甜的水分，有時刺刺，風勢不時突然好強若譁耍笑存心欲將我掀落樹下。

我可比昔年的海賊坐船在大海。

隔著菜瓜藤架偕燈仔花叢，我看著醬菜車來巷口停留一暫也，此朝的貹理不好喔，看著祖父騎著古董腳踏車去大街，隔壁蔡家的蜂箱兩排，舊年三月初兩家牆圍邊竹篙堆趖出一尾蛇曝日，三月尾電力公司來施工栽水泥柱，挖出兩條交尾的龜殼花，臭齁齁。等到四月，蔡家做兵的大漢後生放假轉來，袒膊體將兩尾蛇剝了皮白晢晢綁在竹篙，日頭下，蛇身致力一捲再放直，然後更捲起，我們隔著牆圍看，二叔講莫怪白蛇叫做白素貞，但是此回無許漢文來解救；三姑目眶紅了，講不知有多痛苦。蔡家送來一碗蛇肉湯，祖父偕我食了，非常清甜，只是半暝我即夢見兩尾蛇啄玻璃窗。

祖父騎腳踏車返回，應該是不記得啥物件，祖母講你最近是在無頭神啥？

透早抑是暗時，祖父全神貫注揸算盤對帳簿，祖母不敢探頭看，但背後又講古，老斬頭，你阿公條直過頭，光復前，會社日本人頂司交代兩大皮箱講是貴重物件，拜托暫時好好保管，兩箱沉沉沉，而且皮箱做工幼緻是好物；祖母喘一口大氣，不講皮箱內到底啥物件，只講之後日本人頂司來討，祖父原封不動還了，日本人感動得哭了。

二叔另有一個版本，你阿嬤叫六舅公來咱竇（我們家），偷偷打開皮箱，嚇，一沓一沓銀票通是台灣銀行券，擺得整整齊齊；二叔眯目問我，銀票你聽有是啥物？兩皮箱銀票起碼可以買半個斗鎮。二叔強調，莫怪戰爭時期，物資管制，咱竇豬肉、糖食不完，日本人頂司知悉你阿公可以信任，存心巴結。「可嘆可惱啊，咱兩人差一點即是阿舍。」

此年透南風的日子，祖父的結拜兄弟虧空數筆貨款，祖父每日盼著帳簿算盤揸未完，眉頭結牢牢，祖母只是背後喋喋唸，你阿公條直得可比悾的（傻子），根本不是做貹理的角色。暗時，倒在眠床上入眠前，祖父祖母講起帳目的事志，相諍，祖父突然講日語，「烏魯賽！」祖母亦有氣，「勿講勿講！」棉被一揪蓋頭。虻罩外留一小葩黃濁濁的黯淡電火，善翁仔嘎嘎叫了，厝後竹叢噓嘆，眠床上祖孫三個若浮游溪水上。

老厝夜深不寐，反而精神，神明廳的掛鐘嘶嘶唆唆，諸夫祖諸母再次自壁上落凡，行去竈下，圓桌上桌罩內有碗箸，大竈火灰等待復活，形象蛇郎君的傳說，彼一位遭謀殺的妻後自火灰中活起；厝後簷下的柴堆蕩著夜露，米糠桶內溫著弓蕉，水缸嗡嗡若心悶，幫浦的水管直通古早東螺溪呼呼懷念以前的水勢，南風來到半暝特別溫柔，雖然不是舊曆十五，但厝前厝後恍惚有光明，諸夫祖諸母祖巡視一匝了後，放心了，返回壁上去睏。

透南風的日子其實短暫，隨即是長長無了時的熱天，雖然熱天有時亦有南風，下晡時，忽然颱起，不知自何處而來，潐燥，力頭大，將樹葉搖得若狂，金爍爍，竹叢嘎嘎若欲斷做兩節，厝瓦嗶啵響。

中晝飯後，祖母哼了一支菸，嘖嘖嘖吳熱，一手拄頭在眠床上睏卟（盹龜），手中的葵扇落去；下晡過了四點，日色翻金，祖母發現厝後雞牢的雞病歪歪，目神昏沉，著雞瘖（雞瘟）了。

祖父講，明朝去農會問有藥可治否？

未赴矣（來不及了），祖母應。

祖母開始每日刣雞，自昏沉無力、無胃口的先下手，中晝偕暗頓桌上通是尖尖一大碗雞肉，二叔肉虎，食得嘴笑目笑。此日不得不一口氣刣三隻，幫浦邊割喉放血，血滴入碗內的生米，紅殷殷，雞目垂垂認命，不叫不驚惶，無痛苦，然後雞頭拗入翼股下，有如囚犯舉身綑綁，等候大鼎的燒水滾，舉隻雞擲入柴桶淋了，再來掇雞毛；才處理第一隻，第三隻突然起身發奮走騆，宛然一隻無頭雞跳上大灶，翼股展開，更跳去柴堆頂，酒醉般落地，歪歪倒倒意圖逃亡走去門口埕，祖母一驚，吳講，莫非刣錯了？

剩最後兩隻並無病態的，祖母吐大氣，姑弗而將（不得已）還是刣了，一隻送六舅公，一隻送馬神父。

天青雲白，無風，鳳凰樹枝葉靜止，熱天的天主堂儼若一隻白色大船行在燠熱平靜的大海。馬神父穿著拜託祖母做的長度到腳頭趺的麻紗烏短褲，兩雙粉紅大腳形象船，穿著鬆踏路，將完好未剖開、目周一縫的全雞端然放在大圓盤，馬神父頭歪歪對看，笑了，講此隻雞若寢晝，隨即水青色目周炯炯，問我，入鄉隨俗，若是來代替燔祭的羔羊，你看好否？

馬神父舉頭看天邊高山，講，「你七舅公今日不知焉怎？」

馬神父如晤，

山中一日，世上千年，信哉。

歉甚矣，君已苦笑數次云，吾之文言行文是閱讀的大考驗，I'll do my best. 即起我手寫我口。

首先，感謝你的奔走幫忙，請得阿勇君為嚮導，吾在媽祖宮前乘坐客運經兩鄉鎮始得上山，山壁陡峭，山路之字盤旋，柴油汽車直如哮喘，幾度令人擔憂即將氣絕翻墜，山民乘客十幾位，純樸而皺紋深刻臉上平和無懼。此山路有吾之家族記憶，吾四兄追述兒時隨家父乘牛車上山，紅土山頂俯望平原開闊，而家父幼時為避戰禍，舉家由此逃走深山林內。百年時間，記憶之路絲縷牽纏，而山頂寂靜彷彿另一時空，日光照耀紅土平疇田園，零星屋舍，遍植檳榔樹，扶桑花盛開，午雞雄渾一啼，吾在派出所偕阿勇君會合，探詢宿舍是否有空房借宿一晚，日據時代遺留之魚鱗板屋，迄今完整，緣側門廊的木板光澤溫潤，透著芳香，庭前山櫻樹於拉門上光影猶疑。

暮色偕夜氣驟降，夜暗的重量好篤實，而天清地濁，人家稀疏燈火遠遜天星閃耀，吾偕阿勇君散步到一處突崖，眺望本島西岸千家萬戶稱得上是遼闊，空中隱約雲氣蒸騰，滄海大地虛實難分，一列火車長蟲蠕動，一節節是光明，因此一嘆，登高才能知曉胸臆可以廣開，心志可以高遠，也因此明瞭從你學習得知的拉丁文Aevum之真義，天使與聖人的時間，介於上帝的永恆與物質的暫存。肉身凡胎的吾人，於接近星空的荒僻山頂，也有神聖體驗的時刻。

然則，此神聖何用？吾對天使素來無感——兒時確實神往長生，夢想成為神仙——也從不妄想做英雄聖賢，唯服膺認識自我之神諭，人生一世，得此靈台清明的珍稀時刻，頭頂上是沁涼星夜，無垠天宇，深感自我點滴稀釋而不存，與自然、大化渾然一體。無我之我，純淨如源頭水，當其奔流入海，誠可謂人生一途一瞬耳。吾認為，無我之我當此山頂星夜，即是天使與聖人的時間。

吾與起一探濁水溪源頭之念純是偶然，吾非探險家亦非學者，祇是獨對孕育斗鎮與先人的古老溪流滿懷好奇與情感，當然探源無異是做大夢，一如探源星宿海，且幼時四兄教吾濫觴典故，記憶猶新，吾此行另一意義當是為四兄圓夢，由是無有周詳計畫，隨興溯源，且看吾雙足力逮何處，平常心則處處是奇境。

閒敘得知，阿勇先人是斗鎮原民，不敵漢人二三百年之侵迫，東螺溪畔墾地產權盡失，且清廷稅負沉重，逾百年前不得不連根拔起自我流放山裡，最為諷刺則是番社飄零卻又全然漢化，先人言語毫無記憶。其族兄弟阿德素好養鴿，斗鎮也有鴿友，阿勇笑問吾可想飛鴿傳書報平安？吾大樂，攜帶之洋蔥紙正好用上。

阿勇偕吾坐在門廊，夜暗輕軟，涼風習習，空氣中必然潛伏著無數山靈，傳遞密語，陡然一流星劃下，阿勇說起一古老傳說，濁水溪源頭有一金泥鰍一金鴨，鴨追逐泥鰍欲吞食之，泥鰍竄逃鑽入河底，致使溪水混濁。可愛又元氣充沛的民間傳說啊，此乃先民理解並詮釋自然環境之創作，猶如吾從小甚喜愛的蛇郎君故事。

靜默時，又見一流星潸然劃下，劃開吾之胸臆。

一夜清澈無夢。清曉罩霧，赤足行走，感知地脈搏動，真乃世外桃源。

晴日山頂，偶爾雞啼狗吠，應是家母口述予吾之記憶，昔時來此有竹篙椅轎可乘，大片梅園結實纍纍，紅土屐痕歷歷，採得梅子釀酒，時間彷彿於此停駐。派出所警員云，客運近午方有一班，吾偕阿勇決定安步當車，行至客運車來。路旁偶有低矮民房，屋前竹椅坐有老稀，皮膚黝黑烏金，大眼迎視我倆外來客，頷首招呼，與之閒聊，老稀旋即取出山果茶水招待，屋旁竹架絲瓜黃花，又令吾想起蛇郎君中摘花的老父。實不相瞞，此民間故事之蛇人較之聖經創世紀誘引厄娃之蛇可親可愛多矣。

此為飛鴿傳書第一封，想像其飛越山河大地，也想像古早古早大洪水過後，鴿子銜回一片橄欖葉，真是奇妙。

順祝安好

陳文璣敬上

六月廿九日

每日朝時，我在芭樂樹上等待南風。

祖父透早拜天公敬祖先，三枝香插在門邊，門框有一塊長方形柴牌寫戶長名，林樹澤；祖母洗好衫褲曝在竹篙上，幫浦水一滴一滴，日頭堂堂正正照耀白壁，學校課堂上外號王蓬頭的王老師講起原子彈的威力，因為竹篙阻擋輻射，壁上留著一直條的影，我們問，那麼人咧？全死翹翹了，王老師應。

舊年王老師的翁婿是碾米廠的少年頭家車禍死了，校長取領全班參加告別式，大路邊曝甘蔗皮厚厚一層，腳步踏過，大頭金蠅轟地一團飛起，空氣全是臭酸甜味。彼一學期，王老師偶爾上課到一半，失神看窗外，過了兩分鐘吧才下令全班安靜寫作業，然後蓬鬆頭毛的一粒大頭趴在桌頂若睏死。

炎炎日頭照著大街，照著溪水，照著墓埔，馬神父教我，日頭照好人也照非人，降雨給義人也給不義的人，正中晝的日頭若大雨，我先去找二叔的朋友阿介，問有無馬神父的批信否？飛鴿傳書喔，阿介笑，今日無呢。

下晡時阿介在厝頂訓練鴿鳥，舉一枝竹篙綁紅布指揮，一輪更一輪，若轉石磨，輪轉得青天愈高遠，鴿鳥群飛遠若一堆落葉，飛近翼股拍動聲嘩嘩嘩落大雨。

是二叔幫忙阿介將厝後的雞牢改成鴿鳥牢，也是兩人儔陣在厝頂建了一間鴿鳥厝，日頭落西，兩人踞在大樑上食菸，是兩尊金色雕像。

之前阿介和來戲園公演的歌仔戲小旦相好，二叔非嘴（壞嘴），講兩人是凹凸著了，小旦鴨蛋面桃紅胭脂抹得像壽桃，闊嘴，下晡時一身白內衫褲和柴屐，兩腳開開踞在戲園門口食碗粿或是四果冰，十隻腳趾頭指甲油紅絳絳，吊吊的目周笑笑勾著阿介。公演結束，阿介隨歌仔戲班走，半年後返回，消瘦落肉不成人樣。走前，阿介將鴿鳥交代二叔看顧。

阿介軫來，二叔將鴿鳥歸還，講阿介失戀了，真淒慘，半暝爬厝頂蕩露水看月娘，思念闊嘴小旦。

天主堂的草地曝著救世軍的寒天衫褲，鳳凰樹下，馬神父偕修女阿姨（我媽對外人的解釋，我兩人是叔伯姊妹）隔著冊桌對坐，討論並且修改回覆七舅公的批信。

昨昉下晡，我儔相共（幫忙）將救世軍的衫褲翻面曝，馬神父考我，此厚衫有像羊仔，你若有一百隻羊，其中一隻迷失了，你放心留著九十九隻，專門去找迷失的彼一隻否？我不回答，馬神父水青色目周眯眯看遠遠山頂一團烏雲，彷彿有雷公爍爁。

難得有一陣風，吹著薄兮兮的批紙，修女阿姨停止抄寫，舉頭講，此個七舅公古冊讀得深，隨即笑了，問馬神父你此回批難道亦是用鴿鳥寄七舅公？你兩人變古人了。

天主堂前的公路，駛來一台客運車，車尾噴烏煙。

得等七八月大熱時，公路半空中的熱氣像凹凸鏡，舉個斗鎮扭曲變形，像一條狗哈哈哈吐大舌。

文璣先生，

願天主的平安與您同在。

收到你寄自深山的信，我無比喜悅，想著此信由鴿子凌空寄來，更覺趣味，好比為生活加鹽。趁著主內姊妹施修女在此，請託她潤飾代筆寫信。

紅土山頂我也曾去過，也是阿勇陪同，印象深刻那陽光普照，安靜得若被遺忘之境，你再次提醒有如火烤的日曬經歷，讓我想起尼采的文章寫過，「太陽你這偉大的星球，假如沒有被你照耀的人們，何有你的幸福。」我的想法則是，被太陽永恆滋養的人們常常將之視為理所當然，無知也是福吧。

我理解你想要探究溪水源頭的衝動，那種無法具體解說的、內心被亮光直射所激出的能量。那神祕之光，或就是純粹的求知問道的本能，或激情passion？一旦激發，除非實踐，不能消除。

令妹每年送我採自其大姊家宅果園的時計果（百香果），西方命名passion flower，學名Passiflora，有此一說，當年傳教士去到黑暗大陸看到這熱帶的奇異花朵，情不自禁比擬為耶穌基督受難十字架上，所以受難之花才是本意。命名是屬靈的召喚，是真誠的許願，也是付諸行動的驅力。時計果好吃，我每大啖，滿嘴滿手的芳香甜美，才突然想到自己的卑微但是幸福，耶穌基督的受辱受難，手腳的釘刑、頭戴荊棘冠，是啟發世人慕道堅信的激情，而口腹之慾讓我輕易忘了嗎？怎能不深深懺悔。

我忍不住要完整告訴你之前約略提過的，一位主內兄弟的古老故事，聖方濟各沙勿略St. Francisco Xavier，四百多年前的先行者與聖者，非常聰明優秀，廿四歲即任教巴黎大學，廿八歲誓守貧窮、貞潔與服從的耶穌會誓願，卅一歲自葡萄牙出發，海上旅行一年後抵達印度，此後七年他雙腳走遍大半個印度、還有馬來半島宣教，然後轉往日本擴展新的任務，他只做開路先鋒而不停留享受成果。四十五歲時，立志登陸嚴厲鎖國的中土，還是毅然決定冒險偷渡，那年秋天，他在廣東外海的小島等待約定的船，守候了兩個月，應該是受了風寒，發燒生病了，撐到了約定那日，船始終不來，失望與挫折加深病情，他在兩星期後去世。文獻記載，他臨終前，淚眼望向中土。

三年後，一位前往日本的葡萄牙神父，搭乘的船被颶風吹到了廣東沿海，鬼使神差，天主恩寵，他就在沙勿略死亡之地成功登陸中土。二十多年後，這條傳道的路終於漸漸開通了，其中最有名的當屬利瑪竇，這位天才兄弟向當時的中土士大夫打開了新時代的寶藏大門，包括數學、天文、科學、哲學等新知的書籍，西洋畫，日晷儀、觀象儀、鐘錶，尤其是地球儀，正是因此讓他們打開了看新世界的眼睛。順便講個有趣的小故事，早先為了融入當地的風土民情，心思很活的利瑪竇曾經突發奇想，穿上僧衣，以為有利傳教，反而嚇壞了人們。

聽你講述父兄往事，當年將新器物新機械新觀念經由水路與道路帶進斗鎮，人們為之驚嘆，不正是利瑪竇做過的事。

經文有一句，太陽底下沒有新鮮事，這是很喪氣的話，反過來，能在永恆的古老的太陽下發現新事物，使人們感動、振奮，是多麼了不起的能力。

我不認為歷史是一直線發展，聖者沙勿略壯志未酬，不是必然直接與後來的成就者互為因果，但開路的前行者的確以他們的受苦受難給了後世人們啟發熱情，點燃跟隨者的引擎。

有一首來自百老匯歌舞劇的流行歌，歌詞很有深意，「夢那不可能的夢，奔向那勇者也不敢去的地方，伸向那不可觸及的星星。」

我也好敬仰地藏王菩薩的大願，地獄不空，誓不成佛。

我的先行者，聖者沙勿略，就是做那不可能的夢之人。

沙勿略，自我年少開始就在我心中的神龕。但是我來到斗鎮，如果從漢人移入甚至建街算起，與我的家鄉同樣的年輕，是一個接近無新事的鄉鎮，從荒野地建立的天主堂新得有如潔白的鴿舍，還有草坪與玫瑰花，鎮民對我這阿卓仔友善，總是好奇我玻璃一樣的藍眼珠，然而普遍對天主保持客氣的距離，對我的宣教敷衍以對，總是待我好像遠來的客人。我沮喪嗎？灰心嗎？我非常理解大街的媽祖宮是鎮民的精神重心，心靈所歸，我每次經過，總是誠心與媽祖大人請安。我非常不喜歡異教徒這個想法，我認為在靈的境界，媽祖的恩慈與仁愛與天主相同，媽祖也一定理解我歡迎我，我們是可以和平共處。

斗鎮的平靜安逸令我不禁反省，我祖母喜歡說，火爐邊的溫暖融化男人的雄心。每天太陽照耀聖壇、草坪與我栽種的玫瑰，照暖草木而有香氣，照亮盛開的扶桑花，那花瓣與花蕊讓我聯想到幾百年前我的前輩兄弟初次見到了時計果passion flower，他們堅定而且強烈的心志。雖然還是常常滿身大汗，我已經習慣斗鎮的太陽，習慣這樣好像無酵餅的日子，你的姪孫還教我將枯乾的菜瓜莖當菸抽，真是辛辣；我也喜歡吹南風的舒適，提醒我又過去了一年，然而在天主恩寵裡我似乎一事無成。

你返鄉給了我另一種啟發。兩個月來，與你一起回看斗鎮與你家族陳厝的前世，那是燧石與燧石的碰撞。獨學而無友的警告太對了，我在睡前的禱告懺悔，將那一日我們的交談，同意與不同意的，再一一回味，我非常感激，否則我不會發現自己的心智是如此生鏽。我偶爾讓心思野馬般奔跑，想著如果我提早一百年或更早來到，你說的那時的斗鎮另一隻腳還在化外之地，認識令尊或令祖父與幾位兄長，見到濁水溪的大水與海賊，見到大火燒掉了半條大街，也見到番社番民的生活，或者見到他們不敵漢人而不得不放棄家鄉，流放到深山，我要如何做呢？也就是說，我要如何實踐天主的恩慈與仁愛呢？

身為發了誓願的人，不應該空想，讓心迷亂，但每天的日光中，我想著你是在朝聖的路上，遠方有雷聲。

中午或者下午總有雞啼喔喔喔，是凡俗的聲音，我好喜歡，每次聽見，總覺得天地開闊，也總讓我想到佛經的因空見色。聲音就像說話，一說出口隨即飛走，必須藉記憶牢牢抓住，而文字，寫下的就是具體的存在猶如磐石。我常常回想我們的談話，而今收到你的信，我擁有兩者。

我在明亮的光裡期待你的下一封信。

馬道遠敬上

七月二日

馬神父如晤，收信平安。

昨日中午幸而搭上客運，兩小時後來到阿勇的族兄弟阿德之住家，更是深山，視覺上蒼鬱陰森而且有蠻昧之感，如此環境當然離我們已經視為理所當然的現代化甚遠，住家也是低矮昏暗，屋內也是泥土地，並無鋪上水泥，竹椅竹床，器具不是竹製就是木製，幼童們赤腳野性，眼睛燦亮，一群大小雞隻自由進出，阿德很風趣健談，對數字敏感，若是都市人必是生意人才。屋後是菜園與鴿舍，清早得揀除啃食菜葉的蝸牛，一臉盆剁一剁正好餵雞鴨，這勾起吾記憶深處那一盆黏液的旺盛腥味。木材鐵絲網建構的鴿舍，縱橫修長樹枝，鴿子棲息，咕嚕靈動，阿德巧手抓出好幾隻他最鍾愛與吾觀賞，摩娑頭身，伸展翼翅，轉動腳環，解說其飛行力之強與戰績，青蔥一片的菜園飛著白蛺蝶，更有堆肥臭味，阿德笑顏神采奕奕，隨即笑吾毫無經驗又裝備簡單，竟然輕率要一探濁水溪之源，玩命嗎？豈不知有多危險。吾臉紅以對，突然想起上世紀初日本有一大眾讀物，詼諧述說江戶時代兩浮浪者彌次與喜多，結伴前往京都大阪伊勢神宮一路上冶遊浪蕩。我始終非常嚮往只以雙腳行走大地的原始方式。

雖然嘲笑，阿德駛來一輛三輪拖拉庫（トラック）載吾與阿勇噗噗噗到一古渡口，溪邊矗立一塊義渡石碑，刻字風化模糊，碑旁一棵大茄苳樹是當年渡船繫繩，距今不到一百年，昔時溪水猶自浩蕩阻隔兩岸，現在則是淺灘靜流，其上烈陽閃爍，恍惚不知今日何日，吾到溪邊拾得一小塊卵石以為紀念。阿德堅持我們留宿一晚，傍晚載到鎮上大街晚餐，曾經林木業興盛，造就一條繁榮大街，十多年前生意驟然窒息，小鎮跟著枯竭。深山黃昏一瞬即逝，夜晚涼意重兵突襲，山風一吹，滿目林葉翻湧；飯館粗陋，燈泡黃濁，飯菜簡單卻是鮮美，阿德意興高昂問吾國外各種景況，一臉的嚮往，吾卻不禁黯然，終究是立足點不平等的老問題，阿勇阿德兄弟的先人若根留斗鎮，兩人今日將會如何？可會有更好更現代化的人生？或者就像斗鎮大街與這山中大街的比較，同樣有過歷史的機遇，猶如一夜曇花，終究歸於平凡平淡，世事流轉，興衰交替，本就如此。唯一差別，斗鎮在平原，聯外道路便捷，也就是鄉鎮之人的上升之路。

屋中黑影晃搖，原來是好大的一隻夜蛾趨光拍翅，一旋下降，棲停阿德臂膀。不到八點，大街闃寂，稀疏幾盞暖黃燈泡頗有力抗長夜的氣勢，更顯得天清地濁，夜空洗碧，而夜風森森川流，我們三人一如鬼影，影子又如油潑水上，便在此刻，傳來柴屐喀喀清響，在在提醒吾幼時的斗鎮大街。

山中靜夜，我一直想告訴你一位一生始終實踐並捍衛自己理想的的意志勇者，因此一生喜劇悲劇參半，其名森丙牛，是我們海島的山林探險者，番人番社的調查研究者，壯哉此素手擒龍的人類學者—我不喜歡屠龍這字眼，他生來羸弱矮小，僅五尺三寸高，一足微跛，觀其相片，五官近乎女相，卻有著鋼鐵意志，乙未割台是年他十八歲隨日軍來到台灣，雖無厚實的學術訓練，旋即全心力投入全島土著之踏查並紀錄，在清朝開山撫番道路的基礎上推進發現，海拔兩三千公尺的山脈對他不過是雲梯，他攀爬翻越，冒險橫斷十數次，好像吾鄉那句俗語「形象行竈下」，足跡遍布全島南北東西，也像那句成語水銀瀉地，其間曾遭勇武番人獵殺不成，更在其後與他們結交成為好友，贏得信任，然後發奮致力於台灣番人民族誌，他的先見之明，與時間賽跑搶著以文字以攝像留下少數種族如奇花異草的紀錄，並且順便（如此用語有待商榷）發現一二十樣高山森林的特有種植物，譬如森氏杜鵑、森氏紅淡比。森丙牛十八年的青壯歲月對番人的真情摯意或說是癡心愛戀，亟欲護衛他們的本真與純情，防堵遭受現代文明的污染，引領他有了一個大願，建立一個番人樂園，亦即今日的保護區、國中之國嗎？寂寞的先行者，非比尋常的大夢！森氏一生真像古時的鑄劍師夫莫邪干將，傾注心志於一事，為了完成自己的使命，最終全副身軀投入洪爐燒成灰燼。

吾所蒐集森丙牛的文章與書籍，日後當一份給你，讓你更具體了解此位不世出的奇人。

諷刺也矛盾的是，建立番人樂園需要龐大的財力與官府公權力的介入，否則不能成事，然則那豈不就是現代化的惡質？番通第一人森氏對此毫無應對的能力，因此生命最後二三年遭遇商社的金援斷絕，多方的羞辱加身，他堅韌的意志力斷裂了，在他四十九歲的七月，他徹底失志，便在基隆港跳海自盡，屍體並未尋獲。卅一年前的一個陰雨早晨，少年森氏就是在此登陸台灣。

森氏用他生命最好的時光縱橫全島冒險踏查，沒有指引者，也沒有跟隨者，完全是一個人的志業。

他採集的土著神話，高山巨石呼應鳥叫聲而裂開，蹦出一男一女成為夫妻，就是番人的祖先。另一則神話，祖先來自天空降下的一個古甕中。又一則，後代繁衍開枝散葉了去，祖先口傳屆時重逢，憑藉各持一半的折斷弓箭相合來認證血親。這些少數民族的集體記憶總是有大洪水；似曾相識，就如伏流在地底下是互通。

總令吾想到石破天驚四字。吾此趟行程切切想起森丙牛也是再合適不過了。吾一生甚為平順，遙想生平第一次出遠洋，置身大海，方知世界廣闊，那時吾不知森丙牛，然我倆的人生行路是相反也是相對的，吾奔向他的內地母國如同脫亞入歐，他來吾鄉海島竟以身殉。當然面對如此勇者吾思之有愧，也自知不能與之相提並論，寫信此時夜蛾還是蟲子叮叮撞著燈罩，吾從不崇拜英雄，森氏一己從土著番人發現光亮如同啟蒙，且與他們站在一起，同屬一國，為他們做不敢做的大夢，他選擇的路徑荒僻無人，即使收場的悲劇也是冰冷寂寞。

寫此信複習森氏一生，吾私心希冀藉他自壯行色吧。

夜深，黑暗濃墨力透紙背，可以感知山林深處原始神祕的召喚，是蟲獸的聲響，是心與意識的古老記憶，是風作為一種力量的自由展現，至明顯的是來自林木深處呼嘔呼嘔的低沉喉音彷彿有魔力，吾信步戶外，竟然夜涼如沸，大街毫無人息，吾有如一隻蟲子在大地爬行，如此孤獨，生死的區別何在？眼睛習慣了黑暗，得知黑暗的輪廓與層次，我忍住不仰頭尋找閃耀的星，我知道他們恆在，給了人心希望，也讓我們懂得期盼。有趣的是阿勇鼾聲篤實，有若睡夢的一條河流，引領吾腳步安然回返。

陳文璣敬上

七月一日

馬神父如晤，

暑天山區，晝夜溫差大，日頭一路跟著，天穹好像一頂簇新的鋼盔。吾與阿勇君愈來愈像是彌次與喜多兩丑角一對寶，不斷上坡下坡，必然燥熱，阿勇更感無聊吧，袒膊體唱歌自娛，唱疲了，跳進一窪清澈溪水求涼快，若是百年前，吾倆應已遭馘首，頭顱成為番人戰利品。出發前，阿德提議拖拉庫載吾一訪林先生廟，清朝康熙年間武官施世榜開鑿八堡圳牽引濁水溪，一再失敗，幸得一儒雅老人獻策並授以工法，灌溉平原之建設乃成，老人飄然而逝，僅知姓林。實不相瞞，純就建築而論，海島寺廟殊無美感，徒有宮殿的浮誇，與奉祀感念的賢人奇蹟甚不相配。拜禱祈求，果真人的本能？抑或人性本善的顯現？

正午來到一高點，下方溪水急轉成一銳角大彎，溪灣夾著山體餘脈迎面乍看是一座錐體，遠看則是莽莽一條巨龍俯衝，其勢攝人心魄，可以想見水量豐沛時此處的湍急壯觀，阿勇說這溪灣像不像一條鰻魚？如此尋常日子，天穹渺遠，溪水鑠金，悠悠暢流。

阿勇帶領吾探訪另一奇景，下至一處俱是砂石如枯竭溪底，兩側無比巨大巖石，宇宙洪荒之時就在了吧，其上不生草木，空氣潮濕陰涼，入目是不同層次的灰與黑，行至深處，腳下則是岩板，假若出現了史前恐龍，吾也毫不意外，水氣寒意愈益強大，似乎無形水流，我倆好似兩隻螻蟻，前方有一深潭，靜候生靈誤入而吞沒，吾不免全身寒毛直豎，阿勇亦噤聲。

彷若在峽谷底，天光停佇巖石半腰，有此一說，台灣自海中隆起成為海島可溯至二億年前，而後與大陸相連又分離，二億年究竟是什麼東西？是抽象是實體？還是時間嗎？此巖石崖壁可是已有億萬年，歷經地震扯裂，隕石鎚擊，大火焚燒，大水切割，今日為吾所見，其億萬年便有了具體意義？古冊記載，夷洲、亶洲、東鯷、瀛洲、流求，果然台灣之前身？即便名字不是玫瑰，玫瑰花一樣芳香；字義不同，化外之地的海島一樣美麗。

莫怪傳奇故事，入山或海底龍宮一日，人間已過數百年，隱然是時間巨大落差的感嘆與疑惑吧。

阿德幫忙安排妥這晚宿處，就在如同迴紋針的溪灣附近，是其友人住家，一對老翁婦與兩孫兒，兒子媳婦在台中市工作，老翁婦的臉與雙手皺紋深刻，寡言和善，紅磚大竈炊煙，而山中夜晚因為心靜特別覺察空間感的層次繁複，尤其天穹星辰遍布，閃動有如瘧疾發作，吾仰望繁星，每一顆皆有情有信，只要吾找到與之接觸的方法，而星光泠泠給予希望。兩孩童帶領吾到一高點，眺望藍紫黑的中央山脈稜線起伏一層又一層，難道是星光閃耀之故，吾驚覺山脈是有呼吸的，其下深處有心跳！星空下，靜默是美德，對比兩孩童天真未鑿的臉孔，吾確實感知天體正在強健運行，但驅動者何？可以說是超自然的意志嗎？維繫著宇宙秩序？此超然意志與你的天主上帝相通嗎？

吾四兄留下的書冊存有一口袋袖珍本『公教四字經文』，竟然是在隔鄰的員鎮印行，屬於天主教會的印刷機在日據時代遠從南洋運來，日人或忌憚洋人而不得不通融，漢化經文讀來古意盎然：

「全能天主，萬有真原，無始無終，常生常王，無所不在，無所不知，無所不能，萬物之始，無形無聲，靈性妙用，萬萬榮福，萬萬美善，惟一至尊，無以加尚，未有天地，先有天主。」以上開篇，結尾如此：「道之大原，實出於主，讀了神書，明了經旨，得大根本，斯真學問，一非不間，萬德全輝，人勉之哉，人勉之哉。」

默寫之際，吾心通透。

天穹繁星給吾指引，貴教視吾為異教徒是當然，正好，吾理直氣壯相信天地宇宙先於天主，一如吾鄉斗鎮的媽祖比諸聖母瑪利亞更是可親可愛，執著同文同種固然是人的限制，但如此比較出於直觀而非意氣之爭，相信馬神父必有雅量接受不同意見。容吾再發褻瀆之見，神與上帝需要人或更勝於人需要神與上帝，此兩者有如月球與潮汐的關係，疑神者才是堅信者。你當可笑吾淺薄。吾也不願信服宗教是鴉片的說法，一如吾不能想像設若無有媽祖宮、無有濁水溪的斗鎮。

我們頭上都是同一天穹星辰，來到山上，吾見到了無比深奧輝煌的景象，心中凜然且肅然，「慨當以慷，憂思難忘」，若吾四兄偕行，一定以古老言語說，天何言哉，星何言哉。他若在世，七旬老人矣，與吾老父老母，三靈魂不知悠遊何處。

此夜在那更接近星空之處，有片刻時間，吾軀體若脫繭如羽化，靜默中自由無限，吾深感庇佑滿盈，也得著了救贖。

陳文璣敬上
七月二日

文璣先生，

願天主的平安永遠伴隨我們的靈魂。

你收到此信時，應已回到斗鎮，凡人不能插足相同的河水兩次，所以我必須把握今日盡心意寫好這封信，雖然我沒有把握有能力回應你的大疑問。

昨日騎腳踏車載令甥孫去養鴿人阿介家，經過溜冰場，其實是輪鞋才對，但鎮民還是說溜冰，前年冬天大家當是流行，每個夜晚好像過節，而今空曠地上曬著菜豆與稻子。阿介說起俗稱美國仙丹的抗生素，他與鴿友討論是否能讓鴿子增強體力，問我意見。我笑答神父不是萬事通，你要問陳厝七少爺才是醫生。阿介家前後三棵龍眼樹結實累累，上午才與商人談好採收價錢，他且熱情地上屋頂訓練鴿子群飛行給我看，牠們翅膀振動的聲勢好像下大雨，那時他的雙眼好有光彩呢。整個斗鎮都知道了阿介的愛情故事，他說也很想飛鴿送信給那無緣的姑娘，只是不知道她與戲班現在哪裡，分離的那個夜晚，兩人狠狠吵了一架，姑娘好兇，抓他咬他又扔柴屐打中他額頭，全戲班看著，又笑又拍手，走了兩分鐘，他偷偷轉回去，看見姑娘在哭。我問阿介，你這樣算失戀嗎？他笑了，回答失戀食香蕉皮，問我是否食過？又非常希望我也養鴿子，他可以先送我一對，一定來幫忙蓋鴿舍。我真有點動心。

我還是得不到答案，為什麼流浪漢是羅漢腳？一個老人曾教我這句俗語，一個妻子贏過三個天公祖，我記得他看我而且笑得意味深長的樣子。除非有颱風，乾燥、漫長的夏天早已開始，我在媽祖宮前又遇到流浪漢釋迦，全身發臭，長指甲也是黑的，拿著一個肉包慢慢吃，那瘦長臉很有幾分神仙的樣子，中文的忘我就是釋迦那樣嗎？媽祖宮在太陽下輕微冒煙，古老看似普通卻很有歷史感，我認為它的存在就是自身的證明。宮前靠大路邊的食攤潑水路面製造清涼，賣果汁的主內兄弟謝先生總是堅持請我喝一杯冰涼的綜合果汁，幫忙做生意的小女兒很聰明，我很期望看到她長大成人。客運在中午有一班次停在宮前，那聰明女孩眼神堅定看著下車上車的人們，看著車尾噴出黑煙離開，我認為她心中有著遠大志向，將來不管她去到多遠的地方，她的父親與斗鎮是永遠的根。

媽祖宮是斗鎮的中心，我才是被鎮民看作異教徒吧，所以天主堂即使是新且美麗，只能在鎮的邊緣。而媽祖宮周圍更是鎮民生活的交集，顯示人們對城市繁榮的嚮往，對物質與財富的喜愛，在節日與農曆年達到高峰。

抽象地看，媽祖宮是圓心，鎮民以虔誠以傳統以家庭一圈又一圈的環繞，這令我喜悅又羨慕。我曾經在一個炎熱下午悄悄進到幾乎無人的媽祖宮，廟公在打瞌睡，恐怕整個斗鎮都在午睡，我恭敬向媽祖鞠躬，看祂被香火燻黑的臉，很端正，我好像允准進到天庭，我發誓，那時我心靈雖然平和但卻好像一粒石頭投進湖水中，一圈又一圈的波紋，就像我好喜歡看人們拿香對著媽祖祈求，有的念念有詞，那神聖時刻兩邊都在一個純粹的空間。

我偶爾想，我有那聰明女孩的幸福嗎？將來蒙主寵召返回天家，那裡有斗鎮凡俗地方的種種嗎？愛慕、思念、牽掛，當然就有怨恨、憤怒、苦惱，我知道佛家的人生七苦，道理很深，而人的矛盾複雜與卑微，怎麼能夠簡單分類？肉體與靈魂又怎能再分割為二？我堅信人們心中與頭上有一個純粹的大意志，那就是我發誓服侍的天主嗎？兩者究竟是什麼關係？我必須對你說實話，我不知道。

未曾被懷疑過的信仰不是真的信仰，借用經文，那是建築在沙灘上的城堡。

就像斗鎮的平凡生活，雖然我偶爾不滿，甚至失望這種日子的意義，我卻相信有一天我會知道其中有著讓清水釀成醇酒的能力。

平常與平凡是同義字嗎？兩者與貧乏必然有關係嗎？

我在住宿的門前栽種玫瑰花，當然我心中嚮往的是經文中沙崙Sharon的獨一無二的玫瑰，而圍牆一大叢我認為應該是野生野長的曼陀羅就代替谷中百合吧，令六嫂好幾次警告我曼陀羅、夾竹桃都是有毒的。我查了資料，那美麗的花具有神經毒，如果好好運用就是麻醉藥，造物主的奇妙總是讓人們出乎意料，何況毒或不毒，根本是人的畫地自限。令六嫂還給我一本農民曆，書後有食物相剋圖，真是有趣。

曼陀羅花盛開的晴天早上，我看著就是吹響榮耀天主的號角，是光明，是良善，我走過一排玫瑰花，花瓣上露珠閃亮，仔細看，陽光在那小小的水滴製造出了完美的彩虹，我也知道花朵下有尖刺，多得惱人，大自然的美從來不是一直線的單行道。

每一天的太陽為我展開新的一頁，我在清涼的天光中進行晨禱，儘可能守住這一天開始的緘默，我的影子緊緊跟著我，每一物件與昨天一樣，我打開教堂的大門，清潔祭壇、彩繪玻璃與壁龕，燒了一些香，念珠在我手中，不期盼神蹟或顯靈，也不祈求啟示與聖諭，這無事的一天就是天主賞賜的無酵餅與葡萄酒。

偶爾看見路過的人們好奇仰望天主堂，我向他們微笑打招呼。這公路也像一條溪流，我偶爾站在路邊張望兩端，直直伸向遠方，使我想起你一再說的屬於斗鎮所有人的祖先的老濁水溪。

信末，忍不住要再次告訴你那則傳說，古早古早的大洪水過後，渡過地球大劫難的方舟停在我們海島的某一處高山頂，時間留下方舟朽爛的遺跡，唯有堅信者可以發現。然而現在那裡，飛鳥野獸不能到達。

馬道遠敬上
七月四日

馬神父如晤，收信平安。

經由阿德送來你七月二日的信，又驚訝又懽喜，阿德解釋此信是令外甥請託媽祖宮前客運乘客順路送到山上派出所，他再取得，他的三輪拖拉庫（トラック）在山裡可比孫悟空的筋斗雲。一早，他載走阿勇，有件勞力工作需要幫手，最快傍晚返，所以行程得延宕一日。

「願天主的平安與您同在。」令吾聯想畫像中金黃色長卷髮的耶穌，胸膛的紅心輻射靈光。平安無色無味，卻最珍貴。

清早的山氣與霧意透窗而入，突然想起幼年時家母云夜深時地靈輕，聽覺特別敏感行走造成的震動，山中夜半更是如此，每一步，地為之動。也是幼時記憶，意外踩傷雛雞，眼看難活了，平放土地上，覆以柴盆或鋁盆，更晃敲盆子好像召魂，是幸運是神奇，一掀開，雛雞起身無恙了，地靈的治療？山中人家豈有閒置人力，吾觀光客似的無所事事，好生尷尬，吾跟著兩幼童餵雞鴨，撿拾菜園的陸螺蝸牛，擔水灌滿水缸，大鼎燒水，屋後簷下鏈鎖一隻曾經受傷的貓頭鷹，眼睛好清澈的琥珀。即使白天，屋內昏暗，幼童的祖母醃製鹹鴨蛋，祖父說起濁水溪源頭，唯一句，你看著會傷心喔。吾追問，他搖搖頭不再多講。吾隱約猜到其意思，海島移民非常實際，一方面淫祀無度，另一方面對山林自然缺乏崇敬，濁水溪何其重要，然而吾人視為理所當然，據吾所知，文獻書籍甚少關於源頭的文章，極可能或是吾孤陋。

吾獨自行走山路，無有目的，但循路前進，一小時後，一轉彎，豁然開朗，狹長而平曠的一片谷地，人家房舍參差，日正當中，是以方位難辨，大塊白雲停滯不動，不聞人語，雞犬無聲，吾坐在路邊大石滿身大汗，實有不知今日何日之感。吾背包中有一副望遠鏡，取出窺視，正是斥候、偵察行為，若在百年前因此遭此村落戰士捕殺，一點不冤枉。

可以想見此谷地清曉濃霧，寒冬霜雪，世外桃源必然是封閉、隱密，又自給自足，矛盾的是如何不凋零而滅絕？所以烏托邦只合存於傳說。此一路上借宿的人家實在窮苦，吾作嬌貴的都市人久矣，實在為之不忍，貧窮世襲，任其一代傳一代，是最大的罪惡。

吾四兄留下的書籍有數本舊俄Turgenev著作，紙張霉黃，吾若發現珍寶，全部重讀，恍然如昨，故事中十九世紀中葉一離鄉多年取得學士的進步青年，回鄉但見農村破敗，農民襤褸，義憤又魯莽結論，「這是個窮地方，人不勤快，日子又不富裕，不能讓它這樣下去，必須進行改革。」錚錚響亮的口號，落後於時代的人！落後於時代的地方！吶喊起來何其痛快，但Turgenev綿裡藏針又寫，「怎麼改法？又從哪兒改起？」大哉問。故事中另有二句而今讀來還是令吾惱怒如坐針氈，「建設不是我們的事，首先要把地面打掃乾淨。」「我們認為有利的便據此行動，現在最有利的是否定，所以我們就否定。」

年輕的熱血、潔癖，因此快速、簡單，大抵嗜血、殘忍。日頭曝曬，吾心思卻堅硬如冰，森丙牛昔年倡議的番人樂園確是先見之明，愛護並給予具體支援，且尊重其部族自決，但先知先行者總是寂寞。枯坐等不到獵頭戰士，吾只得折返，兩幼童在半路等待，對吾揮手燦笑，其祖父母擔心吾迷路也。

此信中斷兩日後再續，說來可笑，昨日早晨，吾與阿勇繼續行程，阿勇得知一捷徑可一窺溪水上游，陡峭祕徑蜿蜒密林中，得手腳並用攀爬，才深入約半小時，氣喘咻咻，密且厚的樹冠連綿擋住天光，蒼綠昏暗中只消聲響大些，葉片積存水滴如落雨，幽深林蔭傳來奇怪悅耳的鳥叫，聲波傳送，彷彿有靈，吾但願若公冶長解鳥語，蕨類遮掩的小徑不時出現岩脈，一轉彎後，其上大叢竹林更是陰森，此處坡層山泉汪汪泌流，腳下落葉腐植厚積，阿勇大口生飲，大讚清冽甘美，便在吾伸手一掬，腳底一滑蹌跌了，萬幸才翻滾便有大樹攔住，然右腳踝扭傷矣。勉為其難折回祕徑起點，腳踝已腫如麵龜，返回前兩晚借宿人家，阿德復去尋找阿德駛來三輪拖拉庫，回頭駛往行程第一日的派出所，然未趕上最後一班客運，只得阿德載回斗鎮，幾處超過四十五度斜角的之字下坡山路更是驚險。

之所以錯過客運，只因阿德執意載吾去一覽清朝開山撫番古道入口的村落，正是前一日吾見到的狹長谷地，阿德介紹的是另一通道制高點，下眺村落橫向展開，樸拙寧靜，稻穀金黃色的日光斜照，時間似乎鎏金凍結，吾頓悟，避世小型社會自有生存之道與其意志，而背後山坡柔緩，古道由此好像長蛇迤邐而去。一房舍前有一男性挺胸昂首望向吾三人，必然視力甚佳。

乘興而去，與盡而返，足矣。吾戴了多年的手錶想必失足跌落時脫飛，也好，文明器物歸化原始山林，就此慢慢腐朽，有如對時間的嘲諷，吾不禁大膽假設數百年後有人拾得，彼時斗鎮甚至海島將是如何？

吾與妻靜子離鄉返日在即，吾已徵得六兄同意，四兄之書籍並斗鎮文獻資料與其任由灰塵蠹蟲盤據，馬神父可願笑納接收？正是寶劍贈英雄的意思。幾冊Turgenev舊書吾帶走作為紀念，然古地圖有數幀吾仍猶豫若帶回日本，日後必然淪為垃圾，盡付丙丁，豈不有負四兄。

六兄六嫂整理且保存良好的家族相簿數大本，吾請大街金聯發攝相館翻拍作為留念，印證那句英文，一張圖勝過千萬言語，好多古老相片令吾驚奇，時間幻術倒流，吾得以進入時光隧道，陳厝曾經如此人丁興旺，每一兄長成家即是一房，親人的面容身影栩栩如生，彷若伸手可觸，其實過半已是故鬼。

隨信附上三幀相片，是吾挑選多翻拍一套，請笑納賞玩，實則吾甚好奇你異國人的眼光將有如何的想法？

第一幀攝於陳厝天井，由左至右文輝族兄，三兄與四兄，三人穿著各異，文輝族兄長袍馬褂與碗帽，賽璐璐圓框目鏡，三兄西裝皮鞋，四兄日式浴衣與柴屐。三人皆是二十餘歲，陳家人的長臉標記，腹有詩書，端正雍容。

第二幀原相片受潮四周漫漶，但仍清晰看出四兄與一群友人庭球tennis賽後合影，前排蹲著四位，後排立著五位，一律整齊的西式衫褲，青春洋溢，四兄與另二位頭戴高校生黑帽。

第三幀當是請來專業攝影師掌鏡，質感甚佳，是日家父五十歲壽誕，吾尚在太空漫遊未出生呢，舉家族除了女眷於大廳前合照，家父穿西式大禮服紮領結，圓筒高帽，元配妻子大襟衫，額頭配戴眉勒，諸兄長與第三代孩童或長袍馬褂或台灣衫，其餘半數或和服浴衣或小學制服，瓜瓞綿綿。

你若有興趣，得空來向吾六兄六嫂借閱家族相簿，吾不確定吉光片羽此一成語是否適用寫真、相片之衝擊記憶，但確信必定給你關於斗鎮吾鄉吾民之不同感受，時代的印記吧，譬如有一幀五位穿著海軍水兵服少女立一排，右手搭在前一位肩頭，左手拈扶帽緣，模仿寶塚歌劇團乎？誠可謂日本軍國良民也。問六兄六嫂，皆不知五少女是誰，或是來自大姊夫家。數量最多是結婚照，親友浩蕩集合，在早已拆毀的神社，天高地闊，鳥居與地上細石素淨，飽滿的大幅白布四個車輪狀內環六個圓點不知是哪個家徽，其下眾人層次整齊矜持立坐。

附記一筆，吾六嫂鉤沉往事，當年三兄訂婚是日，農場穀倉失火，未過門三嫂從此背上命帶剪刀柄鐵掃帚之剋夫污名。

吾將諸兄長自幼到老的相片排成一列，尤其吾四兄，有如時間大神前的呈堂物證，是一個人尤其是一位血親的演化，吾在蔭涼祖居老宅中凝視之，階前天光日色如煙如霧，藤架絲瓜黃花盛開，心中期待午雞一啼，真相大白，雖是男子，其穿著傳統中式而改易為和服，再蛻化為現代西服，一生之時勢變遷，不言自明，所謂男降女不降。四兄老年的容貌平和有餘裕，其一生與時代並轡前行，此乃四兄之幸運與幸福。吾亦復如是吧。

昨夜又讀Turgenev，霍然驚見一段話：「你做得很聰明，你生來不是過我們那種艱辛和貧窮生活的人。你沒有不顧一切的銳氣和激越的忿懣，但有年輕人的勇敢和年輕人的熱忱，而這些，對我們的事業是沒有用的。你們是貴族公子，除了高貴的順從和高貴的忿懣外就無所作為了。」

是耶非耶?真耶假耶?因何此段話令吾心緒如絞?

環視祖居，物在人亡，本是常情，吾從不作興懷舊，不愛沉湎往事，然返回陳厝，心底無比踏實，畢竟是一己生命源頭。如此老宅一如死中有活眼，其次每每翻閱四兄遺留的精神糧食，電光石火憶及少年四兄讀書寫字身影，吾且清楚記得那張桌子左下角有一熨斗燒焦的痕跡，他教導吾斗鎮外新世界與新知的種種，四兄的all back髮型、髮油與毛料西服的文明香息，其眼神炯炯總有戲謔意味好像聰明頑童，令人愛怨交集。蓋棺論定他一生，家聲祖蔭庇蔭，才智得以盡情發揮，無論時代變遷如何，從不落後，可謂是識時務之俊傑亦是順民，即使終老於蕞爾小鎮，大抵愛其所愛，遠其所惡，為所當為，決不虛擲，確實精彩圓滿。

我們相信是善蟲的壁虎於深宵達達作聲，客廳落地自鳴鐘也於整點噹噹響亮報時，老宅的後代子孫與祖先鬼魂並存睡夢中，而Turgenev舊俄幽靈縈繞心頭，吾天光前乍醒，遂來到天井，暑天夜暗如薄紗，簷下夜露滴落，吾夢遊乎？恍惚霧氣還是鬼魂與吾相伴，牆上畫像吾老父古人與天頂殘星般般垂視，吾見過也度過陳厝的輝煌歲月，而今繁華事散，從前種種如夢一場，果真發生過嗎？即使吾所有記憶到吾死一並滅絕。天光前微寒侵襲，吾錯覺將將要走出夢境了，不知下次返鄉何時，甚至是否還有下次？此行已將吾名下祖產全數放棄，身外物既已割捨，唯有記憶延續，但願如此。

日文之路與未來兩字發音相同，離鄉返家路遙，然而未來依然可期，想必你也能深刻體認。

書不盡意，此後海洋相隔，但書信足以輕易跨越，航空信即是今之飛鴿傳書，吾東京地址如下。千祈珍重。

陳文璣敬上

七月七日

文璣先生，

願天主的平安永遠與你同在。

得知你與夫人即將返回東京，一樣請託令甥孫送達此信，祈請包涵。

啟程前必須收拾行李與處理諸多事項一定很多，我不便登門打攪，但若文璣先生還有空閒時間，歡迎前來天主堂一敘，珍重話別。

期待並為你與夫人禱告

馬道遠敬上

這是馬神父給七舅公的一封未完成因此未寄出的信，嚴格說是並未謄寫完妥的草稿。多年後，修女阿姨給了我，當個紀念吧，批信讓時間淹了一層黃漬，祖父母說是萬年筆的鋼筆寫就的墨水字跡也暗淡了一層。

展開批信，一陣南風綿長吹起。

文璣先生，

我一直想著好好與你談談自鳴鐘。你們叫它老爺鐘，grandfather clock的翻譯，有趣，有著時間老人的形象，也順便使我想起中國皇帝那無上的天子。所謂天子，上天之子，中文的上帝起源非常早，我們有需要清楚分別東方西方？我們別忘了還有回教。

一神、多神、泛神、泛靈信仰。

我認為大家是平等的。

我常常在天主堂看著並想像媽祖宮，那邊的熱鬧、人氣令我envious

敬仰比信仰，前者是不是更多一些珍貴的東西？好像肥沃的土壤。

堅信的愚人，我更愛有意義的疑神者。

敬仰好比open book, open minded，我看見那人躺在會氾濫的溪邊河邊，臉向夜晚天空。

在陳厝看著聽著落地的老爺鐘響亮報時，我想起四百年前的傳教士帶著自鳴鐘來到中土，送給皇帝的禮物。

我知道時間，然而一但你問了我，我不知道如何回答。

完美的自鳴鐘，是上帝的完美的展現。

The grandfather clock is a perfect image of God's creation.

是我的西方上帝。

我的理解對嗎？漢人想法，忘了時間才是最高境界。古老故事，去了仙界或是與神仙一起，再回到人間，他以為是一天或兩天，一百年過去了。
可是，另一方面，沒有時間也是最可怕的懲罰，i.e. 無間地獄。
我們每一個人是時間的travelers，夢想著最終去到天國，天堂，彼岸。
登陸月球，我看著電視內的太空人在外太空好奇怪地行動，月球上有時間嗎？
沒有文璣先生的斗鎮，沒有文璣先生的時間，
你回去日本，就像俗語的船過水無痕，這說法是對也是不對，存在過、發生過等於有過化學變化，花開以後謝了，那植物為了下一次的花開，他的今天不同於昨天。
你的六兄文開先生答應我，為聖母做一件衣服，衣上會有十字繡。
我時常經過陳厝，希望聽到報時的響聲，因為那大聲是時間tunnel，你向我說過的故事，其中你的祖先你的父母你的兄長，你的思念一一復活。
他們在你說的時候，一一復活。
你說故事，我聽了成為記憶。
斗鎮時間，你的東京時間，最上面上帝時間，
願天主的安寧與你同在。

馬道遠

〈附錄　四舅公的筆記一則〉

輾轉收到寄自東京的一疊手稿與信函的信件，我知道收藏者一定是已經離世了。好像有個蟲洞迅速打開旋即關閉。陳舊的紙有如曝曬了太陽，其上的鋼筆墨水經過時間沖洗，色澤空靈，字跡也昇華有靈，我從未見過的四舅公寫字，一筆一畫一鉤，筋骨嚴正。收藏者與寫字的人與我有一些血緣關係，家鄉朗朗上口的一句話：「天上天公，地下母舅公。」為了押韻而擴大字義，否則我認為真正意指的是母舅；據說父系的伯叔、母系的舅舅在希臘文的字彙含有神聖親戚的意思。父、母兩個系統是對等的，也是參照的。

遙遠的親戚，尤其是已經死去多年了更顯得遙遠，活著時，他們可能是資源是後盾的管道，也可能是牽制是想像，他們死後留下手寫的文字，為他們戴上神聖的光環。

那一些血緣基因如同色母、酵母，以少馭多，以一個支點撐起整個地球，也是故事的織梭。

即使這一篇筆記到我手上已經不完整，看似嘎然而止，如同斷簡殘稿。

昨冬至，自台中返家已深夜，今晨一樣苦寒，雞雞於竹簍內唧喳，廚房女眷神情有異，時而偷笑，庶母終於吐實，昨日鹹菜姆得知有紅姨（靈媒）出現鎮上，請來竈下，夸說老父在陰間做大官，是某地城隍爺。吾笑笑以對。

大姊遣家丁送來一簍波羅蜜並口信速赴謝厝，商量三子志賢赴日事宜，大姊憂心戰爭日益緊張，是否安全？吾慎言虛應，唯恐不出閨闈的大姊驚惶。大姊夫十餘年前東京置產，且志賢妻係日人，大抵無需過慮。畢竟千金之子。

不亦巧合乎，昨晚台中柳川料亭遇一老紳士S，攀談竟是老父舊識，讚譽令尊識時務之俊傑，深明權變，陳厝乃得以興旺。

乙未割台，老父才過而立之年，逢此巨變，其後一生因台島易主而波瀾起伏，吾始終甚好奇秀才郎老父究竟如何應對、調適？年少時敬畏老父，且東洋引力強大，未敢探問老父，殊遺憾也。吾赴日就讀中學校，老父送至基隆港，唯吩咐必須勉強並自律，不待輪船啟航即離去，意在訓練吾獨立自強。今日追思，尤其佩服老父之眼界，吾數兄弟尚在弱齡一一送往東京求學，然老父果真衷心視日本為宗主國而臣服？吾甚懷疑，務實才是老父之中心理念。其次，老父身受漢文傳統，認為與日文漢字實為同氣連枝？

陰寒午後，陪同大姊巡視果園，幾處燃燒枯枝落葉，煙霧中彷彿鬼聲啾啾，幾則吾自幼聽聞之怪力亂神傳說盤纏深宅大院之謝厝久已，誠非空穴來風，或是教養攔阻，吾從未求證於大姊。

果園池塘中矗立一大鰲，彩繪琉璃鰲身，與大姊言及老紳士S，大姊稍許沉思，說道老父一則軼事如此，乙未年六月，皇軍南下，月底逼近斗鎮，反抗民兵首領夜訪老父，希望老父身為地方頭人呼群保義，裡應外合，殲滅皇軍，老父並未答允，卻是夤夜率領全家族疏散深山，謝厝景從，因而避過一大劫。皇軍自東隘門進入斗鎮，駐紮謝厝，反抗民兵夜襲奏捷，駭人閃電大作，是以雙方戰死陳屍果園乃是確實。

吾已是可平視老父之年紀，嘗想像父子談論台島與世界局勢，老父必然吟哦搖頭道勢不可為不可逆，勢在彼不在我，強權下如何固保祖厝？

果園有如密林，煙霧濃密咳嗆，枯葉覆蓋蟻丘與獸夾，幼時目睹阿成誤踏獸夾之慘狀猶歷歷在目。此廣闊莊園因何令吾有不祥之感，衰敗或易主之日不遠。

夜半無緣由醒來，輾轉難再入眠，靜坐大廳與老父畫像相對，自鳴鐘恆常靈動，長夜漫漫，祖先陰靈恆在。

Miss林來信，將隨其父赴上海再赴南洋洽商林業生意，最快三個月後返台，又據聞W君取道滿洲已抵露西亞。上次榮町相聚，Miss林W君透露將有遠行，喫茶店電唱機播放海軍小唄（ズンドコ節）歌謠，曲調輕快蘊含離愁，卻是志得意滿，當今誠非太平時日，然繁華街市如常，戰事遙遠，吾等心思複雜，又覺今日何日兮，又覺世界之大正待吾等闖蕩。

海軍小唄間奏歡愉，有如大船破浪，航向禍福未卜的新世界乎？

吾乃附驥尾之輩？

12 七月流火

三日前的頂晝（上午），七舅公七妗婆坐三輪車來辭行，祖父騎鐵馬自大街軫來。七妗婆身上的日本芳味形象一陣南風，伊驚奇花園的雞髻花摸著若膨紗（毛線），四個人便將藤椅徙去龍眼樹下，樹影內，七舅公隨即發現牆圍外厝邊的大叢樣仔樹（芒果樹），讚嘆此叢大樹生得將才，祖母笑講以前樹下有雞牢，風颱天，樹頂大粒樣仔若空投炸彈。

祖父祖母更講，此叢樣仔樹應該是源自大姊夫謝厝果子園，七舅公認為更往前追，源頭最早是南洋。

祖父與七妗婆講日語，講舊年大街餅店來了一位日本諸母，頭家趕緊拜託伊去做通譯，原來是大姊謝厝一個後輩的媳婦，雖然日語一二十載愈來愈生疏，佳哉只有樹奶糊（口香糖）是外來語，不知如何講。

「七月半餔度隨即屆了，七兄不加留幾日，看媽祖宮口的肉山？」

「細漢時逐年看，看過頭，驚著了。」

四人驚嘆時間若飛。

樹葉篩過日頭，斑斑點點。

神明廳的掛鐘噹一聲，不如陳厝老爺鐘的洪量，較低較沉。

牆圍彼邊一個諸母聲吳，秋蕊啊。

祖母解釋此秋蕊十幾歲了，生做大叢，卻是悾悾若三歲囝仔，舉日僇僇趖，土下撿了物件即食。

「聽馬神父講，巷子出去大路邊有一個痟英，三十歲了，腌臢若夜叉。」

「不三時互老父老母修理，哭得嗚嗚叫，真僥倖喔。」

七舅公於是提起八兄的後生耀廣，加上宮口的羅漢腳釋迦，舉斗鎮東西南北各一個，三人結論，莊腳所在的悾痟不斷根。

「此不是斗鎮特有，每一個偏僻鄉鎮，醫療無普遍，基礎衛生做不好即是此種後果。」

七舅公講一個小故事，一位同窗在山線小鎮開業，亦得兼做產婆，坐火車去急診，得拜託司機減速互伊在無驛站的所在跳落車。

前一日，七舅公屆下晡才騎鐵馬來到天主堂，馬神父持著一支烏色大鎖匙，胸前掛一副望眼鏡，邀請七舅公爬上塔樓樓頂，斗鎮的至高點，風微微，天青如洗，馬神父笑笑將望眼鏡互七舅公，「你一定不曾焉爾看過斗鎮。」

「古地圖咱看過殊多遍，相信你心內記牢了，你看，其實數百年來通無改變，山偕溪，老神在在。你陳厝雖然舊了，年紀僅次於媽祖宮，但是認真看，猶然發光呢。」

七舅公心內激動，不發一言，形象找了一世人的藏寶圖突然間在眼前出現了，非常非常快望老父嫗仔偕四兄即在身邊，儔陣如此看著斗鎮偕陳厝。

風吹得舒爽，馬神父笑講，「望遠鏡台語有人叫千里鏡，咱兩人可以做媽祖婆的千里眼、順風耳。」

天高地遠，天清地曠，七舅公旋圓圈三遍，千里鏡提起又放下，心內空空，伊竟然看不出亦尋不著四周圍何處是斗鎮的界址。

日頭下，七舅公感覺自己的靈魂隨著眼光放遠，一直伸展而去，如同金箔，如同鴿鳥飛遠。

微微風灌入七舅公馬神父的白櫬衫烏長褲內，斗鎮人若看見一定認為是兩隻展翅的大隻蝶仔。

七舅公七妗婆離開斗鎮的頂晝，大家才發現六舅公六妗婆亦儔陣為夥去台北，兩台車停在陳厝大門口，七舅公一再交代不可來送行，大家亦答應好。兩隊翁婦已經坐入車內，六舅公六妗婆輪流講稍等一下，有一項物件怵記了，又落車，行入厝內。

日頭像大雨，舉大街是一條金色溪水，七舅公在車內先是看見馬神父戴草笠騎著前輪若大圓桌的怪鐵馬，又看見阿勇阿德兩兄弟駛三輪拖拉庫載著阿介和二叔噗噗噗，阿介兩邊肩胛頭各有一隻鴉鳥，更隨後是彩鳳阿姆和翁婿的車慢慢駛過，車頭邊插一支鮮豔的雞毛筅（撣子）。

七舅公於是開了車門，企在大街中央，不遠處一間店面內卻是傳來喇舌謳內一位諸夫歌星感情十足的口白，「艷文啊，無情的人生，黑暗的武林，來害你遭受了此種的不幸，啊，江湖飯實在是很非食啦，拚地盤，賭性命，講氣魄，逞英雄，刀光劍影，冤冤相報，屈尾了只有兩條路當行，不是落獄便是失去了性命，實在是太不值——」

七舅公專心聽，不免眉頭結起，六舅公六妗婆適時行出，三人再坐入車內，口白亦是清楚傳來，「艷文啊，希望你在天的靈魂保庇我早一日找得冤仇人。」

七舅公晃頭笑了，「五月蠅い！（諧音烏魯賽，很吵，很煩）」

七妗婆亦笑了，講此音樂儼若聽過呢。

歌聲中，兩台自動車無聲發動了，斗鎮的日頭在車頂金光一閃，形象數百年來天頂起爍爁。

後記

《七月爍爁》閩南語／台語文書寫之參考與引用，條列在後，「高手在民間」，謹此致謝，也深表敬佩。若有書寫謬誤，文責全然在作者。

書籍：

- 王華南編，《古意盎然話台語》，笛藤出版公司
- 王華南，《愛說台語五千年》，高談文化公司
- 王華南，《台語漢字正解》，臺原出版社
- 吳守禮，《台語正字》，林榮三文化公益基金會
- 許進雄，《中國古代社會：文字與人類學的透視》，臺灣商務印書館
- 許進雄，《文字小講》，臺灣商務印書館
- 陳冠學，《高階標準臺語字典》，前衛出版社

- 陳政，《字源談趣：詳說八百個常用漢字之由來》，新世界出版社
- 陳世明、陳文彥，《臺語漢字學》，晨星出版
- 鄭鴻生，《重新認識台灣話：閩南語讀書筆記》，人間出版社

網頁：

- Youtube大衛羊「台灣話」
- 抖音「輝博伯閩南語佚陶」
- 劉建仁網誌「臺灣話的語源與理據」
- 中國哲學書電子化計劃「字典」

國家圖書館出版品預行編目資料

七月爍爁 / 林俊　著作. -- 初版. -- 臺北市 : 麥田出版 : 英屬蓋曼群島商家庭傳媒股份有限公司城邦分公司發行, 2025.01
面；　公分. -- (麥田文學 ; 335)
ISBN 978-626-310-801-1(平裝)

863.57　　113016949

麥田文學 335

七月爍爁

著　　　作　林俊頴
責 任 編 輯　陳佩吟

版　　　權　吳玲緯　楊　靜
行　　　銷　闕志勳　吳宇軒　余一霞
業　　　務　李再星　李振東　陳美燕
副 總 編 輯　林秀梅
編 輯 總 監　劉麗真
事業群總經理　謝至平
發　行　人　何飛鵬

出　　　版　麥田出版
城邦文化事業股份有限公司
台北市南港區昆陽街16號4樓
電話：886-2-25007696　傳真：886-2-2500-1951
發　　　行　英屬蓋曼群島商家庭傳媒股份有限公司城邦分公司
台北市南港區昆陽街16號8樓
客服專線：02-25007718；25007719
24小時傳真專線：02-25001990；25001991
服務時間：週一至週五上午09:30-12:00；下午13:30-17:00
劃撥帳號：19863813　戶名：書虫股份有限公司
讀者服務信箱：service@readingclub.com.tw
城 邦 網 址　http://www.cite.com.tw
麥田部落格：http://ryefield.pixnet.net/blog
麥田出版Facebook：https://www.facebook.com/RyeField.Cite/

香港發行所　城邦（香港）出版集團有限公司
香港九龍九龍城土瓜灣道86號順聯工業大廈6樓A室
電話：852-25086231　傳真：852-25789337
電子信箱：hkcite@biznetvigator.com

馬新發行所　城邦（馬新）出版集團
Cite（M）Sdn. Bhd.（458372U）
41, Jalan Radin Anum, Bandar Baru Seri Petaling,
57000 Kuala Lumpur, Malaysia.
電話：+6(03)-90563833　傳真：+6(03)-90576622
電子信箱：services@cite.my

封 面 設 計　朱疋
內 文 排 版　宸遠彩藝工作室
印　　　刷　前進彩藝有限公司

初 版 一 刷　2025年1月20日

定價／480元
ISBN：978-626-310-801-1
9786263108004 (EPUB)